U0085600

新日檢制霸！

N2 單字速記王

必考單字 × 出題重點 × 主題式圖像

由日語專業教師審訂，以實用情境句、圖像式記憶，完全掌握 JLPT 言語知識

あいうえお

王秋陽、詹兆雯　編著

眞仁田　榮治　審訂

三民書局

必考單字 × 出題重點 × 主題式圖像

~以單字與文法為點，例句為線，使學習連成圓~

　　這本《新日檢制霸！N2 單字速記王》，是我們兩位老師在平常日語教學的繁忙之餘，利用分散零碎的時間，一字一句勾勒編寫出來的。雖然不能說是嘔心瀝血，但也算是絞盡了我們許多的腦汁，花費了我們相當大的功夫。

　　這當中還承蒙了日本龍谷大學眞仁田榮治老師的嚴格審閱，以及三民書局編輯群們的細緻校對，使得這本《新日檢制霸！N2 單字速記王》無論是在選詞造句的準確性與內容的豐富性上，都達到了一定的水準。

　　本書的特色，承接了《新日檢制霸！單字速記王》系列 N5、N4、N3 的一貫形式，不只著重在單字選輯以及例句編寫而已，更在文法、句型、漢字的用法提示方面，發揮了去蕪存菁的功效。而且，書中還穿插著單字插圖，讀起來趣味十足，可充分加深單字記憶的效果。

王秋陽

　　當初三民書局來電邀約時，我欣然允諾，心想反正從事日檢文法教學多年，把上課內容化為文字應該可駕輕就熟，殊不知讓平日課務繁忙的王老師與我備嘗了「案牘勞形」、「腸枯思竭」的辛苦，這兩年課餘得空之時，連寒暑假出國度假都在反覆思索、斟酌遣詞造句中度過，實在苦不堪言。

　　但就跟所有學習一樣，過程雖然艱辛，但成果是美好豐碩的，在與編輯群及審閱老師不計其數的書信往返反覆確認溝通後，本書的單字用法更臻自然精確。非常感謝三民書局專業的編輯群耐心等候及迅速綿密的溝通，催生了這本書的誕生。

　　最後希望本書能陪伴各位讀者有效率地準備迎戰日檢考試。若有疏漏之處也請各方先進不吝指教。

詹兆雯

本書特色

本書針對新制日本語能力測驗的「言語知識（文字‧語彙‧文法）」，精選必考單字，搭配重點文法與主題式圖像，編著多種情境句，形成全方位單字書。

◇ 速記必考重點

1 必考單字

以電腦統計分析歷屆考題與常考字彙後，由教學經驗豐富的日語教師刪減出題頻率較低的單字，增加新制考題必背單字，並以 50 音順序排列，方便查詢背誦。

2 最新出題重點

針對新制言語知識考題的最新出題趨勢，詳細解說常考字彙、文法以及易混淆字彙，精準掌握單字與文法考題。

3 主題式圖像

用趣味性插圖補充主題式單字，讓學習者能運用圖像式記憶，自然記住相關字彙，迅速擴充必考單字庫。

4 生活情境句

新制日檢考題更加靈活，因此提供符合出題趨勢的例句，並密集運用常考字彙與文法，幫助考生迅速掌握用法與使用情境，自然加深記憶，提升熟悉度。

5 標準發音

朗讀音檔由日籍專業錄音員錄製，幫助考生熟悉日語發音。本書 MP3 音檔請至 https://reurl.cc/Y61pQL 或是 https://reurl.cc/R14mQD 下載，將檔案解壓縮後即可使用。若無法順利下載，歡迎來信三民書局外文組，標明本書書名，將有專人為您服務。三民書局外文組 email：english@sanmin.com.tw

運用本書認真學習的考生，能透過生活情境、圖像式記憶，迅速有效率的學習單字與文法，無論何時何地皆可靈活運用，在日檢中輕鬆驗證學習成果。

N2 新增了派生語及複合語等 N5~N3 所沒有的題型，閱讀理解也不再只有日常生活，而是進階到報章雜誌的內容。因此現階段不僅要學習書面用語，同時也要熟記相似字詞，考試時才能臨危不亂。

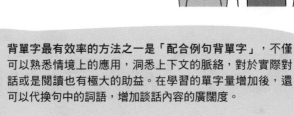

背單字最有效率的方法之一是「配合例句背單字」，不僅可以熟悉情境上的應用，洞悉上下文的脈絡，對於實際對話或是閱讀也有極大的助益。在學習的單字量增加後，還可以代換句中的詞語，增加談話內容的廣闊度。

善用眼、耳、口、手、心五感學習，更能在日檢閱讀與聽力測驗中獲取高分，而在口說與書寫的實際應用上，也能更加得心應手、運用自如。

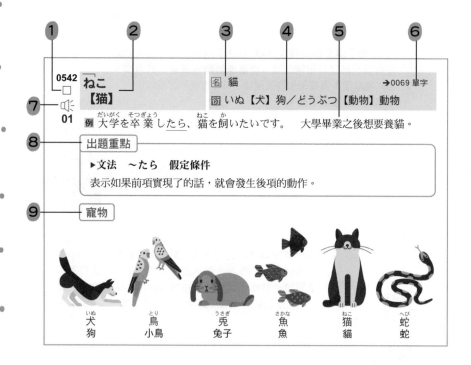

使用方法

① ② ③ ④ ⑤ ⑥

0542
□ ねこ
【猫】

⑦ 🔊
01

| 名 | 貓 | →0069 單字 |

类 いぬ【犬】狗／どうぶつ【動物】動物

例 大学を卒業したら、猫を飼いたいです。　大學畢業之後想要養貓。

⑧ 出題重點

▶文法　～たら　假定條件

表示如果前項實現了的話，就會發生後項的動作。

⑨ 寵物

いぬ
犬
狗

とり
鳥
小鳥

うさぎ
兎
兔子

さかな
魚
魚

ねこ
猫
貓

へび
蛇
蛇

① 背誦確認框

　　檢視自己的學習進度，將已確實熟記的單字打勾。

② 精選單字

　　假名上方加註重音，【　】內為日文漢字或外來語字源。

③ 字義與詞性

　　根據新日本語能力試驗分級，標示符合本書難易度的字義。

▶詞性一覽表

自	自動詞	名	名詞	連體	連體詞	接續	接續詞
他	他動詞	代	代名詞	連語	連語	接助	接續助詞
Ⅰ	一類動詞	い形	い形容詞	感嘆	感嘆詞	終助	終助詞
Ⅱ	二類動詞	な形	な形容詞	助	助詞	接頭	接頭詞
Ⅲ	三類動詞	副	副詞	慣	慣用語	接尾	接尾詞

＊為配合 N2 學習範圍，本書內文精簡部分單字的詞性標示。

❹ 相關單字

整理相關必背「類義詞」、「反義詞」及「衍生詞」，幫助考生擴大單字庫，
對應新制日檢的靈活考題。

❺ 日文例句與中文翻譯

在生活化例句中密集運用常考的字彙與文法，讓考生熟悉用法、加強印象，並
提供中文翻譯參考。

❻ 相關單字標示

標示前一級單字，以及曾出現於日檢試題的該級常考單字，方便學習者參照。

❼ 音軌標示

圖示下方數字即為對應的 MP3 音檔編號，請按 P.6「本書特色」第 5 點的說明
下載音檔聆聽。

❽ 出題重點

針對新制日檢言語知識的考題，說明出題頻率較高的文法、詞意、慣用語等。
▶文法：以淺顯易懂的文字說明常考句型。
▶文法辨析：說明易混淆的文法用法。
▶詞意辨析：區別易混淆的單字意義與用法。
▶固定用法：列舉詞彙的固定搭配用語。
▶慣用：衍生出不同於字面意義的詞彙。
▶搶分關鍵：釐清易混淆的考試要點。

❾ 主題式圖像

將相同類型的補充單字搭配精美插圖，幫助考生記憶單字。

新日本語能力試驗簡介

◈ **應試資訊**

　　2010 年改制的日本語能力試驗共分五個級數，**由難至易依序為 N1～N5**，報考者可依自己的能力選擇適合的級數參加。臺灣考區由日本臺灣交流協會、日本國際交流基金會及財團法人語言訓練測驗中心主辦，考場設於臺北、桃園（2018 年起）、臺中、高雄。本測驗一年辦理兩次，於每年 7 月及 12 月第一個星期日舉行，分別於 3 月下旬至 4 月上旬、8 月下旬至 9 月上旬受理報名。

◈ **N2 得分範圍與通過標準**

　　總分通過標準及分項成績通過門檻詳如下表，除了總分須達通過標準之外，各分項成績亦須達到通過門檻才會判定為合格。如分項成績有一科分數未達通過門檻，即使總分再高，也會判定為不合格。

得分	通過標準	言語知識 （文字・語彙・文法）		讀解		聽解	
		得分	通過門檻	得分	通過門檻	得分	通過門檻
0-180	90	0-60	19	0-60	19	0-60	19

◈ **N2 測驗內容與認證基準**

測驗內容		認證基準
測驗項目	測驗時間	
言語知識（文字・語彙・文法）・讀解	105 分鐘	除了日常情境之外，亦能大致理解較廣泛情境下所使用的日語。 【讀】・能看懂報章雜誌的報導及解說、簡易評論等主旨明確的文章。 ・能閱讀一般話題之相關讀物，並理解其脈絡以及表達意涵。 【聽】・除日常生活情境外，在廣泛的情境下，能聽懂接近常速且連貫之對話及新聞報導，且能理解其脈絡、內容及人物關係，並掌握大意。
聽解	50 分鐘	
合計	155 分鐘	

◈N2 試題構成

科目（時間）			題型	題數	測驗內容
言語知識・讀解（105分）	文字・語彙	1	漢字讀音	5	判斷漢字的讀音。
		2	假名漢字寫法	5	判斷平假名語彙的漢字。
		3	語彙組成	5	選出正確的衍生語彙或複合語彙。
		4	前後文脈	7	根據前後文選出適當語彙。
		5	類義替換	5	選出與題目意義相近的語彙或表達方式。
		6	語彙用法	5	選出正確使用該語彙的句子。
	文法	7	句子文法1（文法形式判斷）	12	選出合乎句子內容的文法形式。
		8	句子文法2（句子結構）	5	組合出結構正確、語意通順的句子。
		9	文章文法	5	判斷出符合文章脈絡的句子。
	讀解	10	內容理解（短篇）	5	閱讀約200字的生活、職場等各類話題之文章，理解其內容。
		11	內容理解（中篇）	9	閱讀約500字的評論、解說、散文，理解其因果關係和理由、概要、作者想法等。
		12	綜合理解	2	閱讀合計約600字較為簡單的數段文章，進行綜合比較並理解其內容。
		13	主張理解（長篇）	3	閱讀約900字論理脈絡較為易懂的文章，掌握全文欲傳達的主張與意見。
		14	情報檢索	2	從約700字的廣告、宣傳手冊、情報誌、商業文書等資料中，找尋需要的資訊。
聽解（50分）		1	問題理解	5	聆聽連貫的內容，理解其內容。（聽取解決問題所需的具體資訊，理解下一步應採取的適當行動）
		2	重點理解	6	聆聽連貫的內容，理解其內容。（根據事先聽到的提示，抓取重點
		3	概要理解	5	聆聽連貫的內容，理解其內容。（從整體內容理解說話者的意圖和主張）
		4	即時應答	12	聆聽簡短的詢問後，選出適當的回應。
		5	綜合理解	4	聆聽較長的會話後，綜合比較數個資訊並理解其內容。

* 資料來源：日本語能力試驗官方網站　https://www.jlpt.jp/tw/index.html

* 實際出題情形以日本語能力試驗官方為主

N2 單字速記王

目次

圖片來源：MaiBi、Shutterstock

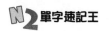

あ／ア

0001
□
🔊
01
<u>あいかわらず</u>
【相変わらず】

副 仍舊，如往常一樣　　　　　　　　→ N3 單字

例 政府が経済政策を打ち出したにもかかわらず、景気は相変わらず低迷している。　儘管政府提出了經濟政策，經濟仍舊低迷。

> 出題重點
>
> ▶文法　N／Vにもかかわらず～　儘管、雖然
>
> 用於結果與前面所提及的情況的預期相反時。
>
> 例 オープン当日は大雨にもかかわらず、たくさんの方々がお越しくださいました。　開幕當天雖然下著大雨，還是有很多顧客光臨。

0002
□
あいず
【合図】

名・自Ⅲ 信號，暗號　　　　　　　　→ N3 單字
類 サイン【sign】記號；簽名

例 選手たちは緊張した表情で、スタートの合図を待っていた。
選手們一臉緊張地等待開始的信號。

0003
□
あい～する
【愛～する】

接頭 心愛，中意　　　　　　　　　　→ 常考單字

例 学生時代から愛用していたペンが、とうとう生産中止になってしまったらしい。　我從學生時代起就愛用的筆，據說最後停產了。
例 コーヒーのいい香りに包まれるのが好きで、愛飲している人が多い。
很多人喜歡沉浸在咖啡香，因而喜愛喝咖啡。

0004
□
あいつぐ
【相次ぐ】

自Ⅰ 陸續發生，一連串　　　　　　　→ 常考單字

例 近年、世界各地でテロ事件が相次いで発生している。
這幾年在世界各地陸續發生恐怖攻擊。

0005 □ **あいにく**

副・名 不巧，偏巧　　　　　　　　　→ 常考單字

類 ざんねんながら【残念ながら】很遺憾地

例 A：田中部長はいらっしゃいますか。　（電話裡）請問田中部長在嗎？
　　B：申し訳ございません。あいにく、田中はただ今外出しております。
　　　3時には戻る予定ですが、戻り次第お電話いたしましょうか。

　　很抱歉，不巧田中外出了，預計3點會回到公司，他一回來我請他致電給您。

┌─ 出題重點 ─────────────────────────────
│
│ ▶文法　V－ます＋次第　一～就立刻～
│
│ 表示前句的動作或事情發生時立刻做後面的動作，用於鄭重的場面。
└──────────────────────────────────────

0006 □ **あいまい（な）**
【曖昧（な）】

な形 不明確的，模糊的

反 めいかく（な）【明確（な）】明確的

例 あいまいな関係で付き合うぐらいなら、きっぱり別れたほうがいいと思う。　與其曖昧的交往，我覺得還不如斷然分手的好。

┌─ 出題重點 ─────────────────────────────
│
│ ▶文法　V くらいなら～ほうが～　與其～還不如～
│
│ 用於強烈否定前面所提行為，通常隱含說話者極度不願意、嫌惡的心情。
│
│ 例 妻がいやいや作った夕食を食べるくらいなら、食べないで寝た方がましだ。　與其吃老婆不情願做好的晚餐，還不如不吃去睡的好。
└──────────────────────────────────────

0007 □ **あきらか（な）**
【明らか（な）】

な形 明顯，清楚　　　　　　　　　　→ 常考單字

衍 はっきりする 清楚，鮮明

例 この制度には、明らかな欠陥が存在している。

　　這個制度有很明顯的瑕疵。

例 彼は新しい病気の原因を明らかにするために、研究に取り組んでいる。　他為了弄清楚新疾病的原因，而專心致力於研究。

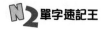

0008 あきらめる
【諦める】

他Ⅱ 放棄，死心

類 だんねん【断念】死心

→ 常考單字

例 いくら頑張ってもいい結果が出ないなら、諦めるよりほかない。

不管怎麼努力，若是沒有好成果，就只好放棄了。

出題重點

▶文法　Ｖよりほか(は)ない　除此之外別無他法，只好～

主要用在從事情的狀況來看，已無其他選擇了，帶有「雖非出於本意，但無奈～」的意思。

例 出来ることはもうすべてやった。あとは運を天に任せるよりほかはない。　可做的全都做了，剩下的就只能把命運交給上天了。

0009 あきれる
【呆れる】

自Ⅱ 驚訝，愣住

→ N3 單字

例 総理大臣のありえない発言に全く呆れてものも言えない。

總理大臣的荒謬發言實在令人瞠目結舌無言以對。

0010 アクセス
【access】

名・自Ⅲ （網路、交通）連結

→ 常考單字

例 ここはＭＲＴ桃園空港線が通っているので、空港まで乗り換えなしでアクセスできます。

桃園機場捷運有經過這裡，所以到機場不用轉車就到得了。

0011 アクセント
【accent】

名 重音；語調；強調的重點

例 Ａ：この服、シンプルすぎない？　這件衣服會不會太樸素？

Ｂ：華やかなアクセサリーでアクセントをつけたら？

要不要加個華麗的飾品畫龍點睛一下？

0012 あくび
【欠伸】

名 呵欠，哈欠

衍 くしゃみ 噴嚏

→ N3 單字

例 今日の授業はあまりにも退屈で、ついあくびが出てしまった。

今天的課實在是太無趣了，讓我不由得打起了呵欠。

0013 □ あくまで(も)
【飽くまで(も)】

副 終究只是；徹底

類 徹底的に【てっていてきに】徹底

例 さっき言ったのはあくまでも個人的な意見なのであまり気にしないでください。　剛才我說的畢竟只是個人意見，請不要太在意。

0014 □ あくる～
【明くる～】

連體 次，翌

例 留学を終えた明くる年、私は起業した。

在留完學的第二年，我自己創業了。

0015 □ あけがた
【明け方】

名 黎明

類 よあけ【夜明け】破曉

例 きのうコーヒーを飲んだせいか、明け方まで眠れなかった。

不知道是不是昨天喝了咖啡的關係，一直到黎明時分才睡著。

0016 □ あこがれる
【憧れる】

自Ⅱ 嚮往，憧憬；愛慕　　　　　→ N3 單字

衍 あこがれ【憧れ】嚮往，憧憬

例 ずっと海外生活に憧れていたので、思い切って仕事を辞め、ワーキングホリデーを申し込んだ。

我一直嚮往在國外生活，於是毅然辭去工作，申請了打工度假。

0017 □ あさい
【浅い】

い形 淺；（程度、關係）不深；（色）淡；膚淺

反 ふかい【深い】深；濃；深厚；深長

例 まだ経験は浅いですが、やる気だけは誰にも負けません。

雖然我資歷尚淺，但在工作幹勁上不輸任何人。

0018 □ あしあと
【足跡】

名 足跡；蹤跡；成就

例 砂浜を散歩していたら、カニの足跡を見つけた。

漫步在沙灘上，結果發現螃蟹的足跡。

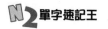

0019
□
あしもと
【足元・足下・足許】

名 腳下；腳步；身邊；立足點

例 段差がありますのでお足元にご注意ください。

地面有落差，請留意您的腳步。

0020
□
あじわう
【味わう】

他Ⅰ 品嚐；體驗；欣賞　　　　　→ 常考單字

衍 あじわい【味わい】風味；趣味

例 前回、敗れた苦しみを味わったからこそ、今回の大会に向けてチームが一つになって頑張れるのだ。

正因為上次飽嚐敗戰的痛苦，隊伍這次才能為比賽團結一致努力奮戰。

0021
□
あせる
【焦る】

自Ⅰ 焦急，焦躁　　　　　　　　→ 常考單字

類 イライラする 焦急，著急

例 最近仕事が思うように進まなくて、少し焦り気味だ。

最近工作無法如願進行，心情有點焦急。

0022
□
あたえる
【与える】

他Ⅱ 給與，授與；予（人）～感覺；使～蒙受

例 基準を大幅に超える排気ガスが環境に悪い影響を与えていることから、自動車を製造する際の法律が改正されることになった。

由於大幅超過基準的廢氣對環境帶來不良的影響，因此修改了生產汽車時的法律。

0023
□
あたる
【当たる】

自Ⅰ 碰，撞；命中；相當於；接觸（光、熱、風等）

反 はずれる【外れる】落空；未中

例 友達が試験に出ると予想していたところが、中間試験に出た。友達の予想が当たったのだ。

朋友考前預測考題會出的地方，真的在期中考裡出現了，朋友猜得真準。

0024
□
あっか
【悪化】

名・自Ⅲ 惡化

類 しんこくか【深刻化】（問題、病情）嚴重化

例 薬の飲み方を間違えると、かえって病気が悪化するかもしれない。

藥的服用方式如果弄錯的話，病情可能反而會加重。

0025 あつかう
【扱う】

他I 對待；使用；處理；經營　　→ N3 單字

例 大変申し訳ございませんが、当店ではその商品は扱っておりません。

非常抱歉，本店沒有販售那項商品。

例 これは友達から借りたスーツだから、丁寧に扱わないとね。

這是跟朋友借的西裝，得要小心使用。

0026 あつかましい
【厚かましい】

い形 厚臉皮，無恥

類 ずうずうしい【図々しい】厚顔無恥

例 厚かましいお願いですが、お金を貸していただけないでしょうか。

不好意思，可以借我錢嗎？

0027 あっしゅく
【圧縮】

名・他III 壓縮；縮減（規模）

衍 しゅくしょう【縮小】縮小

例 メールの添付ファイルは必ず圧縮して送ってください。

隨信的附檔請務必壓縮後再寄出。

0028 ～あて
【～宛て】

名・接尾 寄給～

衍 あてさき【宛先】收件人的姓名和地址

例 私は旅をすると、必ず旅先から自分宛てに絵葉書を送ることにして

いる。　我每次去旅行，一定會在旅遊地寄明信片給自己。

0029 あてはめる
【当てはめる】

他II 適用；套用　　→ 常考單字

例 本に載っている著者の成功体験をそのまま自分の状況に当てはめて
も、成功するとは限らない。

即使將書上的作者成功體驗直接套用在自己的狀況，也不一定會成功的。

0030 あてる
【当てる】

他II 打，碰；猜測；貼上，使接觸（光、熱、風等）

衍 てあて【手当て】治療；津貼，補助

例 女性に「私っていくつに見える」と年齢を当てるよう言われたら、最
低でも5歳は若く言ったほうがいい。

如果被女性問「我看起來幾歲」要你猜年齡時，至少要猜少5歲才好。

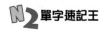

0031 □
アナウンス
【announce】
名・他Ⅲ 廣播；播報；公告　　→ N3 單字

例 車内アナウンスがはっきり聞こえなくて、乗り過ごしてしまった。
因為沒聽清楚車內廣播而坐過頭了。

0032 □
あばれる
【暴れる】
自Ⅱ 發狂大鬧；橫衝直撞　　→ N3 單字
反 しずまる【静まる・鎮まる】平靜下來

例 あの人は酒癖が悪く、お酒を飲むと暴れてしまうことがあるらしい。
聽說那個人的酒品不好，有時候一喝酒就會鬧事。

0033 □
アピール
【appeal】
名・他Ⅲ 宣傳，呼籲；展現　　→ 常考單字
衍 アピールポイント 賣點

例 うちの犬は私が帰ると、まるで自分の存在をアピールするかのように
すぐすり寄ってくる。
我一回到家，我家的狗就像是怕人家忘記牠的存在似地馬上貼過來。

0034 □
あぶる
【炙る・焙る】
他Ⅰ 烤；烘
類 やく【焼く】烤

例 屋台から肉をあぶるいい匂いがしてきたので、食べたくてたまらなくな
りました。　路邊攤傳來烤肉的香味，實在好想吃。

0035 □
あふれる
【溢れる】
自Ⅱ 溢出；充滿　　→ 常考單字

例 実話をもとにしたこの映画はユーモアと愛情に溢れた作品だ。
以真實故事改編而成的這部電影是部充滿幽默與愛的作品。

┌─ 出題重點 ─┐

▶文法　Nをもとに（して）／NをもとにしたN　以～為基礎、根據～
表示以某事物為素材或基礎去做，意思與「～にもとづいて」類似。
例 自分の体験をもとにブログを書こうと思っている。
我打算根據自身的體驗來寫部落格。

0036 □
アポイント・アポ
【appointment】
[名] 見面的約定；預約

[例] ビジネスでは、訪問の前にあらかじめ連絡をして、アポイントを取るのがマナーです。

在商場上，拜訪客戶前要事先聯絡，約好見面時間才是有禮貌的做法。

0037 □
あまやかす
【甘やかす】
[他I] 溺愛；縱容　　　　　　　→ N3 單字
[類] ちやほや　寵愛

[例] 最近子供を叱らず甘やかす親が増えてきている。

最近不責備而寵溺小孩的父母變多了。

0038 □
あまりに (も)
【余りに (も)】
[副] 太，過於

[例] 事故現場を見たショックがあまりにも大きすぎて言葉が出なかった。

看到車禍現場的衝擊實在太大了以至於說不出話來。

0039 □
あまる
【余る】
[自I] 剩餘，多出；超過　　　　→ 常考單字
[衍] あまり【余り】剩餘物

[例] 今回の試験はいつもより簡単だったので、時間が余ってしまった。

這次的考試比往常的簡單，所以時間有剩。

0040 □
あやうく
【危うく】
[副] 好不容易；差一點

[例] 階段で足を踏み外して、危うく落ちるところだった。

我在樓梯踩空，差一點就摔下來了。

0041 □
あやしい
【怪しい】
[い形] 怪異的，可疑的　　　　　→ 常考單字
[衍] うたがわしい【疑わしい】可疑的

[例] あやしい電話はよく非通知でかかってくるから、無視したほうがいい。

可疑電話常是未顯示來電，最好置之不理。

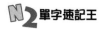

0042
☐
あやまり
【誤り】

名 錯誤
類 あやまち【過ち】錯誤，過失

例 先日お送りした資料の内容に誤りがありましたことを、心よりお詫び申し上げます。

針對前幾天送上的資料內容有誤一事，誠心地致上歉意。

0043
☐
あやまる
【謝る】

他1 道歉，認錯 → N3 單字
類 わびる【詫びる】道歉，賠罪

例 相手にあんなひどいことを言って傷つけたら、謝るだけでは済まないと思う。 說那麼過分的話傷害了對方，我想不是道歉就能了事了。

0044
☐
あらい
【荒い】

い形 劇烈；粗暴，胡亂
衍 らんぼう（な）【乱暴（な）】蠻橫，粗暴

例 彼女は給料を服だの化粧品だのに使っちゃう。とにかく金遣いが荒い。 她把薪水都花在衣服啦化妝品啦之類的，總之是亂花錢。

> **出題重點**
>
> ▶文法　N／い形／な形／Ｖ＋だの　N／い形／な形／Ｖ＋だの
> 　　　　～啦～啦～
>
> 「～だの～だの」像「とか」、「やら」一樣用來表示舉例，但後面也可接與講話相關的語詞，引用出他人囉哩叭唆說的一些內容。
>
> 例 彼女は僕の服に安っぽいだのおしゃれじゃないだのと文句ばかり言っている。 她一直批評我的衣服看起來廉價啦、不時髦啦之類的。

0045
☐
あらかじめ
【予め】

副 事先，提前 → 常考單字
類 まえもって【前もって】預先，事前

例 受験料払込み後の申込の取消、返金等はできませんので、予めご了承ください。

考試報名費繳交後即無法要求取消報名、退費等，敬請您的諒解。

0046
□
🔊
02

あらすじ
【粗筋】

名 內容概要，概略

例 あの映画のあらすじを読んで以来、ずっと公開を待ち望んでいる。

看了那部電影的內容簡介後，我一直很期待它的上映。

0047
□

あらそう
【争う】

他Ⅰ 競爭，爭奪；爭執　　→ N3 單字
類 きそう【競う】互相競爭，競賽

例 あの二社は著作権をめぐって争っている。

那兩家公司為了著作權而爭執。

0048
□

あらた (な)
【新た (な)】

な形 新；重新　　→ 常考單字

例 卒業したら、故郷を離れ、大都会で新たな生活を始めたい。

畢業後，我想離鄉到大都市展開新生活。

0049
□

あらためて
【改めて】

副 再次，重新；改日
類 ふたたび【再び】再

例 面接結果につきましては、あらためてご連絡申し上げます。

關於面試結果，我們會再通知您。

0050
□

あらゆる

連體 所有，一切　　→ 常考單字
衍 ありとあらゆる 所有，一切（強調用法）

例 あらゆる手を尽くしたが、まだ問題解決の方法は見つかっていない。

我已用盡所有方法了，仍舊沒發現解決問題的辦法。

0051
□

あらわす
【現す・表す】

他Ⅰ 顯露，現出；表達，表示　　→ 常考單字

例 ニューモデルの発表会で、待ちに待った新製品がファンの前に姿を現した。

在新機型的發表會上，期待已久的新產品終於現身在粉絲面前。

例 応援してきたチームが優勝したときの喜びは、言葉では表せないほどだった。　我支持的隊伍贏得冠軍時，真的是開心到難以表達。

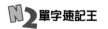

出題重點

▶文法　Ｖ－ます＋にＶ　反覆～

重複用同一動詞強調該動作一直持續或該狀態程度強烈，是加強語氣的用法。

0052
□
あらわれる
【現れる・表れる】
　自Ⅲ 出現，顯現；表示　　　→ 常考單字

例 怪しい 男 が家族の集まりに 現 れた。その 男 は亡くなった祖父に大 金 を貸していたのだという。

可疑的男子出現在家族聚會，據說他曾借許多錢給過世的祖父。

例 彼女の受 賞 の 喜 びは顔に 表 れている。　她得獎的喜悅顯現在臉上。

0053
□
ありえない
【あり得ない】
　連語 不可能；難以置信　　　→ 常考單字
　反 ありうる・ありえる【あり得る】可能

例 何もかも自分の思ったとおりになるなんてありえない。

一切都如自己所願是不可能的。

出題重點

▶文法　Ｖ－ます＋得る／得ない　有可能／不可能、可以／無法

「～得る」相當於「Ｖれる・られる（可能）」的用法，表示「可以」或「有～可能性」，但不能用於表示能力。表肯定的「～得る」讀「うる・える」皆可，但是表否定的「～得ない」只能讀「えない」。

例 考え得る限りの選択肢をご提案させていただきます。

我會提出所能想到的選擇方案。

例 予期し得ない事 情 により、 中 止させていただくことがあります。

有可能會因無法預期的因素而暫停。

0054
□
ありがたい
【有り難い】
　い形 難得的；值得感謝的；令人開心的

例 Ａ：社 長 、きょうのスケジュールは 改 めてメールでお送りしましょうか。　社長，今日行程我再寄一次給您吧。

　　Ｂ：それはありがたいね。よろしく頼むよ。　那真是太好了，麻煩你了。

0055 □

あるいは
【或いは】

副・接續 或許；或，或者

例 参加者は5人のはずだけど、あるいはもう1人加わるかもしれない。

參加的應該有5位，但或許還會再加1人。

例 現金がない、あるいは足りない場合は、カードで払えばいい。

沒帶現金或是現金不夠時，刷卡就可以了。

出題重點

▶搶分關鍵　あるいは／または／もしくは／それとも
　　　　　表示「或者」的類義語

「あるいは」跟其他三個不同之處在於有副詞的用法，單就接續詞用法來看的話，「または」「もしくは」較常用於正式場合或文章書面語，而「それとも」只能用於疑問句。

例 問い合わせは電話、またはメールで 承 ります。

請以電話或電子郵件洽詢。

例 クーポン券はご注文時、もしくはお会計時にご提示ください。

請在點餐時或結帳時出示優惠券。

例 店内でお召し上がりですか、それともお持ち帰りですか。

您要在店裡用餐呢？還是外帶呢？

0056 □

あれこれ

代・副 這個那個，種種

→ 常考單字

例 人にあれこれ言う前にちゃんと自分のことをやってください。

在批評別人之前先把自己的事情做好。

0057 □

あれる
【荒れる】

自Ⅱ 狂亂；失常；粗糙；荒廢

例 コーヒーを飲みすぎると胃が荒れるので、いま控えている。

咖啡喝太多的話，胃會不舒服，所以我現在有節制一點了。

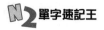

0058
☐
アレルギー
【(徳)allergie】

名 過敏 → N3 單字

例 私は春になると、鼻水やくしゃみなどのアレルギー症状が出る。

我一到春天就會出現流鼻水打噴嚏的過敏症狀。

0059
☐
あわただしい
【慌ただしい】

い形 急促的，匆忙的

例 慌ただしい時こそ、心に余裕を持つことが大切だ。

就是在慌亂繁忙的時刻，心中保持從容才是最重要的。

0060
☐
あわてる
【慌てる】

自II 驚慌；急忙 → 常考單字
衍 あわてもの【慌て者】冒失鬼；急性子

例 私はいつもやるべきことを早く終わらせて、締め切り前に慌てること
のないようにしている。

我總是提早做完該做的事，不用臨到截止日期前手忙腳亂的。

0061
☐
あわれ (な)
【哀れ (な)】

な形 哀憐；悲傷；淒慘
類 きのどく (な)【気の毒 (な)】可憐，不幸

例 戦争で両親を失ったその哀れな子供の話は人々の涙を誘った。

因戰爭失去雙親的那個可憐孩子的故事賺人熱淚。

0062
☐
あんい (な)
【安易 (な)】

な形 簡單；安逸；草率

例 不合格だったら、また受ければいいといった安易な気持ちで試験に臨ん
ではいけない。 不可以抱著沒考上再重考就好的輕率態度去面對考試。

0063
☐
あんがい
【案外】

副 沒想到，出乎意外 → N3 單字
類 おもいがけない【思いがけない】沒料到

例 この仕事は一見地味でつまらなそうだが、やってみると案外やりがいが
あるように思えた。

這項工作乍看不引人注目又無趣，一做下去，發現到竟然很有意義。

0064 □
あんき
【暗記】

名・他Ⅲ 記住，背 → N3 單字

例 単語は暗記しても、正しく使えなければ、意味がないのだ。

即使背了單字，如果不會正確使用的話，也是沒有意義的。

0065 □
あんてい
【安定】

名・自Ⅲ 安定，穩定

反 ふあんてい（な）【不安定（な）】不安定

例 不安のない安定した生活を送りたい人もいれば、刺激のある生活を求める人もいる。　有人想過不用擔心的穩定生活，也有人想追求刺激的生活。

▼い／イ

0066 □
🔊
03
いいかえる
【言い換える】

他Ⅱ 換句話說；改口說

類 いいなおす【言い直す】換句話說；改口

例 そんな政策は意味がないと思う。言い換えると、ほとんどの国民にとって何の利益もないものだ。

我認為那種政策是沒有意義的，換句話說，對多數國民來說是毫無裨益的。

0067 □
いいだす
【言い出す】

他Ⅰ 說出；開始說；先說出口 → 常考單字

例 自分からやると言い出したからには、最後までやり通したい。

既然都自己主動說要做了，就想好好地做到最後。

┌─ 出題重點 ─┐

▶文法　な形・Ｎである／Ｖ＋からには　既然～就～

用來表達說話者認為既然前項的事情都成立了，就應該做到後項的事情，因此後句常出現表達意志、決心、義務、責任的句型。

0068 □
いいつける
【言い付ける】

他Ⅱ 吩咐，命令；告狀

例 会議の資料をコピーするなんて、秘書に言い付けておけばいいじゃない？　影印會議資料這種小事，吩咐祕書去辦就可以了吧？

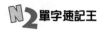
0069 いいわけ
【言い訳】　　　　名・自Ⅲ 藉口；辯解；致歉

例 Ａ：どうして遅刻したの？　你為什麼遲到？
　　Ｂ：電車が遅れちゃって…　因為電車誤點……
　　Ａ：これで 3 回目だよ。そんな言い訳通用しないよ。

　　這已經是第 3 次了，你這個藉口已經沒用了啦。

0070 いがい (な)
【意外 (な)】　　　名・な形 意外，出乎意料　　→ 常考單字

例 この 小説には読者の想像をはるかに超える意外な展開があり、とても
面白い。　這部小說的意外展開遠遠超出讀者的想像，非常好看。

┌─ 出題重點 ─────────────────────────

▶搶分關鍵　案外／意外／思いがけない　表示「意外」的類義語

「案外（あんがい）」用於表示事情的結果與自己所預期不同時，而「意
外（いがい）」除了用於表示實際情況與事前所想的不同之外，也用在事
前根本無法預測的情況，驚訝的程度較大，「意外に」和「意外と」是其
副詞的用法。「思いがけない（おもいがけない）」主要用在完全沒有預
期的情況。

例 その仕事は 私 にはとても無理だと思っていたが、実際にやってみる
と案外簡単だった。　我本來認為那個工作我實在無法勝任，但實際
上做了後發現出乎意料地簡單。

例 面接の時に思いがけない質問をされて、答えにつまってしまった。
面試時我被問了意想不到的問題，結果答不出來。

────────────────────────────────┘

0071 いかす
【生かす】　　　　他Ⅰ 發揮，運用；使活命　　→ 常考單字

例 就 職 活動を始める前に自分が何に向いているかを知り、それを生か
せるような 業 種を選ぶべきだ。　在開始找工作前，應該要先知道自己的
適性，選擇能發揮自我的工作種類。

0072 □

いかに
【如何に】

副 如何，多麼；無論怎麼

例 学べば学ぶほど、いかに自分が無知であるかがよくわかる。

學越多越清楚地了解到自己是多麼地無知。

0073 □

いかにも
【如何にも】

副 的確，果然；實在

例 約束を忘れて、人をさんざん待たせておくなんて、いかにもあなたのやりそうなことだ。

忘記跟人有約，讓人家苦等多時，這的確像是你可能會做的事啊。

0074 □

いぎ
【意義】

名 意義　　　　　　　　　→ 常考單字
衍 いぎぶかい【意義深い】意義深遠的

例 交流会は、異文化を理解するという大きな意義がある。

交流會能理解不同文化，具有很大的意義。

0075 □

いきいき（と）
【生き生き（と）】

副・自Ⅲ 栩栩如生，生氣蓬勃

例 この絵には昔の庶民の生活ぶりが生き生きと描かれている。

這幅畫生動地描繪出從前的平民生活樣貌。

0076 □

いきおい
【勢い】

名・副 力量，氣勢；形勢，自然而然
衍 いきおいよく【勢いよく】猛烈，強力

例 あのチームは今シーズン破竹の勢いで勝ちまくった。

那支隊伍在這一季以勢如破竹的氣勢狂贏。

┌─ 出題重點 ─────────────────

▶文法　Ｖ－ます＋まくる　拼命～、狂～

用複合動詞的形式表示一個勁兒地重複做某事。
└────────────────────────

0077 □

いきがい
【生き甲斐】

名 生存的價值；生活的意義

例 仕事は大事だが、仕事だけを生き甲斐にするべきではない。

工作雖然重要，但也不應該只把工作當成生活的價值。

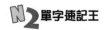

▸文法　V －ます＋がい　～的意義、～的價值

「甲斐」本身有「成效、效果、價值」的意思，前面加動詞マス形唸成「がい」，表示做某事的意義、價值。

0078
☐ いきかえり
【行き帰り】

名 來回，往返
類 おうふく【往復】來回，往返

例 今度の旅行は、行き帰りともに新幹線を利用した。

這次旅行的來回路程都是搭新幹線。

0079
☐ いきさき・ゆきさき
【行き先】

名 目的地；將來，前途
類 ゆくえ【行方】目的地；去向，行蹤

例 ご乗車の際には必ず行き先をご確認ください。

乘車時請務必確認行車的目的地。

0080
☐ いきなり

副 突然，冷不防　　　　→ N3 單字
類 とつぜん【突然】突然

例 運動音痴の私がいきなりフルマラソンに挑戦するなんて、ほんとうに無謀な話だ。　運動白痴的我竟一下子就挑戰全馬，真的是太魯莽了。

▸搶分關鍵　いきなり／突然／急に　表示「突然」的類義語

三者雖然都有表示「沒有任何預兆就突然發生」的意思，但語感上有些差別。「いきなり」主要用於某狀況沒有經過一般認知的程序就突然發生時，「突然」強調狀況的發生是瞬間的，說話者語氣帶有驚訝的感覺，而「急に」表示狀況有急遽的改變，與之前的情況有明顯差異。

例 プレゼンの本番で、緊張のあまり突然頭が真っ白になってしまった。　在正式簡報時，因為太緊張，腦袋突然一片空白。

例 急に寒くなって体調を崩してしまった。

天氣突然轉涼導致身體不舒服。

0081 □
いきもの
【生き物】

名 生物；帶有生命的東西 → N3 單字

例 言葉は生き物で、時代と共に変わっていくものだ。

語言是有生命的，是隨著時代變化的。

0082 □
いくじ
【育児】

名・自Ⅲ 育兒 → N3 單字
類 こそだて【子育て】育兒

例 専業主婦は、働いている人から見ると気楽そうに見えるが、実際は毎日家事や育児に追われていて、大変だ。

站在有工作的人的立場來看，家庭主婦看似很悠閒，但實際上每天忙著做家事和帶小孩，是很辛苦的。

0083 □
いくぶん
【幾分】

名・副 一部分；有點
類 じゃっかん【若干】一些，若干

例 大学時代の同級生と久しぶりに会った。学生時代よりいくぶん落ち着いた印象を受けた。

遇見許久未見的大學同學，感覺他比學生時代多了幾分穩重。

0084 □
いくらか
【幾らか】

名・副 稍微，有點

例 あの子がスーツを着ると、いつもよりいくらか大人っぽく見えた。

那孩子一穿上西裝，看起來比往常多了點成熟感。

出題重點

▶詞意辨析　幾分 VS 幾らか

兩者都表示「些許、稍微」的意思，但「いくぶん」只用於表程度，而「いくらか」可用於表示程度及數量。

例 老後のため、毎月いくらかのお金を貯金に回している。

為了老年生活，每個月撥一點錢到儲蓄裡。

例 今年の冬は例年よりいくらか（＝いくぶん）暖かく感じます。

今年冬天感覺比往年暖和一點。

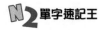
0085
□

いこう
【以降】

名 之後，以後

類 いご【以後】以後；今後

例 血液検査の前日の午後 9 時以降の飲食はなるべく控えてください。

血液檢查的前一天晚上 9 點之後請儘量不要進食。

0086
□

いごこち
【居心地】

名 （身居某處的）心情；感覺

例 このカフェは居心地がいいので、毎日のように行ってしまう。

這間咖啡店待起來很舒服，幾乎每天都報到。

0087
□

いさましい
【勇ましい】

い形 勇敢；雄壯；勇猛

類 ゆうかん（な）【勇敢（な）】勇敢

例 その銀行員は強盗に勇ましく立ち向かって撃退した。

那位銀行職員勇猛地對抗並擊退強盜。

0088
□

いし
【意志】

名 意志；志向

例 どんなことも強い意志を持って取り組めば、きっと成功を勝ち取ること

ができるでしょう。

無論任何事情只要抱持著堅定的意志努力去做，一定能獲得成功的。

0089
□

いじ
【維持】

名・他Ⅲ 維持

類 ほじ【保持】保持

例 彼は仕事とバイトを掛け持ちして何とか生活を維持している。

他身兼正職與打工，設法維持生活。

0090
□

いしき
【意識】

名・他Ⅲ 意識；認知；神智　　→ 常考單字

類 しょうたい【正体】意識；真面目

例 そのマラソン選手はゴールしたとたん、急に意識を失って倒れた。

那位馬拉松選手一抵達終點，就突然失去意識昏倒了。

0091
□
いじょう（な）
【異常（な）】

名・な形 異常；不尋常
反 せいじょう（な）【正常（な）】正常

例 このような異常な気候変動が続くと、近い将来、生き物が地球に住めなくなるかもしれない。　像這樣異常的氣候變化持續下去的話，不久的將來生物可能就無法在地球生存了。

0092
□
いじわる（な）
【意地悪（な）】

な形 刁難；使壞心眼（的人）

例 同僚の意地悪な一言で、やる気をなくしかけたが、上司の一言に救われた。　我因為同事的一句不懷好意的話，差一點打退堂鼓，但上司的一句話救了我。

0093
□
いずみ
【泉】

名 泉水；泉源

例 辞書は知識の泉だ。

字典是知識的泉源。

0094
□
いずれ
【何れ】

代・副 哪一個；終究，早晚；不久

例 以下の外国語のうちから、いずれか１つを選んで第二外国語として履修してください。　請在以下的外文當中，選１項當作第二外語來選修。

例 悪い行いをすれば、いずれバチが当たる。

如果做壞事的話，早晚有一天會遭到報應的。

┌─ 出題重點 ─────────────────────

▶固定用法　いずれにせよ／いずれにしろ／いずれにしても　總之
例 彼の仕事が決まっても決まらなくても、いずれにしても彼と結婚するつもりだ。　不管他有沒有工作，總之我就是要跟他結婚。

└────────────────────────

0095
□
いだい（な）
【偉大（な）】

な形 偉大的

例 その人物は科学の発展に偉大な功績を残した。

那位人物在科學的發展上留下了偉大的功績。

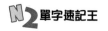

0096 ☐
いだく
【抱く】

他 I 抱；懷抱

例 卒業を控えた彼女は、就職することに対して不安を抱いている。

即將面臨畢業的她，對就業抱著不安的心情。

0097 ☐
いたみ
【痛み・傷み】

名 疼痛；悲傷；（物品）損傷；（食物）腐壞

例 重い物を持ち上げると、突然腰に痛みが走った。

一舉起重物，腰部突然閃過一絲疼痛。

0098 ☐
いたむ
【痛む・傷む】

自 I 疼痛；心痛；（物品）損傷；（食物）腐壞
衍 いためる【痛める・傷める】弄疼；使傷心

例 ニュースでシリア内戦の惨状を見るたびに、心が痛む。

每當在新聞上看到敘利亞內戰的慘況，就感到心痛。

0099 ☐
いち
【位置】

名・自Ⅲ 位置；地位
衍 いちづけ【位置付け】定位

例 スマホはなくしても、位置特定という機能を利用すれば、見つけられるよ。　即使弄丟了手機，只要使用手機定位功能，就能找到了。

0100 ☐
いちおう
【一応】

副 大致上；（以防萬一）暫且

例 私の日本語は発音がきれいとは言えないが、一応通じると思う。

我的日文發音雖然談不上很好，但大致上可以溝通。

例 先方には電話で打ち合わせの時間を伝えましたが、一応メールも送っておきましょう。

雖然有電話告知對方商談的時間了，但為防萬一也寄電子郵件通知吧。

0101 ☐
いちじ
【一時】

名 暫時；（過往）某段時間；當時　➔ 常考單字
衍 いちじてき（な）【一時的（な）】暫時性的

例 改装につき、一時休業させていただきます。

由於改裝的關係，暫時歇業。

0102
□
いちだんと
【一段と】

副 更加，越發

例 夜中の雨のおかげで今朝は空気が一段と澄んでいます。

由於半夜下雨的關係，今天早上的空氣更顯清新。

0103
□
いちりゅう
【一流】

名 一流；獨特的風格；一個流派

例 この料理は一流シェフならではのセンスが感じられます。

這道料理可以感受出一流主廚獨有的美感。

┌─ 出題重點 ─────────────────────────────┐
│ ▶文法　Nならではの N　只有～才、～獨有的 │
│ 用於前項的名詞才能辦得到後項名詞表示的情況，主要用在高度評價的事 │
│ 物上。 │
└──────────────────────────────────────┘

0104
□
いっきに
【一気に】

副 馬上，一口氣 　　　　　　　→ N3 單字

例 台湾式の乾杯とは、「カンパイ」と言って、一気にお酒を飲み干す
ことだ。　所謂的臺式的乾杯是喊「乾杯」後，把酒一口氣喝光。

0105
□
いっこうに
【一向に】

副（後接否定）絲毫（不），完全（不）

例 職場における男女平等が叫ばれているが、男女間の賃金格差は一向
に改善されていない。

雖然高喊職場上男女平等，但男女薪資差異的情況絲毫沒有改善。

0106
□
いっこだて
【一戸建て】

名 獨棟住宅
類 いっけんや【一軒家】獨棟房屋；透天厝

例 大都会で一戸建てを持つなんて、贅沢すぎるよ。

竟然在大都市擁有獨棟住宅，實在是太奢侈了。

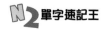

0107 ☐ **いっしゅ**
【一種】

名・副 一種；某種

例 「薬も過ぎれば毒となる」ということわざがあるから、薬も毒の一種と言えるでしょう。

有句諺語說：藥用過量會變成毒藥，所以藥可說是毒的一種吧。

0108 ☐ **いっしゅん**
【一瞬】

名 瞬間

類 しゅんかん【瞬間】瞬間

例 宇宙の長い歴史に比べれば、人生はほんの一瞬にすぎない。

跟宇宙的悠久歷史相比，人生只不過是短短一瞬間。

0109 ☐ **いっせいに**
【一斉に】

副 一起，同時

衍 いっせいそうしん【一斉送信】群組寄信

例 年末年始には、繁華街の店という店が一斉に休業する。

年底到年初時鬧區的所有店家同時都不營業。

出題重點

▶**文法 NというN 所有的～／就在～（強調）**

這句型前後用同一名詞，當接表事物的名詞時，表示「所有的、全部」的意思。當接表時間的名詞時，是強調「就是這個時候」的意思。

例 山火事で木という木が全て焼けてしまった。

因為山林大火，所有樹木都燒光了。

例 今日という今日は相手のチームを見返してやる。

我今天一定要給敵隊好看。

0110 ☐ **いっそう**
【一層】

名・副 更加；一層

類 いちだんと【一段と】更加，越發

例 鮮やかに色付いた紅葉が青空に映えていっそうきれいだ。

色彩鮮豔的楓葉在藍色天空下更加顯眼美麗。

0111
いったん
【一旦】

名・副 一旦；暫且

04

例 一旦払い込まれた受験料は、いかなる場合でも返金致しません。

考試費用一旦繳納，無論任何情況都不予退還。

例 チェックイン時間より早く着いたら、ホテルに荷物を一旦預けて観光に行こう。

如果在入住時間之前抵達的話，就把行李暫時寄放在飯店後去觀光吧。

0112
いっち
【一致】

名・自Ⅲ 一致，符合
類 がっち【合致】一致，吻合

例 理想と現実は必ずしも一致しないものだ。

理想跟現實本來就不一定會相符的。

0113
いってい
【一定】

名・自他Ⅲ 固定；規定；穩定　　→ 常考單字
類 こてい【固定】固定

例 ワインは温度の変化によって風味が変わるので、一定の温度を保つことが大切です。

葡萄酒會因溫度變化而走味，因此保持一定的溫度是很重要的。

0114
いっぺん
【一変】

名・自他Ⅲ 完全改變
類 いってん【一転】突然一變

例 その人がお金持ちになった途端、周りの人たちの態度が一変した。

那個人一有錢，身邊的人們的態度突然為之一變。

0115
いっぽう
【一方】

名 一個方向；單邊；同時；一直越來越～

例 人材を採用するときに男女どちらか一方に偏るべきではない。

錄用人才時不應偏好男女其中一方。

例 子供は厳しく育てる一方で、優しく接するべきだ。

嚴格教育孩子的同時應該也要溫和以待。

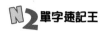

出題重點

▶文法 V 一方だ 一直地～、越來越～

前面接表示變化的動詞的辭書形，用於表示某種情況朝某方面不斷發展，

不論好壞情況都可用，只是較常用在負面的情況。

例 少子高齢化による労働力不足の問題は深刻化する一方です。

　　因為少子高齡化造成的勞動人口不足的問題越來越嚴重。

0116
□
いつのまにか
【いつの間にか】

副 不知不覺
→ N3 單字

例 街でばったり会った友達と話が弾んで、いつの間にか日が暮れていた。

跟在街上偶遇的朋友聊得太起勁，不知不覺就天黑了。

0117
□
いてん
【移転】

名・自他Ⅲ 遷移；轉移

例 あの店は路地の奥に移転しても人気が衰えない。

那家店即使搬到小巷裡仍舊人氣不墜。

0118
□
いでん
【遺伝】

名・自Ⅲ 遺傳
衍 いでんし【遺伝子】基因

例 子供の見た目や性格や能力は大抵親から遺伝する。

小孩的外表、個性或能力大多遺傳自父母。

0119
□
いど
【井戸】

名 井

例 この古い井戸はとっくに涸れているが、文化財として大切に保存されて

いる。　這座古井雖然早已乾涸，但被視為文化資產珍貴地保留著。

0120
□
いど
【緯度】

名 緯度
衍 けいど【経度】經度

例 北極や南極など緯度の高い所では、オーロラという不思議な現象が

観測できる。　在北極或南極等高緯度的地方可觀測到神奇的極光現象。

0121 □ いどう
【移動】

名・自他Ⅲ 移動 → N3 單字

例 出張先への移動中も、プレゼンの資料作りに追われた。

在移動前往出差地的途中，仍忙著製作簡報資料。

0122 □ いばる
【威張る】

自Ⅰ 驕傲自滿；耀武揚威

例 自信がない人ほど、威張った態度をとる。

越是沒有自信的人越會擺架子。

0123 □ いびき
【鼾】

名 鼾聲

例 彼はソファに横になったかと思ったら、いびきをかいて寝てしまった。

他一剛躺上沙發就鼾聲大作睡著了。

0124 □ イベント
【event】

名 大事；活動 → 常考單字

例 日本では、季節に合わせて色々なイベントが開催されている。

在日本會隨著季節舉行各種活動。

0125 □ いまに
【今に】

副 至今（後面多接否定）；不久，總有一天

例 こんな好条件の転職話を断るなんて、今に後悔するよ。

你竟然拒絕掉這麼好的條件的新工作，總有一天你會後悔的。

0126 □ いまにも
【今にも】

副 眼看，馬上（就要）

例 幽霊が出てきたシーンが怖くて、今にも心臓が飛び出そうだった。

鬼出現的那一幕好可怕，心臟都快要跳出來了。

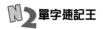

0127
☐ イメージ
【image】

名・他Ⅲ 形象，印象；想像　→ 常考單字
衍 イメチェン【image change】改變形象

例 日本では、入れ墨というと、暴力団の人というイメージが強いので、
入れ墨を入れた人の入浴を禁止している温泉や銭湯が多い。

在日本提到刺青，容易讓人聯想到黑道人士，因此不少溫泉或澡堂禁止有
刺青的人入浴。

0128
☐ いやいや
【嫌々】

副 不情願，勉強　→ 常考單字

例 宴会が苦手なのに、職場の忘年会に嫌々参加させられた。

我不喜歡宴會，卻很勉強地去參加了公司的尾牙。

0129
☐ いやがる
【嫌がる】

他Ⅰ 不願意，討厭　→ N3 單字

例 どこの国の国民でも増税は嫌がるでしょう。

任何一個國家的國民都不願意增稅吧。

0130
☐ いやみ (な)
【嫌味 (な)】

名・な形 諷刺，挖苦；令人不舒服的

例 職場では敬語を使うのが基本だが、丁寧すぎると嫌味に聞こえること
もある。

在職場上用敬語是基本之道，但有時太過客套，聽起來會有諷刺的感覺。

0131
☐ いよいよ
【愈々】

副 益發；終於；確實；關鍵時刻

例 いよいよ来週は日本語能力試験です。合格に向けて今日からラスト
スパートです。

終於下週就是日語能力檢定考了，邁向合格之路，今天開始要全力衝刺了。

例 年に一度の決算が近づき、仕事がいよいよ忙しくなった。

接近一年一度的結算期，工作越來越忙了。

0132 □
いらい
【依頼】
名・他Ⅲ 委託，請求；依賴

例 仕事の依頼を引き受けたからには、全力をあげて取り組みたい。

既然接下工作的委託，就想盡全力挑戰。

0133 □
いりょう
【医療】
名 醫療；治療
衍 いりょうじこ【医療事故】醫療過失

例 海外でいざという時に安心して医療が受けられるように、海外旅行保険に加入したほうがいい。

為了在國外發生意外時可以安心接受治療，最好要加入旅遊平安險。

0134 □
いれかえる
【入れ替える】
他Ⅱ 更換；調換
衍 いれかわる【入れ替わる】替換；調換

例 インフルエンザの流行シーズンは窓を開けて部屋の空気をこまめに入れ替えましょう。　流感盛行的季節時要開窗經常讓房間換氣。

0135 □
いわば
【言わば】
副 可以說

例 その人とは助け合ったり、励まし合ったりして、いわば家族のような関係です。　我跟他彼此互相幫助鼓勵，可以說是家人般的關係。

0136 □
いわゆる
【所謂】
連體 所謂的

例 弟はどんなことでもやりかけて途中でやめてしまう。いわゆる三日坊主だ。

弟弟無論任何事都是做沒多久就半途而廢，就是所謂的三分鐘熱度。

0137 □
いんさつ
【印刷】
名・他Ⅲ 印刷　　　　　　→ 常考單字
衍 いんさつぶつ【印刷物】印刷品

例 論文の原稿は期限ギリギリに完成した。あとは印刷するだけだ。

論文的原稿在期限前一刻完成了，只差印出來而已了。

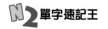

0138 □ いんしょう 【印象】

名 印象 → N3 單字
形 いんしょうてき (な)【印象的 (な)】 印象深刻

例 日本人の仕事に対する真面目な態度が印象に残っている。

日本人對工作的認真態度令我印象深刻。

0139 □ いんたい 【引退】

名・自Ⅲ 退出，引退

例 その人気女優は結婚を機に芸能界を引退した。

那位知名女演員藉著結婚的機會退出演藝圈。

出題重點

▶文法 N／Ｖの＋を機に　藉著～機會、以～為契機

這句型用於表示前項是開啟進行後項行為的動機、緣由、機會。類似用法

還有「～をきっかけに」及「～を契機 (けいき) に」。

例 外国人との交流会に参加したのをきっかけに、語学の勉強を
始めた。　因為參加了與外國人交流的聚會，而開始學外語了。

例 この鉄道事故を契機に、政府は再発防止対策を見直し始めた。

以這次的火車意外為契機，政府開始重新評估避免再度發生的對策。

0140 □ いんよう 【引用】

名・他Ⅲ 引用

例 他人の文章を引用するときは、必ず出典を明らかにすること。

引用他人文章時一定要把出處標清楚。

出題重點

▶文法 Ｖ／Ｖ－ない＋こと　必須

「～こと」放在句尾，表示命令的意思，用於表示應該遵守的規則或指令

時，多是書面形式。

例 洗濯機は夜遅くに使用しないこと。　深夜請勿使用洗衣機。

▶う／ウ

0141
☐
🔊
05

ウイルス
【virus】

名 （濾過性）病毒；電腦病毒
衍 アンチウイルス 防毒軟體

例 外からインフルエンザのウイルスを家に持ち込まないように、帰ってき
たら、ちゃんと手を洗って、うがいをしなさい。

為了避免從外面帶流感病毒進到家裡，一回到家要好好洗手漱口。

0142
☐

うえき
【植木】

名 植栽的樹木；用於栽種的樹

例 父は毎朝植木の水やりを欠かさない。

父親每天早上都會幫植栽澆水。

0143
☐

うえる
【飢える】

自II 飢餓；渴望
衍 うえじに【飢え死に】餓死

例 この寄付金は世界の飢えている子供たちのために使われる。

這筆捐款將用於世界上飢餓的孩子身上。

0144
☐

うがい
【嗽】

名・自III 漱口 → N3 單字

例 最近オイルでうがいをする、いわゆる「オイルプリング」が流行って
いる。　最近用油漱口，所謂的「油漱法」很流行。

0145
☐

うかぶ
【浮かぶ】

自I 飄浮；浮現；想到
衍 うかべる【浮かべる】使～浮起；使～浮現

例 緊張しすぎて、頭に浮かんだ言葉がうまく口にできなかった。

因為過於緊張，腦中浮現的話語無法好好說出口。

0146
☐

うけいれる
【受け入れる】

他II 接受；接納 → 常考單字

例 日本政府は外国人労働者を受け入れることで人手不足を解消しようと
している。

日本政府正試圖藉由引進外國勞工來解決人力不足的問題。

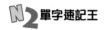

0147
☐
うけたまわる
【承る】
| 他Ⅰ 恭聽，聽聞；接受，承擔（是「聞く」「受ける」「引き受ける」等詞的謙讓語） |

例 A：田中課長、いらっしゃいますか。　田中課長在嗎？
　　B：申し訳ございません。あいにく田中はただいま会議中でございますが、わたくし佐藤がご用件を承りましょうか。

　　　非常抱歉，田中不巧正在開會，由我佐藤來轉達您交代的事情好嗎？
例 ご宿泊のご予約、確かに承りました。　收到您住宿的預約了。

0148
☐
うけとる
【受け取る】
| 他Ⅰ 收下，領；理解 | → N3 單字 |

例 郵便局で郵便物を受け取るには身分証明書が必要だ。

　　到郵局領郵件時需要身分證明文件。
例 彼女の大学を辞めるという言葉を本気で受け取ることはない。

　　她說要休學的那番話不需要當真。

0149
☐
うけもつ
【受け持つ】
| 他Ⅰ 擔任，負責 |

例 少子化のため、学校の先生が受け持つ1クラスの生徒の人数が減ってきた。　因為少子化的關係，學校老師負責的每個班級的人數減少了。

0150
☐
うしなう
【失う】
| 他Ⅰ 失去；錯失；迷失 | → 常考單字 |
| 類 なくす【無くす】丟掉；失去；消除 |

例 仕事で同じ失敗を繰り返して、上司の信頼を失ってしまった。

　　工作上一再發生同樣的失誤，以致失去上司的信賴。

0151
☐
うしろむき (な)
【後ろ向き (な)】
| 名・な形 向後，背著；消極的，倒退的 |
| 反 まえむき (な)【前向き (な)】向前；積極的 |

例 階段を降りるとき、後ろ向きに降りるほうが膝を痛めないそうです。

　　聽說下樓梯時，背著身體下比較不傷膝蓋。
例 同じことでも、前向きに考える人もいれば、後ろ向きに捉える人もいる。　即使是面對同一件事，有正向思考的人，也會有負面看法的人。

0152
□ うすぐらい
【薄暗い】 | [い形] 微暗的，昏暗的 → N3 單字

例 隣にビルが建って日当たりが悪くなったので、明るかった部屋が昼間でも薄暗い。

隔壁蓋了大樓影響了家裡的採光，原本明亮的房間即使白天也都是昏暗的。

0153
□ うすめる
【薄める】 | [他Ⅱ] 稀釋；調淡
[衍] うすまる【薄まる】變淡，變稀

例 お酒のアルコール分を水で薄めようとしたら、入れすぎて水っぽくなってしまった。

我試圖用水調淡酒的酒精濃度，結果加太多水導致味道變淡。

0154
□ うたがう
【疑う】 | [他Ⅰ] 懷疑；猜測 → 常考單字

例 あの選手は今季素晴らしい成績を残したから、その実力は疑いようもない。　那位選手這一季留下很棒的成績，他的實力毋庸置疑。

0155
□ うちあわせ
【打ち合わせ】 | [名・自Ⅲ] 事前討論，協商 → 常考單字

例 プロジェクトを円滑に進めるためには、事前の打ち合わせや会議が大事だ。　要順利推行計畫，事前的討論或開會是很重要的。

0156
□ うちけす
【打ち消す】 | [他Ⅰ] 否認，否定；消除
[類] ひにん【否認】否認

例 首相は記者会見で、脱税の噂を打ち消したが、国民の多くは信じていない。　首相在記者會上否認了逃稅的謠言，但多數國民都不相信。

0157
□ うっかり | [副・自Ⅲ] 不小心，一個不留神 → N3 單字
[衍] うっかりもの【うっかり者】粗心大意的人

例 朝からバタバタしていて、うっかり教科書を忘れてしまった。

一早就忙得不可開交，不小心忘了帶教科書。

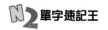

0158
☐ うつす
【映す】

他Ⅰ 映照；放映；反映
衍 うつる【映る】映出，顯現；相襯；感覺

例「子は親を映す鏡」ということわざがある。だから、親は自分の振る
舞いに気をつけなければならないのである。　有句諺語說「孩子就是反
映出父母的鏡子」，所以做父母的必須要留意自己的行為舉止。

0159
☐ うったえる
【訴える】

他Ⅱ 申訴，控訴；陳訴；訴諸於；打動

例 職場で度を過ぎたパワハラに遭った場合は、泣き寝入りしないで加害
者を訴えるべきだ。

在職場上遇到嚴重的霸凌時，不要忍氣吞聲，應該控告加害者。

0160
☐ うっとり

副・自Ⅲ 陶醉，心醉神迷

例 目の前に広がるカラフルな花畑があまりにもきれいで、うっとりと見
惚れてしまった。　眼前一片色彩豐富的花田實在太美麗，而看得心醉神迷。

0161
☐ うつりかわり
【移り変わり】

名 變遷

例 台湾は一年中暖かいので、季節の移り変わりがあまり感じられない。

臺灣全年因為溫暖，不太能感受到季節的變遷。

0162
☐ うつわ
【器】

名 容器；氣度；人才

例 今度のプロジェクトリーダーは人の上に立つ器ではないから、あまり
期待しないほうがいい。

這次的計畫負責人沒有領導人的才能，最好不要太期待。

┌─ 出題重點 ─┐

▶固定用法
～器ではない　不是～的人才／器が大きい　大器，肚量大／
器が小さい　肚量小，小鼻子小眼睛

0163
□
うなずく
【頷く】

自Ｉ 點頭贊同

例 候補者の演説に、支持者たちはしきりに頷きながら耳を傾けていた。

支持者們邊頻頻點頭贊同邊聽著候選人的政見發表。

0164
□
うなる
【唸る】

自Ｉ 呻吟；（動物）低吼；低鳴；叫好

例 マッサージを受けているとき、あまりの痛さに思わず唸ってしまった。

被按摩時，因為太痛了，而不禁發出呻吟聲。

0165
□
うばう
【奪う】

他Ｉ 搶奪，奪走；除掉；吸引
類 とりあげる【取り上げる】奪取，沒收；提起

例 有名な観光地で、写真撮影に気を取られている間に、金品を奪われる事件が多発している。

在著名觀光地，常發生趁遊客專注於拍照之時，搶奪財物的事件。

0166
□
うまれかわる
【生まれ変わる】

自Ｉ 投胎轉世；脫胎換骨

例 生まれ変われるものなら、お金持ちの家に生まれたい。

如果可以投胎的話，下輩子我想生在有錢人家。

例 ただ化粧するだけでまるで別人のように美しく生まれ変わった。

只靠化妝就脫胎換骨漂亮得宛如另一個人。

┌─ 出題重點 ─

▶**文法　Ｖ－れる／Ｖ－よう＋ものなら　假如～的話／若是～的話**

「ものなら」有兩種用法，都是表示假設的意思。前面接可能動詞時是表示整件事情實現的可能性很低，當前面接動詞的意向形時，是假設若做某事的話，會發生不好的情況。口語時常用「もんなら」的形式。

例 反抗期に入った子供にちょっと文句を言おうものなら、すぐに怒って言い返してくる。

叛逆期的孩子稍微抱怨他一下，馬上就生氣頂嘴。

└────

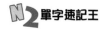

0167
うみだす
【生み出す】

他I 產出；創造出

例 開発チームは長い年月の末、ようやくこの新製品を生み出した。

研發團隊經歷漫長的時間，終於創造出這項新產品。

0168
うむ
【有無】

名 有無；可否

例 この書類は、回答の有無にかかわらず全員ご提出ください。

這份文件無論是否有作答，請全部的人都交出來。

0169
うやまう
【敬う】

他I 尊敬，敬重

類 そんけい【尊敬】尊敬

例 台湾では先祖を敬うために、清明節にお墓参りに行く。

在臺灣為了敬拜祖先，會在清明節時去掃墓。

0170
うらがえす
【裏返す】

他I 翻過來；從相反的立場來看 → N3 單字

類 ひっくり返す【ひっくり返す】翻過來；推翻

例 試験開始の合図があるまで、解答用紙を裏返さないでください。

在考試開始的指示之前請勿將答案卷翻過來。

0171
うらぎる
【裏切る】

他I 背叛；違背

衍 うらぎりもの【裏切り者】叛徒

例 信頼してくれている人たちを裏切ることなんてできない。

要我背叛相信我的人們，實在辦不到。

┌─ 出題重點 ─┐

▶文法 Nなんて 之類的

「なんか」是「など」的口語用法，特別將某事物提出為例，語氣中有輕視之意。

0172
うらなう
【占う】

他I 算命，占卜

衍 うらないし【占い師】算命師

例 娘の名前を付ける前に、占い師に占ってもらった。

在幫女兒取名字之前，有請算命師算了一下。

0173 うらむ　　　　　　　　　　[他Ⅰ] 怨恨
☐　【恨む】

例 会議で反対の意見を言ったばかりに、相手に恨まれてしまった。

　只不過在會議上表達相反意見，就被對方怨恨了。

出題重點

▶文法　Ｖ－た／い形－い／な形－な＋ばかりに　只是因為～就～

「ばかりに」是表示原因的用法，通常是說話者表達只不過是一個小原因，

就招致意想不到的不好的結果，語感中表現出說話者的遺憾、抱怨之意。

例 口下手なばかりに、能力がないと思われてしまった。

　我只是因為不擅言辭就被認為沒有能力。

0174 うらやむ　　　　　　　　　[他Ⅰ] 羨慕；嫉妒　　　　　→ 常考單字
☐　【羨む】　　　　　　　　　[衍] うらやましい【羨ましい】羨慕的

例 誰もが羨むほど仲がよさそうに見えたあの夫婦は実は仮面夫婦

　だった。　那對看似感情好到令人稱羨的夫妻實際上是假面夫妻。

0175 うりあげ　　　　　　　　　[名] 營業額　　　　　　　　→ 常考單字
☐　【売り上げ】

例 うちの会社はありとあらゆる方法を使って売り上げを伸ばそうとして

　いる。　我們公司使盡所有方法試圖提升營業額。

0176 うりきれる　　　　　　　　[自Ⅱ] 銷售一空　　　　　　　→ N3 單字
☐　【売り切れる】　　　　　　[衍] うりきれ【売り切れ】全部售完

例 旧正月や中秋節の帰省ラッシュの時期は台湾新幹線のチケットが

　ネットで発売されると、あっという間に売り切れてしまう。

　春節或中秋節等返鄉潮的時間，高鐵票一在網路上販售，瞬間就銷售一空。

0177 うりだす　　　　　　　　　[他Ⅰ] 上市；促銷；出名
☐　【売り出す】　　　　　　　[衍] おおうりだし【大売り出し】大減價

例 この商品は3個1組で売り出されている。

　這項商品以 3 個 1 組做促銷。

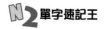

0178
□
うれゆき
【売れ行き】
名 銷路

例 今年の冬は、記録的な寒さが続いている。暖房器具の売れ行きが好調

だという。

今年冬天，破紀錄的寒冷天氣持續不斷，據說暖氣機的銷路很好。

0179
□
うれる
【売れる】
自II 售出；暢銷；出名

例 歌が上手なだけでは売れる歌手にはなれない。

只憑歌唱得好是無法成為暢銷歌手的。

0180
□
うろうろ
副・自III 徘徊，來回閒晃；不知所措　→ N3 單字

例 家の周りをうろうろしている不審な人物を見かけたら、すぐ警察に通報

してください。　看到在住宅四周徘徊的可疑人物時，請立刻報警。

0181
□
うわまわる
【上回る】
自I 超出　→ 常考單字
反 したまわる【下回る】低於

例 この授業は人気が高いため、履修希望者が定員を遥かに上回って

いる。　這門課很受歡迎，所以想修的人遠遠超過規定人數。

0182
□
うんと
副 大大地；非常；量多

例 私が大きくなったらうんと稼いで、母を楽にさせてあげたい。

我長大後要賺很多錢，讓媽媽享福。

例 ファンはアイドルを応援するためにお金をうんと使っている。

粉絲為了支持偶像，花了大把鈔票。

▶え／エ

0183
□
🔊
06
えいえん (な)
【永遠 (な)】
名・な形 永遠；永存

例 世の中には永遠に存在するものはない。

世上沒有什麼東西是永恆存在的。

0184 □
えいきゅう（な）
【永久（な）】

名・な形 永久

例 永久に変わらないものなど、この世にあるのだろうか。

這世上會有永久不變的事物嗎？

0185 □
えがお
【笑顔】

名 笑臉 　　　　→ 常考單字

類 わらいがお【笑い顔】笑臉

例 これから２人で明るく笑顔が絶えない家庭を築きたいと思っています。

今後我們２人將一起建立一個開朗、充滿歡笑的家庭。

0186 □
えがく
【描く】

他I 畫；描寫 　　　　→ 常考單字

例 この小説には社会に出て苦労する主人公の姿が描かれているが、読んでいてかわいそうになってくる。

這部小說裡描寫了出社會歷盡艱辛的主角的故事，讀者讀著讀著讓人不禁同情。

0187 □
えきたい
【液体】

名 液體

衍 こたい【固体】固體

例 飛行機に乗るときの液体の持ち込みには、容量の制限がある。

搭乘飛機時，液體的攜帶容量是有限制的。

0188 □
エコ・エコロジー
【ecology】

名 環保 　　　　→ 常考單字

例 世界中の環境問題に対する関心が高まり、「エコ」という言葉は至る所で耳にする。

全世界對環境問題的關注提升，到處都聽得到「環保」兩個字。

0189 □
エチケット
【(法) étiquette】

名 禮貌

類 れいぎ【礼儀】禮儀

例 風邪をひいているのにマスクもせずにくしゃみや咳をするのはエチケットに反すると思う。

感冒卻在不戴口罩的情況下打噴嚏、咳嗽是很沒有禮貌的。

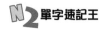

出題重點

▶**詞意辨析　エチケット VS マナー**

「エチケット」跟「マナー」雖然都是表示「禮儀、禮節」的意思，「エチケット」主要是用在「顧及自己接觸的對象的觀感，避免引起對方不舒服或不快而留心注意的態度或行為」上，例如約會時穿著髒兮兮的衣服、用餐發出聲音等是屬於不符合「エチケット」；而「マナー」的用法則比較廣泛，顧及到的不只單一對象的觀感，還有周遭的人，沒有像規範般嚴格，主要是用在「符合一般社會認定的通俗禮儀」上，例如用餐後大庭廣眾下用牙籤剔牙、在車上大聲講手機等，就是違反「マナー」的行為。

0190
□
えて（な）
【得手（な）】

名・な形 拿手，擅長　　　→ 常考單字
反 ふえて（な）【不得手（な）】不拿手；不喜歡

例 チームワークとは、お互いの得手不得手を補い合い、効率よく目標を達成することです。

所謂的團隊合作就是互補彼此擅長跟不擅長的部分，有效率地達成目標。

0191
□
エネルギー
【(德) energie】

名 精力，活力；能源
衍 しょうエネ【省エネ】節能

例 子供と真剣に向き合うにはエネルギーが必要だ。

認真陪伴小孩是需要能量的。

0192
□
えのぐ
【絵の具】

名 顏料

例 買ったばかりの服に絵の具を付けてしまった。

才剛買的衣服沾到顏料了。

0193
□
えらい
【偉い】

い形 偉大的，了不起的；嚴重的；累人的
衍 おえらいさん【お偉いさん】大人物，大頭

例 何度失敗しても諦めずに夢を追い続ける人は偉いと思う。

我覺得無論失敗多少次仍不放棄追求夢想的人很了不起。

0194
□
える
【得る】

他Ⅱ 獲得；理解；可能 → 常考單字

例 お客さんから信頼を得るには、誠実な対応が一番だ。

要獲得客戶的信賴，誠實以待是最重要的。

0195
□
えんき
【延期】

名・他Ⅲ 延期
類 ひのべ【日延べ】延期 → 常考單字

例 昨日の陸上大会は、雨のため延期になった。

昨天的田徑比賽因雨延期。

0196
□
えんげい
【園芸】

名 園藝
類 ガーデニング【gardening】園藝

例 おじいさんは園芸が趣味で、庭木の手入れや草むしりが日課だ。

爺爺的興趣是園藝，整理庭院的草木、除草是他每天的工作。

興趣

登山
登山

映画鑑賞
電影欣賞

美術館めぐり
逛美術館

アロマテラピー
芳療

0197
□
えんげき
【演劇】

名 戲劇
類 しばい【芝居】戲劇

例 ニューヨークでミュージカルを見てから、すっかり演劇の魅力にはまってしまった。　在紐約看了音樂劇後，完全被戲劇的魅力深深吸引了。

0198
□
えんじょ
【援助】

名・他Ⅲ 援助
類 しえん【支援】支援

例 内戦で家を失った難民に援助の手を差し伸べるべきだ。

我們應該伸出手援助因內戰失去家園的難民。

0199
えんぜつ
【演説】
名・自Ⅲ 演說

例 あの政治家の演説はいつも聞く人の心を掴む。

那位政治家的演說總是能抓住聽眾的心。

0200
えんそく
【遠足】
名・自Ⅲ 遠足

例 ここは小学校の遠足でよく使われる場所だ。

這裡是小學常用來遠足的地方。

0201
えんちょう
【延長】
名・他Ⅲ 延長；延續；總長　　　→ 常考單字
衍 えんちょうせん【延長戦】延長賽

例 このキャンペーンは好評につき、期間を延長することになりました。

本項促銷活動由於廣受好評，因此延長了期間。

▶お／オ

0202
おいかける
【追い掛ける】
他Ⅱ 在後緊追
衍 おっかける【追っ掛ける】在後緊追

07

例 警察が逃げる犯人を追い掛けるあのシーンはとても迫力がある。

警察追逃犯的那一幕好有震撼力。

0203
おいこす
【追い越す】
他Ⅰ 超越　　　→ N3 單字
類 おいぬく【追い抜く】趕過

例 いつか後輩に追い越されるのではないかと心配するより、自分の能力を高めたほうがいい。

與其擔心不知哪一天會被後輩超越，不如好好提升自己的能力。

0204
おいつく
【追いつく】
自Ⅰ 追上；趕上　　　→ 常考單字

例 憧れの先輩に追いつくだけでなく、いつか絶対追い越してみせる。

我不只要迎頭趕上崇拜的前輩，有一天絕對要超越他。

▶**文法　V－て＋みせる　絕對要～／做給別人看**

「～てみせる」有兩個意思，一個是說話者表達自己做某事的強烈決心，

另一個是表示示範給別人看。

例 今度の試合は必ず勝ってみせる。　這次比賽我一定贏給你看。

例 音楽に合わせて踊ってみせて。　配合音樂跳給我看看。

0205
□
おうじる
【応じる】

【自Ⅱ】回應；對應；按照

例 学校生活の悩みは、学生係の人が相談に応じてくれます。

學校生活上的煩惱，學務處的人會協助處理你的問題。

例 コースメニューはご予算に応じてご用意させていただきます。

套餐內容會按照您的預算準備。

0206
□
おうせい (な)
【旺盛 (な)】

【名・な形】旺盛

例 子供は好奇心が旺盛で何でもチャレンジしたがる。

小孩子好奇心旺盛什麼都想挑戰。

0207
□
おうせつ
【応接】

【名・自Ⅲ】接待
【衍】おうせつしつ【応接室】客廳；會客室

例 新入社員には大事な来客の応接は任せられない。

沒辦法讓新進職員接待重要的客人。

0208
□
おうたい
【応対】

【名・自Ⅲ】接待；應對

例 この仕事は電話の応対が上手な人でないと務まらない。

這工作若不是善於電話應對的人的話是無法勝任的。

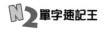

0209
おうだん
【横断】

名・他Ⅲ 横斷；横渡 → N3 單字

慣 おうだんほどう【横断歩道】斑馬線

例 いつか鉄道でアメリカ大陸を横断して、あの壮大な景色をこの目で見て
みたいなあ。

真希望有一天能搭火車横渡美洲大陸，親眼目睹那壯闊的景色。

0210
おうふく
【往復】

名・自Ⅲ 往返；來往 → N3 單字

例 社会人になってから、会社と家を往復するだけの刺激のない生活を送っ
ている。

出了社會之後，就過著只在公司和家裡來來去去，沒有刺激感的生活。

0211
おうよう
【応用】

名・他Ⅲ 應用 → 常考單字

例 基本がしっかりできてこそ、自由に応用ができる。

基本功要扎實學會後才能自由地應用。

┌─ 出題重點 ─────────────────────

▶文法　Ｖ－て＋こそ　只有～才～

「～てこそ」是強調唯有前項的條件實現，才可能得到後項的好結果，或
才能了解後項的意義。

└──────────────────────────

0212
おおいに
【大いに】

副 非常；大大地

例 その厳しいコーチに褒められて、大いに自信がついた。

被嚴格的教練稱讚，大大地有了自信。

0213
おおう
【覆う】

他Ⅰ 覆蓋，遮蔽；籠罩

例 強い寒波の影響で、町中は雪に覆われた。

因為強烈寒流的影響，整個城市籠罩著白雪。

0214 おおげさ (な)
【大げさ (な)】
な形 誇張；誇大 　　　　　　　→ 常考單字
類 オーバー (な)【over】誇張

例 今のことはお母さんには内緒にしておいてね。なんでも大げさに言うんだから。　這件事要對媽媽保密喔，因為她任何事都會誇大其詞。

0215 オーケストラ
【orchestra】
名 管弦樂；管弦樂團

例 こんなに素晴らしいオーケストラの演奏が聴けて幸せだ。

能聽到這麼棒的交響樂團的演奏實在太幸福了。

0216 おおざっぱ (な)
【大雑把 (な)】
な形 草率；粗略

例 その人は一見大雑把なように見えるが、繊細なところもあるよ。

那個人乍看粗枝大葉，但也有細膩的一面。

例 その人気歌手の年収は大雑把に推定すると、10億円ぐらいかな。

那位當紅歌手的年收入粗略推算，大概是10億日圓。

0217 おおて
【大手】
名 大公司；交易大戶；城的正門
衍 おおてきぎょう【大手企業】大公司

例 日本の大手のチェーンはここ数年次々と海外進出している。

日本的大型連鎖店這幾年陸陸續續往國外拓展。

0218 オーバー (な)
【over】
名・な形・自他Ⅲ 超過；誇張；大衣（「オーバーコート」的簡稱）

例 今度の旅行は予算がオーバーしてしまったが、楽しかった。

這次旅行雖然超出預算，但很好玩。

例 彼女は雰囲気を盛り上げようとしているのだろうが、反応がオーバーすぎる。　不知她是不是為了炒熱氣氛，反應也太誇張了。

0219 おおやけ
【公】
名 公家；公共；公開

例 その女優は結婚、出産を経て、今日初めて公の場に姿を見せた。

那位女演員經歷了結婚生子，今天第一次在公開場合露臉。

57

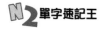

0220 □
おおよそ
【大凡】

名・副 大概；大約

類 だいたい【大体】大概

例 新聞の見出しを見れば、記事のおおよその内容が予測できます。

看報紙的標題，就能預測出報導大概的內容。

0221 □
おかす
【犯す】

他I 犯；冒犯

例 人間は誰でも過ちを犯すものだ。

人都會犯錯的。

0222 □
おがむ
【拝む】

他I 敬拜；懇求；看（「見る」的謙讓語）

例 宝くじが当たるように、神社で拝んできた。

我在神社祈求彩券能中獎。

例 先生のお宅に伺った時にお宝を拝ませていただきました。

拜訪老師家時，老師給我看了他的寶物。

0223 □
おぎなう
【補う】

他I 補足；彌補　　　　　　　　　→ 常考單字

例 論文は不十分なところを補った上で出すつもりです。

我打算將論文不完備的地方補上之後就交出去。

0224 □
おきにいり
【お気に入り】

名 中意，喜愛

例 洗濯タグを見ないで洗濯したら、娘のお気に入りのセーターが縮んでしまった。　我沒看洗標就洗了衣服，導致女兒心愛的毛衣縮水了。

0225 □
おさえる
【押さえる】

他II 壓，堵住；掌握；確保　　　→ N3 單字

例 紙が風で飛ばされないように文鎮で押さえた。

為了不讓風吹走用紙鎮壓住紙。

例 彼の発表はポイントを押さえていて、わかりやすかった。

他的報告掌握住重點很簡潔明瞭。

0226 □
おさえる
【抑える】
他Ⅱ 壓制，控制 → 常考單字

例 最近部下の仕事ぶりにイライラして、怒りを抑えるのが大変だ。

我最近對部下的工作態度感到焦躁不耐，很辛苦地克制自己的怒氣。

0227 □
おさない
【幼い】
い形 年幼的；幼稚的 → N3 單字

例 子供には、幼いころから良い生活習慣を身に付けさせるべきだ。

應該讓小孩自小養成良好的生活習慣。

0228 □
おさまる
【収まる・納まる】
自Ⅰ 容納；解決；平靜；繳納 → 常考單字

例 このポーチはポケットが多いので、小物がすっきり収まる。

這個小包包有很多口袋，小東西可整齊收納。

例 男女が喧嘩した時、感情的になりやすいので、お互いに怒りが収まってから話した方がいい。

男女吵架時容易變得情緒化，等彼此怒氣平復後再談會比較好。

0229 □
おさめる
【収める・納める】
他Ⅱ 收納；獲得；平息；繳納；結束 → 常考單字

例 万が一に備えて、重要書類や貴重品は銀行の貸し金庫に収めてある。

為了以防萬一，重要文件、貴重物品等都收在銀行的出租保險箱。

例 税金を納めるのは国民の義務だ。 繳稅是國民的義務。

税金

税込み
含税

税抜き
不含税

税金の払い戻し
退税

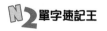

0230 □
おしい
【惜しい】

い形 可惜的，捨不得；重要的，值得珍惜的
衍 おしくも【惜しくも】很可惜地

例 もう1点で合格できたのに。惜しかったわね。

差1分就合格了。真可惜。

0231 □
おしとおす
【押し通す】

他I 堅持，固執；強行通過

例 その人は話し合いの中でいつも他の人の話を聞かないで自分の意見を押し通す癖がある。

那個人在討論時總是不聽他人的說法，堅持自己的意見。

0232 □
おしゃれ (な)
【お洒落 (な)】

名・な形・自III 愛漂亮的（人）；時髦的（人）；用心打扮

例 そのカフェはお洒落すぎて、男性1人では入りづらい。

那間咖啡廳太時髦了，男性1人不好意思踏進去。

例 今日は久々のデートだから、いつもよりお洒落してみた。

今天是久違的約會，所以比平常更用心打扮了一下。

0233 □
おせん
【汚染】

名・他III 受汙染
衍 たいきおせん【大気汚染】空氣汙染

例 この川は川沿いの工場の廃水で汚染された。

這條河被沿岸的工廠排放的廢水汙染了。

0234 □
おそくとも
【遅くとも】

副 最晚
反 はやくとも【早くとも】最快

例 キャンセルの場合は遅くともご予約日の2日前までにお願いいたします。　請最晚在預約日期的2天前取消預約。

0235 □
おそらく
【恐らく】

副 恐怕，可能

例 その事件の真相は恐らく明らかにされないでしょう。

事件的真相恐怕不會被揭開吧。

0236
おそれる
【恐れる】

自II 畏懼，害怕；擔心；敬畏 → 常考單字

例 失敗を恐れて行動を起こさないでいると、何も始まらないよ。

因為害怕失敗而一直不行動的話，什麼事都做不了喔。

0237
おそろしい
【恐ろしい】

い形 可怕的；驚人的；非常 → N3 單字

例 世の中に自然災害ほど恐ろしいものはない。

世上沒有比天災更可怕的東西了。

例 台湾では、少子化が恐ろしいスピードで進んでいる。

在臺灣，少子化以驚人的速度發展中。

0238
おそわる
【教わる】

他I 學習，受教 → N3 單字

例 教える側は、常に教わる側の立場に立って考えなければならない。

教導的一方必須時常站在學習的一方去思考才是。

0239
おだやか (な)
【穏やか (な)】

な形 溫和，平靜 → N3 單字

例 その人はいつも穏やかで、感情的になることはほどんどない。

那個人總是很溫和，幾乎沒有情緒化的時候。

0240
おちこむ
【落ち込む】

自I 落入，凹陷；沮喪；（狀況）低落

例 失恋で落ち込んだ時に親友がずっとそばにいてくれた。

我因為失戀而心情低落時，好友一直陪在我身邊。

0241
おちつく
【落ち着く】

自I 冷靜，沉著；穩定，安定
衍 おちつき【落ち着き】鎮定；安定

例 急いては事を仕損じるというから、まずは落ち着いて冷静になることだ。　俗話說欲速則不達，趕時間時最好要先沉著冷靜下來。

出題重點

▶文法　Ｖ／Ｖ－ない＋ことだ　應該、最好

「ことだ」接續在動詞辭書形或ない形之後，表示忠告、建議的意思，通常用於說話者根據自己的判斷強烈建議對方去做某事是最好的解決辦法時，因此不適合用在下對上的關係。

0242
おてすう
【お手数】

名 麻煩，勞煩（「手数」的尊敬語）

例 お急ぎの方は、お手数ですが、お電話にてお問い合わせください。

趕時間的顧客，不好意思勞煩您打電話洽詢。

0243
おどかす
【脅かす】

自Ⅰ 威脅，脅迫
名 おどかし【脅かし】恐嚇

例 そのいじめを受けた子供は学校で同級生に脅かされてお金を取られた。

那個受到霸凌的小孩在學校被同學威脅，搶走了錢。

0244
おとずれる
【訪れる】

自・他Ⅱ 訪問，到訪　　　　　　→ 常考單字
類 たずねる【訪ねる】拜訪

例 この町は訪れるたびに、新しい発見があるから、何度来ても飽きない。

這個城市每次造訪總有新發現，所以無論來多少次都不膩。

0245
おとる
【劣る】

自Ⅰ 比不上，遜色
反 まさる【勝る】勝過，優於

例 勉強ができないからといって、何事も人より劣っているわけではない。

即使不會唸書，也並非任何事都比不上別人。

0246
おどろかす
【驚かす】

他Ⅰ 使驚訝，使驚嚇

例 その画期的な発明は世界を驚かした。

那項劃時代的發明令世界震驚。

0247
☐
🔊
08

おのおの
【各々】

名・副・代 各自，每個，各位
類 それぞれ【其々】各自，分別

例 台湾の先住民族は、いくつかの部族に分かれていて、各々が独自の文化を持っている。　臺灣的原住民分成好幾族，各自都擁有獨特的文化。

0248
☐

おぼれる
【溺れる】

自II 溺水；沉迷　　　　　　　　　→ N3 單字

例 うっかりプールの深い所に進んでいって、溺れかけた。

不小心游到泳池的深水處，差一點溺水了。

例 彼はギャンブルに溺れて、家庭も仕事も失ってしまった。

他因為沉迷賭博而失去了家庭與工作。

0249
☐

おめにかける
【お目にかける】

他II 給～看（「見せる」的謙讓語）
類 ごらんにいれる【ご覧に入れる】給～看

例 新作が出来次第、すぐに皆様にお目にかけます。

新作品一完成，就會立即呈現給各位。

0250
☐

おも（な）
【主（な）】

な形 重要的，主要的　　　　　　→ 常考單字
衍 おもに【主に】主要；大部分

例 空気の主な成分は窒素と酸素です。

空氣的主要成分是氮氣和氧氣。

0251
☐

おもいがけない
【思いがけない】

い形 意外的，出乎意料的

例 人生はいろいろな思いがけないことがあってこそ、おもしろい。

人生就是要有各種意外才有趣。

0252
☐

おもいきり・おもいっきり
【思い切り・思いっ切り】

名・副 決心；盡情

例 思い切りがいい人は、失敗しても後悔しない。

果決的人即使失敗也不會後悔。

例 せっかくの長期休暇なんだから、海外旅行を思いっ切り楽しみたい。

難得的長假，我想要盡情地享受國外之旅。

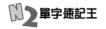

0253
おもいこむ
【思い込む】

自I 深信，認定；下定決心

衍 おもいこみ【思い込み】自認，主觀

例 私の上司はいつも自分の意見は絶対に正しいと思い込んでいるので、他人の言うことに耳を貸さない。

我的上司總是堅信自己的意見絕對是正確的，所以不會聽他人的意見。

0254
おもいつく
【思い付く】

自I 想出，想到 → N3 單字

衍 おもいつき【思い付き】突發奇想

例 この素晴らしい大発明はふと思い付いたアイデアから生まれたのです。

這項了不起的大發明是因突然想到的點子而誕生的。

出題重點

▶詞意辨析　思い付く VS 思い出す

「思い付く」跟「思い出す」雖然都有「想到」的意思，但「思い付く」用於「突然浮現、想到新點子、方法等」，而「思い出す」是用於「想起過去的回憶或忘記的事情」。

例 いい方法を思い付いた（×思い出した）。　想到了好法子。
例 昔のことを思い出した（×思い付いた）。　想起了從前的事。

0255
おもいやり
【思い遣り】

名 體恤，同情

衍 おもいやる【思い遣る】體諒，同情

例 優しくて思いやりがある人は、誰からも好かれる。

溫和體貼的人任誰都喜歡。

0256
おもえる
【思える】

自II 感覺，覺得

例 後輩の一生懸命な姿を見たら、自分ももっと頑張ろうと思えてきた。

看到後輩拼命的樣子，不禁感到自己也要更加努力了。

0257
おもたい
【重たい】

い形 沉重的；沉悶的

例 休み明けの前日は気持ちが重たいものだ。

收假的前一天總是心情沉重。

0258
おもわず
【思わず】

名・副 不禁，不知不覺；意想不到地

例 おいしそうな料理を見て、思わずよだれを垂らしそうになった。

看到美味的料理，不由得垂涎欲滴。

0259
およぼす
【及ぼす】

他I 影響到，使遭受

例 地球温暖化は自然環境に深刻な影響を及ぼしている。

地球暖化為自然環境帶來嚴重的影響。

0260
おろす
【下ろす・降ろす】

他I 取下，卸下（人或物）；提款；撤換（職位）

例 次の角を曲がったところで降ろしてください。

請在下一個轉角拐彎處讓我下車。

例 その番組の司会者は不適切な発言で降ろされた。

那個節目的主持人因為不恰當的發言而被撤換了。

0261
おんけい
【恩恵】

名 恩惠，恩澤
類 めぐみ【恵み】恩惠，恩賜

例 我々は周りの人、物から様々な恩恵を受けながら生きてきているのだから、世間に対して感謝の気持ちを持つべきだ。 我們都是接受周遭的人、

事物的各種恩澤而生存下來，所以應該要對世界心存感謝。

0262
おんこう（な）
【温厚（な）】

な形 溫和，敦厚
類 おんわ（な）【温和（な）】溫和，溫暖

例 温厚なあの人のことだから、誰とでもうまくやれるでしょう。

因為他的個性溫和，所以跟任何人都處得來吧。

出題重點

▶文法　Nのことだから　因為～

「ことだから」主要接在表示人的名詞之後，用於針對雙方都知曉的某人，

根據該人物平常的特質、個性去做合理的推測、判斷。

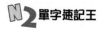

0263
□ おんしつ
【温室】

名 温室
衍 おんしつこうか【温室効果】溫室效應

例 この果物は寒さに弱いので、冬はほとんど温室で栽培されている。

這種水果不耐寒，冬季幾乎都在溫室栽種。

0264
□ おんしゃ
【御社】

名 貴公司（尊敬語）
類 きしゃ【貴社】貴公司（尊敬語）

例 御社のホームページで求人募集を拝見しまして、お電話致しました。

我是在貴公司的網頁上看到徵才廣告因而致電的。

0265
□ おんだん（な）
【温暖（な）】

名・な形 溫暖
衍 おんだんか【温暖化】暖化

例 台湾は温暖な気候に恵まれているため、農業が盛んである。

臺灣因為有溫暖的氣候，因此農業盛行。

0266
□ おんちゅう
【御中】

名 鈞啟（信件上公司、機關等收件單位的啟封詞）

例 ○○株式会社　御中

○○股份有限公司　鈞啟

▶か／カ

0267
か
【可】

名 可以，許可；及格
反 ふか【不可】不行；不好；不及格

09 例 未経験者可の求人と言っても、やはり経験者が優先されるでしょう。

雖然說無經驗者也可應徵，但還是會優先考慮有經驗的人吧。

0268
カーブ
【curve】

名・自Ⅲ 曲線；轉彎

例 これから先はカーブが多く、電車が揺れますので十分ご注意ください。 前方彎道多，車廂會左右搖晃，請您小心。（電車內廣播）

各式線條

直線	曲線	点線	平行線
ちょくせん	きょくせん	てんせん	へいこうせん
直線	曲線	虛線	平行線

0269
かい
【甲斐】

名 成效；價值；意義

例 早起きして長時間並んだ甲斐があって、数量限定の商品が買えた。

不枉我早起排了好久的隊，買到了限量商品。

出題重點

▶文法 Ｎの／Ｖ－た＋甲斐がある／ない 不枉～／枉費～

「甲斐がある」用於付出時間或精力、努力去做某事，得到與之相符的滿意結果時，反之「甲斐がない」表示努力卻沒有收到該有的回報或成效。

例 日々の特訓の甲斐があって、決勝戦で優勝できた。

不枉每天進行特訓，在決賽時得到了冠軍。

例 徹夜で勉強した甲斐もなく、試験に合格できなかった。

枉費我熬夜念書，考試沒能合格。

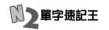

0270
□
がい
【害】

名 危害，損害
反 えき【益】益處，有益

例 砂糖が体に害があるということを知ってから、砂糖摂取を控えるようにしている。　自從知道糖對身體有害後，我就有在克制糖分的攝取。

0271
□
かいが
【絵画】

名 繪畫　　　　　　　　　→ 常考單字

例 レオナルド・ダ・ビンチは絵画だけでなく、彫刻や建築などにも才能を発揮した。　達文西不只在繪畫，在雕刻、建築方面也發揮了他的天分。

0272
□
かいかい
【開会】

名・自他Ⅲ 開會
反 へいかい【閉会】閉會

例 開会にあたって、一言ご挨拶を申し上げます。

藉這次開會我來跟各位說幾句話。

0273
□
**かいかえる【買い換え
る・買い替える】**

他Ⅱ 買新換舊　　　　　　→ 常考單字

例 引っ越しを機に家具や家電製品を一気に買い替えた。

藉著搬家一口氣把家具和家電產品等都換新的了。

0274
□
かいけい
【会計】

名・他Ⅲ 結帳；帳目，記帳　→ N3 單字
類 かんじょう【勘定】結帳

例 割引券はお会計の際、ご提示ください。

請在結帳時出示優惠券。

┌─ 出題重點 ─┐

▶文法　Nの／Ｖ／Ｖ－た＋際（は）／際に（は）　在～之時

表示意思跟「～時（とき）」相近，只是較為生硬，多用於書面語。

例 申請書に記入する際は、必ず黒いペンをご使用ください。

填寫申請書時，請務必使用黑色筆書寫。

0275 □
がいけん 【外見】
名 外表，外觀
類 みかけ【見かけ】外貌，外表

例 「人間は外見より中身」とは言うが、第一印象というのはやはり見た目で決まるでしょう。 雖然大家都說人的內涵比外表重要，但所謂的第一印象還是以外表決定的吧。

0276 □
かいごう 【会合】
名・自Ⅲ 集會，聚會
類 かいぎ【会議】會議

例 今日の会合は予定通りに開催された。

今天的聚會按原定計畫舉行了。

0277 □
がいこう 【外交】
名・自Ⅲ 外交；外勤業務
衍 がいこうじれい【外交辞令】客套話

例 新しい外交や経済の政策をめぐって議員たちの意見が分かれた。

針對新外交及經濟政策，議員們的意見分歧。

0278 □
かいさつ 【改札】
名・自Ⅲ 剪票，驗票；剪票口（簡稱） → N3 單字
衍 かいさつぐち【改札口】剪票口

例 鉄道会社は不正乗車を防ぐために車内改札を行うことがある。

鐵路公司為了防止逃票，有時會在車廂內驗票。

0279 □
かいし 【開始】
名・自他Ⅲ 開始
反 しゅうりょう【終了】結束

例 試合の開始に先立ち、市長による始球式を行います。

比賽開始之前，將由市長進行開球儀式。

出題重點

▶文法　N／V＋に先立って／先立ち　在～之前

表示「在重要、特別的事情之前先預先做某事」，多用於正式場合。

例 新しい機械を導入するに先立って、業界の評価を調べなければならない。 在導入新機器之前，得要先調查業界的評價。

0280 □
かいしゃく
【解釈】
名・他Ⅲ 解釋，說明

例 彼の言葉はどうにでも解釈できるので、よく誤解を招く。

他的話常常怎麼解讀都可以，所以經常招來誤解。

0281 □
かいしょう
【解消】
名・自他Ⅲ 解除，消除　　　　　　　　➔ 常考單字

例 自分に合うストレス解消法を持つことが大切だ。

擁有適合自己的消除壓力的方法是很重要的。

0282 □
かいすいよく
【海水浴】
名 海水浴　　　　　　　　　　　　　➔ 常考單字
衍 かいすいよくじょう【海水浴場】海水浴場

例 この夏は思い切り海水浴を楽しみたい。

這個夏天想在海邊盡情地大玩特玩。

0283 □
かいすう
【回数】
名 次數
衍 かいすうけん【回数券】回數票

例 食事で意識して噛む回数を増やせば、食べ過ぎを防ぐことができるそうだ。　據說用餐時刻意增加咀嚼次數，可以防止進食過量。

0284 □
かいせい
【改正】
名・他Ⅲ 改正，修改
衍 かいせいほうれい【改正法令】修正法

例 時代に合わない法律は改正すべきだ。

不合時宜的法律應該要修正。

0285 □
かいせい
【快晴】
名 天氣晴朗　　　　　　　　　　　　➔ 常考單字
反 うてん【雨天】雨天

例 きのうは梅雨が明けて、きょうは久々の快晴です。

昨天梅雨季結束，今天是久違的晴朗天氣。

0286
□
かいせつ
【解説】

名・他Ⅲ 解説，講解

例 その先生は単語の読み方や意味はもとより、語源や類義語も詳しく解説
してくれる。

那位老師不僅解說單字的讀音和意思，起源和相似詞也都會詳細講解。

┌─ 出題重點 ──────────────────────────────┐

▶**文法　N＋はもとより／はもちろん　不僅～也、～就不用說了～也**

表示「前項是理所當然的，自然沒必要多言，但不只前項，連後項也～」
的意思，「～はもとより」的語感較「～はもちろん」正式。

例 ハワイでは、英語はもちろん、日本語も通じる。

在夏威夷，英文就不用說了，日文也能溝通。

└──────────────────────────────────────┘

0287
□
かいぜん
【改善】

名・他Ⅲ 改善，改進　　　　　→ 常考單字
反 かいあく【改悪】改糟，改壞

例 労働組合は労働条件の改善を求めて、ストライキを起こそうとしてい
る。　勞團為了要求改善勞動條件，試圖發起罷工。

0288
□
かいぞう
【改造】

名・他Ⅲ 改造；改組

例 最近では古民家を改造してお店を開くのがブームになっている。

最近改造古厝開店營業成為一股風潮。

0289
□
かいつう
【開通】

名・自Ⅲ （交通、通訊）開通

例 ここは新幹線が開通して以来、観光客で賑わっている。

這裡自從新幹線通車之後，就充滿了觀光客。

┌─ 出題重點 ──────────────────────────────┐

▶**文法　N／V－て＋以来　自～以來就～**

用在「自從前項事情發生之後就持續某一狀況至今」的時候。

例 入社以来、定時で帰ったことは一度もない。

進公司以來從不曾準時下班過。

└──────────────────────────────────────┘

0290
□
かいてき (な)
【快適 (な)】

な形 舒適

例 この部屋は日当たりもいいし、風通しもいいし、快適です。

這房間光線好又通風，很舒適。

0291
□
かいてん
【回転】

名・自Ⅲ 轉動，迴轉；客流

例 中華料理店では、料理が取りやすいようにテーブルが回転するよう

になっている。

在中餐廳，為了可以方便拿取餐點，桌子是可以轉動的。

例 あの人は頭の回転が速いから、すぐ色々なアイデアを思い付く。

他腦筋動得快，馬上就能想到很多點子。

0292
□
かいとう
【回答】

名・自Ⅲ 回答，回應 　　　　　　　　→ 常考單字
類 へんとう【返答】回答，回話

例 大臣は記者からの質問に対して明確に回答していない。

大臣對於記者的提問沒有明確回答。

0293
□
かいふく
【回復】

名・自他Ⅲ 恢復，回復；挽回 　　　　→ 常考單字
衍 かいふくき【回復期】恢復期

例 景気の回復にともなって、各業種の求人が増加している。

隨著景氣復甦，各個行業的徵才增加了。

例 その選手はけがから順調に回復しているそうだ。

那位選手據說傷勢順利恢復中。

出題重點

▶文法　Vの／N＋にともなって／にともない　隨著、伴隨

「～にともなって」表示「隨著前項的變化，連帶地出現了後項的變化」。

「～にともない」則是較正式的用法。

例 高齢化が進むのにともない、介護サービスの需要が高まっている。

隨著高齡化的情況加速，看護服務的需求也提高了。

か

0294 □ かいほう 【開放】

名・他Ⅲ 開放，打開
衍 かいほうかん【開放感】開闊感

例 誰でも気軽に利用できるように、学校の体育施設は開放されている。

為了讓任何人士都能輕易使用，學校的體育設施是開放的。

0295 □ かいほう 【解放】

名・他Ⅲ 釋放；擺脫
衍 かいほうかん【解放感】解脫感，放鬆的感覺

例 職場でのヒール着用強制に反対し、靴による苦痛からの解放を呼びかける運動が広がっている。

反對強制職場上須穿跟鞋，呼籲擺脫跟鞋痛苦的運動正擴展開來。

例 今度の旅行のおかげで、仕事のストレスから解放され、心も体もリラックスできた。　託這次旅行的福，才能擺脫工作壓力，放鬆身心。

0296 □ かえって 【却って】

副 反而，相反地

例 セール時に買いすぎたお菓子が賞味期限までに食べきれず、かえって損をしてしまった。

打折時買了過多的零食在食品賞味期限前吃不完，反而得不償失。

0297 □ かおく 【家屋】

名 房屋

例 今度の地震で倒壊した家屋は３６０戸に上った。

在這次地震中倒塌的房屋高達 360 戶。

0298 □ かかえる 【抱える】

他Ⅱ 雙手夾抱；背負，擔負　　→ 常考單字
類 だく【抱く】抱

例 弟は浮かない顔をしている。何かの悩みを抱えているようだ。

弟弟愁眉苦臉，好像有什麼煩惱似的。

出題重點

▶詞意辨析　抱える VS 抱く（だく）VS 抱く（いだく）

三個詞都有「抱」的意思，但用法各異。「抱える」主要用在將物品雙手環抱或夾在腋下，例如「リュックを前に抱える（將背包抱在胸前）／膝を抱えて座る（抱膝而坐）」，另外還有擔負、背負麻煩且抽象的事物，

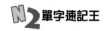

例如「借金を抱える（背負債務）／問題を抱える（有問題）」。「抱く（だく）」通常用於摟抱人的情況，例如「子供を抱く（抱小孩）」，但「ぬいぐるみを抱える／抱く（抱絨毛玩偶）」時兩者皆可用，另外「抱く（だく）」還有表示男女發生親密關係的意思。「抱く（いだく）」主要用在懷抱感情、想法方面，例如「恐れを抱く（心懷恐懼）／大志を抱く（胸懷大志）」。

0299
☐

かかく
【価格】

名 價格　　　　　　　　　　　　　　→ 常考單字
類 ねだん【値段】價錢

例 セール商品が表示価格よりレジにてさらに２割引。

折扣商品於結帳時以標示價格再打８折。（商店折扣標示）

0300
☐

かかす
【欠かす】

他Ⅰ 缺少；缺漏（多接否定）
慣 かかせない【欠かせない】不可或缺的

例 ＳＮＳはもはや私たちの生活に欠かすことのできないものとなっている。　通訊軟體已經成為我們生活中不可或缺的工具。

例 ブログを始めてから、１日も欠かさず更新している。

自從開了部落格後，每天都更新內容，不曾缺漏。

0301
☐

かがやく
【輝く】

自Ⅰ 閃耀；洋溢；光耀　　　　　　　→ N3 單字
慣 かがやき【輝き】光芒

例 人は自分に自信がついてくると、輝いて見える。

人只要建立起自信，看起來就耀眼。

例 そのパン職人は世界大会で一位に輝いたことがある。

那位麵包師傅曾在世界大賽榮獲冠軍。

0302
☐

かかり
【係・係り】

名・接尾 負責～事務（的人）　　　　→ N3 單字

例 係りの者がお部屋までご案内致しますので、少々お待ちください。

負責人員會帶您至房間，請您稍候。

例 奨学金の申込資格等の詳細は留学生係にお問い合わせください。

獎學金的申請資格等詳細訊息請洽詢留學生事務處。

0303 かきとる

【書き取る】

他 I 聽寫，記錄；抄寫

衍 かきとり【書き取り】聽寫

例 聞こえた内容を書き取る練習を繰り返せば、聴解力が自然に伸びる。

反覆練習聽寫的話，聽力自然就會進步的。

0304 かきね

【垣根】

名 圍籬；隔閡

例 隣の奥さんとよく垣根越しにおしゃべりをしている。

我常跟隔壁太太隔著圍籬聊天。

例 この交流会は宗教、文化、言葉の垣根を越えてお互いの理解を深めるいいチャンスです。

這次的交流會是跨越宗教、文化、語言的隔閡，加深彼此瞭解的好機會。

0305 かきまぜる

【かき混ぜる】

他 I 攪拌，攪和；攪亂

類 まぜる【混ぜる】攪拌，混合

例 このカップスープはお湯を注いでかき混ぜるだけで簡単に飲める。

這種杯湯只要倒入熱水攪拌就能輕鬆享用。

0306 かぎり

【限り】

名 極限；限度，範圍

例 エネルギー資源は限りがあるので、大切に使わなければならない。

能源有限，所以要好好珍惜使用。

例 悔いがないようにできる限りのことを全てやってきた。

為了不留遺憾，能力所及的事全都做了。

┌─ 出題重點 ─

▶文法　V／V－ている／V－ない／Nである／

　　　な形－な／な形－である／い形－い＋限り　只要～（就）～

表示「在某條件範圍之內」的意思，只要在前項所提到的狀態持續範圍之內，後項就會成立，有時也暗示了前項的條件若有變化，後項的狀況也會產生變。

例 許可が下りない限り、工事は行えない。

除非得到許可，否則無法進行工程。

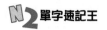

例 人間である限り、悩みはあるものだ。

只要身為人，都會有煩惱。

0307 □ **かぎる**
【限る】

自他Ⅰ 限定，限制；最好

例 限られた予算で初めての海外旅行を楽しむつもりだ。

我要在有限的預算下好好享受第一次的國外之旅。

例 当店でお買上げのお客様は当日に限り駐車サービスがご利用いただけます。 在本店購物的顧客只限當日可使用停車優惠。

出題重點

▶文法 N／V／な形－なの／い形－いの＋に限る　～是最棒的

主要用於說話者表達自己認為「在某情況，～就是最好的」的主觀看法時。

例 暑い夏はやはりかき氷に限る。

炎熱的夏天還是刨冰最棒了。

例 事態がややこしくなったら、逃げるに限ります。

事情複雜化時，逃為上策。

0308 □ **かくう**
【架空】

名 虛構，憑空想像
反 じつざい【実在】實際存在

例 このドラマで扱われた事件は架空の事件なので、現実に起こった事件とは無関係である。

這部連續劇中出現的事件是虛構的，與實際案件無關。

0309 □ **かくご**
【覚悟】

名・他Ⅲ 心理準備，決心；覺悟
類 こころがまえ【心構え】心理準備

例 親に怒られる覚悟で本当のことを言ってしまった。

我在做好會惹爸媽生氣的心理準備下說出真話了。

例 人気店なので、行列は覚悟してください。

因為是生意很好的店，請做好排隊的心理準備。

0310
☐ かくさん
【拡散】

名・自他Ⅲ 擴散；（社群網站上的訊息）轉貼
衍 かくさんきぼう【拡散希望】懇請轉貼

例 その新型ウイルスは感染者の咳やくしゃみを通して拡散する。

那個新型病毒藉由感染者的咳嗽或噴嚏擴散。

0311
☐ かくじ
【各自】

名 各自，每個人　　　　　　　→ 常考單字

例 貴重品は各自で保管してください。

貴重物品請自行保管。

0312
☐ かくじつ (な)
【確実 (な)】

な形 確切，確實；可靠
類 たしか (な)【確か (な)】確實，正確

例 朝の電車は通勤通学で混むので、早めに出発するのが確実だ。

早上的電車因通勤通學人多擁擠，所以提早出發是比較可靠的。

例 ゆっくりだが、彼は確実に自分の夢に近づけている。

雖然緩慢，但他確實往自己的夢想靠近了。

0313
☐ がくしゃ
【学者】

名 學者

例 彼は有名な学者のもとで研究に励んでいます。

他在知名學者的門下努力做研究。

┌─ 出題重點 ─────────────────

▶文法　Nのもとで　在～之下～

表示「在某人、事的影響所及範圍之下進行某動作」的意思。

0314
☐ かくじゅう
【拡充】

名・他Ⅲ 擴充，擴大

例 海外進出のために、工場の設備の更新や拡充を行わなければならない。　為了要進軍海外，工廠設備必須要進行更新及擴充。

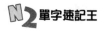

0315
□
がくしゅう
【学習】
名・他Ⅲ 學習
→ N3 單字

例 その先生は生徒の学習意欲を高めるために、色々な教室活動を工夫
している。　那位老師為了提升學生的學習興趣，想了各種課堂活動。

0316
□
かくだい
【拡大】
名・自他Ⅲ 擴大，放大
反 しゅくしょう【縮小】縮小

例 事業を拡大するにはリスクを冒さなければなりません。
要擴展事業得甘冒風險。

0317
□
🔊
10
かくち
【各地】
名 各地，到處

例 台湾の人気ドリンクスタンドはアジア各国をはじめとした世界各地で
店舗を展開していった。
臺灣的人氣手搖飲料店在亞洲各國等世界各地展店。

0318
□
かくちょう
【拡張】
名・他Ⅲ 擴張，擴大

例 空港拡張工事につき、通り抜けできません。
由於機場擴建工程之故，無法通行。（工程告示）

0319
□
かくど
【角度】
名 角度，立場

例 違った角度から物事を見たら、新しい発見ができるかもしれない。
從不同角度去觀察事物，說不定會有新發現。

0320
□
がくねん
【学年】
名 學年；年級
→ N3 單字

例 日本の学年度は、4月1日に始まり、翌年3月31日に終わる。
日本的學年度是從4月1日到隔年3月31日。
例 日本では4月1日生まれの子供は、1つ上の学年になる。
在日本，4月1日出生的小孩將屬於高一個年級。

0321
□ かくりつ
【確率】

名 機率，可能性
類 かのうせい【可能性】可能性

例 宝くじの当たる確率を上げようとして、たくさん購入した。

為了提高彩券中獎率而大量購買。

0322
□ がくりょく
【学力】

名 學力，學習實力
衍 がくりょくていか【学力低下】學力低落

例 経済的に恵まれていない子供の学力が低いとは限らない。

經濟條件不佳的小孩未必學習力就差。

0323
□ かけざん
【掛け算】

名 乘法　　　　　　　　　　　→ N3 單字
衍 わりざん【割り算】除法

例 子供の時、誰もが掛け算九九を覚えるのに苦労したはずだ。

小時候每個人應該都為了背九九乘法而吃過苦頭。

0324
□ かけつ
【可決】

名・他Ⅲ 通過（提案）

例 その改正案は今日の会議で賛成多数で可決された。

那項修正案在今天的會議上以多數贊成通過了。

0325
□ かける
【欠ける】

自Ⅱ 缺損，缺漏；缺乏，缺少

例 先日買ったこのお皿が欠けていたんですけど、交換していただけませんか。　前幾天購買的這個盤子有缺損，請問可以更換嗎？

例 この発明はおもしろいが、実用性に欠けている。

這項發明雖然有趣，但欠缺實用性。

0326
□ かげん
【加減】

名・他Ⅲ・接尾 調節，斟酌；程度；狀況
衍 いいかげん（な）【いい加減（な）】適可而止

例 光の加減によって、商品の実際の色が写真の色と異なることがある。

商品的實際顏色與照片上的顏色會因為亮度而有所不同。

例 オーブンの窓から魚の焼き加減をチェックしてください。

請從烤箱的窗口檢查烤魚的狀況。

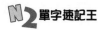

0327
□ かこ
【過去】

图 過去，過往 → 常考單字

例 過去のことにこだわらないで、今を生きよう。

不要拘泥於過去，要活在當下。

0328
□ かご
【籠・篭】

图 籠子，簍子，籃子
彷 ゆりかご【揺り籠】搖籃

例 投資の世界で「1つの籠に全ての卵を入れるな」ということがよく言

われる。 在投資的世界裡常有人說「別把雞蛋全放在同1個籃子裡」。

0329
□ かこう
【下降】

图・自Ⅲ 下降
反 じょうしょう【上昇】上升

例 大統領が打ち出した政策が多くの国民の期待を裏切ったため、支持率
は下降する一方だ。

總統提出的政策不符合多數國民的期待，因此支持率一直下滑。

0330
□ かさい
【火災】

图 火災
類 かじ【火事】火災

例 その貴重な歴史的建造物は放火による火災で全焼した。

那棟珍貴的歷史性建築在縱火引起的火災中全毀。

0331
□ かさかさ

图・自Ⅲ 乾燥輕薄物摩擦的沙沙聲；乾燥

例 街路樹の枯れ葉が風が吹くたびに、かさかさと舞い落ちる。

行道樹的枯葉風一吹就沙沙作響地飄落。

例 最近お手入れを怠っていると、お肌がかさかさになってきた。

最近一疏於打理自己，皮膚就變得乾燥了。

0332
□ かさなる
【重なる】

自Ⅰ 重疊；（事情）碰在一起；接連重複

例 この店のパンケーキは何枚も重なっていて、ふわふわで美味しい。

這家店的鬆餅疊了好幾層，鬆軟好吃。

例 日本では、祝日が日曜日と重なると、翌日の月曜日が振替休日になる。

在日本，如果國定假日剛好碰到星期日的話，隔天的星期一就會補假。

0333
☐ **かさねる**
【重ねる】

他Ⅱ 堆疊，加上（同類事物）；反覆 → 常考單字

例 セーターを何枚も重ねて着ていても、寒くてたまらない。

即使穿了好幾件毛衣也還是冷得不得了。

例 彼は努力に努力を重ねて、やっと成功を手に入れた。

他不斷努力，終於得到成功了。

出題重點

▶**文法　NにNを重ねて　反覆、再三**

「NにNを重ねて」句型裡重複使用同一名詞，強調「歷經重重的～之下，進行某事或終於達成目標」的意思。

0334
☐ **かざん**
【火山】

名 火山
衍 かっかざん【活火山】活火山

例 その火山は1週間にわたって噴火を繰り返している。

那座火山已經連續1週不斷噴發。

出題重點

▶**文法　N＋にわたって／にわたり　長達～、廣及～**

　　　　N＋にわたる＋N　長達～

所加的名詞多是表長時間、大面積地域、次數的名詞，表示擴及、含括一整個時期或地區，或是高達數次的意思。

例 駅前の1キロにわたる桜並木が満開になった。

車站前長達1公里的整排櫻花已經盛開了。

0335
☐ **かしきり**
【貸切】

名 包租，包場

例 こちらの貸切露天風呂では誰にも邪魔されない自分だけの時間をお過ごしいただけます。

您可以在包租的露天溫泉度過不被任何人打擾的私人時光。

0336
□
かしこい
【賢い】

い形 聰明的；周全的

→ N3 單字

例 どんなに 賢 い人でも、時に馬鹿なことをする。

無論是多麼聰明的人，有時也會做蠢事的。

0337
□
かしつ
【過失】

名 過失，過錯

類 あやまち【過ち】過錯，錯誤

例 人は誰でも過失を犯すものだ。一番 大切なのは自分の過失を認め、改

めることだ。　人都會犯錯，最重要的是要承認自己的錯誤並改過。

0338
□
かじつ
【果実】

名 果實，水果；成果

衍 かじつしゅ【果実酒】水果酒

例 そのチームは 勝 利の果実を実らせようと練 習 に励んでいる。

那支隊伍為了得到勝利的果實而努力練習。

植物

| 種 | 根 | 芽 | 茎 | 葉・葉っぱ |
| 種子 | 根 | 芽 | 莖 | 葉子 |

0339
□
かしょ
【箇所】

名・接尾 地方；處

例 重 要な書類で間違えた箇所を 修 正液や 修 正テープで訂正するのは避

けたほうがいい。

重要文件上寫錯之處最好避免以修正液或修正帶訂正。

例 忘れ物をしないように、荷物を一箇所にまとめて置いてください。

為了避免忘記，行李請集中放置在一處。

0340

かじょう（な）
【過剰（な）】

| な形 | 過剰，過度 |
| 類 | かど（な）【過度（な）】過度 |

例 ネット通販の普及にともなう過剰包装の問題が深刻化している。

伴隨網購普及而衍生出的過度包裝問題越來越嚴重。

例 子供に過剰に手を掛けると、子供が育たない。

過度花心思在小孩身上的話，小孩無法成長。

0341

かじる

| 他I | 啃，咬；學點皮毛 → 常考單字 |
| 衍 | かじりつく【齧り付く】緊咬；守著不放 |

例 学生時代は食費を節約するために、毎日食パンをかじっていた。

學生時代為了省伙食費，每天都啃吐司。

例 プログラミングは少しかじった程度のレベルです。

程式設計我只略懂一點皮毛。

0342

かせぐ
【稼ぐ】

| 他I | 工作賺錢；爭取 → N3 單字 |
| 類 | もうける【儲ける】賺錢，發財 |

例 彼はいくつかのアルバイトを掛け持ちして自分で学費を稼いでいる。

他兼好幾份打工自己賺學費。

例 試合終了間際に選手たちは時間を稼ぐために、いろいろな手を使った。　在比賽將結束之時，選手們為了爭取時間使出各種手段。

0343

かせん
【下線】

| 名 | 底線 |
| 類 | アンダーライン【underline】底線 |

例 勉強をする時に重要な箇所に下線を引くことにしている。

我念書時會在重要之處畫底線。

0344

かそく
【加速】

| 名・自他III | 加速 |
| 反 | げんそく【減速】減速 |

例 その会社は今後新興国への投資を加速すると発表した。

那間公司公布了今後將加速對新興國家投資。

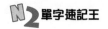

0345
☐ かたがた
【方々】

名 各位（「人々」的尊敬語）

例 訪問団の方々がお見えになりました。

訪問團的諸位已經到了。

0346
☐ かたまり
【塊・固まり】

名 塊；群體；極度～的人

例 脳血管に血の塊が詰まると、脳梗塞を引き起こすおそれがある。

腦血管裡若有血塊阻塞，就有可能引發腦栓塞。

例 子犬たちが籠の中にひと塊になって眠っている。

小狗們在籠子裡擠在一起睡覺。

┌─ 出題重點 ─┐

▶文法 Nの／V＋おそれがある　恐怕會～、有～的可能

用於表示「有發生不好的事情的可能性」之時。

例 台風の影響により、豪雨のおそれがある。

因為颱風的影響，可能會有豪雨發生。

0347
☐ かたまる
【固まる】

自I 變硬，凝固；聚集；穩固，固定；僵住不動

例 温度が下がると、ハチミツが白くなって固まる。

溫度一降，蜂蜜就會變白凝固。

例 留学生はよく同じ国の人同士で固まって行動する。

留學生經常是和來自同國家的人聚在一起行動。

0348
☐ かたむく
【傾く】

自I 傾斜，傾向；（日月）西斜；衰微

例 強風の影響で家の前の電柱が大きく傾いている。

受到強風的影響家門前的電線桿傾斜了。

例 選ばれた新首相は保守に傾いている。

選出的新首相傾向於保守。

0349 □
かためる
【固める】

他II 使凝固；使堅定，使穩固；集中

例 一度溶けたチョコレートを冷やして固めても、もとの味にならない。

一旦融化過的巧克力即使冰起來凝固，也回復不了原本的風味。

例 彼はいろいろ考えた末に、仕事を辞めて家業を継ぐ決意を固めた。

他在諸多考慮之後，決定辭掉工作繼承家業。

0350 □
かたよる
【偏る・片寄る】

自I 偏頗，不均；偏袒

衍 かたより【偏り・片寄り】不均衡

例 今のマスコミには偏った報道が多すぎると思う。

我認為在現今的媒體上太多偏頗的報導。

例 健康のために、栄養が偏らないようにしよう。

為了健康，要注意避免營養不均衡。

0351 □
かたる
【語る】

他I 訴說，傾談　　　　　　　→ 常考單字

衍 ものがたり【物語】故事

例 新作映画について、監督は「この映画を通して、地球温暖化の現状を伝えたい」と語った。

關於新作品，導演談到：「想透過這部電影傳達地球暖化的現況」。

0352 □
かち
【価値】

名 價值　　　　　　　　　　→ 常考單字

衍 かちかん【価値観】價值觀

例 あらゆる物事の価値をお金で判断するべきではない。

不應該用金錢來判斷所有事物的價值。

0353 □
かちまけ
【勝ち負け】

名 輸贏，勝負　　　　　　　→ 常考單字

類 しょうはい【勝敗】勝負

例 ゲームの勝ち負けにこだわりすぎては、その過程を楽しめない。

太執著於遊戲的輸贏的話，就無法享受過程。

0354
□ がっかい
【学会】

名 學會

例 先日学会で先生の貴重なご講演を拝聴しました。

前一陣子在學會聆聽老師難得的演講。

0355
□ かっき
【活気】

名 朝氣，活力

→ 常考單字

例 ここの商店街は昼夜を問わず活気に満ちている。

這裡的商店街不論日夜都充滿活力。

┌─ 出題重點 ─────────────────────

▸文法　N を問わず　無論、不管

表示「不受前項限制都～」的意思，前面所接的多為表差異的名詞，如：「年齡」、「季節」、「学歴」、「性別」等，或相反的詞語，例如「昼夜」、「男女」、「晴雨」、「～の有無」等等。

└─────────────────────────────

0356
□ がっき
【楽器】

名 樂器

例 三味線は日本の代表的な楽器の1つだ。

三味線是日本代表性的樂器之一。

0357
□ かつぐ
【担ぐ】

他I 擔，扛；推舉，擁立

例 昔は女性が神輿を担ぐことは禁止されていた。

古時候禁止女性抬神轎。

例 野党が若い女性を党首候補に担いだ。

在野黨推舉年輕女性為黨主席候選人。

0358
□ かっこく
【各国】

名 各國

例 各国の代表が自国の民族衣装を着て交流会に参加した。

各國代表穿著自己國家的民族服裝參加交流會。

0359 がっしょう
【合唱】

名・他Ⅲ 合唱
彙 がっしょうだん【合唱団】合唱團

例 日曜日は礼拝に参加して聖歌を合唱したりする。

星期日我有時會做禮拜並一起唱聖歌。

0360 かって (な)
【勝手 (な)】

名・な形 擅自，恣意妄為；方便　→ N3 單字
彙 じぶんかって【自分勝手】任性

例 私がいない間に、大家さんに勝手に部屋に入られた。

我不在家時房東擅自進我房間。

例 誠に勝手ながら、本日臨時休業とさせていただきます。

非常抱歉，本日臨時休業。

出題重點

▶文法　N・な形－であり／い形－い／Ｖ－ます＋ながら（も）　雖然

屬於逆接的句型，前句大多接的是表狀態的述語，連接的前後內容有矛盾，類似接續助詞「のに」、「が」，但為比較生硬的用法。

例 ここは都会でありながら、自然に恵まれている。

這裡雖然是都會區，但是有很好的自然景觀。

例 この店は狭いながらも、ゆっくりできる。

這家店雖然不大但很舒適。

0361 かっぱつ (な)
【活発 (な)】

な形 活潑的；活躍　→ 常考單字

例 うちの子は活発に家の中を走り回っている。

我家孩子活潑地在家裡到處跑。

例 その政策をめぐって、議会で活発な議論が行われた。

針對那項政策，在議會進行熱烈討論。

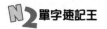

0362
☐ かつやく
【活躍】

名・自Ⅲ 活躍

例 その若手選手はアメリカのプロ野球で活躍している。

那位年輕選手活躍於美國職棒。

0363
☐ かつよう
【活用】

名・自他Ⅲ 活用，有效利用

例 人工知能を活用した家電製品が我々の生活を便利にしてくれた。

家電產品活用人工智慧，為我們的生活帶來方便。

0364
☐ かつりょく
【活力】

名 活力，體力

例 観光客の減少の影響により、地域の活力が失われてきている。

受到觀光客減少的影響，地區的活力漸漸消退。

0365
☐ かてい
【仮定】

名・自他Ⅲ 假設

例 仮定の質問にはお答えできません。

我無法回答假設性的問題。

例 1週間で体重1.5キロが減ると仮定すると、1か月で6キロも減少することになる。

假設1週體重減1.5公斤，1個月就能減少6公斤了。

0366
☐ かてい
【過程】

名 過程 → 常考單字

類 プロセス【process】過程

例 結果より過程が大事だというが、結果が出なければ、やはりがっかりするよね。 雖然人說過程比結果重要，但是若沒有成果，還是會失望的吧。

0367
☐ かなう
【叶う】

自Ⅰ 得以實現 → 常考單字

衍 かなえる【叶える】實現

11 例 夢に向かって、努力し続ければ、いつかは願いが叶うでしょう。

朝著夢想不斷努力的話，終有一天願望會實現的。

0368 □
かなしむ
【悲しむ】

|他Ⅰ| 悲傷，傷心 → N3 單字
|衍| かなしみ【悲しみ】哀傷

例 わたしはずっと愛犬の突然死を悲しんでいる。

我一直哀痛愛犬的突然過世。

0369 □
かならずしも
【必ずしも】

|副| 不一定，未必（接否定） → 常考單字

例 お伽話は必ずしもハッピーエンドとは限らない。

童話故事未必都是美好結局。

┌─ 出題重點 ─────────────────────

▶文法　N／な形／い形－い／Ｖ＋とは限らない　未必都～、不一定

此句型是「不會侷限於都是某種情況，也會有其他情況」的意思，因此前
面常會接「必ずしも」、「全て」、「いつも」等副詞。

例 先生の話はいつも正しいとは限らない。　老師的話不一定總是正確。

└─────────────────────────────

0370 □
かね
【鐘】

|名| 鐘；鐘聲
|衍| じょやのかね【除夜の鐘】除夕鐘聲

例 １２時の鐘が鳴ると、シンデレラは慌てて立ち去った。

12點的鐘聲一響，灰姑娘就慌慌張張地離去。

0371 □
かねつ
【加熱】

|名・他Ⅲ| 加熱
|衍| かねつき【加熱器】加熱器

例 この容器は電子レンジで加熱できない。

這個容器不能用微波爐加熱。

0372 □
かねもうけ
【金儲け】

|名・自Ⅲ| 賺錢，發財

例 悪徳業者は金儲けのためなら、手段を選ばない。

無良業者為了賺錢不擇手段。

0373
かねる
【兼ねる】
他Ⅱ 兼用；兼任　　　　　　　　　　→ 常考單字

例 合宿地の下見も兼ねて、そのキャンプ場へ行ってきた。

去了趟那個露營場地，順便勘查集訓地點。

例 その学科の大学院生はみんなチューターを兼ねている。

那個系的研究所學生都身兼課輔小老師。

0374
カバー
【cover】
名・他Ⅲ 外罩，套子；彌補；覆蓋　　　→ N3 單字

例 日本の本屋で本を買った時に、いつも店員にブックカバーをつけるかどうかと聞かれる。　在日本的書店買書時，店員總是詢問是否要包書衣。

例 その会社はロボットを使い、人手不足をカバーしている。

那間公司使用機器人填補人力不足的問題。

0375
かはんすう
【過半数】
名 過半數

例 野党の議席数は過半数に至らなかった。

在野黨的席次沒有過半。

0376
かぶ
【株】
名・接尾 股份，股票；評價；～棵（株），～股
衍 かぶしきがいしゃ【株式会社】股份有限公司

例 株で大儲けしたいと思って、全財産をつぎ込んだ。

我想在股票大賺一筆，於是把全部財產都投入了。

例 先週から鉢で1株の蘭を育て始めた。

上週開始用花盆養了1株蘭花。

0377
かぶせる
【被せる】
他Ⅱ 戴上，蓋上；諉過卸責

例 買い物した時、雨が降っていたら、店員が紙袋の上にビニール袋を被せてくれる。　購物時若下雨的話，店員會在紙袋套上塑膠袋。

0378
□ **かまう**
【構う】

> 自他Ⅰ 在意，顧慮；照料，招待（多接否定）
> 衍 かまわない【構わない】沒關係，不在意

例 仕事が忙しすぎて、他のことなんかに構っていられない。

我工作太忙，根本沒辦法管其他事。

例 どうぞお構いなく。　您不用特意張羅。

┌─ 出題重點 ─┐

▶文法　Ｖ－て（は）＋いられない　無法再～

表示「心情上無法再保持某狀態下去了」的意思。

0379
□ **かもつ**
【貨物】

> 名 貨物
> 衍 かもつせん【貨物船】貨船

例 貨物を載せたフェリーが台風で転覆した。

載有貨物的渡輪因為颱風的影響而翻覆。

0380
□ **から**
【殻】

> 名 殻，外皮；自己的世界
> 衍 ぬけがら【抜け殻・脱け殻】蛻皮；軀殼

例 この卵の殻を器にしたプリンは食べてしまうのがもったいないぐらい可愛い。　這個以蛋殼盛裝的布丁可愛到捨不得吃掉。

例 彼は何か悩みを抱えると、自分の殻に閉じこもるタイプの人だ。

他是一有煩惱就躲進自己的世界的人。

┌─ 外皮 ─┐

肌
人類皮膚

皮・革
表皮

甲・甲羅
烏龜或螃蟹的甲殼

貝殻
貝類的外殼

さや
豆莢

0381
□
から
【空】

名・接頭 空無一物；空虚

衍 からて【空手】空手；空手道

例 パソコンのゴミ箱を空にすると、動きが少し早くなる。

把電腦的垃圾桶清空的話，電腦會跑得快一點。

例 彼は落ち込んでいるのに、人前で空元気を出している。

他明明心情低落，卻在人前強打精神。

0382
□
がら
【柄】

名・接尾 身材；個性，身分；花樣；性質

例 大柄の男が警官を襲って現場から逃走した。

身形魁梧的男子襲擊警察後從現場逃離。

例 わたしは仕事よりも恋愛を優先する柄じゃない。

我不是戀愛優先於工作的人。

0383
□
からかう

他Ⅰ 嘲弄，開玩笑

例 人の見た目をからかうのを許すわけにはいかない。

嘲笑他人外表的行為不可原諒。

0384
□
がらがら (な)

名・な形・副・自Ⅲ 東西崩塌時的聲響；漱口聲；人少空蕩貌

例 地震の揺れで屋根瓦ががらがら落ちてきた。

因為地震的晃動，屋瓦喀啦喀啦地掉下來。

例 日曜日の始発電車はいつもがらがらだ。

星期日的第一班電車總是空蕩蕩。

0385
□
からっぽ (な)
【空っぽ (な)】

名・な形 空空的，空虚的

例 いい財布を使っているのに、中はからっぽだ。

用著好錢包，裡面卻空空如也。

例 頭を空っぽにしてコメディーを楽しみたい。

我想把腦袋放空好好欣賞喜劇。

0386 □
かりに
【仮に】

副 假設 → 常考單字

例 仮にストライキで飛行機が飛ばないとしたら、大変なことになるだろう。　假設因為罷工飛機停飛，應該會很慘吧。

0387 □
かれる
【枯れる】

自II 枯萎，枯竭；成熟穩定 → 常考單字
衍 かれは【枯れ葉】枯葉

例 連日の猛暑で庭の花が枯れそうになった。

連日酷暑讓庭院的花奄奄一息。

例 おじいさんは骨董品の持つ枯れた味わいが好きだと言っていた。

爺爺說他喜歡古董的成熟韻味。

0388 □
かろう
【過労】

名・自III 過度疲勞 -
衍 かろうし【過労死】過勞死

例 過労で倒れた社員が何人もいたそうだ。

聽說有好幾位員工因為過勞而病倒了。

0389 □
カロリー
【calorie】

名 卡路里 → N3 單字

例 人は寝ているだけでもカロリーを消費する。

人光是睡覺就會消耗卡路里。

0390 □
かわいがる

他I 疼愛，喜愛 → N3 單字

例 その子は一人っ子なので、親や親戚からかわいがられている。

那孩子是獨生子女，所以深受爸媽、親戚疼愛。

0391 □
かわいそう（な）

な形 可憐的，令人同情的

例 その小説の主人公の一生があまりにもかわいそうで涙が止まらなかった。　那小說主角的一生實在太可憐了，以致於我淚流不止。

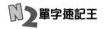

0392
かわいらしい
【可愛らしい】

い形 可愛的，小巧可愛的

例 この一口サイズのデザートは可愛らしくて食べやすい。

這個一口大小的甜點可愛又容易入口。

0393
かわせ
【為替】

名 匯兌，匯票

衍 かわせレート【為替レート】匯率

例 円安を狙って両替するために、毎日為替の動きを見ている。

為了要瞄準日幣跌價時換幣，每天都盯著匯兌的變化。

0394
かん
【勘】

名 直覺，第六感

例 テストの選択問題を勘で解いてみたら、全部正解だった。

試著憑直覺回答考試的選擇題，結果全都答對了。

0395
かんかく
【感覚】

名 感覺

→ 常考單字

例 初めて彼に会った時、ずっと前から知り合いだったような不思議な感覚
だった。 第一次見到他時，有種相識已久的奇妙感覺。

0396
かんき
【換気】

名・他Ⅲ 通風換氣

衍 かんきせん【換気扇】通風扇

例 部屋の換気をちゃんとしないで作業をしていると、気分が落ち込んで
くる。 在不通風換氣的情況下工作的話，會精神不濟。

0397
かんきゃく
【観客】

名 觀眾

→ N3 單字

衍 かんきゃくせき【観客席】觀眾席

例 歌手は観客のアンコールに応えて、もう一曲歌った。

歌手又再唱了一首歌來回應觀眾的安可。

出題重點

▶文法　Ｎ＋に応え／に応えて　回應～、為滿足～而～

用於表示「為回應對方的期待或要求等而做回饋的行為」，前面所接名詞
大多為「期待」、「希望」、「要望」、「声」、「ニーズ」、「リクエ

スト」等表示希望或要求的詞。

例 多数の利用者の声にお応えして、開館時間を延長します。

為了回應多數使用者的意見，將會延長開館時間。

0398
□ **かんきょうおせん**
【環境汚染】

名 環境汚染

例 環境汚染が進むにつれて、生物の健康に対する悪影響も明らかにな

ってきた。　隨著環境汙染不斷惡化，也顯現了對生物健康的不良影響。

0399
□ **かんげい**
【歓迎】

名・他Ⅲ 歓迎
→ N3 單字

衍 かんげいかい【歓迎会】歓迎會

例 その店に入ったら、歓迎されるどころか、店員に冷たく扱われた。

進到那家店，非但沒有被歡迎，反而被店員冷淡對待。

┌─ 出題重點 ─────────────────────────

▶文法　N／な形／い形－い／V ＋どころか

　　別說～就連～、非但～反而～

用於「否定前項所表示的期待或預期，強調實際上的結果是完全相反的後

項」時。

例 私は日常会話どころか、挨拶もできない。

　　我別說是生活會話了，連招呼用語都不會。

└─────────────────────────────────

0400
□ **かんげき**
【感激】

名・自Ⅲ 感動；激動

例 先生から励ましのお言葉をいただいて、感激で胸がいっぱいです。

受到老師的鼓勵，內心充滿感動。

0401
□ **がんこ（な）**
【頑固（な）】

な形 頑固，固執

衍 がんこもの【頑固者】頑固的人

例 人の話を聞かずに自分の意見を通そうとする頑固な上司には困ったも

のだ。　總是不聽他人的話，堅持自己意見的頑固上司實在是很傷腦筋。

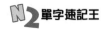

0402 ☐

かんさつ
【観察】

名・他Ⅲ 観察 → N3 單字

衍 かんさつりょく【観察力】觀察力

例 小学校の理科の授業で月の満ち欠けを観察したことがある。

在小學的自然科學課有觀察過月亮的圓缺。

0403 ☐

かんじゃ
【患者】

名 病患 → N3 單字

例 その患者が快復するよう願いを込めて、看護師全員が鶴を折った。

全體護士折了紙鶴，衷心祈求那位病患能早日康復。

出題重點

▶文法 N＋を込めて 滿懷～、充滿～

表示「傾注感情或心力於某事上」，因此接的多是表感情或精力的名詞，例如：「心」、「愛」、「怒り」、「感謝」、「祈り」、「願い」、「力」、「～の思い」、「～の気持ち」等等。

幸運物

| 御守り | 絵馬 | 達磨 | 千羽鶴 |
| 護身符 | 繪馬 | 不倒翁 | 千羽鶴 |

0404 ☐

がんしょ
【願書】

名 申請書

例 願書は必ず締切日までに提出すること。

申請書一定要在截止日前提出。

0405 ☐

かんしょう
【鑑賞】

名・他Ⅲ 鑑賞，欣賞

衍 かんしょうりょく【鑑賞力】鑑賞力

例 芸術を鑑賞することは、人間性を豊かにすることにつながる。

藝術欣賞有助於使人性豐富。

0406
□

かんじょう
【勘定】

名・他Ⅲ 結帳，計算；估計，列入考慮
類 かいけい【会計】結帳

例 田中さんは食べ終わったら、急いで勘定を済ませて店を出た。

田中先生一吃完，就急著結帳離開店裡了。

例 移動時間を勘定に入れて早めに出発することにした。

把交通時間列入估算，決定提早出發。

0407
□

かんじょう
【感情】

名 感情 → 常考單字
衍 かんじょうてき（な）【感情的（な）】情緒化

例 感情が顔に出るタイプの人はわかりやすく、親しみやすい。

感情形於色的人比較簡單，容易親近。

0408
□

かんしん
【関心】

名 關心，感興趣 → 常考單字
反 むかんしん【無関心】不感興趣

例 近年食の安全に対する国民の関心が高まっている。

這幾年國民對食安的關心提升。

┌─ 出題重點 ─────────────────────┐

▶固定用法
関心を持つ　感興趣／関心を引く　引起興趣
└──────────────────────────────┘

0409
□

かんせつてき（な）
【間接的（な）】

な形 間接的
反 ちょくせつてき（な）【直接的（な）】直接的

例 テロ事件は世界の国々に直接または間接的な影響を与えている。

恐怖攻擊事件對世界各國造成直接或間接的影響。

例 知人を通して間接的にライバル社への転職の意向を聞かれた。

競爭對手公司透過熟人間接詢問我換工作的意願。

0410
□

かんそう
【乾燥】

名・自Ⅲ 乾燥，枯燥；使乾燥 → N3 單字
衍 むみかんそう（な）【無味乾燥（な）】枯燥乏味

例 この地域は夏は空気が乾燥する上に風も強いので、山火事が発生しやす

い。　這個地區夏季空氣乾燥，再加上風勢強勁，容易發生山林火災。

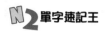

出題重點

▶文法　V／Nである／な形－な／い形＋上（に）　再加上、除了～還～

用於除了前項所提及的狀態或事件外，又再加上後項的狀態或事件。

例 この新型のスマホは操作が簡単な上に、値段が手頃です。

　　這款新手機除了操作簡單，價格還很親民。

0411
□ **かんそく**
【観測】

名・他Ⅲ 觀測，觀察

例 気象庁とは気温、気圧、降水量、湿度などを観測する機関のことです。　氣象廳是觀測氣溫、氣壓、降雨量、濕度等的單位。

0412
□ **かんちがい**
【勘違い】

名・自Ⅲ 誤解，誤會

例 その人に普通に声をかけただけなのに、気があると勘違いされてしまった。　我只不過是很一般地跟他攀談，就被誤會對他有意思了。

0413
□ **かんづめ**
【缶詰】

名 罐頭；被關住，隔絕

例 台風シーズンに備えて、いつもカップラーメンや缶詰を買っておくことにしている。　為了防備颱風季，我總是會買好泡麵、罐頭等。

0414
□ **かんねん**
【観念】

名・自他Ⅲ 觀念；看透覺悟，斷念
慣 こていかんねん【固定観念】刻板印象

例 固定的な観念を捨てない限り、物事を柔軟に考えることはできない。

　　除非拋棄既定印象，否則無法靈活地思考事物。

例 社長は今の経営状態では借金の返済は無理だと観念し、倒産について弁護士に相談することにした。　社長認清以現在的經營狀況是不可能償還債務的，因此決定與律師討論破產相關事宜。

0415
□ **かんびょう**
【看病】

名・他Ⅲ 看護

例 母の行き届いた看病のおかげで、けがは思ったより早く治った。

　　多虧母親無微不至的照顧，傷勢比預期的還要快痊癒。

0416
□
かんれん
【関連】

名・自Ⅲ 關聯，相關

衍 かんれんせい【関連性】相關性

例 希望の 職 に関連する資格を持っていたほうが 就 職 活動に有利です。

擁有與想從事的工作相關的證照，對謀職較有利。

▶き／キ

0417
□
🔊
12
きあつ
【気圧】

名 氣壓

例 この熱帯低気圧は今後台風に発達するおそれがある。

這個熱帶性低氣壓今後可能會發展為颱風。

0418
□
ぎいん
【議員】

名 議員

衍 こっかいぎいん【国会議員】國會議員

例 その議員は不倫問題で辞 職 せざるを得なくなった。

那位議員因為外遇問題而不得不辭職。

出題重點

▶文法 Ⅴ－ない＋ざるを得ない 不得不～

表示「就算不想做，但因別無他法，所以只好不得已去做」的意思，遇第三類動詞「する」則改為「せざる」。

0419
□
きおく
【記憶】

名・他Ⅲ 記憶 　　　　　→ 常考單字

衍 きおくりょく【記憶力】記憶力

例 勉 強 効果を上げるには記憶したものを定 着 させる工夫が大事だ。

要提升念書成效，將記憶過的東西設法牢牢記住才是重要的。

0420
□
きがえ
【着替え】

名・自Ⅲ 替換的衣服；更衣 　　→ N3 單字

衍 きかえる【着替える】更衣

例 快適に移動できるように、旅行に持っていく着替えを最 小 限に抑えた。

為了可以輕鬆行動，我把帶去旅行的替換衣物控制在最低限度。

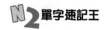
0421
☐ きがる（な）
【気軽（な）】

| な形 | 隨意輕鬆，爽快 |

例 ご不明な点はお気軽にお問い合わせください。

若有不明白之處，歡迎隨時洽詢。

0422
☐ きかん
【機関】

| 名 | 單位，組織；機械 |
| 衍 | こうつうきかん【交通機関】交通工具 |

例 金融機関は警察と協力して振り込め詐欺の被害防止に取り組んでいる。　金融機構與警察合作，努力防範匯款詐欺。

0423
☐ きき
【危機】

| 名 | 危機 | → 常考單字 |
| 衍 | ききかん【危機感】危機感 |

例 台湾の野生動物は生息地が破壊されたため、絶滅の危機に瀕している。

臺灣的野生動物由於棲息地受到破壞，瀕臨滅種危機。

0424
☐ ききとる
【聞き取る】

| 他I | 聽懂；聽取 | → 常考單字 |

例 ゼミの先生は早口だし、よく専門用語を使うので、あまり聞き取れない。　專題課的老師講話速度快，又常使用專有名詞，讓人聽不太懂。

例 警察が目撃者から事情を聞き取り、捜査を進めている。

警察正在聽取目擊者的證詞，進行調查。

0425
☐ ききめ
【効き目】

| 名 | 效果，效能 |
| 類 | こうか【効果】效果 |

例 漢方薬は体に優しいが、効き目が出るまで時間がかかると言われている。　據說中藥雖然溫和不傷身，但要長時間才會出現效果。

0426
☐ きぎょう
【企業】

| 名 | 企業 | → 常考單字 |
| 衍 | ちゅうしょうきぎょう【中小企業】中小企業 |

例 不景気で多くの企業が採用を減らす中、国営企業だけは失業者対策として逆に採用を増やしている。　由於不景氣，多數企業減少人員錄用的狀況下，只有國營企業反而增加招聘員工作為失業紓困對策。

0427 □
きぐ
【器具】

名 器具，用具

例 日本製の 調 理器具は日本だけでなく、世 界 中 の 人たちにも愛用されて
いる。　 日本製造的料理用具不只日本，也受到全世界的愛用。

0428 □
きくばり
【気配り】

名 細心留意，為人設想
類 はいりょ【配慮】關照，照料

例 この旅館は至る 所 に細かな気配りが感じられる。

這家日式旅館到處都能感受到細膩用心。

0429 □
きげん
【期限】

名 期限　　　　　　　　　　　→ 常考單字
衍 しょうみきげん【賞味期限】食品賞味期限

例 期限の切れた塗り 薬 を使ったら、 症 状 がかえって悪化してしまった。

用了過期的藥膏，結果症狀反而惡化了。

0430 □
きげん
【機嫌】

名 心情
衍 ごきげん (な)【御機嫌 (な)】心情好

例 父の機嫌のいい時を狙ってプレゼントをねだった。

瞄準爸爸心情好的時機，要求禮物。

0431 □
きこう
【気候】

名 氣候
衍 きこうへんどう【気候変動】氣候變遷

例 その国の気候は、 この時期、 暑くも寒くもないので、 旅行に最適だ。

那個國家在這時節的氣候不冷不熱，最適合旅行。

0432 □
きごう
【記号】

名 記號，符號
類 しるし【印】記號，標記

例 高校時代に化学の元素記号を覚えるのに苦労したものだ。

高中時代為了背化學元素符號下了一番功夫。

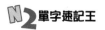

0433
☐ きざむ
【刻む】

他I 刻，刻畫；切碎；銘記在心　　→ N3 單字

例 祖父から受け継いだ腕時計は今も正確に時を刻んでいる。

傳承自祖父的手錶現在仍正確地記錄著時間。

例 今日の教訓をしっかり心に刻んで努力していってほしい。

希望你牢記今天的教訓努力下去。

0434
☐ きし
【岸】

名 水岸，懸崖
類 きしべ【岸辺】岸邊

例 岸に繋がれているボートが波に揺れている。

繫在岸邊的船隨著波浪搖曳。

0435
☐ きじ
【生地】

名 原始素材；麵團；質地，布料

例 パンが美味しいかどうかは生地にかかっている。

麵包的美味取決於麵團。

常見布料材質

綿
棉

ウール
羊毛

麻
麻

絹
絲

ナイロン
尼龍

0436
☐ ぎしき
【儀式】

名 儀式
類 しき【式】儀式，典禮

例 台湾のテレビ局も天皇の即位の儀式の様子を生中継で報道していた。

臺灣電視臺也將天皇登基儀式的狀況現場直播。

0437
☐ きじゅん
【基準】

名 基準，標準　　→ 常考單字
衡 ひょうじゅん【標準】標準

例 就職する会社を選ぶ時、何を基準にして決めますか。

你在選擇任職公司時，是以什麼基準決定的呢？

0438
□ きしょう
【起床】

名・自Ⅲ 起床
反 しゅうしん【就寝】就寝

例 朝起床してすぐ日光を浴びることで体内時計をリセットすることができるそうだ。 據說早上起床後立刻曬太陽，能重新調整生理時鐘。

0439
□ きずつける
【傷つける】

他Ⅱ 傷害，損傷　　　　　　　　　→ 常考單字
衍 きずつく【傷つく】受傷，受損

例 冗談のつもりで言ったことばが親友を傷つけてしまった。

我自認開玩笑而脫口說出的話傷害了好友。

0440
□ きせい
【帰省】

名・自Ⅲ 回鄉，返鄉探親
衍 きせいラッシュ【帰省ラッシュ】返鄉人潮

例 久しぶりに帰省したところ、町の変わりように驚かされた。

隔了好久才返鄉，對街景的變化不禁感到驚訝。

┌─ 出題重點 ─┐

▶文法　V－ます＋よう　～的様子

「よう」以漢字表示是「様」，當前面接無意志動詞時，表示様子、情況，例如「喜びよう」、「怒りよう」、「慌てよう」、「驚きよう」等等。

0441
□ きせる
【着せる】

他Ⅱ 為～穿上；包覆，鍍上；強加於人

例 少し肌寒いから、子供に薄めの上着を着せている。

天氣還有點微涼，我讓小孩穿上薄一點的外衣。

0442
□ きそ
【基礎】

名 基礎，根基　　　　　　　　　→ 常考單字
類 どだい【土台】基礎，根基

例 「学問に王道なし」というように、何を学んでもしっかり基礎を固めていくべきだ。

就如「學問沒有捷徑」這句話所說的，無論學什麼應該就要把基礎打好。

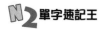

0443
□ きそう
【競う】

| 自他Ⅰ 競爭，較量 → 常考單字 |
| 類 きょうそうする【競争する】競爭 |

例 早食い大会は完食する速さを競う大会です。

大胃王比賽是比吃完所有食物速度的比賽。

出題重點

▶詞意辨析　競う VS 争う

「競う」跟「争う」都有「競爭、對抗」的意思，但「競う」多用於比較技能、有高低之別的事物，重點在較量、切磋。「争う」多用於互戰、兩方爭奪捉對廝殺的情況，有一定得扳倒對方取得勝利的感覺。

(○)勝敗を競う。／(○)勝敗を争う。　爭奪勝負。
(○)遺産相続で争う。／(×)遺産相続で競う。　因遺產繼承而對立。

0444
□ きそくただしい
【規則正しい】

| い形 規律的；規矩的 |

例 集中力を高めたいなら、まず規則正しい生活を送ることだ。

你若想要提升專注力的話，首先就該過規律的生活。

0445
□ きたい
【期待】

| 名・他Ⅲ 期待，期望 → N3 單字 |
| 衍 きたいはずれ【期待外れ】期望落空 |

例 皆様のご卒業後のご活躍を期待しております。

期待各位畢業後有很好的發展。

例 選手たちはファンの期待に応え、優勝を勝ち取った。

選手們不負粉絲的期望，奪得勝利。

0446
□ きち
【基地】

| 名 基地 |
| 衍 きちきょく【基地局】基地臺 |

例 米軍の基地の拡張をめぐって、政府と住民が対立している。

針對美軍基地的擴建，政府與居民立場對立。

0447
☐ きちょう（な）
【貴重（な）】

|な形| 貴重，寶貴 　　　　　　　　　　→ 常考單字
|衍| きちょうひん【貴重品】貴重物品

例 今度のインターンシップのおかげで、貴重な経験を積むことができました。　由於這次的實習，得以累積寶貴的經驗。

0448
☐ きつい

|い形| 緊的；吃力的，難受的；嚴苛的；強烈的，（味道）刺激的

例 先月買ったばかりのスカートがなんだか少しきつくなってきた。

上個月剛買的裙子總覺得變得有點緊了。

例 課長は言葉がきついだけで、別に悪気はない。

課長只是說話比較嚴厲，沒有什麼惡意。

0449
☐ きづかい
【気遣い】

|名| 細心，用心；擔心，顧慮
|類| こころづかい【心遣い】體貼，關心

例 A：お茶、冷めてしまいましたね。淹れ直してきます。

茶冷掉了，我去重泡一壺。

B：いえ、そろそろ失礼しますので、どうぞお気遣いなく。

我差不多該告辭了，您不用費心。

例 彼とは余計な気遣いなどいらない仲だ。

我跟他的好交情是不需顧慮太多的。

出題重點

▶詞意辨析　気遣い VS 心遣い

「気遣い」跟「心遣い」都有「為對方著想、費心思」的意思，但語感還是有些差異，「気遣い」多了擔心顧慮的成分，而「心遣い」多了貼心、關懷的意思。用「お気遣いなく」婉拒對方對自己的好意時，有請對方不用顧慮自己的意思，此時就不適合用「お心遣いなく」，會感覺變成請對方不用關懷。而謝謝對方的溫暖關懷時，當然用「温かいお心遣いありがとうございます」才是適當的，就不可能有「温かいお気遣いありがとうございます」，謝謝您溫暖的擔憂這種說法了。

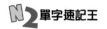

0450
☐ きっかけ

名 動機
類 けいき【契機】契機

→ 常考單字

例 日本語を勉強しようと思ったきっかけは何ですか。

你當初想學日文的動機是什麼呢？

0451
☐ きづく
【気付く】

自I 察覺，留意到；回過神來

例 電車に乗ろうとしたら、忘れ物に気付いて取りに戻った。

要搭電車時，發現忘了帶東西而回頭去拿。

例 ゲームに夢中で時間を忘れてしまって、気付いたら、もう夜が明けて
いた。　沉迷於電玩以至於忘了時間，回過神已經是天亮了。

0452
☐ ぎっしり（と）

副 滿滿地
類 ぎっちり 滿滿地

→ 常考單字

例 お土産はスーツケースにぎっしりと詰め込めるだけ詰め込んだ。

行李箱裡伴手禮能塞多少就盡量塞得滿滿地。

出題重點

▶文法　V－れる＋だけ　能～就盡量～
　　　　V－ます＋たい／好きな／ほしい＋だけ　想～就盡情地～

副助詞「だけ」有「程度、限度」的意思，放在此句型中就表示在「可以
的限度內盡量做」。

例 お好きなだけ召し上がってください。　請盡量享用。

例 悔いのないようにやれるだけのことはやった。

為了不留遺憾可以做的都做了。

0453
☐ きっちり

副 緊緊地，正好地；確實地，準確地

例 ゴミの臭いが漏れないように、蓋をきっちり閉めてね。

為了避免垃圾臭味溢出，要把蓋子蓋緊。

例 待ち合わせの時間は14時ということになっていたけど、きっちり
14時に来てほしい。

約定碰面的時間是下午2點，希望你能在下午2點準時到。

0454
きにいる
【気に入る】

自Ⅰ 喜愛，中意 → 常考單字

例 心ばかりのものですが、気に入っていただけると、嬉しいです。

這是我的一點心意，希望您會喜歡。

0455
きにする
【気にする】

他Ⅲ 介意；擔心 → 常考單字

例 考え方は人それぞれなのだから、人の批判をいちいち気にすることは

ありません。 想法人人不同，所以不用在意人家的每個批評。

0456
きになる
【気になる】

自Ⅰ 在意；擔心；中意 → 常考單字

例 人の話し声が気になって勉強に集中できない。

在意別人說話的聲音導致無法專心念書。

例 勉強会のおかげで、気になる人との距離を縮めることができた。

因為讀書會的關係，拉近了我跟心儀的人之間的距離。

0457
きのせい
【気のせい】

名 心理作用，想太多

例 最近友達が冷たいと感じていたので、嫌われてしまったかと思っていた

のだが、気のせいだったようだ。 最近感覺朋友態度有點冷淡，我本來

以為我被討厭了，但好像是我自己想太多了。

0458
きのどく（な）
【気の毒（な）】

な形 令人同情的，可憐的；感到抱歉 → N3 單字

例 その新人は部長に怒られてばかりだったし、ほとんど毎日遅くまで残

業させられていたし、本当に気の毒だった。

那個新人一直被部長罵，還幾乎每天加班到很晚，真的很可憐。

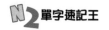

0459 きふ
【寄付】

名・他Ⅲ 捐贈，捐獻
衍 きふきん【寄付金】捐款

例 駅前や、街角を歩いていると、寄付を呼びかけている人たちをよく見かける。　走在車站或街頭，常會看到呼籲捐獻的人們。

例 その野球選手は母校に野球用具を寄付した。
那位棒球選手捐贈棒球用具給母校。

0460 きぶんてんかん
【気分転換】

名 轉換心情
→ 常考單字

例 ジムで汗を流すのは、わたしにとっていい気分転換になっている。
在健身房流流汗對我來說是個很好的轉換心情的方法。

0461 ～ぎみ
【～気味】

接尾 有點～的感覺

例 風邪気味で病院へ行きたいので、今日休ませていただけませんか。
我因為有感冒徵狀要去醫院，今天是否能讓我請假一天？

出題重點

▶文法　N／V－ます＋気味　有點～的感覺、總覺得～

說話者表示「身體或心裡隱約有點異常的感覺」，通常用於不好的情況，且許多都是慣用語詞，例如：「緊張気味」、「疲れ気味」、「太り気味」、「焦り気味」、「遅れ気味」等。

0462 きみがわるい
【気味が悪い】

い形 令人不舒服，陰森恐怖
類 きみわるい【気味悪い】令人不舒服

例 あの人、スマホ見ながらニヤニヤしてるよ。なんか気味が悪いね。
那個人邊看手機邊冷笑呢，令人感到不舒服。

0463 きみょう（な）
【奇妙（な）】

名・な形 奇妙；奇怪

例 「郷に入れば郷に従え」という言葉があるが、その国の慣習が奇妙なものに思えても、尊重すべきだ。
有句話說「入境隨俗」，即使覺得該國的習俗很奇怪，也應該予以尊重。

0464
□

きむ
【義務】

图 義務

→ 常考單字

反 けんり【権利】権利

例 権利と義務とは表裏一体のものだ。

所謂的權利與義務本來就是一體兩面的。

0465
□

きゃくせき
【客席】

图 客人座位

例 その歌手が舞台に登場すると、客席から歓声が上がった。

那位歌手一上臺，觀眾席就歡聲四起。

0466
□

きゃくま
【客間】

图 客廳

類 おうせつま【応接間】客廳，會客室

例 きのう社長のお宅にお邪魔したら、奥様が立派な客間に通してくださ

いました。　昨天去社長家拜訪，社長夫人帶我到豪華的客廳。

0467
□
🔊
13

きゃっかんてき (な)
【客観的 (な)】

な形 客観的

→ 常考單字

反 しゅかんてき (な)【主観的 (な)】主觀的

例 感情の抑えが効かない人にならないためには、客観的な視点を持つこ

とだ。　想要當個不情緒化的人，就要保持客觀立場。

0468
□

キャプテン
【captain】

图 隊長，機長，船長

例 リーダーシップのあるキャプテンがいるからこそ、チームみんなが一丸

となって頑張れるのだ。

正因為有具有領導能力的隊長在，全體隊員才能團結奮戰。

┌─ 出題重點 ─┐

▶文法　Ｖ／Ｎだ・である／な形－だ・である／い形＋からこそ

　　　正因~才~

「～からこそ」是在原本表原因、理由的「から」後面加上強調的副助詞

「こそ」而成的句型，是特別強調原因的用法，句尾常會接表說明的句型

「のだ」。

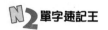

0469 □
キャンパス
【campus】

名 大學校園

例 あの世界的に有名な大学のキャンパスは年間を通して国内外から観光客が訪れる。

那間世界知名的大學校園整年都有來自國內外的觀光客到訪。

0470 □
きゅうか
【休暇】

名 休假　　　　　　　　　　　　　→ N3 單字
衍 ゆうきゅうきゅうか【有給休暇】特休

例 A：最近は連日の残業でちょっと疲れ気味なんだ…。

最近連續加班，實在有點疲憊……。

B：大変だね。今の仕事が一段落したら、休暇でも取ったら？

真辛苦啊，現在的工作告一段落後，要不要請個假？

0471 □
きゅうぎょう
【休業】

名・自Ⅲ 停止營業，停止工作　　　→ N3 單字
衍 りんじきゅうぎょう【臨時休業】臨時歇業

例 店内設備点検につき、本日は休業いたします。

由於店內設備檢查，本日停止營業。

0472 □
きゅうげき（な）
【急激（な）】

な形 急劇的
反 ゆるやか（な）【緩やか（な）】緩慢的

例 祖母は急激な気温の変化で体調を崩してしまった。

奶奶因為急劇氣溫變化而生病了。

0473 □
きゅうこう
【休講】

名・自Ⅲ 停課　　　　　　　　　　→ N3 單字
衍 かいこう【開講】開課

例 その先生は教育熱心で、遅刻も休講もしない。

那位老師熱衷教學，不遲刻也不停課。

0474 □
きゅうしゅう
【吸収】

名・他Ⅲ 吸收；吸取
衍 きゅうしゅうりょく【吸収力】吸收力

例 食事の時、よく噛んで食べると栄養を吸収しやすくなるという。

據說用餐時好好咀嚼食物，營養會較好吸收。

例 若いうちに色々な知識を吸収しておこう。

趁著年輕，多吸收各種知識吧。

0475 きゅうじょ
【救助】

名・他Ⅲ 救助，拯救
類 きゅうえん【救援】救援

例 山で遭難した大学山岳部の学生が救助された。

遇到山難的大學登山社學生獲救了。

0476 きゅうじん
【求人】

名・自Ⅲ 徵才，招募人員
衍 きゅうじんこうこく【求人広告】徵才廣告

例 卒業シーズンは求人の多い時期だと言われている。

畢業季據說是徵才機會多的時節。

0477 きゅうぞう
【急増】

名・自他Ⅲ 驟增，遽增　　　　→ 常考單字
反 きゅうげん【急減】驟減，遽減

例 外国人旅行者の急増とともに、無料 Wi-Fi スポットの需要が増加すると予想されている。

隨著外國遊客遽增，預估免費無線網路熱點的需求也將增加。

0478 きゅうそく(な)
【急速(な)】

名・な形 急速，迅速
類 きゅうげき(な)【急激(な)】急劇的

例 スマホのアプリから注文すると料理を届けてくれるデリバリーサービスが最近急速に成長している。

從手機應用程式訂餐就會送餐到府的外送服務最近成長迅速。

0479 きゅうそく
【休息】

名 休息放鬆

例 仕事の疲れがたまると、能率が下がるので、休息を取るのも仕事には必要不可欠だ。　工作疲勞累積的話，會降低工作效率，所以休息放鬆也是工作上必要且不可或缺的。

0480 きゅうよ
【給与】

名 薪資
衍 きゅうよめいさい【給与明細】薪資明細

例 外資系企業は給与の水準が比較的高い一方で、急に撤退するというリスクもある。　外資企業薪資水準較高，同時也有突然撤離的風險。

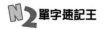

0481 きゅうよう
【休養】
名・自Ⅲ 休養生息

例 その選手は公式サイトで膝の治療のため来シーズンは休養すると発表した。　那位選手在官網宣布為了治療膝蓋，下一賽季會休養不出賽。

0482 きよい
【清い】
い形 清澈；純潔；果斷乾脆

例 子供には清い心を持って自分の目標に向かって進んでほしい。

我希望小孩能懷著純真的心朝著自己的目標前進。

0483 きよう（な）
【器用（な）】
な形 手巧，靈巧；機靈
反 ぶきよう（な）【不器用（な）】笨拙

例 手先が器用な彼女のことだから、マフラーなら一日で編めるでしょう。

她手很巧，圍巾的話應該一天就能織好吧。

例 先輩は何事も器用にこなしているので、上司に叱られたことがない。

前輩任何事都很機靈地處理好，所以不曾被上司責備過。

0484 きょうか
【強化】
名・他Ⅲ 強化，加強
類 つよめる【強める】加強

例 忘年会シーズンを迎え、警察が飲酒運転の取り締まりを強化している。　尾牙旺季到來，警察加強取締酒駕。

例 空港では顔認証システムを導入することでセキュリティーの強化を図る。　機場想藉由導入人臉辨識系統加強安全戒備。

0485 きょうかい
【境界】
名 邊界，界線

例 お隣との土地の境界をめぐるトラブルで悩んでいる。

我正苦惱著跟鄰居的土地分界的紛爭。

0486 きょうぎ
【競技】
名・自Ⅲ 競技，比賽　　　→ 常考單字
衍 きょうぎじょう【競技場】運動場

例 選手たちがあれほど熱心に競技に打ち込めるのは、自身の記録を更新するためなのだ。選手們那麼全神貫注在比賽上，是為了刷新自己的紀錄。

0487
☐ <u>ぎょうぎ</u>
【行儀】

名 禮貌，規矩　　　　　　　　　→ N3 單字
慣 たにんぎょうぎ【他人行儀】見外，客套

例 隣の子は会うたびに笑顔でちゃんと挨拶してくれる。なんて行儀のいい子でしょう。

隔壁的小孩每次見面都會笑臉迎人地打招呼，真有禮貌的孩子啊。

0488
☐ <u>きょうきゅう</u>
【供給】

名・他Ⅲ 供給，供應
反 じゅよう【需要】需求

例 新型のスマホがあまりの人気で、供給が追いつかないという。

據說新型的智慧型手機太受歡迎，供應不及。

0489
☐ <u>ぎょうじ</u>
【行事】

名 例行活動　　　　　　　　　　→ 常考單字

例 教師という仕事は、運動会をはじめ、数々の行事の準備で忙しく、みんなが思っているよりもずっと大変な仕事なのである。

老師這項工作除了運動會，還有很多的例行活動的準備工作要忙，比大家所想的還要辛苦得多了。

0490
☐ <u>きょうしゅく</u>
【恐縮】

名・自Ⅲ 過意不去，不敢當

例 お忙しい中大変恐縮ですが、資料のご確認をお願いいたします。

不好意思百忙之中打擾您，請您確認一下資料。

例 進路の相談で先生のお宅に伺った時、お昼までご馳走になってしまって、恐縮しております。

為了討教升學就業之事前往老師家拜訪時，還被款待午餐，真是過意不去。

0491
☐ <u>きょうどう</u>
【共同】

名・自Ⅲ 共同，協同

例 Ａ社が大学と共同で開発した子供向けの学習ソフトが昨日発表された。　　Ａ公司與大學共同研發、專為小孩設計的學習軟體於昨天發表。

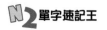

出題重點

▶文法　N＋向け　往〜／針對、專為〜而做

「向け」接在表地點或人的名詞後是「以〜為目標」，類似「のために」

的意思。

例 この会社は海外向けの商品を開発している。

　　這家公司是研發外銷商品的。

0492 □
きょうふ
【恐怖】
名·自Ⅲ 恐懼，害怕 → 常考單字

例 そのホラー映画の怖いシーンで、恐怖のあまり思わず目をつぶってし

まった。

我在那部恐怖電影的驚悚場面，因為太害怕而不自覺地閉上眼睛。

0493 □
きょうよう
【教養】
名 教養，修養 → 常考單字

例 いくらお金があっても、教養がないと、成金と思われてしまう。

再怎麼有錢，沒有修養的話，會被認為是暴發戶。

0494 □
きょうりょく（な）
【強力（な）】
な形 強而有力，強大

例 この地図アプリは発表されたばかりなのに、もう方向音痴の強力な

味方になっています。

這款地圖應用程式才剛發表，就已成為路痴的強力後盾。

0495 □
ぎょうれつ
【行列】
名·自Ⅲ 隊伍，行列 → N3 單字
衍 ぎょうれつてん【行列店】排隊名店

例 A：あのケーキ屋はいつも行列ができてるけど、本当に美味しいのかな？

那家蛋糕店總是大排長龍，真的好吃嗎？

B：行列してでも食べたいっていう人があんなにいるから、きっと美味

しいんじゃない？　那麼多人就算排隊也要吃到，一定很好吃吧？

▶文法　Ｖーて＋でも　就算～也要～

表示不惜使出強硬的手段，也想實現的堅定決心。

0496
□

きょか
【許可】

名・他Ⅲ 許可，允許

衍 とっきょ【特許】專利

例 館内での撮影を行うには書面による事前の許可が必要である。

館內攝影需要以書面事先徵得許可。

0497
□

ぎょぎょう
【漁業】

名 漁業

類 すいさんぎょう【水産業】水産業

例 海の環境が変わりつつあるので、漁業にも大きな影響が出ている。

海洋環境持續變化，對漁業也造成很大的影響。

產業

のうぎょう 農業 農業	しょうぎょう 商業 商業	せいぞうぎょう 製造業 製造業	きんゆう ほ けんぎょう 金融保険業 金融保險業	サービス業 服務業

0498
□

きょくせん
【曲線】

名 曲線

例 直線と曲線を組み合わせた柄は簡潔で印象的だ。

直線和曲線組合而成的圖案簡潔又令人印象深刻。

0499
□

きょだい（な）
【巨大（な）】

な形 巨大

例 今度の台風は暴風域が巨大なため、記録的な大雨のおそれがある。

這次的颱風由於暴風圈廣大，可能會帶來創紀錄的大雨。

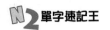

0500 きょひ
【拒否】

名・他Ⅲ 拒絕

例 定年を1年後に控えた父は転勤を拒否した。

1年後將屆退休的父親拒絕了調職命令。

0501 きょろきょろ

副・自Ⅲ 東張西望　　　　→ 常考單字

例 隣の人は試験中にきょろきょろしていてカンニングを疑われた。

隔壁的人考試時東張西望而被懷疑作弊。

0502 きらく(な)
【気楽(な)】

名・な形 輕鬆，無憂無慮　　　　→ 常考單字

例 人生は短いのだから、他の人と自分を比較しないで気楽に生きよう。

因為人生苦短，所以不要跟他人互相比較，無憂無慮地過日子吧。

0503 きり
【霧】

名 霧；噴霧
衍 きりふき【霧吹き】噴霧器

例 目的地に向かう途中で、急に深い霧が出て、道に迷ってしまった。

在前往目的地的路上，突然起大霧，結果迷路了。

0504 きりかえる
【切り替える】

他Ⅱ 更換，切換
衍 きりかえ【切り替え】轉換

例 言語設定を日本語に切り替えれば、日本語で表示されるようになっている。　　只要將語言設定切換成日文，就會顯示日文了。

0505 きりつ
【規律】

名 規律；紀律

例 規律を守って行動することは、チームの士気を高める上で欠かせない。

遵守紀律行動在提升團隊的士氣上是不可或缺的。

0506 きりとる
【切り取る】

他Ⅰ 剪下，切下　　　　→ 常考單字
衍 きりとりせん【切り取り線】裁割線

例 昔は好きなアイドルが載った雑誌を綺麗に切り取って保存したものだ。

我以前都會把喜歡的偶像登上的雜誌小心翼翼地剪下來保存呢。

0507 ぎろん【議論】 名・他Ⅲ 議論，爭論

例 あんな言い方では議論というより、ただの喧嘩のような感じだ。

那樣的說法給人與其說是爭論，不如說只是吵架的感覺。

例 その提案は議論されているが、まだ結論が出ない。

那個提案雖然有討論了，但還沒得出結論。

出題重點

▶文法　V／い形／な形／N＋というより、(むしろ)～
　　　與其說～不如說～

用於說話者認為比起前項的說法後項的形容還比較貼切。

例 わたしはけちというより、お金を無駄に使いたくないだけなのだ。

我與其說是小氣，不如說只是不想花冤枉錢罷了。

0508 きわめて【極めて】 副 極其，非常　→ 常考單字

例 火の使用は人類の進化において極めて重要な意味を持っている。

火的使用在人類的進化上有非常重要的意義。

0509 きんがく【金額】 名 金額

例 毎日のお菓子代とかコーヒー代とか、一つ一つは大した金額には見えなくても、積み重なるとかなりの金額になる。　每天的零食錢啦咖啡錢啦，一項一項看起來不是什麼大金額，但累積起來就是一筆大錢。

0510 きんせん【金銭】 名 金錢
衍 きんせんかんかく【金銭感覚】金錢觀

例 金銭トラブルを防ぐために友人とのお金の貸し借りを避けるようにしている。　為了防止金錢糾紛，我盡量避免朋友之間的金錢借貸。

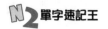

0511 きんにく
【筋肉】

名 肌肉
衍 きんにくつう【筋肉痛】肌肉痠痛

例 年をとるにつれて体力も筋肉も落ちていく。

隨著年紀增長，體力和肌肉都會變弱。

0512 きんゆう
【金融】

名 金融
衍 きんゆうきかん【金融機関】金融機構

例 金融についての知識をしっかり習得しておけば、騙される可能性は低くなるでしょう。

好好學習金融相關知識，被騙的可能性就會少一點了吧。

く／ク

0513 くいき
【区域】

名 區域，地區
類 ちいき【地域】地區

14

例 台風の接近に伴い、市は土砂災害警戒区域に住んでいる市民に少しでも早く避難するよう呼びかけている。

隨著颱風接近，市府呼籲住在土石流警戒區域的市民盡早避難。

0514 ぐうすう
【偶数】

名 偶數
反 きすう【奇数】奇數

例 日本では、結婚祝いを贈る時、偶数の金額は割りきれてしまうので、縁起が悪いとされている。

在日本致贈結婚禮金時，偶數金額因為能被整除，被視為不吉利。

出題重點

▶文法 Ｖ／い形／な形だ／Ｎ（だ）＋とされている　被認為、被視為

用於表示一般大眾的看法、說法，相當於「～と考えられている」、「～と言われている」的意思，常用於新聞、論文中。

例 招き猫は幸運を招く縁起物とされている。

招財貓被認為是招來幸運的吉祥物。

0515
□
ぐうぜん
【偶然】

名・副 偶然 　　　　　　　　　　　→ 常考單字
類 たまたま 偶然

例 A：今のドラマは別れた二人が偶然に再会してまた恋をする 話 なの。

現在這部連續劇是說分手的兩人偶然再度相遇又墜入情網的故事。

B：現実にそんな都合のいい偶然が起こるはずがないよ。

現實中不可能有那麼剛好的偶然的。

0516
□
くうそう
【空想】

名・他Ⅲ 幻想，假想
類 そうぞう 【想像】想像

例 高度な V R を駆使したその映像はリアルすぎて、現実か空想かがわか

らなくなるぐらいだ。

運用高度虛擬實境的那個影像太過逼真，分不清是現實還是幻想了。

0517
□
くぎ
【釘】

名 釘子

例 京 都の有名な清水の舞台は釘を一本も使わずに建てられている。

京都著名的清水舞臺在沒有使用任何一根釘子的情況下建造而成。

0518
□
くぎる
【区切る】

他Ⅰ 劃分，分隔
衍 くぎり 【区切り】階段，段落

例 勉 強 は短時間で区切ってやると、簡単に達成感を味わうことができる。

將念書劃分成短時間來念書的話，可以輕鬆感受到成就感。

0519
□
くじびき
【くじ引き】

名 抽籤

例 最後に豪華な景品の当たるくじ引きが忘年会の一番の楽しみだ。

在最後抽出豪華獎品才是尾牙最令人期待的。

0520
□
くしゃみ

名 噴嚏

例 日本では春になると、鼻水、くしゃみ、鼻づまりといった花粉 症 の 症

状 に悩まされる人が多くなる。　在日本一到了春天，有很多人為流鼻

水、打噴嚏、鼻塞等花粉症的症狀所苦。

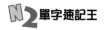

0521
くじょう
【苦情】

名 抱怨，投訴 → 常考單字

類 クレーム【claim】申訴，不滿

例 道路工事の騒音がうるさいと、住民からの苦情が殺到している。

道路工程的噪音過大，居民的投訴紛紛湧來。

0522
くしん
【苦心】

名・自Ⅲ 苦心，費盡心思

例 親は子供に良い教育を受けさせるのに苦心している。

父母為了讓小孩受良好教育而費盡苦心。

例 これが苦心に苦心を重ねて開発した我が社の自信作です。

這就是我們公司費盡心思研發出來的自信之作。

0523
くずす
【崩す】

他Ⅰ 破壞；拆散；換成零錢 → N3 單字

衍 くずれる【崩れる】崩塌；變形

例 ソファーに座っていると、つい姿勢を崩してしまいがちだ。

坐在沙發上，常不自覺就會變得姿勢不正。

0524
ぐたいてき（な）
【具体的（な）】

な形 具體的

反 ちゅうしょうてき【抽象的】抽象的

例 候補者に理想だけでなく、具体的な政策を示してほしい。

希望候選人不是只有理想，而要展現具體的政策。

0525
くだく
【砕く】

他Ⅰ 粉碎，擊碎

例 前回の優勝チームの連覇の夢を砕いたのは、日本チームだった。

粉碎上屆冠軍隊伍連霸之夢的是日本隊。

0526
くだける
【砕ける】

自Ⅱ 破碎；意志消退；非正式的，隨意的

例 台風が近付いている影響で波が激しく堤防にあたって砕けている。

因為颱風接近的關係，海浪強力地打在堤防上碎成浪花。

例 論文を書く時、くだけた表現は避けたほうがいい。

書寫論文時，最好避免使用非正式口語的措辭。

0527
□

くたびれる 　　　　　　　自Ⅱ 疲憊；用舊

例 海外旅行の初日は、時差ぼけと長距離移動ですっかりくたびれてしま

った。 　出國旅遊的第一天就因為時差跟長途行程的關係而累垮了。

例 長く愛用したくたびれたかばんを寄付しようと思っている。

我打算把長年使用變舊的包包捐出去。

0528
□

くだらない 　　　　　　　い形 愚蠢低俗的；沒有價值的，微不足道的

例 A：最近何かおもしろい映画ないかな。

最近有沒有什麼好看的電影啊？

B：これなんかどう？くだらないけど、笑えるよ。

這部怎麼樣？雖然低俗愚蠢，但很好笑喔。

例 そんなくだらないことでいつまでもくよくよするなよ。

別老為那種小事愁眉不展。

0529
□

くちコミ
【口コミ】 　　　　　　　名 口碑，口耳相傳

例 その蕎麦屋はおいしいと口コミで評判が広まり、不便なところながら、
人気を集めている。

那家麵店美味有口碑而廣受好評，雖然位於不便之處，但卻大受歡迎。

0530
□

くつう
【苦痛】 　　　　　　　名 痛苦
　　　　　　　　　　　　類 くるしみ【苦しみ】痛苦

例 肉体的な痛みより精神的な苦痛のほうがつらいと思う。

我認為比起肉體的疼痛，精神上的痛苦比較難受。

0531
□

ぐっすり 　　　　　　　副 熟睡 　　　　　　　→ N3 單字

例 疲れを取るなら、何と言っても一晩ぐっすり寝るに限る。

要消除疲勞，總之最好就是熟睡一晚。

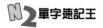

0532
☐ くっつく | 自Ⅰ 黏著，緊貼 | → N3 單字

例 瞬間接着剤は一度指にくっついたら、なかなか落とすことができない。　三秒膠一旦黏到手指，就很難去掉。

0533
☐ くっつける | 他Ⅱ 把～黏貼上；把～湊近

例 母の大事な花瓶を割ってしまったが、接着剤でかけらをくっつけてなんとかごまかした。

我打破媽媽的珍貴花瓶，用黏膠把缺口黏好矇混一下。

0534
☐ くどい | い形 囉唆，叨叨絮絮；（味道）厚重煩膩

例 お母さんってば、一度言えばわかるのに、いっつも話し方がくどいの。

我媽呢，說一次就知道了，卻總是囉哩叭唆的。

┌─ 出題重點 ─┐

▶文法　Ｎ＋ってば　說到～啊

「ってば」用於提出某人當作話題，針對該人表達自己的抱怨不滿，相當於「～たら」的意思，常用於較親近的人會話中。

0535
☐ くばる
【配る】 | 他Ⅰ 分配，分發；注意，關心

例 ただいまから問題用紙を配ります。試験開始の合図があるまでは開かないでください。

現在開始發題目卷，在考試開始的指示之前請勿打開試卷。

0536
☐ くふう
【工夫】 | 名・他Ⅲ 設法，下功夫 | → 常考單字

例 受験勉強は工夫次第で効率よく勉強することができる。

準備考試端視你的準備方法，也能有效率地念好書。

例 シェフはお客様を飽きさせないようにメニューを色々工夫している。

主廚為了不讓顧客覺得膩，而在菜色上下了很多功夫。

0537
☐ くみあわせ
　【組み合わせ】　　　图 組合，搭配

例 赤と白の組み合わせはよく日本の祝い事や試合の時に使われる。

紅色和白色的組合常用在日本的喜慶或比賽時。

0538
☐ くみたてる
　【組み立てる】　　　他Ⅱ 組裝，組合

例 この棚はパーツが少なく、子供でも簡単に組み立てられる。

這個架子零件很少，連小孩都能輕鬆組裝起來。

0539
☐ くむ
　【汲む】　　　他Ⅰ 汲，斟；體察

例 山登りのついでに、美味しいと評判の湧き水を汲んで帰った。

爬山時順便汲取了風聞好喝的湧泉回家。

0540
☐ くやむ
　【悔やむ】　　　他Ⅰ 懊悔；哀悼　　　→ 常考單字
　　　　　　　　　類 くいる【悔いる】懊悔

例 試験前にもっと勉強しないと、ひどい目に遭うよ。後で悔やんでも知

らないから。

考前若不更加努力念書的話，會自討苦吃喔，事後懊悔我可不管。

0541
☐ グラウンド
　【ground】　　　图 運動場，操場

例 学生時代はよく遅刻の罰としてグラウンドを走らされたものだ。

學生時代經常被罰跑操場當作遲到的處罰。

0542
☐ くるう
　【狂う】　　　自Ⅰ 瘋狂；失常；亂掉

例 隣の子供が昼夜を問わず泣き続けていて、もう気が狂いそう。

隔壁的小孩不分晝夜一直哭鬧，我都快瘋了。

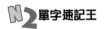

0543
☐ **くるしめる**
【苦しめる】

他Ⅱ 使～感到痛苦，折磨

例 上司は、完璧を求めるあまり部下の私たちをどれほど苦しめているのかに全く気づいていない。

上司太追求完美，完全沒發現帶給身為下屬的我們多大的折磨。

0544
☐ **くるむ**
【包む】

他Ⅰ 包，裹

例 子供が夜中に急に熱を出したので、毛布に包んで病院へ連れて行った。 小孩半夜突然發燒，用毛毯包裹著送醫。

0545
☐ **くれぐれも**
【呉々も】

副 懇請千萬

例 体調など壊されませんよう、くれぐれもご自愛ください。

請您千萬要保重身體健康。

0546
☐ **くれる**
【暮れる】

自Ⅱ 日暮；（季節，一年）結束
反 あける【明ける】天明；過年；（時期）結束

例 最近日が暮れるのが早くなり、秋が深まってきた。

最近日暮得早，漸有秋天的感覺。

0547
☐ **くわえる**

他Ⅱ 銜，叼

例 うちの犬は大好きな骨をくわえたまま、どこかへ行ってしまった。

家裡的狗叼著最愛的骨頭不知跑到哪兒去了。

0548
☐ **くわえる**
【加える】

他Ⅱ 加上，添加；施加　　→ 常考單字

例 部長は新しいプロジェクトチームのメンバーにきっと田中さんを加えるに違いない。 部長一定會把田中加入新專案團隊的成員裡。
例 その事件の容疑者は保釈されたら、関係者に危害を加えかねない。

那個事件的嫌疑犯若被保釋，可能會加害相關人士。

0549
☐ くわわる
【加わる】

自Ⅰ 増加；加入

例 今日からうちのクラスに新しい仲間が加わることになった。転校生の
田中君だ。　　今天我們班加入了新夥伴，轉學生田中同學。

0550
☐ ぐんたい
【軍隊】

名 軍隊，部隊
衙 じえいたい【自衛隊】自衛隊

例 軍隊での生活は小林さんにとって苦痛でしかなかった。

部隊生活對小林來說就只有痛苦。

軍隊

陸軍　　　　　　　海軍　　　　　　　空軍
陸軍　　　　　　　海軍　　　　　　　空軍

0551
☐ くんれん
【訓練】

名・他Ⅲ 訓練　　　　　　　　　　→ N3 單字

例 A：来週の水曜日、避難訓練があるんだって？

聽說下星期三有避難演習？

B：そうなんだよ。消防署の人も来るらしいよ。

是啊，好像消防署的人也會來。

例 盲導犬は目の不自由な人を手助けするよう訓練されている。

導盲犬被訓練為視障人士的嚮導。

け／ケ

0552
☐
🔊
15
けいい
【敬意】

名 敬意

例 同じ仕事に取り組んではじめて、鈴木さんの偉大さがわかった。改め
て敬意を表したい。

投身做了相同工作後才了解鈴木的偉大，再次對他深表敬意。

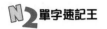

0553
□
けいき
【景気】

名 景氣
衍 ふけいき【不景気】不景氣

例 これだけ景気が悪くては、業務を縮小することも考えなくてはなる

まい。 景氣這麼差，也不得不考慮縮減業務了吧。

0554
□
けいこ
【稽古】

名・他Ⅲ （才藝）學習

例 小さい時から厳しい稽古を積み重ねたからといって、プロになれるとは

限らない。 就算自小不間斷嚴加學習才藝，也未必就能成為專業人士。

0555
□
けいこう
【傾向】

名 傾向，趨勢 → 常考單字

例 兄と違って、弟は何事も悲観的に捉える傾向がある。

不同於哥哥，弟弟對任何事都傾向於悲觀看待。

0556
□
けいこく
【警告】

名・他Ⅲ 警告

例 その会社は資金問題を抱えているようだから。投資家の警告には耳を

傾けるべきだ。 那家公司似乎有資金問題，應該要聽投資家的警告。

0557
□
けいじ
【掲示】

名・他Ⅲ 公布 → 常考單字
衍 けいじばん【掲示板】佈告欄

例 A：先生、宿題の締め切りって今日だったんですか？

老師，作業的繳交期限是今天嗎？

B：今日が締め切りって掲示しておいたんだけどな。

我應該有公告說今天是截止日啊。

0558
□
けいしき
【形式】

名 形式；方式
反 じっしつ【実質】實質

例 このことについては、今までの形式にとらわれることなく、自由に話し

合って決めましょうよ。

關於這件事情，我們不要拘泥於之前的形式，自由討論來決定吧。

0559 □
けいぞく
【継続】

名・自他Ⅲ 繼續

例 わたしは何をやっても、三日坊主で継続できない。

我做什麼事都是三分鐘熱度，無法持續。

0560 □
けいど
【経度】

名 經度

衍 いど【緯度】緯度

例 経度と緯度という座標を使って地球上での位置を表示できます。

利用經緯度的座標可顯示在地球上的位置。

0561 □
けいとう
【系統】

名 系統，體系；血統

例 調査が進むにつれて、その火事の原因は電気系統の故障であることが明らかになってきた。

隨著調查的進行，漸漸明白了火災原因是電力系統的故障。

0562 □
げいのう
【芸能】

名 演藝娛樂

衍 げいのうじん【芸能人】演藝人員

例 私だって、毎日芸能ニュースばかり追いかけているわけではない。環境問題にも関心はある。

我也不是每天都只追娛樂新聞的，我可是也會關心環境問題的。

0563 □
けいび
【警備】

名・他Ⅲ 警備，警戒

衍 けいびいん【警備員】警衛，保全

例 警備上の理由で、二階は閉鎖いたします。ご了承ください。

基於安全上的考量，二樓封閉，敬請見諒。

0564 □
けいやく
【契約】

名・他Ⅲ 契約，簽約

例 新規の契約となると、用意しなければならない書類が山のようにある。

若是新契約的話，要準備的文件多如山。

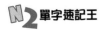

出題重點

▶文法　V／い形／な形／N＋となると　一旦～的話

說話者在前項提出特殊的情況、立場、時刻等，表示其狀況一定也非同一般。

例 外資系企業で働くとなると、英語でやりとりする機会が多くなる。

　　若是在外資企業工作，就有很多以英文交談的機會。

0565
□
ケース
【case】
　　　　　　　　　　名 盒子，箱子；事例，情況

例 手が滑ってスマホを落としたが、幸い、ケースのおかげで無事だった。

　　手一滑弄掉了智慧型手機，幸好有手機殼的保護才毫髮無傷。

例 そのことは、偶然が重なって起こった極めてまれなケースであろう。

　　那件事應該是偶然交集所發生的極為罕見的情況吧。

0566
□
けがわ
【毛皮】
　　　　　　　　　　名 毛皮

例 A：お母さんの毛皮のコート、今晩借りちゃだめ？

　　媽，妳的毛皮大衣今晚能借我嗎？

　　B：だめよ。あなたにはまだ早すぎるわ。

　　不行，你還太年輕。

0567
□
げきげん
【激減】
　　　　　　　　　　名・自Ⅲ 銳減

例 生息地が破壊され、渡り鳥が激減している。

　　棲息地受到破壞，候鳥不斷銳減。

0568
□
げきぞう
【激増】
　　　　　　　　　　名・自Ⅲ 激增

例 激増する航空需要に対応しきれず、この空港は今にもパンクしそうだ。

　　無法因應激增的航空需求，這座機場眼看就要爆滿了。

0569
□ げしゃ
【下車】

名・自Ⅲ 下車　　→ N3 單字
反 じょうしゃ【乗車】上車

例 東京駅下車徒歩2分なんて、ずいぶん便利なところに住んでいるのね。　從東京車站下車徒步竟然只要2分鐘，你住的地方真方便啊。

0570
□ けずる
【削る】

他Ⅰ 削；刪減　　→ N3 單字
衍 えんぴつけずり【鉛筆削り】削鉛筆機

例 日本語検定合格のためなら、少しぐらい睡眠時間を削ってでも勉強しないとね。　若要通過日語檢定考試，得犧牲一點睡眠時間努力念書啊。

0571
□ けた
【桁】

名 位數
衍 けたちがい【桁違い】位數錯誤；相差懸殊

例 伊藤さんのお小遣いは月10万円なんだって？私とは桁が違うなあ。

聽說伊藤的零用錢每個月有10萬日幣？我真是差得遠了。

0572
□ けつあつ
【血圧】

名 血壓
衍 けつあつけい【血圧計】血壓計

例 もうお父さんを怒らせないでよ。怒るとすぐ血圧が上がるし。

你別再惹老爸生氣了，他一生氣血壓就立刻上升。

0573
□ けっかん
【欠陥】

名 缺陷，缺點
類 たんしょ【短所】缺點

例 引っ越した先のアパートは、新築なのに欠陥だらけだった。

搬家過來的公寓，明明是剛蓋好的，卻到處都是缺陷。

0574
□ げっきゅう
【月給】

名 月薪

例 A：渡辺さんの月給っていくらですか。

渡邊先生的月薪是多少呢？

B：それは初対面の人に聞くことじゃないと思うな。

我想那不是對第一次見面的人該問的問題。

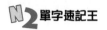

0575 □
けっきょく
【結局】

名・副 到底，最後 　　　　　　→ 常考單字

例 北村さんのことだけど、結局、大学をやめることにしたらしい。

關於北村的事，聽說他最後決定休學了。

0576 □
けっこう
【欠航】

名・自Ⅲ （飛機）停飛，（船舶）停駛

例 私の乗るはずだった飛行機は何時間も遅れた末に欠航になった。

我本來要搭的那班飛機誤點好幾小時後，結果停飛了。

0577 □
けっさく（な）
【傑作（な）】

名・な形 傑作；詼諧
類 めいさく【名作】名作

例 ダビンチとかミケランジェロとか、イタリアはルネサンス美術の傑作の宝庫だ。

達文西啦，米開朗基羅啦，義大利是文藝復興時期藝術傑作的寶庫。

0578 □
けっしん
【決心】

名・自Ⅲ 決心，決意

例 健太君はどうも美咲さんとは別れようと決心したらしい。

健太好像決心要跟美咲分手了。

例 この手術はリクスが高いので、受けるべきかどうか、なかなか決心がつかない。

這個手術風險很高，所以是否應該接受手術，很難下定決心。

0579 □
けってい
【決定】

名・他Ⅲ 決定
衍 けっていけん【決定権】決定權

例 社長の発言は最終的な決定ということでよろしいでしょうか。

社長的發言就是最後決定了吧？

0580 □
けってん
【欠点】

名 缺點，短處 　　　　　　→ N3 單字
類 デメリット【demerit】缺點

例 人には長所もあれば、欠点もある。

人有優點也有缺點。

0581
□
けつろん
【結論】

名・自Ⅲ 結論 → N3 單字

例 この件に関しては、週明けまでに結論を出しておいてください。

關於這件事，請在下星期一之前提出結論。

0582
□
けはい
【気配】

名 感覺，跡象

例 風の冷たさに秋の気配が感じられる。今年もあっという間に終わっちゃうなぁ。 風的冷冽讓人感受到秋意，轉眼間今年也快結束了啊。

0583
□
げひん (な)
【下品 (な)】

名・な形 粗鄙，下流 → N3 單字
反 じょうひん (な)【上品 (な)】文雅，高尚

例 彼は人前でも気にせずげっぷやおならをする。本当に下品なんだから。

他在眾人面前也毫不在意地打嗝、放屁，實在是很粗俗。

0584
□
けむい
【煙い】

い形 煙霧燻嗆

例 Ａ：魚を焼いたら、家中煙くなっちゃったわ。

我烤個魚，搞得家裡煙霧瀰漫。
Ｂ：窓を開けよっか。

我來把窗戶打開。

0585
□
けむり
【煙】

名 煙，煙霧 → N3 單字

例 帰る途中で、町の工場から煙が激しく上がっているのが見えた。

在回家的路上看到鎮上的工廠冒出好濃的煙。

0586
□
けわしい
【険しい】

い形 險峻，崎嶇；嚴峻 → 常考單字

例 険しい道かと思ったが、登ってみたら、案外楽だった。

本來以為是險峻的路程，但爬著爬著，竟意外地輕鬆。

0587 けんかい
【見解】
名 見解，看法

例 テレビのニュースは政府の公式見解を繰り返してばかりいる。

電視新聞不斷播放政府的官方看法。

0588 げんかい
【限界】
名 極限，範圍

例 子供の可能性に限界なんてないんじゃない？

孩子有無限的可能，不是嗎？

0589 けんきょ（な）
【謙虚（な）】
名・な形 謙虚
反 こうまん（な）【高慢（な）】高傲

例 橋本先生は世界的に評価されているにもかかわらず、誰に対しても謙虚で、偉そうな態度を取ることがない。

橋本老師雖然享譽世界，但對任何人仍舊謙虛，不擺架子。

0590 げんご
【言語】
名 語言

例 笑顔は言語を超えるから、外国人と接する時は笑顔を忘れないでください。 笑容能超越語言，所以面對外國人時不要忘記笑容。

0591 げんこう
【原稿】
名 原稿，草稿 → 常考單字
衍 げんこうようし【原稿用紙】稿紙

例 原稿の整理を少し手伝ってもらえるかな？

可不可以幫忙我整理一下原稿？

0592 げんざい
【現在】
名・副 現在，目前；現有，現存 → N3 單字

16

例 現在、太陽光エネルギーが原子力に代わるエネルギーとして注目されている。 目前太陽能作為核能的替代能源受到矚目。

0593
□
げんさん
【原産】

名 原産
衍 げんさんち【原産地】原産地

例 A：ジャガイモって、南米原産_{なんべいげんさん}なんだよね。

馬鈴薯是原產於南美的吧？

B：へえ、そうなの？知_しらなかった。

咦？是嗎？我不知道。

0594
□
げんじつ
【現実】

名 現實，實際　　　　　　　　　→ 常考單字
反 りそう【理想】理想

例 突然_{とつぜん}の失恋_{しつれん}という現実_{げんじつ}を、今_{いま}はまだとても受_うけ入_いれられそうにない。

至今似乎還無法接受突然失戀的事實。

0595
□
けんしゅう
【研修】

名・他Ⅲ 研習，進修

例 研修_{けんしゅう}で学_{まな}んだことは完璧_{かんぺき}に身_みにつけたつもりだったが、実際_{じっさい}に働_{はたら}いてみると戸惑_{とまど}うことも多_{おお}かった。　我以為自己已經把研習所學到的都完美

記起來了，實際上工作時還是有很多疑惑。

0596
□
げんじゅう（な）
【厳重（な）】

な形 嚴格的，慎重的

例 パスワードは他_{ほか}の人_{ひと}に知_しられないように、厳重_{げんじゅう}に管理_{かんり}してください。

密碼請謹慎管理以避免被他人知道。

0597
□
げんしょう
【減少】

名・自Ⅲ 減少
反 ぞうか【増加】増加

例 このバス路線_{ろせん}の利用者数_{りようしゃすう}は、年間_{ねんかん}を通_{つう}じて減少_{げんしょう}の傾向_{けいこう}にある。

這條公車路線的使用人數一整年有減少的傾向。

0598
□
げんしょう
【現象】

名 現象

例 世_よの中_{なか}には未_{いま}だ解明_{かいめい}されていない不思議_{ふしぎ}な現象_{げんしょう}がたくさんある。

世界上還有很多尚未解開的奇異現象。

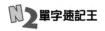

0599 □
げんじょう
【現状】

名 現狀   → 常考單字

例 現状を正しく分析してこそ、改善策が立てられるのだ。

只有正確分析現狀，才能訂定改善對策。

0600 □
けんそん
【謙遜】

名・自Ⅲ 謙虛，謙遜   → N3 單字

例 日本語は少しだけ話せますなんて、そんなご謙遜を。

什麼只會說一點日文，您實在太謙虛了。

例 佐藤さんはいつも謙遜しているが、素晴らしい芸術の才能を持っている。 佐藤雖然總是很謙虛，但他擁有了不起的藝術天分。

0601 □
げんど
【限度】

名 限度，範圍

例 いくら好きなだけ買ってもいいと言っても、ものには限度というものがある。 就算說喜歡就買，但凡事都還是有限度的。

0602 □
けんとう
【検討】

名・他Ⅲ 仔細考慮   → 常考單字

例 それでは、ご提案申し上げた件につきまして、よろしくご検討ください。

那麼，關於我所提出的建議，請您審慎考慮。

0603 □
けんとう
【見当】

名 推測，估計
類 みこみ【見込み】估計，預計

例 この間の台風の被害総額はいったいいくらになるのか見当もつかない。 無法估算前一陣子颱風的受災總額到底會是多少。

0604 □
げんに
【現に】

副 現在；實際

例 現に私がこの目で見たんです。UFOみたいなものが空を飛んでいたんです。 我剛才親眼目睹了，像幽浮一樣的物體在天空飛。

0605
□
げんば
【現場】

名 現場 → 常考單字

例 今朝交通事故の現場を通り過ぎたが、あまりにもひどくて見ていられなかった。 今天早上路過車禍現場，實在是太慘了以致於不忍看。

0606
□
けんり
【権利】

名 権利

例 A：今度の選挙はどの候補者も気に入らないから、投票したくないわ。

這次選舉每個候選人我都不喜歡，不想投了。

B：それはダメだよ。投票は国民としての権利と義務なんだから。

這樣不行啊，投票可是身為國民的權利跟義務。

0607
□
げんり
【原理】

名 原理

例 行動心理学の原理や法則はマーケティング戦略を考える上で重要な知識です。 行動心理學的原理、法則是思考行銷策略上重要的知識。

┌─ 出題重點 ─┐

▶文法　Nの／V＋上で　在～過程中、在～方面

表示在達到目的的情況下或過程中，某條件是重要的或需注意的。

こ／コ

0608
□
🔊
17
こいしい
【恋しい】

い形 依戀，思念

例 留学生活が1週間もたたないうちに、家族が恋しくなってしまった。

留學生活還沒過1個星期，我就想念起家人了。

0609
□
ごういん（な）
【強引（な）】

な形 強硬，強制 → 常考單字

例 彼は仕事の上で周りの意見を聞かず、自分の意見を強引に押し通してしまう。 他在工作上不聽周遭的意見，硬是堅持己見。

0610
☐

こううん（な）
【幸運（な）】

名・な形 幸運

反 ふうん（な）【不運（な）】 不幸

例 台湾ではパイナップルは幸運を呼ぶと言われる縁起のいい果物だ。

在臺灣鳳梨是據說能招來好運的好兆頭水果。

例 自転車に乗っていたら、車にぶつかってしまったが、幸運にも怪我な

どはなかった。 騎腳踏車時撞到汽車，但很幸運地沒有受傷。

0611
☐

こうえん
【講演】

名・自Ⅲ 演說

衍 こうえんかい【講演会】演講會

例 本校が創立 100 周年を迎えるにあたって、イベントが開かれ、大統

領が講演されます。

在本校迎接創立 100 週年之時，將舉辦活動，會有總統的演說。

0612
☐

こうか（な）
【高価（な）】

な形 高價

反 あんか（な）【安価（な）】 廉價

例 このカメラは高価なわりには、画質がよくない。

這臺相機價格昂貴，但畫質不佳。

┌─ 出題重點 ─────────────────────────

▶文法 Ｎの／Ｖ／い形／な形ーな＋わりに（は） 以～來說意外地～

前項以一般的基準來看，照理應該出現與之相符的後項，但實際後項卻是

出乎預期地不相符、不成比例的結果。

例 芸能界には年のわりに若く見える人が少なくないです。

演藝界不少人看起來比實際年齡年輕。

└──────────────────────────────────

0613
☐

こうか
【硬貨】

名 硬幣

→ 常考單字

類 コイン【coin】 硬幣

例 新しい国に行くたびにその国の硬貨を集めるのが私の趣味だ。

我的興趣是每到一個新的國家就會收集該國的硬幣。

0614

☐ ごうか（な）
【豪華（な）】

な形 豪華，華麗

例 せっかく結婚２０周年のお祝いに温泉旅行に来たのだから、豪華な部屋にした。

難得是慶祝結婚 20 週年的溫泉旅行，所以就選了奢華的房間。

0615

☐ こうがい
【公害】

名 公害

例 公害をめぐる企業と地域住民の対立が激しくなった。

關於公害問題，企業與地區居民的對立激烈。

公害

大気汚染	水質汚染	土壌汚染	騒音
空氣汙染	水汙染	土壤汙染	噪音

0616

☐ こうきしん
【好奇心】

名 好奇心

例 うちの子は好奇心が旺盛で、どんなことに対しても興味を示す。

我家小孩好奇心旺盛，無論對任何事都有興趣。

0617

☐ こうきょう
【公共】

名 公共

→ N3 單字

例 公共の場所で大声で携帯で話すのはやめてほしい。

希望大家不要在公共場所大聲講手機。

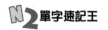
0618 こうくう
【航空】

名 航空

衍 こうくうけん【航空券】機票

例 航空会社のストライキの影響で飛行機が飛ばなくなったとしたら、どうしますか。

如果因為航空公司罷工的影響而飛機不飛時，該怎麼辦呢？

0619 こうけい
【光景】

名 光景，情景

例 地震被災地の悲惨な光景は忘れがたい。

地震受災地的悲慘情景令人難以忘懷。

出題重點

▶文法　Ｖ－ます＋がたい　難以～、很難～

用於表示就個人心理上某動作實在難以實現，前面接的大多是跟認知或言語相關的動詞，且多為慣用，例如「信じがたい」、「理解しがたい」、「許しがたい」、「賛成しがたい」等。

0620 こうげい
【工芸】

名 工藝

衍 でんとうこうげい【伝統工芸】傳統工藝

例 機械には真似できない伝統的な工芸が時代と共に失われつつある。

機器無法模仿的傳統工藝隨著時代逐漸消失。

0621 ごうけい
【合計】

名・他Ⅲ 合計，總計　　　　　　→ 常考單字

例 一日に小腹が空いた時に食べるおやつを合計すると、一日でけっこうな量になる。　把一天肚子小餓時所吃的零食加總，一整天的量也是蠻多。

0622 こうげき
【攻撃】

名・他Ⅲ 攻撃

類 せめる【攻める】攻撃

例 その町はテロリストの攻撃を受けて、膨大な数の死者が出た。

那座城市受到恐怖分子的攻擊，死者數量眾多。

0623 □

こうけん
【貢献】

名・自Ⅲ 貢獻

例 長年会社の発展に貢献してくださった佐藤部長がいよいよ今月で定年退職されます。 長年貢獻於公司發展的佐藤部長這個月就要退休了。

0624 □

こうこう
【孝行】

名・な形・自Ⅲ 孝順

衍 おやこうこう【親孝行】孝順

例 子供は両親が生きているうちにしっかり孝行すべきだ。

孩子應該趁著父母還在世時好好盡孝道。

0625 □

ごうコン
【合コン】

名 聯誼

例 去年友達に誘われて合コンに参加したところ、今の主人に出会った。

去年受到朋友邀請而參加聯誼，結果遇到現在的老公。

0626 □

こうさ
【交差】

名・自Ⅲ 交叉

衍 こうさてん【交差点】十字路口

例 彼はこの町で一番広い2本の通りが交差するところに店を構えている。

他在這城市最大的2條馬路交匯處開店。

0627 □

こうさい
【交際】

名・自Ⅲ 交際，交往　　　　→ N3 單字

衍 こうさいひ【交際費】交際費

例 A：この間の合コンで出会ったその男と付き合い始めたの？

你跟在前一陣的聯誼上遇到的那個男人開始交往了嗎？

B：交際どころか、まだデートもしていないのよ。

別說交往了，連約會都還沒約會過。

0628 □

こうし
【講師】

名 講師，講者

例 木村先生は帰国して以来、大学の非常勤講師として教鞭を執って、もう20年になる。

木村老師歸國後，以大學兼任講師的身分任教快20年了。

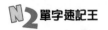

0629
□ こうしき
【公式】

名 官方，正式 → 常考單字
彷 こうしきサイト【公式サイト】官網

例 その大物芸能人は野球選手と結婚を前提に交際をしていると公式に認めた。　那位大牌藝人正式承認與棒球選手以結婚為前提交往中。

0630
□ こうじつ
【口実】

名 藉口，假託

例 彼はいろいろな口実を設けて好きな女の子をデートに誘っている。
他假借各種名義找喜歡的女孩子約會。

0631
□ こうしゃ
【校舎】

名 校舍

例 その街には今では珍しい木造の校舎が昔のまま残っているので、休日になると、大勢の観光客で賑わう。
那一區仍保留了現今少見的木造校舍，所以一到假日就擠滿了觀光客。

0632
□ こうしゃ
【後者】

名 後者 → 常考單字
反 ぜんしゃ【前者】前者

例 小さい買い物でもカードや電子マネーで支払う人もいれば、現金払いのほうが安心だという人もいる。わたしはどちらかというと、後者だ。
有人即使買小東西也要刷卡或使用電子錢包，也有人認為現金支付比較安心，我應該是屬於後者。

0633
□ こうしゅう
【公衆】

名 公眾 → 常考單字
彷 こうしゅうでんわ【公衆電話】公共電話

例 観光客が増加するとともに、公衆トイレの整備が求められてきた。
隨著觀光客增加，建設公共廁所的需求也變大了。

0634
□ こうしょう
【交渉】

名・他Ⅲ 交涉，談判

例 その国で買い物する際には、交渉次第で大きく値下げしてくれることがある。　在那個國家購物時，有時會因講價技巧而得到很大的折扣。

0635 こうじょう
【向上】
名・自Ⅲ 向上，提升
→ 常考單字
反 ていか【低下】降低

例 教育は女性の社会的地位を向上させる上で重要な役割を担っている。　教育在提升女性社會地位上扮演重要的角色。

0636 こうしん
【更新】
名・他Ⅲ 更新，刷新
→ 常考單字

例 A：今度の旅行はどこにしようかな。　這次旅行要選哪裡好呢？
B：どこにするか以前に、パスポートの期限が切れる前に、更新してきなさい。　在選地點之前，最基本的是護照期限到期前先去更新。
例 中井選手は今度の大会で世界記録を更新してみせた。

中井選手在這次賽事刷新了世界紀錄。

0637 こうずい
【洪水】
名 洪水，水災

例 洪水による浸水の被害を受けた自動車工場の復旧作業はなかなか進まない。　因洪水受到淹水之苦的汽車工廠的修復作業進展不順。

0638 こうせい
【構成】
名・他Ⅲ 結構，構成
→ 常考單字

例 論文は書き上げたものの、構成に問題があると言われた。

論文雖然寫好了，卻被說結構上有問題。
例 その国際映画祭の審査員は国際的に活躍している監督や俳優で構成されている。　那個國際影展的評審是由活躍於國際的導演和演員所組成。

0639 こうせい（な）
【公正（な）】
名・な形 公正，公平
類 こうへい【公平】公平

例 裁判官は公正な裁判を行い、人権を守るべきだ。

法官應該進行公正的裁決，來守護人權。

0640 こうせき
【功績】
名 功績

例 中村氏は長年にわたり人道支援活動に取り組むなど、多大な功績を残した。　中村先生長年致力於人道救援活動等，留下了偉大的功績。

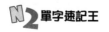

0641 □

こうそう
【高層】

名 高空，高層
衍 こうそうビル【高層ビル】高樓大廈

例 台北の信義区には台北１０１をはじめとする高層ビル群が聳えている。　在臺北信義區聳立著臺北 101 等高樓大廈群。

出題重點

▶文法　Ｎをはじめ（として）／ＮをはじめとするＮ　〜等等

從同類事物的團體中舉出一個代表例，表示「整個團體都」的意思。「Ｎをはじめ（として）」後接句子，「Ｎをはじめとする」後接名詞。

例 語学力を高めるためには、発音をはじめ、様々な練習を繰り返すことが大切です。

要提升外語能力，重複發音等等的各項練習是很重要的。

0642 □

こうぞう
【構造】

名 構造，結構

例 地震に耐えるためには、建物の構造を丈夫にする必要がある。

為了耐震，必須增強建築物的結構。

0643 □

こうそく
【高速】

名 高速；高速公路（簡稱）
衍 こうそくどうろ【高速道路】高速公路

例 A：高速でこんな大渋滞に巻き込まれるなんて。

竟然在高速公路上遇到大塞車。

B：下の道にすればよかったなぁ。

早知道就開平面道路。

0644 □

こうたい
【交替】

名・自Ⅲ 輪流

例 うちの会社は社員が少ないので、交替で休暇を取ることになっている。

我們公司因為職員少，所以休假規定是輪流制的。

0645 こうてい
【校庭】

名 校園

例 学校の校庭や体育館のご利用を希望する地域の方は事前にネットでご予約ください。

想要使用學校校園或體育館的在地居民請事先於網路預約。

0646 こうてい
【肯定】

名・他Ⅲ 肯定
反 ひてい【否定】否定

例 日本語には肯定とも否定とも取れる曖昧な表現が多いので、外国人はよく混乱する。

日文中有很多可解讀為肯定或否定的曖昧用法,所以外國人經常搞混。

0647 こうど(な)
【高度(な)】

名・な形 高度,卓越

例 当社は高度な語学力に加えて、豊富な実績もある人材を募集しています。 本公司招募具備高度語言能力,且有豐富實際成果的人才。

┌─ 出題重點 ─┐

▶文法 Nに加えて〜も〜 而且、加上

用在表示不單是提出的前項,還又再加上後項的時候,是比較書面的用法。

例 冬は雨が少ないことに加えて、気温差も激しいので、野菜の出来が良くない。 冬天因為雨量少,且溫差劇烈,所以蔬菜收成不佳。

0648 こうとう(な)
【高等(な)】

名・な形 高等,高級
例 こうとうきょういく【高等教育】高等教育

例 進化とは、生物が環境に適応するために、原始的なものからより高等なものへ進化していく過程です。

所謂進化,是指生物為了適應環境,從原始物種進化成更高等物種的過程。

0649 こうどう
【行動】

名・自Ⅲ 行動,行為 　→ 常考單字
例 こうどうりょく【行動力】行動力

例 恋愛は自分から行動を起こさなければ何も始まらないものだ。

戀愛若自己不採取行動,就沒有任何可能。

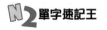

0650 □ ごうとう
【強盗】

名 強盗，搶劫

例 彼は借金の返済に困ったあげく、強盗を働いた。

他因債務償還有困難，結果鋌而走險行搶。

0651 □ ごうどう
【合同】

名・自他Ⅲ 聯合，合併

例 うちの吹奏楽部は毎年の夏休みに他校との交流を兼ねて、合同練習を行っている。

我們管樂社每年暑假都會舉行與他校交流、同時聯合練習的活動。

0652 □ こうにゅう
【購入】

名・他Ⅲ 購買，採購　　　→ 常考單字

例 前売り券は下記のサイトにてご購入いただけます。

您可以在以下網頁購買預售票。

0653 □ こうひょう
【公表】

名・他Ⅲ 公布，發表

例 そのスポーツ選手のドーピング問題に関する調査の結果が昨日公表された。　那位運動選手使用禁藥的相關調查結果在昨日公布了。

0654 □ こうぶつ
【鉱物】

名 礦物

例 この博物館には、ダイヤモンド、水晶、オパールといった鉱物が展示されている。　在這座博物館裡展示了鑽石、水晶、蛋白石等礦物。

0655 □ こうぶつ
【好物】

名 喜愛的食物
彻 だいこうぶつ【大好物】最愛的食物

例 A：恵美ちゃんがテストで点数が悪くて落ち込んでるんだって。

聽說恵美因為考試考不好而心情低落。

B：うん、だから元気づけたいと思って好物のハンバーグを作ってあげたの。　是啊，所以我想給她打氣，做了她愛吃的漢堡排了。

0656
□

こうふん
【興奮】

名・自Ⅲ 興奮，激動

例 スポーツ観戦中にファンが興奮のあまり、喧嘩することがある。

在觀賞運動賽事時，有時粉絲會因為太過激動而吵架。

例 わたしはいつも旅行前夜に興奮しすぎて眠れない。

我總是在旅行前一晚太過興奮而睡不著。

0657
□

こうへい（な）
【公平（な）】

名・な形 公平

反 ふこうへい（な）【不公平（な）】不公平

例 上司はすべての部下を公平に扱っているつもりだが、部下はそう思っ

ていない。　上司自認對所有下屬公平以待，但下屬卻不這麼認為。

0658
□

こうほ
【候補】

名 候選

衍 こうほしゃ【候補者】候選人

18

例 橋本氏は汚職疑惑で総理候補から外された。

橋本因為貪瀆疑雲而被踢除總理候選資格。

0659
□

こうもく
【項目】

名 項目，條目

例 この教材の文法項目は難易度順に配列されている。

這本教材的文法項目是按照難易度編排的。

0660
□

こうよう
【紅葉】

名・自Ⅲ 紅葉

類 もみじ【紅葉】紅葉，楓葉

例 紅葉の季節ともなると、ここの周辺の駅や道路は必ずと言っていいほ

ど、混雑する。

一旦到紅葉的季節，這周邊的車站或道路簡直可說必定會擁擠不堪。

┌─ 出題重點 ─────────────────

▶文法　V／い形／な形／N＋と言っていいほど／ぐらい　簡直可說

以比喻的方式表達評價某事物的程度。

例 大学時代は1年間日本語を習ったが、今はまったくと言っていいぐ

らいできない。　我大學時學過1年日文，現在簡直可說完全不會了。

└────────────────────────

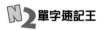

0661 ☐
ごうりてき (な)
【合理的 (な)】

な形 合理的
反 ふごうり (な)【不合理 (な)】不合理

例 部長は感情に流されず、いつも合理的な判断を下すことができる。

部長不會感情用事，總是能做出合理的判斷。

0662 ☐
こうりゅう
【交流】

名・自Ⅲ 交流
衍 こうりゅうかい【交流会】交流會

例 月に 1 度の食事会を通じて社員相互の交流を深めている。

透過每個月 1 次的聚餐，增進員工彼此的交流。

0663 ☐
ごうりゅう
【合流】

名・自Ⅲ 匯流；會合，融為一起

例 その 2 つの川が合流するところで、色々な魚が釣れるそうだ。

據說在那 2 條河的交匯處，可以釣到各種魚類。

0664 ☐
こうりょ
【考慮】

名・他Ⅲ 考慮

例 部屋を借りる時は交通の便も考慮に入れておいたほうがいい。

租屋時最好也要多加考慮交通的方便性。

例 移動時間を考慮して旅行の日程を決めたい。

我想考量交通移動時間來決定旅行的日程。

0665 ☐
こうりょく
【効力】

名 效力，效果

例 保証書は保証期間が切れると、効力を失う。

保證書只要保證期一過，就失效了。

0666 ☐
こうろん
【口論】

名・自Ⅲ 口角，爭執
類 くちげんか【口喧嘩】吵架

例 親友と些細なことで口論して以来、何日も口を利いていない。

為了小事跟好友起口角後，有好幾天都沒說話了。

0667
□

ゴール
【goal】

名・自Ⅲ 終點；目標；進球

衍 ゴールイン【goal in】抵達終點；結婚

例 永井選手はゴールが見えたとたん、全力でラストスパートをかけた。

永井選手一看到終點線，就全力做最後衝刺。

0668
□

こきゅう
【呼吸】

名・自Ⅲ 呼吸；合拍；訣竅 → N3 單字

類 いき【息】呼吸，氣息

例 緊張した時は、まず深い呼吸を繰り返して、心を落ち着かせてください。　緊張時先反覆深呼吸，讓心情鎮定下來。

0669
□

こきょう
【故郷】

名 故郷，家郷

類 ふるさと【故郷】家郷

例 この民謡を聞くにつけ、故郷の景色のことを懐かしく思い出す。

每當聽到這首民謠，就會懷念起故鄉。

┌─ 出題重點 ─────────────────────

▶文法　Ｖ＋につけ　每當～就～

前面常接「見る」、「聞く」、「思う」、「考える」等知覺動詞，通常用於每當看到或想到某事物，就自然會聯想到或有情緒油然而生，用法類似「たびに」。

0670
□

こぐ
【漕ぐ】

他Ⅰ 划（船）；騎，踩（腳踏車）

例 毎日ジムでエアロバイクを漕いでいるので、体が引き締まってきた。

因為每天在健身房踩飛輪腳踏車，身體變緊實了。

0671
□

ごく
【極】

副 非常，極其

類 きわめて【極めて】非常，極其

例 ごく普通の会社員家庭に育ったその子が数年後大学を辞めて起業し、億万長者になった。　在非常普通的上班族家庭成長的那個孩子，數年後大學休學，自行創業成了億萬富翁。

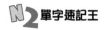

0672
□ こくふく
【克服】

名・他Ⅲ 克服　　　　　　　　　→ 常考單字

例 パラリンピックで選手たちが身体の障害を克服して頑張っている姿が感動的だった。　帕運會上選手們克服身體的障礙奮鬥的身影令人感動。

0673
□ こげる
【焦げる】

自Ⅱ 焦掉　　　　　　　　　　　→ N3 單字
衍 こがす【焦がす】烤焦；心情焦急

例 私は料理が苦手なので、作った料理の表面が焦げていて、中まで火が通っていないということがある。

我不擅長做菜，做出來的菜有時表面燒焦，但裡面卻沒有熟。

0674
□ こごえる
【凍える】

自Ⅱ 凍僵

例 人気のラーメン屋に入るために、早朝から凍えながら行列に並んでいた。　為了進到人氣拉麵店，一早就邊受凍邊排隊。

0675
□ こころあたり
【心当たり】

名 頭緒，推估，線索

例 A：さっき佐藤君が不機嫌な顔をしてた。僕に対して怒ってるみたい。

剛剛佐藤一臉不開心的表情，好像在生我的氣。

B：え？そう？心当たりがないの？

咦？是嗎？你有什麼頭緒嗎？

0676
□ こころえる
【心得る】

他Ⅱ 領會，理解；答應，同意

例 投資を始める前に、リスクのない投資なんてないと心得ておくべきだ。

在開始投資前，應該要先體認沒有無風險的投資。

0677
□ こしかける
【腰掛ける】

自Ⅱ 坐下

例 空いた席に腰掛けようとしたところ、他の人に素早く座られてしまった。　正準備在空位上坐下時，被其他人手腳快地坐走了。

0678 ☐ **ごじつ**
【後日】

名・副 日後，他日

例 書類選考の結果につきましては、後日書面にてお知らせ致します。

關於文件審核的結果，他日會以書面通知。

0679 ☐ **こす**
【超す・越す】

自他Ⅰ 超過，越過，度過

例 今年の旧正月は例年通り帰省して家族みんなで年を越す予定だ。

今年春節跟往年一樣預計回鄉全家族一起過年。

0680 ☐ **コスト**
【cost】

名 成本，價格

衍 コスパ【cost performance】CP 值

例 環境保護やコストの削減のために、ペーパーレス化を進める会社が増

えている。　為了保護環境和減少成本，推行無紙化的公司變多了。

0681 ☐ **こする**
【擦る】

他Ⅰ 摩擦，搓揉　　　　　　　　　→ N3 單字

例 顔を洗う時、力を入れて肌をゴシゴシ擦ると、しわの原因になる。

洗臉時太大力搓揉肌膚的話，會造成皺紋。

0682 ☐ **こっかい**
【国会】

名 國會

衍 こっかいぎいん【国会議員】國會議員

例 国会で法案の採決をめぐる与野党の乱闘が起きた。

國會上就法案表決，執政黨與在野黨發生混戰。

0683 ☐ **こっせつ**
【骨折】

名・自Ⅲ 骨折

例 先月階段で転んで足を骨折して以来、車椅子で移動している。

我上個月在樓梯跌倒導致腳骨折後，就一直靠輪椅移動了。

0684 ☐ **こっそり**

副 偷偷地，悄悄地　　　　　　　　→ N3 單字

類 こそこそ 偷偷摸摸

例 遅刻した白石君はこっそり後ろから教室に入ろうとするところを先生

に見つかってしまった。　遲到的白石偷偷從後面進教室時被老師抓到。

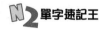

0685
こてい
【固定】

名・自他Ⅲ 固定　　　　　　　　→ 常考單字

例 地震の揺れで倒れないように、家具は全部壁に固定してある。

為了避免因地震搖晃而倒塌，家具全都固定在牆上。

0686
こてん
【古典】

名 古典，古籍

衍 こてんぶんがく【古典文学】古典文學

例 古典の面白さをもっと多くの人に知ってもらうために、多くの作品がマンガ化されている。

為了讓更多人了解古典作品的有趣之處，有很多作品都改編成了漫畫。

0687
ことなる
【異なる】

自Ⅰ 不同，相異　　　　　　　→ 常考單字

例 考え方は人それぞれだから、自分と異なる意見を尊重すべきだ。

每人都有各自的想法，因此應該要尊重與自己不同的意見。

0688
ことばづかい
【言葉遣い】

名 說法，遣詞用字　　　　　　→ 常考單字

例 社会人ともなると、ビジネスマナーはもとより、正確で丁寧な言葉遣いも求められる。

一旦出社會，不只商業禮儀，還有正確且有禮的措詞是需要的。

0689
ことわざ
【諺】

名 諺語

例 A：教科書等で何度も見てるんだけど、今度ルーヴル美術館で本物の美術品が実際に見られて、感動したわ。

雖然在教科書等上看過好幾遍了，但這次在羅浮宮可以實際見到美術品的真跡，實在是太感動了。

B：よかったね。「百聞は一見に如かず」っていうことわざの通りだね。

真是太好了，真的就如諺語所說的「百聞不如一見」啊。

0690
☐
ことわる
【断る】
他I 拒絕，推辭；事先知會　　　　　→ 常考單字

例 何度も断っているのに、また誘ってくるなんて、本当にしつこいね。

明明拒絕好幾次了，竟然又來約，實在是糾纏不休呢。

例 断っておくけど、これはあくまでも予定なので、変更になる可能性も

あるよ。　我先聲明一下，這畢竟只是計畫，有可能會更改。

0691
☐
このむ
【好む】
他I 喜愛

術 このみ【好み】喜好　　　　　→ N3 單字

例 彼は芸術を好み、よく美術館巡りをしている。

他喜愛藝術，經常逛美術館。

0692
☐
ごぶさた
【ご無沙汰】
名・自III 久疏問候，久未聯絡（「無沙汰」的尊敬語）

例 Ａ：先生、ご無沙汰しております。お元気でいらっしゃいますか。

老師，好久不見，您好嗎？

Ｂ：ええ、おかげさまで。

嗯，託你的福，我很好。

0693
☐
こぼれる
自I 灑出；溢出；流露

術 こぼす 灑

例 電線コードに足を引っ掛けて、手に持っていたコップからジュースがこ

ぼれてしまった。　被電線勾到腳，手上拿著的杯子裡灑出了果汁。

例 亡くなったおばあちゃんとの思い出を話しているうちに、思わず涙がこ

ぼれてきた。

在談起與過世祖母的共同回憶時，眼淚不知不覺就流下來了。

0694
☐
こらえる
【堪える】
他II 忍住，壓抑

例 その人気バンドは記者会見で涙をこらえながら、解散を発表した。

那個人氣樂團在記者會上忍著淚水宣布解散。

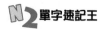

0695 □
ごらく
【娯楽】

名 娯樂

衍 ごらくしせつ【娯楽施設】娛樂設施

例 仕事を優先する人もいれば、娯楽を優先する人も、もちろんいる。

有以工作為優先的人，當然也會有以娛樂為優先的人。

0696 □
こる
【凝る】

自I 熱衷；精細，講究；肌肉僵硬 → 常考單字

衍 かたこり【肩凝り】肩頸痠痛

例 最近コーヒーに凝っていて、コーヒー豆の自家焙煎まで始めた。

我最近很迷於咖啡，甚至開始在自家烘培咖啡豆了。

例 このブラウスはシンプルながらもちょっと凝ったデザインで、とてもおしゃれだ。　這件襯衫雖然樣式簡單，但設計細緻，很時尚。

0697 □
コレクション
【collection】

名 收藏，蒐集；時尚展

例 故宮にはとても1日では見きれないほど膨大なコレクションが展示されている。　故宮裡展示著1天實在看都看不完的龐大收藏。

0698 □
ころがす
【転がす】

他I 使滾動，轉動；翻倒；隨意扔放

例 小学校の頃は運動会でみんなで力を合わせて大きいボールを転がしたものだ。　以前小學時，大家會在運動會上一起合力滾大球啊。

0699 □
ころがる
【転がる】

自I 滾動；倒下，躺；扔著，隨處可見

例 子供たちが公園の芝生でゴロゴロ転がって遊んでいる。

小孩子們在公園的草皮上翻滾著玩。

0700 □
コンクール
【(法) concours】

名 競賽，比賽

類 コンテスト【contest】比賽

例 みんな、本番まであと少しだ。今度の合唱コンクールで優勝してみせようじゃないか。　各位，距離真正比賽沒多少時間了，讓我們在這次合唱比賽得個冠軍給別人瞧瞧吧。

▶文法　Ｖ－よう＋じゃないか／ではないか　讓我們一起～吧

用於表達強烈的勸誘，邀對方與自己一起行動，大多是男性使用的措辭，

常出現在演講、競選等，呼籲多數人一起行動的場合。

例 自分の国は自分で守ろうではありませんか。

讓我們一起自己守護自己的國家吧。

0701
□
こんご
【今後】

名・副 今後，從今而後　　　→ 常考單字

例 ご意見を 伺 った上で、 今後どうするべきか検討させていただきます。

請示您的意見之後再討論今後該如何做。

0702
□
コンセント

名 插座；插頭（「プラグ」的混淆誤用）

例 海外旅行に行く前にはその国の電圧やコンセントの 形 を確認しておい

たほうがいい。　出國旅遊前最好先確認該國的電壓或插座型態。

例 使っていない大型家電のコンセントを抜いておけば、簡単に節電でき

る。　把不用的大型家電的插頭拔掉可以輕鬆省電。

插座

スイッチ	プラグ	延 長 コード	たこ足配線	アース
開關	插頭	延長線	一座多插	接地線

0703
□
こんだて
【献立】

名 菜單；準備，計畫
類 メニュー【menu】菜單

例 母は毎日の夕飯の献立を 考 えるのをめんどくさがって、夕飯は毎日 外

食 で済ますことにした。

媽媽嫌想每天晚餐的菜色太麻煩，因而決定每天晚餐靠外食解決。

0704
□ こんなん（な）
【困難（な）】 　　名・な形 困難

例 どんな困難であっても、負けずに最後までやりぬくという姿勢が大切
だ。　　無論有什麼困難，不認輸堅持到最後的態度是很重要的。

0705
□ こんにち
【今日】 　　名 今日，現今　　　　　　　　　→ 常考單字

例 今日の国際情勢は依然として安定していない。

現今的國際局勢仍舊不穩定。

0706
□ こんらん
【混乱】 　　名・自Ⅲ 混亂　　　　　　　　　→ N3 單字

例 突然告白されて、頭が混乱してしまい、言葉が出てこなかった。

突然被告白，腦袋一片混亂而說不出話來。

筆記區

▼さ／サ

0707
□

19

さ
【差】

名 差別，差距
慣 うんでいのさ【雲泥の差】天壤之別

例 新型の掃除機は旧型と比べると、機能には大した差がないのに、値段は倍ぐらい高い。

新款吸塵器跟舊款相比，功能上沒有什麼大差別，但價格卻將近貴一倍。

0708
□

サークル
【circle】

名 社團；圓形 → N3 單字
衍 サークルかつどう【サークル活動】社團活動

例 サークル活動を通して、同じ趣味を持つ仲間を作ることができる。

透過社團活動，可以結交到相同興趣的同好。

0709
□

さい～
【再～】

接頭 再，重新

例 この番組は好評につき、再放送が決定しました。

本節目由於廣獲好評，決定重播。

0710
□

さいがい
【災害】

名 災害 → 常考單字
衍 しぜんさいがい【自然災害】天災

例 災害というものはいつ起こるかわからないので、日頃からの備えが大切だ。　災害隨時都會發生，所以平日的防備很重要。

0711
□

ざいがく
【在学】

名・自Ⅲ 在學

例 社長は大学在学中にサークルの仲間とこの会社を立ち上げたそうだ。

據說社長還在大學念書時就跟社團的夥伴們一起成立了這間公司。

0712
□

さいさん
【再三】

副 再三，屢次

例 そのブロガーは再三にわたる著作権侵害の警告を無視したため、訴えられた。　那位部落客因為無視屢次的侵犯著作權警告而被告了。

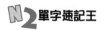

0713
□ さいしゅうてき (な)
【最終的 (な)】

な形 最終 　　　　　　　　　　　→ 常考單字

例 この仕事は、誰もやらないなら、最終的に一番下の僕のところに回ってくるでしょう。

這個工作若沒有任何人要做，最終就會轉到最菜的我這裡吧。

0714
□ さいそく
【催促】

名・他Ⅲ 催促

例 A：このお客さん、いつも支払いが遅いなあ。

這位客戶總是拖很久才繳款。

B：電話で催促してみたら？　要不要打電話催繳看看？

0715
□ さいちゅう
【最中】

名 正〜中，最盛時
衍 まっさいちゅう【真っ最中】正值最〜之時

例 このゲームは、戦闘の最中にいつも広告が出てきてうっとうしい。

這個遊戲總是在打得最熱烈時跑出廣告，很討人厭。

0716
□ さいてき (な)
【最適 (な)】

名・な形 最適合 　　　　　　　　　→ 常考單字

例 今日は日中暖かいので、紅葉狩りに最適だね。

今天白天都很暖和，最適合賞楓了。

0717
□ さいてん
【採点】

名・他Ⅲ 評分，給分

例 あの先生は採点が甘いことで有名で、基本的には学生を落とさない。

那位老師出了名的給分甜，基本上是不當學生的。

例 自由記述問題を主観を入れずに採点するのは難しい。

要公正評定自由作答題是很難的。

0718
□ さいなん
【災難】

名 災難，不幸
類 わざわい【災い】災難

例 大事な面接に向かう途中、車と接触するという思わぬ災難に見舞われた。　在前往重要面試的路上，遭受到被車撞的意外災難。

0719
□
さいのう
【才能】

名 才華，才能　　　　　　　　　→ N3 單字

例 A：週末にピアノに通いはじめたんだけど、全然 上 達しなくて…。やっぱり僕には才能がないんだな。

我週末開始學鋼琴了，但都彈不好。我果然沒有這方面的才華啊。

B：諦 めるのはまだ早いよ。「努 力 に勝る天才なし」っていう言葉もあるじゃない？才能よりも努 力 のほうが大事なのよ。你要放棄還嫌早，不也有句話說「天才敵不過努力」嗎？努力比天分重要啊。

0720
□
さいばん
【裁判】

名・他Ⅲ 裁判，審判
衍 さいばんじょ【裁判所】法院

例 遺産 相続の問題が円満に解決できないなら、裁判を起こすしかない。

遺產繼承問題若無法圓滿解決，就只好打官司了。

0721
□
サイレン
【siren】

名 警報，警報器

例 運転 中 に消 防車や救 急 車のサイレンが聞こえたら、すみやかに道を譲ってください。

行駛中若聽到消防車或救護車的警笛聲，請迅速讓出道路。

0722
□
さいわい（な）
【幸い（な）】

名・な形・副 幸運，幸虧，幸好　　　→ 常考單字

例 先 週 記録的な豪雨が続いていたが、 幸 いなことに、うちの町は大きな被害を受けずにすんだ。

上週持續下了破紀錄的豪雨，很幸運地，我們這區沒有受到嚴重損害。

例 お忙 しいところ恐 縮 ですが、来 週 までにご連絡いただけると 幸 いです。　 很抱歉百忙之中麻煩您，希望您在下週之前與我聯絡。

┌─ 出題重點 ─┐

▶文法　V－ない＋ずにすむ／ないですむ　可不必〜、免於〜

通常用於表示「可以不需做原本要做的事就了事」或「免受不好的事情」時，遇「する」則改為「せずに」。「〜ないですむ」是口語的用法。

例 先輩から使わなくなった 教 科書をもらったので、買わずにすんだ。

157

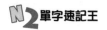

學長給我他不用的教科書了，所以我可不用買。

0723
□ さかい
【境】
名 交界，界線；境地

例 板門店は北朝鮮と韓国との境にあるから、緊張感が漂うところでしょう。 板門店位在北韓與南韓交界，應該是個籠罩緊張氣氛的地方吧。

0724
□ さかさま（な）
【逆様（な）】
名・な形 顛倒，相反
類 さかさ【逆さ】倒逆，相反

例 A：宅配便の荷物の外側に時々「天地無用」ってシールが貼ってあるよね。それってどういう意味？

宅急便包裹的外面有時會貼「天地無用」的貼紙，那是什麼意思啊？

B：荷物の上下を逆様にしてはいけないっていう意味だよ。

是請勿倒置包裹的意思。

0725
□ さかのぼる
【遡る】
自I 追溯；逆流而上 → 常考單字

例 語彙や文法の本を一通り読み終わったら、次は過去の問題を5年分遡ってやってみてください。

大略看完單字、文法書後，接著請做看看前5年的考古題。

0726
□ さからう
【逆らう】
自I 逆向；違逆，違抗
類 はんこうする【反抗する】反抗

例 強い風に逆らって自転車を漕いだので、汗びっしょりになった。

逆著強風踩著腳踏車，弄得一身是汗。

例 うちの社長はワンマン社長で、彼の命令に逆らおうものなら、クビになりかねない。

我們社長是獨裁社長，若是違抗他的命令的話，就可能會被革職。

0727
□ さかり
【盛り】
名 最盛期，壯年

例 3月の終わり頃、東京では桜の花が盛りを迎える。

在3月底左右，東京的櫻花將逢盛開期。

出題重點

▶搶分關鍵　「～盛り」當接尾語的用法

「盛り」接在其他詞後成為複合詞時，讀音為「ざかり」，表示「狀態最旺盛、最輝煌時」的意思。例如：「女盛り」（貌美年華）、「伸び盛り」（成長期）、「食べ盛り」（食慾旺盛期）、「働き盛り」（工作巔峰期）等等。

0728
☐

さきほど
【先ほど】

副 方才，剛才
反 のちほど【後ほど】稍後

例 先ほどご説明した内容をご理解いただけましたか。

您了解方才我說明的內容嗎？

0729
☐

さぎょう
【作業】

名・自Ⅲ 工作；操作　　→ 常考單字
衍 さぎょういん【作業員】工人

例 みんなが安全に作業できるように、作業が終わったら、機械のスイッチを切っておくこと。

為了大家都能安全操作，工作完畢要關掉機器開關。

0730
☐

さく
【裂く】

他Ⅰ 撕裂，破開；拆散
衍 さける【裂ける】裂開

例 ロミオとジュリエットは愛し合っていたにもかかわらず、仲を裂かれてしまった。　羅密歐與茱麗葉雖然相愛卻被拆散。

0731
☐

さくいん
【索引】

名 索引

例 この本の索引は五十音順に並べてあります。

這本書的索引是以五十音的順序來排的。

0732
☐

さくせい
【作成】

名・他Ⅲ 製作（文件），撰寫
衍 さくせいしゃ【作成者】撰寫人

例 お問い合わせの内容に基づき、お見積書を作成いたしましたので、ご確認の上、ご連絡をお願いいたします。

根據您洽詢的內容製作了報價單，請您確認之後與我方聯絡。

0733
さくねん
【昨年】

名・副 去年 → N3 單字

例 昨年は大変お世話になりました。今年もどうぞよろしくお願いいたします。　去年謝謝您的多加關照，今年也請多多指教。

0734
さくもつ
【作物】

名 農作物

例 この間の大型台風で県内の作物が全滅してしまった。苦労して育てた農家にしたら、悲しい気持ちでいっぱいでしょう。　前幾天的強烈颱風造成縣內農作物全毀，從辛苦栽種的農民的立場來看，應該是滿腹傷心吧。

出題重點

▶文法　N ＋にしたら／にすれば／にしてみれば　從～立場來看的話

用於說話者以同理心站在第三者的立場來揣測當事人的心情或想法，多用於非第一人稱。

例 あんなにがんばった彼にすれば、コーチに散々怒鳴られて、悔しかったことでしょう。

站在那麼努力的他的立場來看，被教練狠狠教訓一頓，一定很不甘心。

0735
さぐる
【探る】

他Ⅰ 摸索，探索；刺探 → 常考單字

例 両国は対立の悪化を防ぐために、お互いに解決の糸口を探っている。

兩國為防止對立的情況惡化，彼此都正在尋找解決辦法。

0736
さける
【避ける】

他Ⅱ 避開，躲避 → N3 單字

例 相手に問題点の指摘や注意をする時、きつい言葉を避けましょう。

我們在指責出問題點或建議對方時，要避免嚴苛的用詞。

例 有名人と付き合うとなると、人目を避けてデートしなければならないでしょう。　若要跟名人交往的話，就得避人耳目約會吧。

0737 □ ささえる 【支える】

他Ⅱ 支撐，支持
衍 ささえ【支え】支持，支柱

→ N3 單字

例 私が夢を追いかけることができるのは支えてくれている両親のおかげだ。 我可以追尋夢想都是因為有雙親一直支持著我。

0738 □ ささやか (な) 【細やか (な)】

な形 小小的，簡單的；微薄

例 父は定年後、ささやかな家庭菜園を作り、収穫を楽しんでいる。
父親退休後，在家裡弄了個小小的菜園，享受收穫之樂。

例 お誕生日おめでとうございます。ささやかですが、プレゼントをご用意しましたので、お納めください。
生日快樂，雖然不成敬意，我準備了禮物，還請您收下。

0739 □ ささやく 【囁く】

自Ⅰ 輕聲細語，在耳邊低語
衍 ささやき【囁き】低語，呢喃

例 さっき白石君が沙織の耳元で何か囁いたら、沙織が笑い始めた。
剛才白石在沙織的耳邊不知低聲說了什麼，沙織就笑了。

0740 □ ささる 【刺さる】

自Ⅰ 刺進；（話語）刺傷，發人深省

例 手にとげが刺さっただけだから、病院に行くことはないよ。
只是手上扎了個刺，用不著去醫院。

例 A：先輩の何気ない一言は胸に刺さりましたよ。
前輩你不經意的一句話真的很傷人啊。
B：ごめん。悪気はなかったんだ。
抱歉，我沒有惡意。

0741 □ さしつかえ 【差し支え】

名 妨礙；不方便
衍 さしつかえない【差し支えない】無妨，可以

例 このハンドバッグは少し傷があるが、使用には差し支えがない。
這個手提包雖然有點刮傷，但不影響使用。

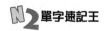

出題重點

▶固定用法　差し支えなければ　可以的話、如果不妨礙的話

「差し支えなければ」是常用在請託對方的場面時的一句開場白。

例 差し支えなければ、メールアドレスも教えていただけませんか。

若可以的話，能否也告知您的電子信箱？

▶固定用法　〜ても差し支えない　即使〜也可以、就算〜也無妨

意思類似「〜てもいい」「〜てもかまわない」，是比較鄭重的說法。

例 体調が少し良くなったら、軽い運動をしても差し支えないでしょう。

若身體狀況好一點的話，應該可以做些輕鬆的運動。

0742
□
さしひく
【差し引く】

他 I 扣除；權衡比較

例 毎月の給料から生活費や教育費や住宅ローンを差し引いたら、残るお金はごくわずかです。

從每個月的薪水扣除生活費、教育費、房貸等，剩下的錢少之又少。

0743
□
さす
【差す】

自他 I 照射；起〜念頭；點，注入（液體）

例 朝から降り続いた雨が午後止んで、雲の隙間から太陽の光が差してきた。　從早上一直下的雨在下午停了，太陽光從雲縫間射出來。

例 目薬を差す前に、手をきれいに洗いましょう。

點眼藥前，手要洗乾淨。

0744
□
さすが
【流石】

名・副 真不愧；果然還是，實在是；甚至〜也

例 A：伊藤選手、金メタル取ったんだって。　聽說伊藤選手拿到金牌了。

B：オリンピックで金メタルを取るなんて、さすがだね。

竟然拿到奧運金牌，真不愧是伊藤選手。

例 再放送は何度も見ていると、さすがに見飽きるね。

重播看個幾次，實在也是會看膩的。

出題重點

▶文法　Ｖ／い形／な形－な／Ｎ（な）＋だけあって／だけのことはあって　真不愧～（所以）難怪～

用於說話者表示佩服或讚賞等正面評價時，前項是評價的依據，後項是無怪乎會導出的結果。

例　さすがに有名店で修業しただけのことはあって、最高に美味しいです。　真不愧在名店當過學徒，難怪超美味。

0745
☐
さっさと　　　　副（動作）俐落，迅速

例　もう時間がない！さっさと朝食を済ませて、学校へ行きなさい。

已經沒時間了，快把早餐解決掉去上學了。

0746
☐
さっそく
【早速】　　　名・副 立即，趕緊

例　昨日ホテルにメールで問い合わせたところ、早速丁寧な返信が来た。

昨天我寫電子郵件去飯店詢問，立即就收到客氣的回信。

例　早速ですが、本題に入りましょう。

我們就開門見山直接切入正題吧。

0747
☐
🔊
20
さっと　　　　副（動作或變化）快速；忽然　　→ 常考單字

例　このココアパウダーはさっと牛乳に溶けて美味しい。

這種可可粉可迅速溶於牛奶中，很好喝。

例　その話を聞いたとたん、母の顔色がさっと変わった。

一聽到那番話，媽媽突然臉色大變。

0748
☐
ざっと　　　　副 大略，粗略，大約　　→ N3 單字

例　毎朝ネットニュースの見出しにざっと目を通して、興味のある記事だけじっくり読む。

我每天早上粗略瀏覽一遍網路新聞的標題，然後只細讀有興趣的報導。

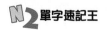

0749 □ さっぱり（と）

副 清爽，爽快；完全；完全不行 → N3 單字

例 毎日朝風呂でさっぱりしてから出かけるようにしている。

我每天都維持早上洗澡舒爽後才出門的習慣。

例 A：テスト、どうだった？　考試考得如何？

B：もう、散々だったよ。聴解の内容はさっぱりわからなかったし。

很慘。聽力的內容我都完全聽不懂。

0750 □ さて

接續・感嘆 （轉換話題時）那麼，話說
類 ところで 話說

例 さて、一旦ホテルに戻って、休憩しましょう。

那麼我們暫且先回飯店休息一下。

0751 □ さびる 【錆びる】

自II 生鏽；（能力）鈍化 → 常考單字
衍 さび【錆び】鏽蝕

例 鍵が錆びて、引き出しが開かなくなってしまった。

鑰匙生鏽而打不開抽屜。

0752 □ さべつ 【差別】

名・他III 區別；歧視
衍 だんじょさべつ【男女差別】性別歧視

例 人間は平等であり、差別するべきではない。

人類是平等的，不應該有歧視。

0753 □ さほう 【作法】

名 規矩，禮節
衍 れいぎさほう【礼儀作法】教養規矩

例 A：どうして茶道で茶菓子はお茶を飲む前に食べるの？

為什麼茶道裡配茶的點心要在喝茶前吃呢？

B：それは日本の茶道の作法なのよ。抹茶をより美味しく味わうためなんだよ。　那是日本茶道的規矩，是為了讓抹茶嚐起來更美味啊。

0754 □ さます 【冷ます】

他I 弄涼；掃興

例 私は猫舌なので、熱いものは冷ましてからでないと食べられない。

我怕燙，所以熱的東西不先弄涼的話沒辦法吃。

0755 さまたげる
【妨げる】
他Ⅱ 妨礙，阻礙 → 常考單字

例 野党の議員たちは法案採決の最中に退場して、議事の進行を妨げようとしている。　在野黨議員們在法案表決時退場，試圖妨礙議事進行。

0756 さむけ
【寒気】
名 發冷，寒意

例 ホラー映画の不気味な雰囲気に寒気がした。

因為恐怖片不寒而慄的氛圍而背脊發冷。

0757 さめる
【冷める】
自Ⅱ 涼掉；減退 → N3 單字

例 どうぞお料理が冷めないうちに召し上がってください。

菜餚請趁熱享用。

例 付き合いが長くなるにつれて、二人の愛情は冷めてきた。

隨著交往時間變長，兩人的愛情也變淡了。

0758 さゆう
【左右】
名・他Ⅲ （方向）左右；影響

例 道を渡るとき、ちゃんと左右を確認しましょう。

過馬路時要好好確認左右方來車。

例 人生は才能も努力も大事だが、時に運に左右されることがある。

人生中天分跟努力雖然都很重要，但有時也會受運氣所影響。

0759 ざらざら（な）
名・副・自Ⅲ 觸感粗糙；小而硬的東西彼此碰撞聲

例 近所で工事をしているので、窓を開けておくと、床がすぐざらざらになる。　鄰居家在施工，如果窗戶開著的話地板馬上就變得沙沙的。

例 袋が破れて、あめ玉がざらざらとこぼれ散った。

袋子破掉，糖果球嘩啦啦地散了一地。

165

0760
さらに
【更に】

副 還，更加　　　　　　　　　　→ 常考單字

例 今晩から台風の暴風域に入り、雨や風がさらに激しくなるでしょう。

今晚進入颱風暴風圈，雨勢跟風勢會更強。

例 淡水へ行ってから、さらに足を伸ばして対岸の八里まで行ってみた。

去了淡水後，還順便到對岸的八里去看看。

0761
さる
【去る】

自I 遠離，離開；過去，消失

例 その政治家は飛行機墜落事故により、この世を去った。

那位政治人物因為墜機意外而離世。

例 そのお菓子はブームが去って売れなくなってしまった。

那款點心因熱潮過了而銷量不佳。

0762
さわがしい
【騒がしい】

い形 吵鬧；騷動　　　　　　　　→ N3 單字

類 そうぞうしい【騒々しい】吵雜，紛擾

例 外が騒がしいと思って覗いてみたら、うちの前で事故があった。

心想外面鬧哄哄的便往外一瞧，原來在我家前面發生車禍了。

例 世の中は新型ウイルスのことで騒がしくなっている。

社會因為新型病毒而騷動不安。

0763
さわやか (な)
【爽やか (な)】

な形 爽朗，爽快　　　　　　　　→ 常考單字

例 韓国の俳優は抜群のスタイルと爽やかな笑顔で多くのファンを虜にした。　韓國演員以出眾的外型與爽朗的笑容擄獲眾多粉絲的心。

0764
さんこう
【参考】

名 參考　　　　　　　　　　　　→ 常考單字

衍 さんこうしょ【参考書】參考書

例 お問い合わせありがとうございます。ご希望の資料を同封いたしますので、ご参考にしていただければ幸いです。

感謝您的洽詢，隨信附上您索取的資料，希望您可以參考。

0765
さんせい
【酸性】

名 酸性
衍 さんせいう【酸性雨】酸雨

例 歯が酸に弱いので、強い酸性の食べ物を食べたら、すぐうがいをしてください。　牙齒不耐酸，所以吃了酸性較強的食物後要漱口。

0766
ざんだか
【残高】

名 餘額
衍 ざんだかしょうかい【残高照会】餘額查詢

例 最近飲み会やら合コンやらでお金を使いすぎて、預金の残高が千円を切ってしまった。

最近因為喝酒聚會又聯誼花太多錢，以致於存款餘額剩不到1000日圓了。

出題重點

▶文法　V／い形－い／N＋やら、V／い形－い／N＋やら　～啦～啦

用於從幾個事物中舉出兩個例子作為代表時，類似名詞的舉例「～や～など」或動作的舉例「～たり～たり」的用法，但「～やら～やら」多用於負面情況。

例 あさって家族旅行に行くが、ホテルの予約をするやら荷物を作るやら全部一人でやったので、大変だった。　後天就要去家族旅行了，訂飯店啦打包行李啦，都我一個人搞定，實在很慘。

0767
サンプル
【sample】

名 様品，樣本
類 みほん【見本】樣品

→ N3 單字

例 化粧品を買う前に、サンプルをもらって、自分の肌に合うかどうか試してください。

在買化妝品之前，請先要樣品，測試與自己的肌膚是否合適。

▶し／シ

0768
しあがる
【仕上がる】

自Ⅰ 完成，完工
衍 しあげる【仕上げる】完成

21

例 A：この仕事、金曜日までに仕上げるの？無理、無理。

這工作要在星期五前完成？不可能，不可能。

B：そこをなんとか。金曜日までに仕上がらないと、他の人に迷惑がかかっちゃうんだよ。

請你務必幫忙啊。星期五前沒完成的話會給其他人造成麻煩。

0769 シーズン
【season】

图 季節，球季，旺季 → 常考單字
衍 シーズンオフ 淡季

例 この世界遺産には一年を通して多くの観光客が訪れる。観光のシーズンともなると、さらに歩けないほど混雑する。 這座世界遺產一整年都有很多觀光客造訪，一旦到了觀光旺季更是擁擠到無法走路。

0770 しいんと

副・自Ⅲ 寂靜，靜悄悄 → N3 單字
類 しんと 靜悄悄

例 ピアニストが曲を弾き始めると、会場がしいんと静まり返った。

鋼琴家一開始彈奏曲子，會場就變得寂靜無聲。

0771 しおからい
【塩辛い】

い形 鹹 → N3 單字
類 しょっぱい【塩っぱい】鹹

例 うちの食事は甘くも塩辛くもない淡泊な味です。

我們家的飲食不甜也不鹹，口味很清淡。

0772 しかくい
【四角い】

い形 四角，四方；死板

例 四角いスイカは見た目はインパクトがあるが、味は普通です。

四方西瓜雖然外型令人印象深刻，但味道很一般。

各種形狀

円形 / 圓形　楕円形 / 橢圓形　三角形 / 三角形　四角形 / 四角形　六角形 / 六角形

0773 □ しかたがない
【仕方がない】

|連語| 別無他法，無可奈何；～得受不了

例 A：ごめん。今晩残業しなきゃならなくて、せっかく予約してくれた
フレンチ、行けなくなっちゃった。

抱歉，我今晚得加班了，你特意為我訂的法式餐廳去不了了。

B：仕事じゃ仕方がないね。頑張って。

工作的話就莫可奈何了，加油喔。

例 子供はプレゼントの中身が気になって仕方がなくて、つい開けてしまった。　小孩對禮物的內容好奇得不得了，忍不住就打開了。

0774 □ じかに
【直に】

|副| 直接
|類| ちょくせつ（な）【直接（な）】直接

例 電話では説明しづらいので、直に会って話しませんか。

電話中不容易說明，要不要直接見面談？

0775 □ しかも

|接續| 而且；然而

例 今度は富士山に面した眺めのいい部屋を取りました。しかも露天風呂付きです。

這次我訂了面向富士山、視野良好的房間，而且房間還有露天溫泉。

0776 □ しき
【式】

|名| 儀式，典禮；方式，風格　　　→ 常考單字

例 最近和式の結婚式、いわゆる神前式に憧れてわざわざ日本で式を挙げる外国人カップルが増えてきた。　最近嚮往日式婚禮，也就是所謂的神前式，而專程在日本舉行婚禮的外國情侶變多了。

0777 □ じき
【直】

|副| （時間，距離）很近，馬上；直接
|類| すぐ 很近，馬上

例 もうじき冬だから、そろそろ衣替えをしなきゃ。

冬天快到了，衣服差不多該做換季整理了。

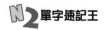

0778
じき
【時期】

名 時期，時候　　　　　　　　→ 常考單字

例 こんな忙しい時期に旅行なんか行けるもんか。

這麼忙的時候哪能去旅行呢？

出題重點

▶文法　Ｖ／い形／な形－な＋もんか／ものか／もんですか／ものです
　　　　か　哪能～、怎麼可能～、決不～

「～ものか」是說話者用來表達強烈否定，斷然拒絕的意思，「～もんか」
則是「～ものか」的口語用法。「もんか」、「ものか」多為男性所用，
而「もんですか」、「ものですか」則多是女性所用。

例 あんな包丁の持ち方さえ知らない人が作った料理が美味しいもので
すか。　那種連菜刀都不知道怎麼拿的人做的菜怎麼可能會好吃？

0779
しきゅう
【支給】

名・他Ⅲ 支付，給付

例 労働基準法によると、休日勤務の場合は、通常の２倍の給与が支
給される。　根據勞基法，假日上班的話會支付平常薪資的２倍。

0780
しきゅう
【至急】

名・副 緊急；火速，趕快　　　　→ 常考單字
慣 だいしきゅう【大至急】十萬火急

例 作成した文書ファイルをうっかり削除してしまったので、至急復元す
る方法を教えていただけませんか。

我不小心把製作好的文書檔案刪除掉了，可以趕快教我還原方法嗎？

0781
しきりに
【頻りに】

副 不斷地，頻繁地；強烈地，熱切地

例 友人から保険への加入を勧誘する電話がしきりにかかってくる。

朋友不斷打電話來跟我推銷保險。

例 お土産の店でしきりに勧められたので、お土産をいっぱい買ってしまっ
た。　在名產店被強力推銷，於是就買了一堆伴手禮。

0782 しげき
【刺激】

名・他Ⅲ 刺激　　　　　　　　　　→ 常考單字

例 この 小 説は幻想的で読者の想像 力 を刺激するから、 面白い。

這本小說很迷幻又激發讀者的想像力，很好看。

例 モネの作品は日本の文化に刺激を受けていたそうだ。

據說莫內的作品曾受到日本文化的啟發。

0783 しげる
【茂る】

自Ⅰ （草木）茂盛

例 草木の青々と茂る山道を歩くのは春の楽しみです。

在草木青蔥蓊鬱的山路漫步是春天的樂事。

0784 じさん
【持参】

名・他Ⅲ 帶（物品或金錢）去（來），自帶

例 弁当、飲み物、雨具は各自持参のこと。

自行攜帶便當、飲料、雨具。

例 試験当日には、 必 ず受験 票 を持参してください。

考試當日請務必攜帶准考證。

0785 しじ
【支持】

名・他Ⅲ 支持，支撐
衍 しじしゃ【支持者】支持者

例 みなさんの支持なしでは当選は不可能だった。

沒有各位的支持，我是不可能當選的。

例 スニーカーは歩きやすくておしゃれなため、 幅広い世代から長く支持さ

れている。　 運動鞋好穿又好看，因此長久受到廣大年齡層的支持。

┌─ 出題重點 ─────────────────────────

▶文法　N ＋なしでは～（否定）　沒有～就無法～

「～なしでは」的前項只接名詞，是「N がなければ」的意思，表示前項
是後項成立的必要條件，後項經常用否定形「～ない」或表示否定意思的
語詞，例如「難しい」、「不可能」等。

例 今はもはやインターネットなしでは生活できない時代だ。

現在已經是沒有網際網路就無法生活的時代了。
└──────────────────────────────

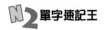

0786
□
しじ
【指示】

名・他Ⅲ 指示，命令　　　　　　→ 常考單字

例 薬は医者の指示通りにちゃんと飲んでください。

藥請按照醫師指示按時服用。

0787
□
じじつ
【事実】

名・副 事實，真相；實際上

例 祖母は年を取っても、美人だという事実に変わりはない。

祖母即使上了年紀，實際上仍然是位美女。

0788
□
じしゃく
【磁石】

名 磁鐵；指南針
類 マグネット【magnet】磁鐵

例 このタイマーには磁石が付いているので、冷蔵庫の扉に貼り付けられ

る。　這款定時器有附磁鐵，所以可貼在冰箱門上。

0789
□
しじゅう
【始終】

名・副 始終，（事情的）始末；不斷地

例 コンビニの防犯カメラは強盗事件の一部始終を捉えた。

便利商店的監視器捕捉到搶劫事件的始末。

例 その新人は仕事で始終トラブルやミスを起こしたあげく、クビにされ

た。　那個新人在工作上始終不斷製造麻煩或出錯，最後被解雇了。

0790
□
ししゅつ
【支出】

名 支出，開銷　　　　　　　　→ N3 單字
反 しゅうにゅう【収入】収入

例 貯金を増やしたい場合、収入を増やすことができないなら、支出を

抑えるしかない。

想要增加存款時，若無法增加收入，就只能節制支出了。

例 その金額は寄付金の名義で支出された。

那筆金額以捐款的名義支用了。

0791
じじょう
【事情】

名 理由，緣由；情況 → N3 單字

例 A：今度の社員旅行、行かないの？　你不參加這次的員工旅遊嗎？

B：ええ、ちょっと事情があって…。　對，因為一些原因沒辦法去。

例 旅行日程は現地の交通事情により、変更になる場合がございます。

旅行安排有時會因當地交通情況而有變動。

0792
じしん
【自身】

名 自己；本身 → 常考單字
慣 じぶんじしん【自分自身】自己本身

例 将来の道は君自身でよく考えて決めなさい。

你自己仔細思考後決定將來要走的路。

0793
システム
【system】

名 體系，制度；電腦系統 → 常考單字

例 外国人労働者支援システムが整えば、外国人労働者も家族も国内で安心して生活できる。

外國勞工支援體系完備的話，外國勞工跟家人都可以安心在國內生活。

例 システムにエラーが出ているんだ。至急解決してくれ。

系統出錯了，火速給我解決。

0794
しずまる
【静まる】

自I 安靜；平靜

例 試験監督の先生が教室に入ったとたん、それまでの騒々しいおしゃべりが急に静まった。

監考老師一走進教室，之前吵雜不已的閒談聲突然安靜了下來。

0795
しずむ
【沈む】

自I 沉沒，下沉；陷入；低沉 → 常考單字

例 夕方になると、多くの人が淡水の海辺に集まり、日が沈むのを待っている。　到了傍晚，會有許多人聚集在淡水海邊，等待著日落。

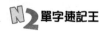

例 スポーツ界の人気選手が事故でこの世を去り、世界 中 の人々は大きな
悲しみに沈んだ。

運動界的人氣選手因意外離世，全世界都陷入極度的悲傷中。

0796
☐
しせい
【姿勢】

名 姿勢；態度　　　　　　　　→ 常考單字

例 長く同じ姿勢を続けていると、肩が凝ってしまう。

長時間一直持續相同姿勢，肩頸就會痠痛。

例 柔 軟な姿勢で臨むことは交 渉 をする上での 重 要なポイントだ。

以圓融的態度應對是談判時很重要的一點。

0797
☐
しせつ
【施設】

名・他Ⅲ 設施，設備；福利機構（簡稱）

衍 こうきょうしせつ【公共施設】公共設施

例 この辺りは 緑 が多いことに加えて、ショッピングモール、図書館など
便利な施設も 整 っているので、とても住みやすい。

這一帶綠意盎然，而且購物商場、圖書館等便利設施完備，很適合居住。

例 自分でお金を稼ぐようになってから、毎月 定額を施設に寄付をしてい

る。　我自己賺錢之後，每個月都定額捐款給福利機構。

0798
☐
しそう
【思想】

名 思想，想法

衍 しそうか【思想家】思想家

例 芸 術 家は作品を通して自分の思想や感 情 を 表 そうとする。

藝術家試圖藉著作品展現自己的思想及感情等。

0799
☐
じそく
【時速】

名 時速　　　　　　　　　　→ N3 單字

衍 せいげんじそく【制限時速】速限

例 きょう、一般道を時速 100 キロくらいで走ったら、警察にスピード違
反で止められた。

今天在平面道路開時速 100 公里，結果被警察以超速攔下來了。

0800
□
しだい
【次第】

名・副（事情的）經過，情況

例 ライバル社に契約を取られたと聞いて、社長は今担当者を呼び、事の次第を求めている。 聽説被敵對公司搶走了合約，社長現在正在找負責人要求他說明事情的經過。

> 出題重點

▶文法　N＋次第で　全憑～而定、取決於～

「次第」本身是情況的意思，因此作為接尾語且前面接名詞時，「N次第で～」就表示「前項名詞的情況左右事情發展的可能性」，也就是說前項名詞是成事的關鍵因素。

例 午後からは台風の動き次第で雨が強まるおそれがあります。

下午開始因颱風動向，雨勢有可能增強。

0801
□
じたい
【自体】

名 本身　　　　　　　　　→ 常考單字

例 制度自体には問題はない。悪いのはそれを悪用する人だ。

制度本身並沒有問題，不對的是濫用制度的人。

0802
□
じたい
【事態】

名 事態，情勢
衍 きんきゅうじたい【緊急事態】緊急局勢

例 こんな深刻な事態はもう黙って見てはいられない。

這麼嚴重的局面實在沒辦法冷眼旁觀下去了。

0803
□
しだいに
【次第に】

副 漸漸，慢慢

例 学生時代の親友たちはそれぞれ家庭を築き、次第に疎遠になってしまった。 學生時代的好友們各自成家，關係漸漸疏遠了。

0804
□
じたく
【自宅】

名 家，自宅

例 先生、よろしければ、ご自宅まで車でお送りしましょうか。

老師，不介意的話，我開車送您回家吧？

0805 □ じちたい
【自治体】

名 自治體

衍 ちほうじちたい【地方自治体】地方自治體

例 近年多くの地方自治体は高齢者向けの生涯学習を推進している。

近幾年許多地方自治體都在推行為高齡長者打造的終身學習。

0806 □ しつ
【質】

名 品質；素質

例 コストダウンをやりすぎると、製品の質はいずれ落ちてしまう。

一味地降低成本，產品品質遲早會變差的。

例 A：最近の新人社員の質、低下してると思わない？

你不覺得最近新進員工的素質變低了嗎？

B：それはね、うちの給料が安いから、そういう人しか雇えないのよ。

那是因為我們公司薪水太低，只請得起那樣的人。

0807 □ じっかん
【実感】

名・他Ⅲ 體會，實際感受

例 景気が悪いと言われながらも、あまり実感がないのは、私がいまだに親から小遣いをもらっているからだ。　雖然大家都說景氣不好，但我沒什麼實際的感受，是因為我現在還在跟父母伸手要零用錢。

例 研修に参加してはじめて自分がどれだけ勉強不足だったかを実感させられた。　參加研習才真正體會到自己所學有多麼地不夠。

┌─ 出題重點 ─┐

▶文法　Ｖさせられる　不禁～、不由得～

動詞的使役被動形「Ｖさせられる」常用於主語是非自己主動去做某事的情況，因此一般來說，主語常有「被迫或感到負擔」的意思，但是當變成了是與思考或感受相關的動詞的使役被動形時，例如：「考えさせられる」、「反省させられる」、「痛感させられる」、「感動させられる」、「驚かされる」、「がっかりさせられる」等，表示主語因為所見所聞，受到外在的觸發，因而內心不自覺湧現出的感覺。

例 この本を読んで、自分の人生について色々考えさせられた。

看了這本書，讓我對自己的人生不由得有了諸多反思。

例 水族館で本物のシャチを見て、その巨大さに驚かされた。

我在水族館見到真的殺人鯨，對其體型之巨大不禁感到驚訝。

0808
☐
しつぎょう
【失業】

名・自Ⅲ 失業

衍 しつぎょうしゃ【失業者】失業人士

例 失業した友達に会って喋るときは、プライドを傷つけないように気を

つかっている。　跟失業的朋友見面聊天時，會注意不要傷到他的自尊。

0809
☐
じっけん
【実験】

名・他Ⅲ 實驗　　　　　　　　　　　　→ N3 單字

衍 かがくじっけん【科学実験】科學實驗

例 研究員たちは数十回にわたって実験を繰り返し、とうとう満足の行

くデータを集めることに成功した。

研究人員們重複做了高達數十次的實驗，終於成功收集到滿意的數據。

0810
☐
じつげん
【実現】

名・自他Ⅲ 實現　　　　　　　　　　　→ 常考單字

例 この企画は難しいが、やり方次第では実現できる可能性もある。

這項企劃雖不容易，但依執行方式的情況，也是有可能實現的。

例 夢を実現させるのは難しくなんてない。大事なのは前向きに努力を続

けていくことだ。　要實現夢想並不難，重要的是要積極持續努力下去。

0811
☐
しつこい

い形 糾纏煩人；（味道、色彩等）濃膩

例 しつこくかかってくる勧誘電話に悩まされている。

煩人的推銷電話實在讓人苦惱。

0812
☐
じっさい
【実際】

名・副 實際，確實，事實　　　　　　　→ 常考單字

例 実際の状況が考えていたことと違う場合もよくある。

實際狀況與之前所想完全不同的情況也是常有的。

例 リーダーの仕事は簡単に見えるが、実際に自分でやってみてはじめてそ

の大変さがわかる。

帶頭的工作看似簡單，實際自己親身體驗才知道其辛苦。

0813
☐
🔊
22

じっし
【実施】

名・他Ⅲ 實施，施行

例 新たに入会される方を対象に、年会費無料キャンペーンを実施して
おります。　針對新入會的人實施年費免費的宣傳活動。

0814
☐

じっせき
【実績】

名 業績，實際成果

例 うちの会社のボーナスは社員一人ひとりの能力や実績に応じて支給さ
れる。　我們公司的獎金是按照每位員工的能力和實際成果來給付的。

0815
☐

しつど
【湿度】

名 濕度

例 カビは湿度の高いところに生えやすい。

濕度高的地方容易滋生黴菌。

0816
☐

じっと

副・自Ⅲ 靜止不動；凝視；集中精神　　→ N3 單字

例 子供やペットはじっとしてくれないので、写真を撮るのが大変だ。

小孩或寵物都會動來動去，所以很難拍照。

例 大事な決勝戦の中継なので、息子が朝からじっとテレビを見ている。

因為是重要的決賽轉播，兒子從早就一直目不轉睛地盯著電視。

0817
☐

しっとり

副・自Ⅲ 濕潤；沉靜　　→ 常考單字

例 Ａ：このケーキ、しっとりしていて美味しい。

這個蛋糕吃起來不會很乾，很好吃。

Ｂ：よかった。レシピ通りに作ってみたの。

太好了，我是按照食譜試著做的。

例 着物を着た女性には、しっとりした上品なイメージがある。

穿和服的女性給人沉靜高雅的感覺。

0818 ☐
じつに
【実に】

副 實在；竟然
類 ほんとうに【本当に】實在

例 この車は価格は安いが、実に性能がいい。

這臺車雖然價格便宜，但性能實在很好。

例 この会社を創立して実に５０年になります。

我創立這家公司竟然快要 50 年了。

0819 ☐
しっぴつ
【執筆】

名・他Ⅲ 執筆，寫稿 　　　　　→ 常考單字
衍 しっぴつしゃ【執筆者】作者

例 その新人作家は賞を取ってから、出版社からの執筆の依頼が殺到する

ようになった。　那位新手作家得獎後，出版社的邀稿蜂擁而至。

0820 ☐
じつぶつ
【実物】

名 實物；現貨

例 ネット通販は便利な反面、実物を見て触ることができないので、失敗も

多い。

網路購物方便的同時，相對地因為無法看到、觸摸現貨，也很多失敗經驗。

0821 ☐
しつぼう
【失望】

名・自Ⅲ 失望
衍 しつぼうかん【失望感】失望感

例 親は弟の責任感のなさに失望させられた。

爸媽對弟弟的沒有責任感不禁感到失望。

0822 ☐
じつよう
【実用】

名 實用
衍 じつようか【実用化】實用化

例 服はおしゃれより実用性を重視して選んでいる。

我選衣服重視實用更甚於時尚。

0823 ☐
じつりょく
【実力】

名 實力 　　　　　　　　　　　→ N3 單字

例 彼は今の職場では自分の実力が発揮できないとか言って、会社をやめ

てしまった。

他說在現在的職場上無法發揮自己的實力等等的，就辭掉工作了。

0824
☐ じつれい
【実例】

名 實例

例 町の再開発については、専門家が実例を挙げながら、詳しく説明している。　關於都市更新，專家邊舉實例邊詳細說明。

0825
☐ してい
【指定】

名・他Ⅲ 指定
衍 していせき【指定席】對號座

例 宅配サービスは自分の都合に合わせて配達時間帯を指定できる。

快遞服務可以配合自己的時間指定包裹送達的時段。

0826
☐ してん
【視点】

名 立場，觀點　　　　　→ 常考單字

例 この番組は歴史、文化、観光など、様々な視点から台湾の魅力を紹介している。　這個節目將從歷史、文化、觀光等多種角度介紹臺灣的魅力。

0827
☐ しどう
【指導】

名・他Ⅲ 指導，教導　　　　→ 常考單字
衍 しどうりょく【指導力】指導能力

例 指導教官のご指導のもとで、論文を作成しています。

在指導教授的指導下完成論文。
例 部下に指導しているつもりだったが、パワハラだと言われてしまった。

我自認為是在教導下屬，卻被說是利用職權霸凌。

0828
☐ じどう
【児童】

名 兒童，學齡兒童　　　　→ 常考單字

例 市内の児童とその保護者を対象に健康教室を行っている。

針對市內學齡兒童及家長進行衛教。

0829
☐ しなぎれ
【品切れ】

名 缺貨，售罄

例 こちらの商品はあいにく品切れとなっております。入荷次第、ご連絡いたします。　本項商品缺貨中，一進貨將會立刻通知您。

0830
☐

しはい
【支配】

名・他Ⅲ 支配，左右；控制，統治 → 常考單字

衍 しはいしゃ【支配者】統治者

例 弟は感情に支配されやすい人で、嫌なことがあれば、すぐに顔に出る。　弟弟容易被情緒左右，一有討厭的事情馬上就表現在臉上。

例 台湾は日本政府に５０年間支配された。　臺灣曾被日本統治50年。

0831
☐

しばい
【芝居】

名 戲劇；演技；詭計 → 常考單字

衍 ひとりしばい【一人芝居】獨角戲

例 お芝居の最中に、役者の一人が突然意識を失い、倒れた。

在戲最精彩時，突然有位演員失去意識昏倒了。

0832
☐

しばしば

副 屢次，經常

衍 たびたび【度々】屢次

例 恋愛経験がないのに、私はしばしば友達から恋の悩み相談を受ける。

明明沒有戀愛經驗，我卻常常是朋友討論愛情煩惱的對象。

0833
☐

しばふ
【芝生】

名 草皮

例 子供は枯れた草が服につくのも構わず、芝生の上をゴロゴロ転がっている。　小孩子不顧枯草會沾滿衣服，在草皮上打滾。

┌─ 出題重點 ─┐

▶文法　Vの／Ｎ＋も構わず　不在意～、不顧～

此句型用在主語完全不在意一般人會在意的事情，而率性地去做某事時，「人目も構わず（不在意人家的眼光）」、「所構わず（不管在什麼地方）」、「なりふり構わず（不顧一切）」是此句型的慣用法。

例 彼女は人目も構わず電車の中で声をあげて泣いた。

她不顧他人的眼光在電車上大聲哭泣。

0834
☐

しばる
【縛る】

他Ⅰ 捆，綁；束縛

例 古紙はひもで縛って資源ごみとして出してください。

廢紙請以繩子捆緊當作回收垃圾處理。

例 息子は会社に縛られたくないと考えて、フリーターを選んだ。

兒子考量到自己不喜歡被公司束縛住而選擇當打工族。

0835
☐

しびれる
【痺れる】

自Ⅱ 發麻；陶醉　　　　　　　　　→ N3 單字

例 長い時間正座をすると、足が痺れてしまう。

長時間跪坐，腳就會麻。

例 さすがは賞を取った一流女優です。彼女の演技にすっかり痺れました。　果然是得獎的一流女演員，讓人完全臣服於她的演技。

0836
☐

しぶい
【渋い】

い形 澀的；沉穩，成熟有品味；不快，不滿

例 ぶどうの皮は渋いが、体にいい成分が含まれているという。

葡萄皮雖然澀，但據說含有對身體有幫助的成分。

例 A：うちの子は最近三味線にはまってるの。　我家孩子最近迷上三味線。
　　B：若いのに、渋い趣味ですね。　這麼年輕，喜好卻很成熟呢。

0837
☐

しぼう
【死亡】

名・自Ⅲ 死亡
衍 しぼうりつ【死亡率】死亡率

例 通勤途中の３０代の女性がトラックにひかれ、死亡した。

上班途中的 30 多歲女性被卡車輾斃。

0838
☐

しぼう
【志望】

名・他Ⅲ 志願，希望
衍 しぼうどうき【志望動機】應徵或申請動機

例 ゲーム市場の今後の発展が期待されるため、ゲーム業界を志望する若者の数が増える一方だ。　由於電玩市場今後的發展令人期待，希望投身電玩界的年輕人人數不斷攀升。

0839
☐

しほん
【資本】

名 資本
衍 しほんしゅぎ【資本主義】資本主義

例 社長は全ての資本を投入し、再起を図ろうとしている。

社長投入所有資本，企圖東山再起。

0840
□ しまい
【姉妹】

名 姉妹　　　　　　　　　　　　　　→ N3 單字

衍 しまいこう【姉妹校】姉妹校

例 私は二人姉妹で、年が近くて性格が正反対な姉がいる。

我家是兩姊妹，我有年齡相近、性格完全相反的姊姊。

0841
□ しみ
【染み】

名 汙漬；汙點；斑　　　　　　　　　→ N3 單字

例 コーヒーや紅茶のしみは時間が経つにつれて、落としにくくなる。

咖啡或紅茶漬隨著時間越久，就越不容易去掉。

0842
□ じみ (な)
【地味 (な)】

名・な形 樸素，簡樸；低調，不起眼　→ N3 單字

反 はで【派手】鮮豔；誇張

例 その人は生活は地味だが、実はお金をうんと持っている。

那個人雖然生活簡樸，但實際上非常有錢。

例「千里の道も一歩から」というが、地味な努力をコツコツ積み重ねると、いつか成果が出る。　有句話說「千里之行始於足下」，低調而勤奮

不懈地努力，有一天就會有成果的。

0843
□ しみじみ (と)

副 深刻；懇切；仔細

例 ニュースで戦地の報道を見るにつけ、自分がどれだけ恵まれているかをしみじみと感じる。

每次在新聞上看到戰地的報導，就會深深覺得自己是多麼地幸福。

例 人間は誰でも本音をしみじみと語り合える仲間が必要だ。

任何人都需要可以好好談真心話的朋友。

0844
□ しめす
【示す】

他I 顯示，表示；指示　　　　　　　→ 常考單字

例 今回の展覧会で多くの来場者が彼の作品に強い興味を示している。

在這次展覽中，許多來賓對他的作品表示有高度的興趣。

例 本当に謝りたいという気持ちがあるなら、言葉で言うだけでなく、態度で示そうよ。

若真的有心道歉，就不只口頭上，也要在態度上顯示出來。

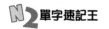

0845
□ しめる
【占める】

他Ⅱ 占，占據
衍 ひとりじめ【一人占め】獨占

例 立法院では野党が議席の過半数を占めている。

立法院中在野黨占有超過一半的席次。

0846
□ しめる
【湿る】

自Ⅰ 潮溼，受潮；鬱悶　　　　→ N3 單字

例 先月は暖かく湿った空気の影響で雨や曇りの日が多かった。

上個月因為潮溼溫暖氣流的影響，較多陰雨天。

0847
□ しも
【霜】

名 霜
衍 しもふり【霜降り】霜降肉（帶有白色斑點）

例 今朝は冷え込んでいて、庭の植物が霜に覆われていた。

今早寒冷刺骨，庭院的植物都被霜覆蓋。

0848
□ じもと
【地元】

名 當地，本地　　　　　　　　→ 常考單字

例 昔ながらの製法で作られるお菓子は今も地元の人に愛されている。

以古法製作的點心至今仍受到當地人士的喜愛。

┌─ 出題重點 ─────────────────────────

▶文法　N／V－ます＋ながら　照舊的情況下～、就～的狀態

表示持續原本不變的狀態的意思，接名詞時為「～ながらの」，修飾動詞

時為「～ながらに」，前面接的語詞都很固定，例如：「いつもながら（一

如以往）」、「涙ながら（流著淚）」、「生まれながら（與生俱來）」、

「いながら（待在某地不動）」等，屬於慣用法。

例 彼女は涙ながらに自分の身に起きたことを語った。

她流著淚敘述自己本身的遭遇。

例 ネット通販を利用すれば、家にいながらして全国の名物が味わえる。

使用網購，就能在家享受全國名產。

└────────────────────────────────

0849 ジャーナリスト
【journalist】

名 記者

例 ジャーナリストは事実に基づき、公正な記事を書かなくてはならない。

記者必須依據事實，寫出公正的報導。

0850 しゃがむ

自I 蹲下

例 A：どうしたの？ぎっくり腰？

你怎麼了？閃到腰了嗎？

B：荷物を持ち上げようとしゃがんだら、腰が痛くなって動けないの。

我蹲下身準備要抬行李，結果腰痛到不能動。

0851 じゃぐち
【蛇口】

名 水龍頭　　　　　　　　→ N3 單字
類 すいせん【水栓】水龍頭

例 歯を磨く時は水を出しっぱなしにしないでよ。蛇口をちゃんと閉めなさい。　刷牙時不要一直開著水，把水龍頭關緊。

0852 じゃくてん
【弱点】

名 弱點；缺點
類 けってん【欠点】缺點

例 試合中に相手の弱点を見つけられれば、勝利に近づく。

比賽時若能找出對手的弱點，就比較容易得勝。

0853 しゃこうてき（な）
【社交的（な）】

な形 善於交際

例 兄は明るくて社交的な反面、落ち着きがないところがある。

哥哥開朗又善於交際，反之也不夠穩重。

0854 しゃっくり

名・自Ⅲ 打嗝　　　　　　→ N3 單字

例 面接中に急にしゃっくりが止まらなくなって、困った。

面試時突然打嗝不止，實在很傷腦筋。

0855 ☐

シャッター
【shutter】

名 快門；鐵捲門

例 日本のスマホは盗撮防止のため、写真を撮ったら、シャッター音が鳴るようになっている。

日本的智慧型手機為防偷拍，一拍照就會發出快門聲。

> 出題重點
>
> ▶固定用法
> シャッターを切る・押す　按下相機快門
> シャッターを下ろす・閉める　關鐵捲門收店，結束營業

0856 ☐

しゃぶる

他I 吸吮

例 いい歳して指をしゃぶるのはやめなさい。

都幾歲的人了，別再吸手指了。

0857 ☐

じゃんけん

名・他III 猜拳
衍 じゃんけんぽん・じゃんけんぽい 剪刀石頭布

例 掃除当番はくじ引きかじゃんけんで決めよう。

用抽籤或猜拳來決定輪流打掃吧。

猜拳

チョキ	グー	パー	あいこ
（出）剪刀	（出）石頭	（出）布	平手

0858 ☐
🔊
23

じゅう
【銃】

名 槍
衍 けんじゅう【拳銃】手槍

例 犯人の学生は学校に恨みを抱いていたため、学校で銃を乱射したという。　據說嫌犯學生因為對學校懷有恨意，於是在學校掃射子彈。

0859 ☐
しゅうい
【周囲】

名 四周，周遭 → 常考單字

例 周囲から反対されても、自分の信念を貫くつもりだ。

就算周遭的人不贊同，我也要貫徹自己的信念。

0860 ☐
しゅうかい
【集会】

名 集會，聚會
衍 しゅうかいじょ【集会所】集會所

例 聖書の学びを中心とした集会は定期的に行われる。

以聖經學習為主的集會是定期舉行的。

0861 ☐
しゅうかく
【収穫】

名・他Ⅲ 收穫，成果
衍 しゅうかくき【収穫期】收成期

例 台風による被害が発生する恐れがあるため、早めに農作物を収穫せざるを得なくなった。

因為颱風有可能造成災害，因此不得不提早收成農作物。

0862 ☐
じゅうきょ
【住居】

名 住所，居所
類 すまい【住まい】住居

例 父の新しい職場に合わせて、近くに住居を移した。

為了配合父親的新職場，住居移到公司附近。

0863 ☐
じゅうぎょういん
【従業員】

名 工作人員，員工 → 常考單字

例 うちのオーナーは従業員が自分から辞めない限り、解雇しない優しい人です。 我們老闆是除非員工自己辭職，不然是不會解僱員工的好人。

0864 ☐
しゅうきん
【集金】

名・自他Ⅲ 收款；催收的款項
衍 しゅうきんいん【集金員】催收帳款人員

例 今度の飲み会の参加費は少し多めに集金して、余ったお金を次回に回すことにしよう。

這次喝酒聚會的參加費就多收一點，剩下的金額挪到下次聚會用。

例 集金が来るときには、お金をきっちりと用意しておいてください。

人家來收款時，請準備剛剛好的金額。

0865 □ しゅうごう
【集合】

名・自Ⅲ 集合 → N3 單字
反 かいさん【解散】解散

例 A：あしたはどこに<ruby>集合<rt>しゅうごう</rt></ruby>だっけ？ 我忘了明天在哪裡集合來著？
　B：<ruby>駅前<rt>えきまえ</rt></ruby>だよ。 在車站前。

出題重點

▶文法　Ｖ－た／い形－かった／な形－だ（った）／Ｎ－だ（った）＋
　　　　っけ？　是不是～來著？

「～っけ」放在句尾，用於口語的情況，當說話者表示自己之前應該記得，
但記憶有點模糊，想跟對方確認，或自言自語在思索回想時就會用此句型。
其禮貌型的用法是「Ｖ－ましたっけ」或「Ｎ／な形－でしたっけ」，但
い形容詞沒有此禮貌用法。不管事情過去與否，都可以使用「Ｎ／な形－
だっけ」和「Ｎ／な形－だったっけ」，只是「Ｎ／な形－だったっけ」
有強調努力回想之前記憶，但現在一時忘記了的語感。

例 あれって<ruby>日本語<rt>にほんご</rt></ruby>でなんて<ruby>言<rt>い</rt></ruby>うんでしたっけ？<ruby>教<rt>おし</rt></ruby>えてください。
　那個用日文怎麼說啊？我有點不記得了，拜託告訴我。

例 きのう<ruby>宿題<rt>しゅくだい</rt></ruby><ruby>出<rt>だ</rt></ruby>したっけ？
　我昨天是不是有交作業啊，記不太得了。（自言自語）

0866 □ しゅうじ
【習字】

名 練習書法，練字

例 <ruby>習字<rt>しゅうじ</rt></ruby>とかピアノとかの<ruby>習<rt>なら</rt></ruby>い<ruby>事<rt>ごと</rt></ruby>は<ruby>繰<rt>く</rt></ruby>り<ruby>返<rt>かえ</rt></ruby>しが<ruby>大事<rt>だいじ</rt></ruby>だ。

練字或鋼琴之類的才藝，反覆練習是很重要的。

0867 □ じゅうし
【重視】

名・他Ⅲ 重視 → 常考單字
反 けいし【軽視】輕視

例 <ruby>食<rt>た</rt></ruby>べ<ruby>盛<rt>ざか</rt></ruby>りの<ruby>若<rt>わか</rt></ruby>い<ruby>世代<rt>せだい</rt></ruby>には<ruby>食<rt>た</rt></ruby>べ<ruby>放題<rt>ほうだい</rt></ruby>がいいが、<ruby>私<rt>わたし</rt></ruby>のような<ruby>中年<rt>ちゅうねん</rt></ruby>になる
　と、<ruby>量<rt>りょう</rt></ruby>より<ruby>質<rt>しつ</rt></ruby>を<ruby>重視<rt>じゅうし</rt></ruby>するようになる。 對食欲正旺的年輕世代來說很
適合吃到飽，但到了我這樣的中年年紀，就會重視質更勝於量了。

0868
☐ じゅうじつ
【充実】

名・自Ⅲ 充實 → 常考單字

彰 じゅうじつかん【充実感】滿足感

例 おじいちゃんは定年後も 充 実した毎日を送っているようだ。

爺爺退休後每天也都過得很充實。

0869
☐ しゅうしゅう
【収集】

名・他Ⅲ 収集，蒐集 → 常考單字

例 インターネットで様々な方法により 収 集される膨大な 情報、いわゆる
ビックデータが 注 目を集めている。　在網路上藉由各種方法收集到的龐

大資訊，也就是所謂的大數據，受到大家的關注。

例 環 境 保護のためにゴミの分別 収 集を実施している。

為了保護環境而實施垃圾分類回收。

0870
☐ じゅうしょう
【重傷】

名 重傷

例 友達が追突事故に遭い、 重 傷を負ってしまった。

朋友遇到追撞車禍，受了重傷。

0871
☐ しゅうせい
【修正】

名・他Ⅲ 修正，修改 → 常考單字

彰 しゅうせいテープ【修正テープ】立可帶

例 論文の 修 正を繰り返したら、 文 章 がどんどん長くなってしまった。

論文反覆修改之後，文章越改越長。

例 文 章 の構成自体に問題があるので、いくら内容を 修 正しても、意味が

ない。　文章結構本身有問題，所以再怎麼修改內容也沒意義。

0872
☐ じゅうたい
【重体】

名 性命垂危 → N3 單字

例 警察は事件現場に入ったところを犯人に襲われ、 重 体になっている。

警察進入案發現場時被嫌犯襲擊，性命垂危。

189

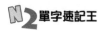

0873
じゅうだい（な）
【重大（な）】

な形 重大　→ 常考單字

例 重大な仕事を任されているからには、みんなの期待を裏切らないように頑張ろうと思う。

既然被委以重任，就會努力去做，不辜負大家的期望。

0874
じゅうたく
【住宅】

名 住宅
衍 じゅうたくがい【住宅街】住宅區

例 少子化の進展にともない、住宅過剰の問題が深刻化すると見られている。　隨著少子化的趨勢演變，住宅過剩的問題預估也會越來越嚴重。

0875
しゅうだん
【集団】

名 集團，群體
衍 しゅうだんせいかつ【集団生活】群體生活

例 彼女は学校でどの集団にも属さず単独行動を好んでいる。

她在學校裡不屬於任何一個群體，喜歡單獨行動。

0876
しゅうちゅう
【集中】

名・自他Ⅲ 集中　→ 常考單字
衍 しゅうちゅうりょく【集中力】集中力

例 試験中に誰かの咳払いの音が気になって、試験に集中できなかった。

考試時一直被某人的清喉嚨聲打擾，以致於無法專注考試。

例 生活機能が充実しているため、人口が都会に集中している。

由於生活機能充足，人口集中在都會區。

0877
しゅうてん
【終点】

名 終點　→ N3 單字
反 きてん【起点】起點

例 たまに電車で寝過ごして終点まで行ってしまうことがある。

我偶爾會在電車上睡過頭而坐到終點。

0878
じゅうてん
【重点】

名 重點

例 来年は海外進出に重点を置いて業務を進めていくつもりだ。

明年打算將重點放在進軍海外來推展公司業務。

0879 □
しゅうにゅう
【収入】

名 収入 → N3 單字
反 ししゅつ【支出】支出

例 今の雀の涙ほどの収入じゃ結婚できない。

以現在少得可憐的收入的話是沒辦法成家的。

0880 □
しゅうにん
【就任】

名・自Ⅲ 就任，就職
衍 しゅうにんしき【就任式】就職典禮

例 新社長は就任早々に改革計画を発表した。

新社長一上任就馬上公布改革計畫。

0881 □
しゅうのう
【収納】

名・他Ⅲ 収納
衍 しゅうのうかぐ【収納家具】收納家具

例 おばあちゃんは最近忘れっぽいので、物の収納場所をすぐ忘れてしまう。 奶奶最近很健忘，馬上就忘記東西的收納處。

0882 □
しゅうへん
【周辺】

名 周邊，四周

例 駅周辺の部屋は利便性に優れている一方で、飲食店が多いので、夜が騒がしい。

車站周邊的房子雖然方便性佳，另一方面，因餐廳多所以夜晚有點吵雜。

0883 □
じゅうみん
【住民】

名 居民 → 常考單字
衍 じゅうみんひょう【住民票】住民票，居民卡

例 観光客の急増によるゴミや混雑など様々の迷惑行為に対して地元住民は<u>抗議せずにはいられなかった</u>そうだ。 針對因觀光客急遽增加而造成垃圾、壅塞等種種困擾行為，據說當地居民不禁抗議了。

出題重點

▶**文法 Ｖ－ない＋せずにはいられない／ないではいられない（する→せ（ず）） 不禁～、忍不住～**

前接動作動詞或感情動詞的ない形（第三類動詞する要改成「せ（ず）」），用於表示主語看到事物的狀況，心情上無法克制，忍不住就那麼做了，或是情緒不禁湧現的意思，「～ないではいられない」是其口語的用法。

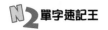

例 期間限定と聞くと、買わないではいられない。

一聽到期間限定，就會忍不住想買。

0884 じゅうやく
【重役】

名 重任，重要職位；（公司）董監事
衍 じゅうやくかいぎ【重役会議】董事會

例 天下りとは高級官僚が退職後民間企業に会社の重役として迎えられることだ。　所謂的雙薪肥貓，就是高官退休後被民間企業以公司董事職位聘請的意思。

0885 じゅうよう（な）
【重要（な）】

な形 重要　　　　　　　　　　　　　　→ N3 單字
衍 じゅうようせい【重要性】重要性

例 核兵器廃絶は世界の平和と安全にとって重要な問題である。

廢核武對世界和平及安全而言是很重要的問題。

0886 じゅうらい
【従来】

名・副 以往，從前

例 新社長は革新的な考えを持っているものの、他の重役の支持が得られないので、従来のやり方で行くしかないだろう。　新社長雖然有創新的想法，但得不到其他董事的支持，所以只好用以往的做法。

0887 しゅうりょう
【終了】

名・自他Ⅲ 完成，結束
反 かいし【開始】開始

例 受付終了時間の15分前までにお越しくださいますようお願い申し上げます。　請您在受理結束時間的15分鐘之前光臨。

例 今回の大会は皆さんのおかげで、無事に終了しました。

這次大會託大家的福，平安結束了。

出題重點

▶文法　Ｖ／Ｖ－ない＋よう（に）お願いします／お願い申し上げます
　　　　請您～

此句型意思等於「～ようにしてください」，是更委婉地勸告對方的表達方式。在需要使用敬語的場面時，前接的動作可用「ます形／ません形」。

例 お忘れ物のないようお願いします。　請不要忘記隨身物品。

> 例 各自で保管するようにお願いします。　請您自行保管。

0888
☐ **じゅうりょう**
【重量】

名 重量；分量重
衍 じゅうりょうきゅう【重量級】重量級

例 無料で預けられる手荷物の重量やサイズや個数は利用クラスや旅行

プランによって異なる。

可以免費託運的行李重量、大小、件數會因搭乘艙等及航程而不同。

0889
☐ **じゅうりょく**
【重力】

名 重力

例 宇宙飛行士が無重力の宇宙船内で生活するのは想像するだけでも
大変だ。　太空人在無重力的太空艙內生活，光是想像就覺得很辛苦。

0890
☐ **しゅぎ**
【主義】

名 主義；主張
衍 しほんしゅぎ【資本主義】資本主義

例 A：うちの姉って、必要最低限のものしか持たない主義なの。

我姊奉行只保有生活最低限度物品的主義。

B：それって、今流行っている…あれ、何だっけ？断捨離？

那是現在流行的……咦？那叫什麼來著？斷捨離？

0891
☐ **じゅくご**
【熟語】

名 成語，慣用句
衍 よじじゅくご【四字熟語】四字成語

例 日本語の熟語には意味も文字もそのまま中国語を使ったものが多い。

日文的成語當中，很多詞彙的意思和文字都直接取自中文。

0892
☐ **しゅくしょう**
【縮小】

名・自他Ⅲ 縮小，縮減
反 かくだい【拡大】放大，擴大

例 A社は労働力不足のため、国内生産を大幅に縮小すると発表した。

A公司宣布因為勞力不足，將大幅縮減國內生產。

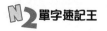

0893
☐
しゅくはく
【宿泊】

名・自Ⅲ 住宿，投宿　　　　→ N3 單字
衍 とめる【泊める】留宿

例 温泉が有名な上に、部屋から海も見えるので、このホテルの宿泊予約は半年先まで埋まっている。　因為温泉有名，再加上從房間可以望海，所以這家飯店的住房預約已經客滿到半年後了。

例 この旅館ではある文豪が宿泊した部屋を見学することができる。

在這間旅館可參觀某文豪曾投宿過的房間。

0894
☐
じゅけん
【受験】

名・他Ⅲ 應考　　　　→ 常考單字
衍 じゅけんひょう【受験票】准考證

例 受験は楽なことではない。だからこそ、楽な気持ちで臨まなければならないのだ。

應考不是件輕鬆的事情，正因為如此，就更要以輕鬆的心情面對。

例 公務員優遇策が修正されたにもかかわらず、公務員試験を受験する人の数は増える一方だ。

儘管公務員的福利被修改，但參加公務員考試的人數卻不斷攀升。

0895
☐
しゅっさん
【出産】

名・自他Ⅲ 生產，分娩

例 Ａ：先週の金曜日に、妻が無事に元気な女の子を出産したんだ。

上星期五我太太平安產下了健康的女孩。

Ｂ：よかったね！おめでとう！名前はもう決めたの？

太好了！恭喜！名字決定好了嗎？

0896
☐
しゅっぱん
【出版】

名・他Ⅲ 出版　　　　→ 常考單字
衍 いんさつ【印刷】印刷

例 彼女はＳ国で医師として働いた経験をもとに、「平均寿命まで生きたい」という本を出版しました。　她以自身在Ｓ國從事醫師工作的經驗，出版了名為《我想活到平均壽命》的書。

0897
じゅみょう
【寿命】

名 壽命；（物品）使用的期限　　→ 常考單字

例 充電の方法を間違えたら、バッテリーの寿命が短くなるんだって？

聽說弄錯充電方式的話，會縮短電池的壽命？

0898
しゅやく
【主役】

名 主角；主要人物　　→ 常考單字
衍 わきやく【脇役】配角

例 映画の主役を務める以上、誰よりも熱心に作品のプロモーションに取り組まなければならない。

既然擔任電影的主角，就必須比任何人還全心投入作品的宣傳。

0899
しゅよう (な)
【主要 (な)】

な形 重要的，主要的
類 おも (な)【主 (な)】重要的，主要的

例 このグループには「主要なメンバー」なんていない。一人ひとりが大事な役割を持っているのだから。

在這個團體裡沒有什麼「主要的成員」，因為每個人都扮演著重要的角色。

0900
じゅよう
【需要】

名 需求，需要
類 ニーズ【needs】需求，需要

例 高齢化社会になるとともに、長期介護の需要が増加しています。

隨著高齡化社會的發展，長期照護的需求也隨之增加。

0901
じゅん
【順】

名 順序，次序
類 じゅんじょ【順序】順序

例 これから順を追って、イベントの内容を説明させていただきたいと思います。　接下來請容我依序說明活動的內容。

0902
じゅん～
【準～】

接頭 準～，候補　　→ 常考單字
衍 じゅんゆうしょう【準優勝】亞軍

例 安心して。今回は準決勝にさえ進めば全国大会に出場できるから。

放心，這次只要進入準決賽就能晉級全國大賽了。

0903
しゅんかん
【瞬間】

名 瞬間

類 いっしゅん【一瞬】瞬間

例 お父さんは 私 が生まれた 瞬 間、泣き出したんだって？

爸爸真的在我出生的那瞬間哭了出來嗎？

0904
じゅんかん
【循環】

名・自Ⅲ 循環

例 足の血液の 循 環が悪くならないように、３０分に１回椅子から立ち上がって軽く運動しなきゃね。 為了避免腳的血液循環變差，每 30 分鐘就得從椅子上起來 1 次，稍微運動一下。

0905
じゅんじょ
【順序】

名 順序；程序 　　　　　　　　　　　　 → 常考單字

例 弟 は物が 順 序よく並べられていないと、イライラしてたまらないタイプみたいです。

我弟弟好像是如果無法把東西按順序排好，就會煩躁得受不了的類型。

0906
じゅんじょう（な）
【純情（な）】

名・な形 純真，天真

例 その俳優は若くて単 純 に見えるから、いつも 純 情 なキャラクターを演じているわけだ。

那位演員因為看起來年輕又單純，所以總是扮演純真的角色。

0907
じゅんすい（な）
【純粋（な）】

な形 純正；純粹；單純

例 今回の実験は水道水ではなく、 純 粋な水をベースとします。

這次的實驗將不使用自來水，而以純水作為基底。

0908
じゅんちょう（な）
【順調（な）】

な形 順利，狀況良好 　　　　　　　　　 → 常考單字

反 ふちょう（な）【不調（な）】不順利

例 田中 先生のおかげで、 病 気の母は 順 調 に回復しつつある。

多虧了田中醫生，患病的媽媽逐漸好轉。

0909 □
しよう
【使用】

名・他Ⅲ 使用，利用
→ 常考單字
類 りよう【利用】利用

例 上演中は、写真撮影やビデオカメラ、ボイスレコーダー等の使用は
ご遠慮ください。　演出中，請勿拍照或使用攝影機、錄音設備等。

0910 □
しょう
【賞】

名 獎，獎賞；獎品，獎金
→ 常考單字
衍 ノーベルしょう【ノーベル賞】諾貝爾獎

例 彼女は俳優として今までいろいろな賞を受けましたが、監督としては
初めてです。

她做為演員至今得過許多獎項，但做為導演獲獎則是第一次。

0911 □
しょうエネ
【省エネ】

名 節能
→ 常考單字
類 しょうエネルギー【省エネルギー】節能

例 省エネというのは、エネルギー節約のことだ。

所謂的節能，就是節約能源。

0912 □
しょうか
【消化】

名・他Ⅲ 消化；掌握，理解
→ 常考單字

例 テストで高い点数を取るより、学んだ内容を消化して、応用できるか
うかが大切だ。

比起在考試中獲得高分，理解所學的內容、是否能應用更為重要。

0913 □
しょうがい
【障害】

名 阻礙；（身心方面的）障礙

例 政府の説明不足が国民の不信感を招き、改革の障害になっている。

政府未充分說明，招致國民的不信任，成為改革的阻礙。

0914 □
しょうがない

い形 沒辦法
→ 常考單字
類 しかたがない【仕方がない】沒辦法

例 A：レポートの締め切りの前日なのに、パソコンが壊れちゃった。どう
しよう？　偏偏在報告繳交截止日的前一天電腦壞掉了。怎麼辦？

B：しょうがないなあ…。私のを使わせてあげるよ。

真是沒辦法……。我的電腦先借你用吧。

0915 □
じょうき
【蒸気】

名 蒸氣，水蒸氣
衍 すいじょうき【水蒸気】水蒸氣

例 すみません、氷を持ってきてもらえませんか？先程炊飯器の蒸気に触れて、やけどしてしまったんです。　不好意思，可以請你幫我拿冰塊過來嗎？我剛剛接觸到電鍋的蒸氣而燙傷了。

物

気体
氣體

液体
液體

固体
固體

0916 □
じょうきゃく
【乗客】

名 乘客
衍 うんてんしゅ【運転手】司機，駕駛

例 バスの扉が故障したらしいです。乗客が落ちないか心配しています。　公車門似乎故障了。我擔心乘客會跌落。

0917 □
じょうきゅう
【上級】

名 高級，高等

例 台湾の日本語学科はだいたい一年目に初級、二年目に中級、そして三年目に上級日本語を学ぶことになっている。

臺灣的日文系大致上是第一年初級、第二年中級，然後第三年學高級日語。

0918 □
じょうきょう
【状況・情况】

名 情況，狀況　　　　　　　　→ 常考單字

例 さすが経験豊富な先輩だけあって、どんなに難しい状況でも適切な対応をなさいますね。

不愧是經驗豐富的前輩，不論遇到多麼棘手的狀況都能適當應對。

0919
じょうきょう
【上京】

名・自Ⅲ 到東京，去東京
彻 のぼり【上り】從地方往首都

例 来週 5 年ぶりに実家に帰るんだ。楽しみだなぁ。上京してから一度
も帰ってないからなぁ。　下星期我睽違 5 年要回老家一趟。好期待啊！
自從來到東京之後一次都沒回去呢。

0920
じょうけん
【条件】

名 條件　　　　　　　　　　　　　　　➡ 常考單字
彻 じょうけんつき【条件付き】附帶條件

例 A：ママ、外に遊びに行ける条件は自分の部屋を片付けることって言っ
たよね？　媽媽不是說了去外面玩的條件是把自己的房間整理好嗎？
B：だって太郎くんが外で待ってたんだもん…。
因為太郎在外面等我嘛……。

0921
しょうしか
【少子化】

名 少子化
彻 こうれいか【高齢化】高齢化

例 少子化の問題は先進国においてもっとも深刻な問題と言えるでしょ
う。　少子化問題應該可說是先進國家中最嚴重的問題吧。

0922
しょうじき (な)
【正直 (な)】

名・な形 老實說；誠實的　　　　　　　➡ 常考單字
類 すなお (な)【素直 (な)】坦率的

例 A：今日の晩ごはんはごちそうにしよっか？
今天的晚餐我請你吧？
B：正直、誕生日なんてあまり気にしないから、いつもと同じでいい。
老實說我不太在意生日，和平常一樣就可以了。

0923
じょうしき
【常識】

名 常識

例 21 世紀に生まれた人が必ずしも SNS のマナーやプライバシー
の保護といったネットの常識を身につけているとは限らない。
21 世紀出生的人未必具備社群網路禮節和隱私保護這些網路常識。

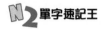

0924 □
じょうしゃ
【乗車】
名・自Ⅲ 搭車，上車 → 常考單字

例 初めて新宿駅に行ったとき、駅内で散々迷ったあげく、予約した電車に乗車できませんでした。

第一次去新宿車站時，在車站內完全迷失方向，最後沒能搭上預訂的列車。

0925 □
じょうしょう
【上昇】
名・自Ⅲ 上升，升高 → 常考單字
反 ていか【低下】降低；低落

例 政府の経済対策の効果が出ず、物価は上昇する一方だ。

政府的經濟對策未能發揮效果，物價節節攀升。

0926 □
しょうじる
【生じる】
自他Ⅲ 生長；產生；造成 → 常考單字

例 いくら掃除しても、すぐまたカビが生じる原因はこの地域の湿度の高さにある。　不管怎麼打掃，很快又長出黴菌的原因在於這個地區的高濕度。

0927 □
じょうたつ
【上達】
名・自Ⅲ （學業、技術等）進步

例 貿易会社というものの、私の仕事はほどんと外国人との接触がないから、外国語が上達することはない。　雖說是貿易公司，但我的工作幾乎沒有跟外國人接觸，所以外語能力沒有進步。

0928 □
しょうちょう
【象徴】
名・他Ⅲ 象徴 → 常考單字
類 シンボル【symbol】象徴

例 A：ねぇねぇ、健太、このホワイトのワンピースどう？私に似合う？

那個，健太，這件白色連身裙怎麼樣？適合我嗎？

B：披露宴に行くんだろう？白は新婦の象徴だぞ。ブルーとかにしないと。

你要去參加婚宴吧？白色是新娘的象徵喔。得穿個藍色之類的。

0929
☐ しょうてん
【焦点】

名 焦點，中心
類 ちゅうしん【中心】中心，核心

例 この論文は少子化を抑えるために、どうやって保育園を無償化するかに焦点を当てています。

這篇論文聚焦在為抑制少子化應如何讓托兒所免收費。

0930
☐ しょうどく
【消毒】

名・他Ⅲ 消毒，殺菌
衍 アルコール【alcohol】酒精

例 赤ちゃんは抵抗力が弱いから、抱っこする前にアルコールで手を消毒してもらえない？

因為嬰兒的抵抗力弱，抱抱之前能不能請你先用酒精消毒手呢？

0931
☐ しょうにん
【承認】

名・他Ⅲ 承認；批准，同意

例 海外のテニス大会に出場するには、日本テニス協会の承認を得なければなりません。　要參加國外的網球賽，必須得到日本網球協會的批准。

0932
☐ しょうはい
【勝敗】

名 勝敗，勝負　　　　　　　　　→ 常考單字
類 かちまけ【勝ち負け】勝負，輸贏

例 お気に入りのチームの試合はヨーロッパで行われるので、勝敗が決まるのは午前4時ごろになりそうだ。

你喜歡的隊伍在歐洲比賽，所以勝負應該在凌晨4點左右揭曉。

0933
☐ しょうひん
【賞品】

名 獎品

例 子供向けのイベントなので、スポンサーは大量のおもちゃや絵本を賞品として提供しました。

由於是針對孩童的活動，贊助單位提供大量的玩具及繪本作為獎品。

0934
☐ しょうぶ
【勝負】

名・自Ⅲ 勝負；比賽
類 しょうはい【勝敗】勝敗，勝負

例 過去の成績の上では相手のほうが強そうだが、勝負はやってみなければわからない。

就過去的成績來看，對手似乎比較強，但勝負還是得比比看才知道。

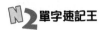

0935
☐ しょうみきげん
【賞味期限】

名 食品賞味期限
衍 しょうひきげん【消費期限】食品保存期限

例 A：あら、このクッキー、賞味期限まであと2日しかないんだ。

哎呀，這個餅乾只剩2天就要到食品賞味期限了。

B：じゃあ、お皿に盛り付けて、夕食の後家族みんなで食べよっか。

那麼把餅乾盛裝到盤子裡，晚餐之後全家人一起吃吧。

0936
☐ しょうめい
【照明】

名・他Ⅲ 照明；（舞臺）打光　　　→ 常考單字

例 この部屋は照明は暗いし、周りは騒がしいしで、毎日うんざりしていま
す。　這個房間照明又暗，周遭又吵雜，我每天都覺得好煩。

0937
☐ しょうもう
【消耗】

名・自他Ⅲ 消耗，耗費

例 山道を歩くときは、体力を消耗しないように一歩一歩、ゆっくり着
実に歩いたほうがいいという。　走山路的時候，據說為了不要消耗體力，
一步一步慢慢而確實地走會比較好。

0938
☐ しょくたく
【食卓】

名 餐桌

例 うちの3人兄弟は結婚や仕事でバラバラになってしまい、家族全員
で食卓を囲む機会はほぼない。　我們家3個兄弟姊妹因結婚或工作而
四散各處，幾乎沒有全家人一起吃飯的機會。

0939
☐ しょくにん
【職人】

名 工匠，師傅，專家

例 母は定年後、手作りの洋菓子店を開いて、お客にクッキー職人と呼ば
れるのを夢見ています。

我媽媽夢想著退休後開一間手工西點店，並被客人稱呼為餅乾專家。

0940
☐
しょくば
【職場】

名 職場，工作場所 → N3 單字

例 先輩、よろしければ、卒業生が職場に入るとき、何を注意しなければならないのかを教えていただきたいんですが。

學長，如果可以的話想請您告訴我們，畢業生在進入職場時要注意什麼。

0941
☐
しょくひん
【食品】

名 食品 → N3 單字
類 しょくりょうひん【食料品】食品

例 不正な手段で異常に安い原料を使った食品を禁止すべきだという世論が高まっている。

應當禁止透過不正當手段使用異常便宜原料之食品的輿論正在增加。

0942
☐
しょくぶつ
【植物】

名 植物

例 これは虫のように見えますが、東南アジアでよく見られる植物なんです。　這個看起來雖然像蟲子，其實是常見於東南亞的植物。

0943
☐
しょくもつ
【食物】

名 食物，食品
類 しょくひん【食品】食品

例 牛だけではなく、羊や鹿も一度食べた食物を口の中に吐き戻して、再び噛むことができます。

不只是牛，羊和鹿也可以把已經吃下去的食物吐回嘴裡再次咀嚼。

0944
☐
しょくりょう
【食糧】

名 糧食
類 しょくもつ【食物】食物

例 昔は冬が来る前に物置に食糧を3か月分以上ためておかないと、冬が越せませんでした。

以前，冬天來臨前不存放3個月份以上的糧食在倉庫裡的話，沒辦法過冬。

0945
☐
じょし
【女子】

名 女子，女性
反 だんし【男子】男子，男性

例 フィギュアスケート大会の初日はペアと女子シングルで、終了時間は午後9時頃を予定しています。　花式滑冰大賽的首日為雙人組及女子單人組，預定結束時間為晚上9點左右。

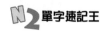

0946
じょじょに
【徐々に】

副 慢慢地，逐漸地 → 常考單字
類 ゆっくり 慢慢地

例 家庭教師のおかげで、勉強嫌いの娘の成績が徐々に良くなってきました。　多虧了家教老師，討厭讀書的女兒成績逐漸變好了。

0947
しょせき
【書籍】

名 書籍
衍 でんししょせき【電子書籍】電子書

例 この本は外国の書籍を販売する専門店でしか買えないのか…困ったなあ…。　這本書只能在販售外國書籍的專門店買到嗎，真是困擾。

0948
ショック
【shock】

名 衝撃，打擊

25

例 元彼が来月結婚すると聞いて、綾香ちゃんはかなりショックを受けたそうです。　聽到前男友下個月要結婚，綾香似乎受了不小的衝擊。

0949
しょてん
【書店】

名 書店 → 常考單字
類 ほんや【本屋】書店

例 インテリア関係の書籍が揃っている書店を知っていたら、教えてくれないかな？

如果你知道什麼室內裝飾相關書籍齊全的書店，可以告訴我嗎？

0950
しょめい
【署名】

名・自Ⅲ 署名，簽名

例 ルールで店員さんは署名のないクレジットカードを受け取らないことになっている。　規定上店員不會接受沒有簽名的信用卡。

0951
しょもつ
【書物】

名 書，書籍 → 常考單字
類 しょせき【書籍】書籍

例 人類の歴史上、為政者が大量の書物を焼くように命令した例がいくつかある。　人類歷史上，有好幾個執政者下令焚燒大量書籍的例子。

0952
しより
【処理】

名・他Ⅲ 處理　　　　　　　　　　→ 常考單字

例 入社してから２年になり、僕は徐々に仕事を早く正確に処理できるようになってきました。

進公司即將２年，我逐漸能快速且正確地處理事務。

0953
シリーズ
【series】

名 一系列；套書；系列賽

例 友達に勧められた「名探偵〇〇」があまりにもおもしろかったので、週末にそのシリーズを一気に見てしまった。　朋友推薦的《名偵探〇〇》實在是太好看了，我在週末一口氣把那整個系列看完了。

0954
しりょく
【視力】

名 視力　　　　　　　　　　　　→ 常考單字

例 手に大けがをし、視力まで失ったにもかかわらず、彼はピアニストになる夢を諦めませんでした。

儘管手受重傷，甚至失去視力，但他仍不放棄成為鋼琴家的夢想。

0955
しろうと
【素人】

名 外行人，業餘人士
類 アマチュア【amateur】業餘愛好者

例 彼女はカーレースの素人だが、だからといっていつも最下位になるわけではありません。

她雖然是賽車的業餘人士，但也並非每次都拿最後一名。

0956
しんくう
【真空】

名 （物理）真空；空白狀態
衍 しんくうパック【真空パック】真空包

例 食品を真空で保存したからといって、絶対腐らないという保証はありません。　就算將食品真空保存，也不保證絕對不會腐敗。

0957
しんけい
【神経】

名 神經；感覺　　　　　　　　　→ 常考單字
衍 むしんけい【無神経】反應遲鈍，沒感覺

例 高校の時、一番好きな科目は生物だったので、脳神経といった分野に対してすごく興味がある。

高中時我最喜歡的科目是生物，所以對於腦神經等領域非常有興趣。

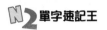

0958 □
しんけん (な)
【真剣 (な)】

[な形] 認真的　　　　　　　　　　→ 常考單字
[類] まじめ (な)【真面目 (な)】認真的

[例] そんな真剣な 表 情 でボールを投げなくていいよ。試合じゃないんだか
ら。　 不需用那麼認真的表情丟球沒關係啦。因為這不是比賽。

0959 □
しんこう
【信仰】

[名・他Ⅲ] 信仰，信奉

[例] A：ジョンさんは信仰は持ってるんだっけ？次は清水寺に行くけど、大
丈 夫？ 約翰先生是不是有信仰？接下來要去清水寺，沒關係嗎？
B：彼は神社やお寺に行けないことはないけど、興 味がないかもね。
他是不會不能去神社或寺廟，但可能沒興趣吧。

0960 □
しんこく (な)
【深刻 (な)】

[な形] 嚴重的；嚴肅的

[例] 今でも地 球 温暖化は深刻な問題ではないと思っている人がいるだろ
う。　 現在應該也還是有人認為，全球暖化並非什麼嚴重的問題吧。

0961 □
じんじ
【人事】

[名] 人事

[例] Ｈ Ｒ というのは、人事を担当する人のことです。ビジネスではこのよ
うに英語を 略 した言葉がよく使われます。
所謂的 HR，是指負責人事的人。在商務上常常會使用這樣的英文縮寫。

0962 □
しんたい
【身体】

[名] 身體
[衍] しんたいけんさ【身体検査】體檢

[例] 彼は身体の健康のためには 心 の健康こそが大切だと思い、プレッシャー
の大きな今の仕事を辞めて、故郷へ帰ることにしたそうです。
聽說他認為身體要健康，心理健康才是最重要的，於是決定辭去現在壓力
大的工作回故鄉。

0963
☐ しんだん
【診断】

名・他Ⅲ 診断，檢查 → 常考單字
慣 けんこうしんだん【健康診断】健檢

例 ガンと診断されて以来、彼はため息ばかりついている。

自從被診斷出癌症後，他總是在嘆氣。

0964
☐ しんちょう (な)
【慎重 (な)】

な形 慎重，小心謹慎 → 常考單字
類 ていねい (な)【丁寧 (な)】小心謹慎

例 皆さんは将来医師になる医学生だから、患者の生死に関わる判断に対しては、最大限に慎重な態度をとってほしいです。

各位是將來會成為醫師的醫學生，希望你們在事關病患生死的判斷上，能採取最慎重的態度。

0965
☐ しんにゅう
【侵入】

名・自Ⅲ 侵入，闖入

例 2時間かけて、やっと城が完成したかと思ったら、すぐに敵に侵入されてしまったので、5歳の弟は泣きながらゲームをやめた。 花了2個

小時終於完成的城堡馬上被敵人入侵，5歲的弟弟因此哭著放棄了遊戲。

0966
☐ しんぱん
【審判】

名 審判；（運動賽事）裁判

例 野球では選手だけでなく、審判だってよくボールに当たってしまうんだ。 在棒球裡，不只選手，就連裁判也常常會被球打到。

0967
☐ じんぶつ
【人物】

名 人物；人品；人才

例 この物語は事実に基づいて作られていますが、登場する人物の名前は全て架空のものです。

此故事雖根據事實所寫成，但出場人物的姓名皆為虛構。

0968
☐ しんらい
【信頼】

名・他Ⅲ 信賴，可靠 → 常考單字
類 しんよう【信用】信賴

例 信頼される人間になりたいなら、まず服装を改めるところから始めたら？ 如果想成為被信賴的人，先從改善服裝開始如何呢？

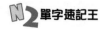

0969 □
しんり
【心理】

名 心理
衍 しんりてき（な）【心理的（な）】心理上的

例 これからはアンケート調査の結果によって明らかになった消費者の心理を説明いたします。

接下來將說明，根據問卷調查結果所得知的消費者心理。

0970 □
しんりん
【森林】

名 森林
類 もり【森】森林

例 世界人口の増加に伴い、各地の森林の面積が縮小しつつある。

隨著世界人口的增加，各地的森林面積正逐漸縮小。

0971 □
じんるい
【人類】

名 人類
類 にんげん【人間】人，人類

例 人類が初めて月に着陸し、さまざまな活動を行ったのは１９６９年７月のことでした。

人類首次登陸月球並從事各種活動，是 1969 年 7 月的事。

0972 □
しんろ
【進路】

名 前進的道路；發展的方向　　　→ 常考單字

例 姉は卒業後の進路については、就職に有利かどうかを考えず、自分の好きな専門を選びたいと両親に言いました。　我姊姊跟父母提到畢業後的方向，她不考慮對就職是否有利，而是想選擇自己喜歡的專業。

0973 □
しんわ
【神話】

名 神話，神話故事

例 日本語で書かれた最も古い本は古事記で、その中には多くの神話が収められている。

用日語書寫最古老的書是《古事記》，當中收錄許多神話故事。

す／ス

0974
すいこむ
【吸い込む】
26
他I 吸入，吸收

例 栓を抜くと、お風呂の水が排水口にどんどん吸い込まれていった。

拔掉栓子後，浴缸裡的水不斷被吸入排水口。

0975
すいさん
【水産】
名 水産
衍 すいさんぶつ【水産物】水産品

例 実家が川に近いからか、妹は小さい頃から水に関わることなら何でも好きで、大学でも水産学を専攻した。　不知道是否因為老家離河川近，妹妹從小就喜歡所有跟水相關的事物，大學也專攻水產學。

0976
すいじ
【炊事】
名・自III 做飯，烹調

例 お母さんが入院したって聞いたけど、炊事とか洗濯も一人でやってるの？大変だね。

聽說伯母住院了，做飯和洗衣服都是你一個人做嗎？辛苦了。

0977
すいじゅん
【水準】
名 水準　　　　→ 常考單字
類 レベル【level】水準，等級

例 世界の水準に達するのがゴールなのではなく、その水準を上回るぐらいまで努力してほしい。

希望你不是以達到世界級的水準為目標，而是努力超越世界級的水準。

0978
すいじょうき
【水蒸気】
名 水蒸氣

例 A：パパ！電車が煙を吐いてる！

爸爸！電車在吐煙！

B：あれは電車とは言えないなあ。汽車って言うんだよ。水蒸気で動いているんだ。

那個應該不能說是電車，要叫火車喔。是用水蒸氣驅動的。

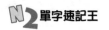

0979
□

すいせん
【推薦】

名·他Ⅲ 推薦　　　　　　　　　　→ 常考單字

衍 すいせんじょう【推薦状】推薦信

例 卒業生代表に推薦されて、美咲ちゃんはびっくりした顔をしていました。　沒想到被推薦為畢業生代表，美咲露出了大吃一驚的表情。

0980
□

すいちょく(な)
【垂直(な)】

名·な形 垂直

反 すいへい【水平】水平

例 このクリスマスカードは左右を垂直に折れば、中央にクリスマスツリーが見えてくるようにデザインされるんだ。

這張聖誕卡片是設計成將左右垂直折起來，可以在中間看到聖誕樹。

0981
□

すいてい
【推定】

名·他Ⅲ 推斷，推算

例 この寺に古くから伝わる絵画は平安時代のものと推定されています。

許久以前流傳到這間寺廟的繪畫被推斷為平安時代的物品。

0982
□

すいてき
【水滴】

名 水滴，水珠

例 水蒸気が冷たい空気に触れて水滴になり、その後、様々な条件により、雨や霧が発生する。

水蒸氣接觸冷空氣變成水滴，隨後依據各種條件形成雨和霧。

0983
□

すいぶん
【水分】

名 水分

例 食材を揚げる前にしっかりと水分を切っておけば、油が跳ねる心配はありませんよ。

油炸食材前好好地把水分去除的話，就不用擔心油會噴囉。

0984
□

すいへいせん
【水平線】

名 地平線；水平線

例 写真を撮る必要なんかないよ。このまま座って、自分の目で水平線に沈む夕日を見るっていうのもいいんじゃない？　不需要拍照啊。就這樣坐著，自己親眼看著沉入地平線的夕陽不也很棒嗎？

0985
すいみん
【睡眠】

名 睡眠；休眠 → N3 單字

例 夫と結婚して7年。彼のいびきにもだんだん慣れてきて、十分な睡眠が取れるようになってきました。

和先生結婚7年，已漸漸習慣他的鼾聲，可以有充足的睡眠了。

0986
すいめん
【水面】

名 水面

例 池へ餌を投げたとたんに、大量の鯉が水面に浮かび上がってきた。

一朝池子扔飼料，大量的鯉魚就浮上了水面。

0987
すえ
【末】

名 （期間）底；末端；結果；將來

例 今月の末に、LCCで一緒に沖縄へ旅行に行かない？

這個月底要不要一起搭廉價航空去沖繩旅行呢？

0988
すがた
【姿】

名 身影；模樣；面貌；打扮 → 常考單字
衍 うしろすがた【後ろ姿】背影

例 演奏会で指揮者の一生懸命な姿を見て、なんかちょっとオーケストラが好きになった。

看著演奏會上指揮家努力的身影，總覺得有點喜歡上交響樂團了。

0989
〜ずき
【〜好き】

接尾 喜歡〜；〜愛好者 → 常考單字

例 彼女は猫好きなのに対して、私は犬好きです。

女友喜歡貓，我則喜歡狗。

喜愛

旅行好き
喜歡旅行

料理好き
喜歡料理

映画好き
喜歡電影

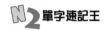

0990
すききらい
【好き嫌い】

名 好惡；挑剔 → 常考單字

例 人によっては一緒に旅行する友人に好き嫌いをはっきり言ってほしい人もいる。 有的人希望一起旅行的朋友能直接表達自己的好惡，因人而異。

0991
すきとおる
【透き通る】

自I 清澈，透明；（聲音）清脆

例 台風が去った1週間後、川の水は元のように透き通って見えるようになった。 颱風離開的1星期後，河水又變回原本那樣清澈見底。

0992
すきま
【隙間】

名 空隙，縫隙

例 たんすと壁の間にもう少し隙間を空けたいけど、重そうだから、一人では無理でしょう。 我想稍微拉開五斗櫃和牆壁之間的空隙，但好像很重，獨自一人應該辦不到。

0993
ずけい
【図形】

名 圖形，圖案

例 文字より図形のほうが記憶に残りやすいと思って、プレゼンの中の統計データをグラフに整理した。 我認為圖形比文字更容易留存在記憶中，因此將簡報裡的統計數據整理成圖表。

0994
すじ
【筋】

名 肌肉，筋；血管；線條；道理；情節
衍 あらすじ【粗筋】情節概要

例 A：この小説、すごく面白いよ。読んでみたら？
這本小說很有趣喔。你要不要讀看看？
B：へぇ。そうなんだ。だいたいの筋を教えてくれる？
這樣啊。可以跟我說一下大概的情節嗎？

0995
すずむ
【涼む】

自I 乘涼，納涼

例 ルームメイトは電気代の節約のため、エアコンをつけずにずっと扇風機で涼んでいた。 室友為了節省電費，沒有開空調一直在電風扇旁乘涼。

0996

スタイル
【style】

名 體態，姿態；風格；樣式

例 歴史 上 の人物が幽霊として 現 れて、旅人に 昔 のことを語るというの
は、能の作品によく見られるスタイルである。

歷史人物以幽靈之姿現身向旅人訴說過往，是能劇作品中常見的風格。

0997

すっきり

副・自Ⅲ 舒暢；清爽；俐落 → 常考單字

例 思い切って髪をショートにしたら、思ったよりもずっとスッキリしまし
た。 下定決心將頭髮剪短後，比想像中還清爽舒適。

0998

すっと

副・自Ⅲ 迅速地；爽快，痛快

例 やっと今日 中 にやるべきことが全部済んで、気分がすっとした。

今天內必須做的事總算都結束了，心情真是爽快。

0999

ステージ
【stage】

名 舞臺；講臺

例 今年の新年会は時間が足りないため、最後に全員でステージに向かって
乾 杯するのをやめました。

今年的春酒因為時間不夠，所以取消最後全體人員面對舞臺乾杯的部分。

1000

すでに
【既に】

副 已經，早就；先前 → 常考單字
類 とっくに 老早就

例 被害者はけががひどくて、救 急 車が到 着 したときは既に手遅れだっ
た。 被害者的傷勢嚴重，救護車抵達時已經太遲了。

1001

ストレス
【stress】

名 （自身的）精神緊張，壓力 → 常考單字
衍 プレッシャー【pressure】 （外部的）壓力

例 私 にしたら、ジョギングでストレスを解 消 するなんてつらくて無理で
す。 對我而言，藉由慢跑排解壓力太辛苦了辦不到。

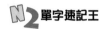

出題重點

▶詞意辨析　ストレス VS プレッシャー VS 圧力

三者中文都譯為「壓力」，但意義卻不盡相同。「ストレス」屬於人的內心自行產生的精神緊張，「プレッシャー」則是他人給予的精神壓力，「圧力」大多指物理上的壓力，或權勢的威壓。

1002
□ **すなお（な）**
【素直（な）】

な形 率直；順從　　　　　　　　　　　　　→ 常考單字

例 5歳の甥と話してはじめて、子供は本当に思ったことを何でも素直に口に出すということが分かった。

和5歲的外甥說話之後，才知道小孩真的想到什麼都會率直地說出口。

1003
□ **すなわち**
【即ち】

接續 也就是，換言之；正是
類 つまり 也就是，換言之

例 就活、すなわち就職活動は社会人になるための最初のチャレンジです。　就活，也就是就業活動，是為了出社會所面對的第一個挑戰。

1004
□ **ずのう**
【頭脳】

名 頭腦；腦力

例 CPUは、情報を処理したり、プログラムを実行したりする、いわばコンピューターの頭脳とも言えるパーツです。

CPU 是負責資訊處理、執行程式的零件，就好比說是電腦的頭腦。

1005
□ **スポンサー**
【sponsor】

名 （電視）廣告業主，贊助商；贊助單位

例 妹は「この番組はご覧のスポンサーの提供でお送りします」を言う真似が得意です。　妹妹很會模仿說「本節目由以下廣告商贊助播出」。

1006
□ **～ずみ**
【～済み】

接尾 已經～，～完畢
類 かんりょう【完了】完畢，完成

例 海外旅行に行ったときは、記念品を買うより、使用済みのチケットをちゃんと保存して、ファイルしておくのが好き。

去國外旅行時，比起買紀念品，我更喜歡把使用完畢的票券保存成冊。

1007 すむ 【澄む】

- 自I 清澈；清脆；皎潔
- 反 にごる【濁る】混濁，不清晰；不鮮明

例 阿里山では日の出や雲の海も見えたし、山の澄んだ空気を吸えたし、また行きたいなあ。

在阿里山可以看日出和雲海，又可以吸到山中清淨的空氣，好想再去啊。

1008 スムーズ(な) 【smooth】

- な形 流暢，順暢；平滑　　→ 常考單字
- 類 じゅんちょう(な)【順調(な)】順利

例 小池さんが素早くデータをまとめてくれたおかげで、会議がスムーズに進んだ。　多虧了小池小姐迅速地統整好數據，會議才能順暢進行。

1009 ずらり(と)

- 副 一整排地，一大排地
- 類 ずらっと 一整排地，一大排地

例 友人の本棚には難解な専門書がずらりと並んでいるが、卒業して以来、一度も読んでいないそうだ。　朋友的書架上放著一整排難懂的專業書籍，但據說在畢業後一次也沒讀過。

1010 すれちがう 【すれ違う】

- 自I 擦肩而過；錯過

例 聞いて！麻衣ちゃんが日曜日に六本木で人気俳優とすれ違ったんだって。　聽我說！聽說麻衣星期日在六本木和超有名的演員擦肩而過。

1011 ずれる

- 自II 錯位，位移；偏離

例 プレゼンの内容は素晴らしいですが、テーマがずれているので、点数をつけにくいです。　發表的內容非常好，但因為偏離主題，很難給分數。

1012 すんぽう 【寸法】

- 名 尺寸；計畫

例 ソファーが玄関から入らない。どうしよう。買う前に寸法を測ればよかった。

沙發沒辦法從玄關搬進來，該怎麼辦？買之前如果有先測量尺寸就好了。

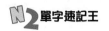

せ／セ

1013
☐
🔊
27

せいいっぱい
【精一杯】

名・副 竭盡全力

→ 常考單字

例 選手たちがオリンピックに向けて精一杯頑張っている 姿 に感動した。

我被選手們為了奧運竭盡全力努力的身影所感動。

1014
☐

せいか
【成果】

名 成果

→ 常考單字

例 高野先生、今回の脳神経の研 究 成果に関して、大勢の患者さんに希 望
を与えられるとお 考 えですか。　 高野老師，關於這次的腦神經研究成
果，您認為能為眾多患者帶來希望嗎？

1015
☐

ぜいきん
【税金】

名 税，税金

彷 めんぜい【免税】免税

→ 常考單字

例 ２１世紀は、保険 料 に加えて税金もクレジットカードで払えるよ
うになった。　 在 21 世紀，保險費還有稅金都可以透過信用卡支付了。

1016
☐

せいげん
【制限】

名・他Ⅲ 限制，限度

例 台湾のＡＴＭには引き出しと振り込みは１日３万元までという制限
があります。　 臺灣的 ATM 有提款和轉帳 1 天 3 萬元以內的限制。

1017
☐

せいさく
【制作】

名・他Ⅲ 創作；製作（藝術作品）

例 幼 い頃から絵を描くのが好きで、大学時代もバイト先の会社でイラス
トの制作を担当した。

我從小就喜歡畫畫，大學時也在打工的公司負責繪製插畫。

1018
☐

せいさく
【製作】

名・他Ⅲ 製造，製作（產品、商品）

例 いつか自分で映画を製作したいと夢見て、 芸 術 大学の映画学科に願書
を出した。　 我夢想著有一天能自己製作電影，於是向藝術大學的電影系
遞出了申請書。

1019
せいさん
【生産】

名・他Ⅲ 生産　　　　　　　　　　→ 常考單字
彷 せいさんコスト【生産コスト】生産成本

例 このかばんは完全に手作りなので、大量 に生産することはできない。

這個包包完全是手工製作，因此沒辦法大量生產。

1020
せいしつ
【性質】

名 性情，性格；性質
類 せいかく【性格】性格，個性

例 A：私 は明るい子が好き。賢治は？　我喜歡開朗的女孩子，賢治呢？
　　B：性質が穏やかで、思いやりのある人がいいな。

　　我覺得性情穩重又體貼的人很好。

1021
せいじん
【成人】

名・自Ⅲ 成年人；長大成人
彷 せいじんしき【成人式】成人禮

例 台湾では旧 正 月と七夕の時、子供を守る女神様に自分の子が無事に
成 人するようにと祈る習 慣がある。　臺灣在農曆新年和七夕時，有向

守護孩童的女神祈求自己的孩子平安長大成人的習慣。

1022
せいすう
【整数】

名 整數

例 台湾や日本などの国と違って、アメリカでは商 品の価格が整数じゃな
いのが普通です。

與臺灣和日本等國家不同，在美國，商品價格不是整數才較為普遍。

1023
せいぜい
【精々】

副 盡量；充其量，最多不過
類 せいいっぱい【精一杯】竭盡全力

例 シンガポールだから、気温の低い月と言っても、せいぜい２３度くら
いまでしか下がらないだろうな。

因為是新加坡，即使是氣溫低的月份，充其量也就降到23度左右吧。

1024
せいそう
【清掃】

名・他Ⅲ 清掃，打掃
類 そうじ【掃除】打掃

例 店舗を清掃するアルバイトはちょっとつまらないけど、１３００円の高
い時 給が魅力だ。

清掃店面的打工雖然有些無聊，但1300日圓的高時薪頗具吸引力。

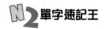

1025 せいぞう
【製造】

名・他Ⅲ 製造　　　　　　　　　　　　→ 常考單字

衍 せいぞうぎょうしゃ【製造業者】製造商

例 詳しく聞いたことはないけど、妻の実家は石鹸を製造する工場を経営してるらしいです。

雖然不曾細問，但我太太的老家好像是經營肥皂製造工廠的。

1026 せいちょう
【成長】

名・自Ⅲ 成長；發展　　　　　　　　→ 常考單字

衍 せいじん【成人】長大成人

例 子供たちの成長につれて、以前は広いなあと思っていた家が狭く感じるようになってきた。

隨著孩子們的成長，以前覺得很寬闊的家感覺變得越來越狹窄了。

1027 せいど
【制度】

名 制度

類 システム【system】制度

例 健康保険の制度のある国は少なくないけれども、国民が負担する費用は国によって大きく違います。

有健保制度的國家不在少數，但國民所負擔的費用在各國大不相同。

1028 せいとう
【政党】

名 政黨

例 与党であっても、野党であっても、国民を幸せにするのが政党としての義務である。

不論是執政黨還是在野黨，讓國民幸福都是身為政黨的義務。

1029 せいのう
【性能】

名 性能，效能　　　　　　　　　　→ 常考單字

例 今年のバレンタインに、音楽好きの彼氏に性能のいいイヤホンを買ってあげようと考えている。

今年的情人節，我想要買副性能好的耳機給喜歡音樂的男友。

1030 □ せいび 【整備】

名・他Ⅲ 維修；保養；配備

例 遠い場所に行く前に、父は必ず車をプロに整備しておいてもらうことにしています。

要去遠的地方前，我爸爸一定會將車子請專門的人先保養過。

1031 □ せいひん 【製品】

名 產品 → 常考單字

衍 ふりょうひん【不良品】瑕疵品

例 安くて品質のよくない部品を使ったせいか、この製品は壊れやすいという声が多いです。 也許是因為用了便宜且品質不太好的零件，有許多意見表示這個產品容易損壞。

1032 □ せいぶつ 【生物】

名 生物

類 いきもの【生き物】生物；帶有生命的東西

例 地球にはまだ発見されていない生物がたくさん存在すると思います。

我認為地球上還存在著許多未被發現的生物。

1033 □ せいぶん 【成分】

名 成分

例 生地に入れた量は砂糖ほどじゃありませんが、塩も一応成分の１つです。 雖然加在麵糊中的量沒有砂糖多，但食鹽姑且也算成分之一。

1034 □ せいめい 【生命】

名 生命，性命；重要的事物

類 いのち【命】生命，性命

例 食事の前に言う「いただきます」という言葉の中には、食材になることで生命を失った生き物に対しての感謝の気持ちも含まれているそうだ。 用餐前所說的「いただきます」這句話中，也包含了對於因成為食材而失去生命的生物的感謝之意。

1035 □ せいもん 【正門】

名 正門 → 常考單字

例 友達に〇〇大学の正門で待ち合わせましょって言われたけど、私はその学校がどこにあるかさえ知らない。

朋友跟我說在〇〇大學的正門會合，但我連那間學校在哪都不知道。

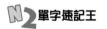

1036
☐ せいり
【整理】

名・他Ⅲ 整理，清理　　　　　→ 常考單字
類 かたづける【片付ける】整理

例 みんな忙しいですから、相談したいことを頭の中で整理してから、上司に声をかけたほうがいいですよ。

因為大家都很忙，所以最好把想諮詢的事在腦中整理過後再去找上司。

1037
☐ せいりつ
【成立】

名・自Ⅲ 成立；達成；（法案）通過

例 予想通り、環境保護を推進するための法律が今日成立した。

正如預期，推動環境保護的法律在今天通過了。

1038
☐ せおう
【背負う】

他Ⅰ 背；背負

例 一人でこんな重い荷物を背負って階段を上ったら、疲れるに決まっている。　一個人背著這麼重的行李爬樓梯，一定很累。

1039
☐ せけん
【世間】

名 世上，社會；世人
衍 よのなか【世の中】世上

例 本当かどうか分からないが、その大学は長年すべての女性受験者を減点していたらしいと世間で噂されている。

不知道是不是真的，據傳聞那間大學長年對所有女性考生扣分。

1040
☐ せっかく
【折角】

副・名 難得；（用心白費）特地　　→ 常考單字
衍 わざわざ 特地

例 ビデオ通話をしているところに誰かがたずねてきた。せっかく留学している友人と楽しくおしゃべりしていたのに。

正在視訊通話時突然有人來訪。難得和留學的朋友聊得正開心。

1041
☐ せっきん
【接近】

名・自Ⅲ 接近

例 沖縄に接近しつつある台風14号は、激しい雨をもたらすと予想されている。　持續接近沖繩的第14號颱風，預測將帶來激烈豪雨。

1042
□
せっけい
【設計】

名・他Ⅲ 設計 → 常考單字

衍 デザイン【design】設計

例 このマンションはもともと外国人向けに設計されたけど、意外にも日本人の方に人気があるんだって！

這棟大廈原本是針對外國人設計的，不過聽說也意外地受到日本人喜歡。

1043
□
せっする
【接する】

名・自他Ⅲ 相鄰；接觸；對待；相交

衍 ふれる【触れる】觸碰／さわる【触る】摸

例 手塚さんはいつも心を込めて人に接するから、みんなに好かれているわけです。　手塚先生總是全心全意地對待他人，所以當然會受大家喜歡。

1044
□
せっせと

副 拚命地，一股勁兒地

衍 いっしょうけんめい【一生懸命】拚命

例 今朝外に出たら、鳥が木の上にせっせと巣を作っているのを見た。

今天早上一走到外面，就看見鳥兒在樹上拚命地築巢。

1045
□
せつぞく
【接続】

名・自他Ⅲ 連接，銜接 → 常考單字

衍 れんらく【連絡】連接；聯絡

例 この電車は次の駅で成田空港行きの急行に接続している。

這輛電車在下一站與開往成田機場的急行列車銜接。

1046
□
せってい
【設定】

名・他Ⅲ 設定

例 夏の電気代を節約したいなら、エアコンの温度を２８度に設定したら？　如果想節省夏天的電費，要不要把冷氣的溫度設定在28度呢？

1047
□
せっとく
【説得】

名・他Ⅲ 說服，勸說

衍 せっとくりょく【説得力】說服力

例 将来の進路について先生と話し合ったところ、説得されて日本の大学院に進学することになった。

和老師討論了將來的方向，結果被說服，決定上日本的研究所。

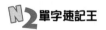

1048
せつび
【設備】

名 設備；設置　　　　　　　　　　　→ 常考單字
衍 しせつ【施設】設施

例 設備のご使用につきましては、事前に事務室にご相談ください。

有關設備的使用，請事先與辦公室商量。

1049
ぜつぼう
【絶望】

名・自Ⅲ 絕望
反 きぼう【希望】希望

例 仕事をクビになったからといって、人生に絶望することはない。また立ち上がればいい。

即便工作被解僱，也不需要對人生感到絕望，再次振作起來就好。

1050
せまる
【迫る】

自Ⅰ 逼近，迫近

例 レポートの締め切りが迫っているので、今夜のカラオケはパスさせてもらいます。すみません。

報告的繳交期限逼近中，所以今晚的卡拉 OK 我就不去了，不好意思。

1051
ゼミ・ゼミナール
【(德) seminar】

名 （大學）專題討論課　　　　　　　→ 常考單字
類 えんしゅう【演習】討論課

例 小林 くんとともに、日米関係をテーマとしたゼミに入った。

我和小林同學一起上以美日關係為主題的專題討論課。

1052
せめて

副 至少，最起碼　　　　　　　　　　→ 常考單字

例 A：もうお帰りですか。せめてコーヒーでも飲んでいってください。

您要回去了嗎？至少喝杯咖啡再走吧。

B：ありがとうございます。それではお言葉に甘えていただきます。

謝謝，那我就恭敬不如從命了。

1053
せめる
【責める】

他Ⅱ 責備，責怪

28
例 監督は誰かを責めているわけではありません。ただ言い方が少しきついだけです。　教練並非要責備誰，只是話說得有點重而已。

1054 □
せめる
【攻める】

他Ⅱ 進攻，攻打
反 まもる【守る】防守

例 あとたった１点で勝てたのに。もっと積極的に攻めればよかった。

明明只要再１分就能贏了，如果能更積極進攻就好了。

1055 □
せりふ・セリフ
【台詞】

名 臺詞；說詞

例 Ａ：もう二度と顔を見たくない！

我不想再看到你了！(朋友間吵架)

Ｂ：それはこっちのセリフだよ。

那是我要說的話。

1056 □
ぜんがく
【全額】

名・副 全額　　　　　　　　→ 常考單字
衡 はんがく【半額】半價

例 健康保険証を忘れた場合、医療費の全額を払うことになりますので、必ず持ってきてください。

如果忘記帶健保卡須付全額的醫療費，所以請務必帶來。

1057 □
せんきょ
【選挙】

名 選舉
衡 とうひょう【投票】投票

例 台湾では国家元首を国民が選挙によって直接選ぶ。

在臺灣，國民透過選舉直接選出國家元首。

1058 □
ぜんしゃ
【前者】

名 前者，前一個
反 こうしゃ【後者】後者

例 この２つの意見のうち、前者よりも後者のほうが建設的だ。

在這兩個意見當中，比起前一個，後一個意見會比較有建設性。

1059 □
せんぞ
【先祖】

名 祖先，祖宗
反 しそん【子孫】子孫，後代

例 うちは先祖代々医者の家系です。

我們家世代都是當醫生的。

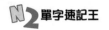
1060
☐ **せんそう**
【戦争】

名・自Ⅲ 戦争，打仗
類 たたかい【戦い】戦爭；戰鬥；爭鬥

例 戦争ほど残酷なものはない。

沒有比戰爭還殘酷的事物了。

1061
☐ **せんたく**
【選択】

名・他Ⅲ 選擇，挑選　　　　→ 常考單字
衍 にしゃたくいつ【二者択一】二選一

例 どの方法を選択するかは君次第だ。

要選擇哪個方法就看你自己了。

1062
☐ **せんたくし**
【選択肢】

名 選項　　　　→ 常考單字

例 以下の選択肢から正しい答えを選びなさい。

請從以下的選項當中選出正確答案。

1063
☐ **せんたん**
【先端】

名 前端，頂端；尖端
反 まったん【末端】末端，尾端

例 ロボットなどの先端技術を活用して、作業の効率化を図ろう。

讓我們活用機器人等尖端技術，藉以謀求生產之效率化吧。

1064
☐ **せんでん**
【宣伝】

名・他Ⅲ 宣傳　　　　→ 常考單字
類 こうこく【広告】廣告

例 歌手にしてみれば、新曲の宣伝ができず、ゲームに参加するだけでは、テレビ出演しても意味がないだろう。　對歌手來說，如果不能宣傳新歌而只是參加遊戲，那麼上電視也沒什麼意思吧。

出題重點

▶詞意辨析　宣伝 VS 広報 VS PR

「宣伝」是最廣義的用法，一般是透過媒體刊登廣告讓大家都知道這件事。

「広報」是政府機關或企業團體為了維持形象或是提供訊息所進行的宣傳

活動。「PR」主要目的是為了推廣理念或是獲得認同，通常是以發新聞稿

的方式進行宣傳活動；另外「PR」也可用於自我介紹時的強力推銷自己。

1065
□
せんとう
【先頭】
名 前頭，最前方
反 さいこうび【最後尾】最後方

例 行列の先頭に立って歩いているのが市長である。

走在隊伍最前面的就是市長。

1066
□
ぜんぱん
【全般】
名 整體；全方位，全面

例 テロ予告があったから、運転室を中心に全般にわたって注意深く調べたが、別に怪しい点はなかった。　因為有人預告要恐怖攻擊，所以我們

以駕駛室為中心進行了全盤檢查，但是並沒有發現可疑之處。

1067
□
ぜんりょく
【全力】
名 全力

例 息を切らしながらゴールまで全力で走った。

一邊急促地喘氣，一邊全力地跑到了終點。

1068
□
せんれん
【洗練】
名・自他Ⅲ 精錬；優雅，高尚

例 コーヒーカップはシンプルで洗練されたデザインを選びましょう。

咖啡杯我們選擇設計簡素優雅的吧。

▼そ／ソ

1069
□
🔊
29
そうい
【相違】
名・自Ⅲ 差異，不同
類 ちがい【違い】差異，不同

例 二人には価値観の相違があっても、一つの屋根の下で仲良く暮らしている。

就算兩人之間有價值觀的差異，但還是在同一個屋簷下和睦地生活著。

┌─ 出題重點 ─────────────────

▶**文法　～に相違ない　肯定是～**

表示做出肯定是如此的推斷。「～に相違ない」是比「～に違いない」還
要艱澀的書面語。

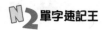
例 あの部屋には誰にも知られていない秘密があるに相違ない。

那個房間當中肯定隱藏著誰都不知道的秘密。

例 お正月だから、彼女は実家に帰ったに違いない。

因為過年的關係，她一定是回老家去了。

1070
☐ **そういえば**　|接續| 聽你這麼一說，說到這個　→ 常考單字

例 A：のどが渇いてない？

妳會不會口渴？

B：そういえば、朝から何も飲んでないんだ。

經你這麼一說，我才想起從早上到現在我都沒喝東西。

出題重點

▶**詞意辨析　そういえば VS ところで VS ちなみに**

三者都具有轉換話題的功能。「そういえば」表示承接對方話題而聯想
到相關事物；「ところで」比較傾向於轉換成不相關的話題；而「ちなみに」
則是順帶一提的意思。

例 ところで、今日はお時間ありますか。

對了，您今天有空嗎？

例 ちなみに、来週は大学の卒業式です。

順帶一提，下禮拜是大學的畢業典禮。

1071
☐ **そうおん**
【騒音】　|名| 噪音　→ 常考單字

例 彼女は騒音が聞こえないように、耳栓で耳をふさいだ。

她用耳塞把耳朵塞住，以免聽到噪音。

1072
☐ **ぞうか**
【増加】　|名・自他Ⅲ| 增加，增多　→ N3 單字
|反| げんしょう【減少】減少

例 自動車の増加に伴い、二酸化炭素の排出量が年々増えている。

隨著汽車的增加，二氧化碳的排出量年年都在增長。

1073
そうこ
【倉庫】

名 倉庫，庫房
関 ざいこ【在庫】庫存

→ 常考單字

例 このレストランは古い倉庫を改装したものです。

這家餐廳是由舊倉庫改造而成的。

1074
そうご
【相互】

名 互相，彼此

例 文化交流を通じて、相互の理解を深める。

透過文化交流，加深彼此的了解。

例 両国は文化面において相互に影響し合っている。

兩國在文化方面互相影響著對方。

> **出題重點**
>
> ▶文法　Nにおいて　在～（範圍內）
>
> 表示在某個場所、時代或領域的範圍當中。

1075
そうさ
【操作】

名・他Ⅲ 操作，操縱
関 そうさパネル【操作パネル】操作面板

例 機械の操作は指示に従って行ってください。

機器的操作請遵照指示來進行。

1076
そうさく
【創作】

名・他Ⅲ 創作

例 いい作品を創作するには独創的なアイディアが必要です。

要創作好的作品，必須要有獨創性的構思。

1077
そうしき
【葬式】

名 葬禮，喪事
関 こうでん【香典】奠儀，白包

例 葬式には黒い服を着て行くことになっています。

喪禮習慣上要穿著黑色衣服去。

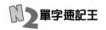

1078
□ そうぞうしい
【騒々しい】

> い形 吵雜的；動盪不安的

例 騒々しい環境では勉強に集中できない。

在吵雜的環境當中，無法專心唸書。

例 火事で町中が騒々しくなった。

因為火災的關係，整個市鎮都變得喧騰不安。

1079
□ そうぞく
【相続】

> 名・他Ⅲ 繼承　　　　　　　　　　　　→ 常考單字

例 親の遺産相続をめぐって、兄弟が激しく対立している。

在繼承父母遺產的相關問題上，兄弟之間激烈地對抗著。

出題重點

▶文法　Nをめぐって　涉及～／與～相關

表示針對該事物的相關事項，進行爭論、探討、調查或產生紛爭、意見對立等等。

1080
□ そうち
【装置】

> 名 裝置，設備；設置，配備

例 研究室の暖房装置は故障がちだ。

研究室的暖氣設備經常故障。

出題重點

▶文法辨析　～がち VS ～ぎみ VS ～っぽい

這三者都是接尾語的用法，多用於不好的事項上。「～がち」表示次數多，很容易或經常會發生那樣的狀況；「～ぎみ」表示些許程度，稍微有那樣的感覺；「っぽい」表示帶有某種屬性、特性或特徵，有時可用來形容人的個性。

例 最近は残業が続いていて、ちょっと疲れぎみだ。

最近一直加班，所以感覺有點累。

例 年を取ると、忘れっぽくなる。　一上了年紀，就會變得健忘。

1081 そうてい
【想定】

名・他Ⅲ 假想，事先設想 → 常考單字

例 大規模な地震を想定して避難訓練をしました。

假定會發生大地震而進行了避難訓練。

天災

地震
地震

津波
海嘯

噴火
火山爆發

洪水
河川氾濫

1082 ぞくする
【属する】

自Ⅲ 屬於；從屬

例 フィンランドは国土の4分の1が北極圏に属する。

芬蘭的國土有4分之1屬於北極圈。

1083 ぞくぞく
【続々】

副 陸續地，源源不絕地

例 会場の受付には本年度の入学生が続々と詰めかけた。

會場的報到處陸陸續續地擠進了今年度的入學新生。

1084 そくてい
【測定】

名・他Ⅲ 測量；測定

例 定期的に血圧を測定することによって、健康管理への意識の向上を促すことができる。 藉由定期測量血壓，可促使對於健康管理的意識提高。

1085 そしき
【組織】

名・他Ⅲ 組織，組成
類 こうせい【構成】組織，結構

例 このNPOは、環境行政の不備を補うために組織された。

這個非營利組織是為了彌補環保行政的不完善所組織起來的。

例 建設労働組合はさまざまな組織から構成されている。

建築工會是由各種組織所組成的。

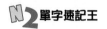

1086 □

そしつ
【素質】

名 本質；資質，天分
衍 うまれつき【生まれ付き】天生

例 彼女には音楽の素質があるので、音大に行かないのはもったいない。

她具有音樂的天分，所以不去音樂大學太可惜了。

1087 □

そせん
【祖先】

名 祖先，祖宗

例 人類とチンパンジーは共通の祖先を持つと言われている。

據說人類跟黑猩猩擁有共同祖先。

出題重點

▶詞意辨析　祖先 VS 先祖

「祖先」比較屬於學術性的書面語，使用範圍較廣，譬如「人類共同的祖先」或「日本人的祖先」會傾向使用「祖先」。而「先祖（せんぞ）」則是較為切身的口語用法，通常使用在「自己家族的祖先」上，譬如「愧對列祖列宗」時會使用「先祖」。

1088 □

そそぐ
【注ぐ】

自他Ⅰ 流入；倒入；傾注　　　→ 常考單字

例 急須に茶っぱを入れて、お湯を注いだ。

在茶壺裡放進茶葉，然後倒入熱水。

例 利根川は関東平野を東に横切り、太平洋に注いでいる。

利根川向東流經關東平原後注入太平洋。

1089 □

そそっかしい

い形 魯莽的，輕率冒失的　　　→ N3 單字

例 いつも電車に傘を忘れるなんて、本当にそそっかしい人だね。

老是把傘忘在電車裡，你真是個冒失的人呢。

1090 □

そっくり（な）

な形・副 一模一樣；完全，全部　　　→ N3 單字
類 にかよう【似通う】相似，相仿

例 あの双子は声から仕草までそっくりだ。

那對雙胞胎從聲音到動作舉止都非常酷似。

1091
そっちょく（な）
【率直（な）】 　な形 坦率，直率 　→ 常考單字

例 率直な意見をお聞かせください。

請告訴我您坦率的意見。

1092
ぞっと 　自Ⅲ・副 （因恐怖、寒冷或感動而）顫抖；毛骨悚然

例 息子があの脱線事故の電車に乗っていたらと思うとぞっとする。

只要想到我兒子如果有坐上那班脫軌電車，我就會不寒而慄。

1093
そのうえ
【その上】 　接續 而且，並且

例 ジョギングはいい運動になる。その上にお金もかからなくて経済的だ。

慢跑是很好的運動。而且不用花錢，非常經濟實惠。

出題重點

▶搶分關鍵　それに／その上／しかも　表示「而且」的類義語

三者都是表示事物的累加，相當於中文「而且」、「並且」的意思。「それに」用於口語的輕鬆場合，而「その上」跟「しかも」則是用於口語的正式場合或書面語當中。

例 大都市は人口が多いし、それに物価も高い。

大都市不但人口多，而且物價高。

例 彼女は美人で、しかも心が優しい。 她不但是美女，而且心地善良。

1094
そのため 　接續 因此，所以

例 大雪で空港が封鎖された。そのため飛行機が欠航となった。

因為大雪機場被關閉了。因此飛機停飛了。

出題重點

▶搶分關鍵　だから／それで／そのため　表示「因此」的類義語

三者都可表示前句跟後句的因果關係。「だから」跟「それで」用於口語的輕鬆場合，而「そのため」則是用於口語的正式場合或書面語當中。

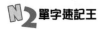

例 テストの成績が悪かった。だから父に怒られた。

我考試的成績很不好。所以被父親罵了一頓。

例 朝からずっと大雨です。それでピクニックは中止になりました。

從早上就一直下大雨。因此野餐就取消了。

1095
☐ **そのほか**
【その他】

|連語| 此外，另外；其他

例 外国語を学ぶには発音の練習が不可欠だ。そのほかに文法の学習も必要だ。　學外語不可欠缺的是發音的練習。另外，文法的學習也是必要的。

1096
☐ **そのまま**

|名・副| 維持原樣；就直接，就那樣

例 猫はピアノに飛び乗って、そのまま寝転んだ。

貓咪跳上了鋼琴，然後就直接在上面躺著。

1097
☐ **～そのもの**

|名・接尾| ～本身；～得很（接在名詞之後，表示該事項的本身或加強語氣）

例 映画に限らず、日本文化そのものにも非常に興味を持っています。

不只是電影，對於日本文化本身我也非常有興趣。

例 娘は結婚して幸福そのものだ。　我女兒結婚後幸福得不得了。

1098
☐ **そまつ（な）**
【粗末（な）】

|な形| 粗糙的，簡陋的；怠慢，糟蹋

例 過労や粗末な食事のため、彼女は仕事中に倒れてしまった。

由於過勞以及隨便亂吃的關係，她在工作中病倒了。

例 食べ物を粗末にしたくないので、いつも全部食べてしまうんです。

因為不想浪費食物，所以我總是把它全部吃光。

出題重點

▶固定用法　お粗末さまでした　粗茶淡飯，怠慢您了

招待客人用餐後常用的客氣話。通常是客人用完餐後說「ご馳走（ちそう）さまでした」（謝謝您的招待）的時候，主人回應說「お粗末さまでした」。

1099
□
そらす
【逸らす】

他Ⅰ 轉移（方向）；岔開（話題）；錯過（機會）

例 彼はその質問に直接答えず、やや困ったように目を逸らした。

他沒有直接回答那個問題，而是看似有點窘迫地轉移了目光。

1100
□
そる
【剃る】

他Ⅰ 剃，刮（髮鬚）

例 カミソリがないので、ひげを剃ろうにも剃りようがありません。

因為沒有刮鬍刀，所以就算想刮鬍子也沒辦法刮。

1101
□
それでも

接續 即使如此，儘管如此

例 成功する可能性はかなり低いです。それでもやってみたいです。

成功的機率相當低。但即便如此，我還是想試試看。

1102
□
それとも

接續 或者，還是

例 こちらで召し上がりますか。それともお持ち帰りになりますか。

請問您要內用還是外帶呢？

1103
□
それなのに

接續 （儘管～）但還是～

例 毎日一生懸命に働いている。それなのに生活は一向に楽にならない。

我每天都很努力地工作。但儘管如此，生活的艱辛還是一點都沒改善。

1104
□
それなら

接續 既然如此，那麼

例 よく分かった。それなら君の案で行こう。

我了解了。既然如此，那就按照你的提案去做吧。

1105
□
それなり

名・副 相應程度

例 日本語の会話を高めるにはそれなりの努力が必要だ。

想提高自己的日語會話能力，就必須付出相對的努力。

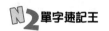
例 日本語は誰でもよく練習すれば、それなりに上手になるものだ。

任何人只要努力練習，日語自然相對地都會進步。

出題重點

▶文法 ～ものだ　理應如此

表示從道理上或常識上來說「理應如此」、「原本就是這樣」。

1106
☐
それる
【逸れる】

| 自Ⅱ 偏離（目標、方向或話題）；脫離正軌
| 類 はずれる【外れる】偏離；脫落

例 台風は予想のコースを逸れて通過したので、雨風もほとんどなく無事でした。　颱風的行進偏離了預測的路線，所以幾乎無風無雨一切平安。

1107
☐
そろう
【揃う】

| 自Ⅰ 齊全；整齊一致；（人員）到齊　→ N3 單字

例 全員が揃ったら、出発しましょう。

等全員到齊之後，我們就出發吧。

1108
☐
そろえる
【揃える】

| 他Ⅱ 使～一致；湊齊　→ 常考單字

例 みんなは口を揃えて日本へ花見に行きたいと言っていました。

當時大家都異口同聲地說想去日本賞花。

1109
☐
そん（な）
【損（な）】

| 名・な形・自Ⅲ 損失，賠錢；吃虧　→ 常考單字
| 反 とく（な）【得（な）】獲利；得到好處

例 父はその会社に投資して3千万円の損をした。

我父親因為投資那間公司而損失了3千萬日圓。

1110
☐
そんざい
【存在】

| 名・自Ⅲ 存在；舉足輕重的角色或人物
| 衍 そんざいかん【存在感】存在感

例 犬は我が家にとってはなくてはならない大事な存在だ。

狗對我們家來說，是一個不可或缺的重要角色。

1111 □
ぞんじる
【存じる】

| 自他Ⅲ | 知道；想；認為；打算

例 今日はお招きいただき、たいへん光栄に存じます。

今天承蒙您邀請，實在是備感光榮。

┌─ 出題重點 ─────────────────────────

▶搶分關鍵　「知道」的敬語用法

「知道」的敬語用法當中，對自己使用的謙讓語是動詞形「存じる」，而對別人使用的尊敬語則是以名詞形「ご存じ」來表現。用尊敬語來問別人是否知道時，要說「ご存じですか」（您知道嗎），而用謙讓語說自己知道時則要說「存じております」（我知道）。

例 台湾の人口がどのくらいかご存じですか。

您知道臺灣有多少人口嗎？

└──────────────────────────────────

1112 □
そんちょう
【尊重】

| 名・他Ⅲ | 尊重　　　　　　　　　　→ 常考單字
| 反 | むし【無視】忽視，漠視

例 他人の意見を尊重してこそ自分の意見も尊重されることになる。

唯有尊重他人的意見，才能讓自己的意見被尊重。

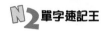

た／タ

1113
□
🔊
30
だい
【代】

名・接尾 世代，年代；費用 → 常考單字

例 我が家は祖父の代から 商 売をやっています。

我們家是從祖父那一輩開始就在做生意了。

例 この 商 品は２０ 代の女性に特に人気です。

這個商品尤其是受到 20 幾歲的女性歡迎。

1114
□
だいいち
【第一】

名・副 首先；最重要；第一 → 常考單字
衍 だいいちにんしゃ【第一人者】權威人物

例 運転は安全が第一だから、シートベルトはしっかり締めてください。

因為開車是以安全為首要考量，所以請確實繫好安全帶。

例 ゴミのポイ捨ては法律違反ですし、第一、市の美観を損ないます。

隨便亂丟垃圾不但違反法律，而且首先就會破壞市容的美觀。

1115
□
たいおう
【対応】

名・自Ⅲ 對應，處置；臨機應變

例 お問い合わせをお気軽にどうぞ。専門スタッフが懇切丁寧に対応します。

請您不要客氣儘管來電洽詢。我們會有專門的職員熱誠地為您詳細解答。

1116
□
たいきん
【大金】

名 鉅款，一大筆錢

例 私 たちは店内改装に大金をつぎ込んだばかりだから、今お金に余裕がありません。

我們剛在店內重新裝潢上投入了一大筆錢，所以現在手頭並不寬裕。

1117
□
だいきん
【代金】

名 支付的貨款；費用 → N3 單字

例 車 の代金はクレジットカードで １２か月の分割払いにしました。

買車的費用我選擇用信用卡分 12 個月來支付。

1118
☐ だいく
【大工】

名 木工，木匠

例 3年ほど修業してからでないと、大工の仕事はできません。

如果沒有苦練個3年左右，那是沒辦法勝任木匠的工作的。

出題重點

▶文法 Ｖ－て＋からでないと＋Ｖ－ない　沒有～是沒辦法～

表示如果前項動作沒有完成，後項動作是無法成立的。也就是說，後項動作必須要在前項動作完成之後才能成立。

1119
☐ たいけい
【体系】

名 體系；系統
類 システム【system】系統裝置；組織；體系

例 このサービスの料金体系は会社によって違いますので、ご利用になる前には確認しておく必要があります。　因為這項服務的收費標準會因公司而有不同，所以使用前必須先確認清楚。

1120
☐ たいした
【大した】

連體 了不起的；（後接否定形時）不怎樣的，沒有特別厲害

例 女手一つで子供を育て上げたとは大したものだ。

靠女性一人含辛茹苦把孩子養大，真是了不起啊。

例 幸い、大した被害もなく、わが家は無事でした。

幸好沒什麼嚴重的災害，我們家庭算是平安無事。

1121
☐ たいして
【大して】

副（接否定）並不太，並不那麼　→ N3 單字

例 たいして勉強しなかったけど、なんとか卒業試験に合格できたよ。

雖然我沒什麼念書，但還是勉強考過了畢業考喔。

1122
☐ たいしゃ
【退社】

名・自Ⅲ 向公司辭職；從公司下班　→ 常考單字

例 私は一身上の都合により退社しました。

我因為個人因素而向公司辭職了。

工作

| しゅっきん
出勤
上班 | しゅっちょう
出張
出差 | ざんぎょう
残業
加班 | たいしゃ
退社
下班 |

1123 □ **たいしょう**
【対象】　　　　　　　　　名 對象　　　　　→ 常考單字

例　この百科事典は青少年を対象に編纂されたものです。
ひゃっかじてん せいしょうねん たいしょう へんさん

這部百科全書是以青少年為對象所編纂的圖書。

1124 □ **たいしょう**
【対照】

名・他Ⅲ 對照；對比，比較
類 ひかく【比較】比較，相較

例　小説の訳文を原文と対照して読むのはおもしろいです。
しょうせつ やくぶん げんぶん たいしょう よ

把小說的譯文拿來跟原文對照著讀很有趣。

1125 □ **だいしょう**
【大小】　　　　　　　　　名 大小

例　彼は責任者として、事の大小を問わず全て自ら関わった。
かれ せきにんしゃ こと だいしょう と すべ みずか かか

他身為負責人，無論大小事都是親自處理。

1126 □ **たいしょく**
【退職】　　　　　　　　　名・自Ⅲ 辭掉工作；退休

例　定年退職をきっかけにボランティア活動を始めました。
ていねんたいしょく かつどう はじ

以退休為一個時機點開始從事志工活動。

出題重點

▶文法　Nをきっかけに　以～為時機點、以～為重要原因
表示開始動作的重要時機、因素或轉振點。

1127 □
だいじん
【大臣】
名 大臣；部會首長

例 外務大臣は記者からの矢継ぎ早の質問を無視して、小走りに国会に入っていった。　外交部長不理會記者連番的提問，就快步地走進國會去了。

1128 □
たいする
【対する】
自Ⅲ 對於；面對；針對；相對

例 お客さんに対して、そんな失礼なことを言ってはいけない。

不可以對客人說那麼沒禮貌的話。

┌─ 出題重點 ─────────────────────

▶**文法　Nに対して／Nに対する　對～、相對於～**

表示對前項事物採取某種針對性的動作及態度，或是表示對比。

例 兄はジャズが好きなのに対して、弟はロックが好きだ。

相對於哥哥喜歡爵士樂，弟弟喜歡搖滾樂。

└──────────────────────────────

1129 □
たいせい
【体制】
名 體制，制度；當權者

例 この病院は２４時間体制で救急患者を受け入れている。

這家醫院是以一天24小時隨時處理的模式在接受急症病患。

1130 □
たいそう（な）
【大層（な）】
な形・副 非常，極為

例 休日のデパートはたいそう混雑する。　假日的百貨公司非常擁擠。

┌─ 出題重點 ─────────────────────

▶**詞意辨析　大層 VS 大変 VS とても**

三者都是表示程度很高的副詞，但「大層」屬於書面語或正式場合的用語，而「大変（たいへん）」跟「とても」則是傾向口語。另外，「大層」跟「大変」還有な形容詞的用法，「とても」則只能用於副詞。

（○）大層な人出だ。／（○）大変な人出だ。／（×）とても人出だ。

人山人海。

└──────────────────────────────

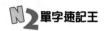

1131 ☐
だいたい
【大体】
名・副 大略，大概；說起來，原本就
類 おおよそ【大凡】綱要；大約，大致上

例 警察官が事件について大体の経緯を説明した。

警察針對這個事件的原委做了大致上的説明。

例 私の意見は彼と大体同じです。　我的意見大致上跟他相同。

1132 ☐
たいちょう
【体調】
名 身體狀況　　　　　　　　　　→ 常考單字

例 二三日休養したところ、やっと体調を取り戻した。

休養了兩三天之後，終於恢復了身體健康。

1133 ☐
たいはん
【大半】
名 多半，大部分
反 いちぶ【一部】一部分

例 学生の大半は選挙には無関心だ。

大部分的學生對選舉是毫不關心的。

1134 ☐
たいほ
【逮捕】
名・他Ⅲ 逮捕
反 しゃくほう【釈放】釋放

例 その会社の会長は背任の容疑で逮捕されました。

那家公司的董事長以涉嫌瀆職的罪名被逮捕了。

1135 ☐
タイミング
【timing】
名 時機，時候　　　　　　　　　→ 常考單字

例 ちょうどいいタイミングに来ましたね。

你來得正好。

1136 ☐
ダイヤ
【diamond・diagram】
名 鑽石；列車時刻表

例 彼氏からプロポーズされて、ダイヤの指輪をもらいました。

男朋友向我求婚，然後送了我一只鑽戒。

例 電車は遅延なくダイヤ通りに運行されています。

電車沒有延誤，是按照時刻表行駛。

出題重點

▶**文法　N どおり（に）／N のとおり（に）　按照**

表示「按照那樣去做」的意思，中文可翻成「按照」、「就如同」、「就像那樣」。名詞直接加「通り」時要變成濁音「どおり」，而名詞加「の」之後才加「通り」的話，就要維持原來的發音「とおり」。

例 計画通りに実行する。　按照計畫實行。

例 計画の通りに実行する。　按照計畫那樣去實行。

1137
☐ **だいり**
【代理】
名 代理；代理人

例 私 は社 長 の代理で会議に 出 席しました。

我以社長代理人的身分出席了會議。

1138
☐ **たいりつ**
【対立】
名・自Ⅲ 對立，對抗
類 しょうとつ【衝突】衝突

例 周 辺国との対立を避け、関係を改善することに 力 を尽くします。

我們會盡力避免與周邊國家產生對立，並且改善彼此的關係。

1139
☐ **たいりょく**
【体力】
名 體力
→ N3 單字

例 自分の体 力 に応じて、自分に適した運動を選んだほうがいい。

最好是配合自己的體力，選擇適合自己的運動。

出題重點

▶**文法　N に応じて　應對**

表示按照不同的狀況調整或變化。

1140
☐ **たうえ**
【田植え】
名 插秧

例 お米を作る際に大切なのが田植えです。

種稻米時最重要的就是插秧。

1141
□ たえず
【絶えず】

副 不斷地；經常

類 つねに【常に】經常；總是

例 私たちを取り巻く社会環境は絶えず変化している。

我們周圍的社會環境不斷地在變化當中。

1142
□ だが

接續 但是，然而

例 事件は解決した。だが、疑問はまだ残っている。

事件是獲得解決了。但是，疑點還是存在。

1143
□ たかまる
【高まる】

自I 提高，上升；增強

例 環境汚染の問題について、人々の関心が高まってきた。

對於環境汙染的問題，人們變得更加關心。

1144
□ たかめる
【高める】

他II 提高　　　　　　　　　→ 常考單字

例 良質な睡眠は肌の保湿効果を高めると言います。

聽說良好的睡眠可以提高肌膚的保濕效果。

1145
□ たからくじ
【宝くじ】

名 彩券，獎券

例 多くの人が億万長者を夢見て宝くじを買っている。

許多人都夢想成為億萬富翁而在買彩券。

1146
□ たき
【滝】

名 瀑布

例 雨が滝のように降っているので、タクシーで移動することにした。

雨下得好像瀑布一樣大，所以我們決定搭計程車移動。

自然景観

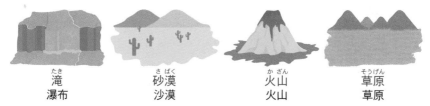

| 滝
瀑布 | 砂漠
沙漠 | 火山
火山 | 草原
草原 |

1147

□

たくわえる
【蓄える】

他Ⅱ 積蓄，儲蓄；儲存，積累

反 ついやす【費やす】消耗，耗費

例 力を蓄え、時を待つことは成功への鍵である。

儲備實力，然後等待時機，是通往成功的關鍵。

1148

□

たしゅたよう (な)
【多種多様 (な)】

な形 各式各樣的，各種各樣的　　　→ 常考單字

例 この国には多種多様な文化が混在している。

這個國家當中混合著各式各樣的文化。

1149

□

たしょう
【多少】

名・副 多少，稍微　　　→ 常考單字

類 おおかれすくなかれ【多かれ少なかれ】多少

例 金額の多少にかかわらず、寄付は随時受け付けております。

不論金額多少，捐款我們隨時都會受理。

例 予定より多少遅れたものの、無事に到着しました。

雖然比預定稍微晚了一點，但總算平安抵達。

出題重點

▶**文法　〜ものの　雖然〜但是〜**

「ものの」是表示逆接的接續助詞。基本上等於「けれども」的用法，但「ものの」是書面語的用法，而「けれども」則是口語的用法。

1150

□

ただ
【只・徒】

名 免費；普通　　　→ N3 單字

類 むりょう【無料】免費

例 保障期間中の家電製品はただで修理できます。

保固期間的家電產品可以免費修理。

1151 □ ただ
【唯・只】

副・接續 只，僅；但是，然而　　→ 常考單字

例 私はただのサラリーマンです。

我只不過是個普通的上班族。

1152 □ ただい（な）
【多大（な）】

名・な形 龐大，極大　　→ 常考單字

例 この度は多大な迷惑をお掛けしました。

很抱歉，這次給您帶來了莫大的困擾。

1153 □ ただいま
【ただ今】

名・副 現在；立刻；剛才

例 ただいまお持ちしますので、少々お待ちください。

我馬上就為您拿來，請您稍等一下。

┌─ 出題重點 ─┐

▶詞意辨析　ただいま VS いま

「ただいま」是「いま」的鄭重說法，多用於正式場合或廣播中，像是我們在日本的月臺上聽到電車即將進站的廣播時，就會使用「ただいま」。

1154 □ たたかい
【戦い】

名 戰爭，戰鬥；鬥爭；競賽
類 せんそう【戦争】戰爭，打仗

例 ギリシア軍とトロイア軍の間で激しい戦いが繰り広げられた。

希臘軍與特洛伊軍之間展開了非常激烈的戰鬥。

1155 □ たたかう
【戦う・闘う】

自Ⅰ 作戰；搏鬥；對抗

例 余命3か月と分かっていても、彼は懸命に病気と戦っています。

雖然知道只剩3個月的生命了，但他還是拚命地與病魔在搏鬥。

1156 □ ただし
【但し】

接續 但是，不過

例 この仕事を引き受けてもいい。ただし、条件がある。

我可以接受這個工作。不過，我有條件。

1157 ☐
ただちに
【直ちに】
副 立即，馬上；直接

例 彼らは直ちに 救 急 車を呼んで、負 傷 者を 病 院に送った。

他們馬上就叫了救護車，把傷者送到了醫院。

1158 ☐
たちどまる
【立ち止まる】
自I 停下腳步，站住

例 田中議員は会 場 に入り、一枚の絵の前で立ち止まった。

田中議員進入會場之後，在一幅畫的前面停下腳步。

1159 ☐
たちば
【立場】
名 立足點；處境；立場，觀點　　→ N3 單字

例 私 の立場から言えば、この件にはとても賛成できません。

就我的立場來說，我很難對這件事表示贊成。

┌─ 出題重點 ─┐

▶ **文法　N から 言うと／言えば／言ったら　從（的角度）～來說**

「から言うと」、「から言えば」、「から言ったら」都是表示從某個立場或角度來做判斷的意思。

1160 ☐
たちまち
【忽ち】
副 立刻，馬上，轉瞬間；忽然

例 彼は床に就くと、たちまち深い眠りに落ちた。

他一上床，馬上就睡得很熟。

┌─ 出題重點 ─┐

▶ **詞意辨析　直ちに VS 忽ち**

兩者都有立刻、馬上的意思，但是在立即採取行動時只能用「直ちに（ただちに）」，而如果是突然發生意外的狀況則只能用「たちまち」。

（○）直ちに現場に駆けつけた。／（×）忽 ち現場に駆けつけた。

立刻趕往現場。

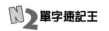

1161 □
たっする
【達する】
自他Ⅲ 達到；到達；精通；完成

例 長期間粘り強く努力した結果、遂にその目的を達することができた。

經過長時間努力不懈的結果，我終於達成了目的。

例 水害への対応が遅れる政府に対する不満は限界に達している。

對於政府處理水災反應遲緩，民眾的不滿已經到達限界。

1162 □
たっせい
【達成】
名・他Ⅲ 達成，實現 ➜ 常考單字

衍 たっせいかん【達成感】成就感

例 売り上げのノルマを達成しなければ減給される。

如果沒有達到銷售量的配額，就會被減薪。

1163 □ 🔊
31
だっせん
【脱線】
名・自Ⅲ （火車、電車）脱軌；離題

例 列車が脱線して、10人ほどの乗客が亡くなった。

列車脱軌，造成大約10人左右的乘客死亡。

1164 □
たっぷり
副 充足；充滿；寬鬆 ➜ N3 單字

例 時間はたっぷりあるから、ゆっくり考えましょう。

我們有很充足的時間，所以慢慢想吧。

1165 □
だとう (な)
【妥当 (な)】
な形 妥當的，適當的

例 これは極めて妥当な判断だと思います。

我認為這是極為妥當的判斷。

1166 □
たとえ
【譬え・喩え・例え】
名 比喻；例子，事例

例 たとえを引いて分かりやすく説明する。

舉例做出簡單易懂的說明。

1167
□
たとえる【譬える・喩える・例える】

| 他Ⅱ 比喻；舉例說明 | → 常考單字 |

例 人生はよく旅にたとえられる。私たちはみな旅人である。

人生經常被比喻為旅程。我們大家都是旅行者。

1168
□
たに【谷】

名 峽谷，溪谷；低潮

例 人生は山あり谷あり。

人生起起伏伏有高有低。

1169
□
たにん【他人】

名 別人，外人
衍 たにんぎょうぎ（な）【他人行儀（な）】見外

例 何でも他人のせいにするのは無責任すぎる。

凡事都責怪別人是很不負責任的。

┌─ 出題重點 ─

▶文法　Ｎの＋せいにする　怪罪

表示將失敗歸咎於某人或某事，意思相當於中文的「責怪」、「怪罪」。

1170
□
たね【種】

| 名 種子；原因；素材；話題 | → 常考單字 |
衍 たねあかし【種明かし】魔術揭密；說出內幕

例 蒔かぬ種は生えぬ。

不播種是不會長出稻子的。（不努力是不會有收穫的。）

例 映画を製作する時、どうやって資金を調達するかが心配の種です。

拍電影時，讓人擔心的根本問題就是要如何籌措資金。

1171
□
たのもしい【頼もしい】

い形 可靠的，值得仰賴的；有前途的
反 たよりない【頼りない】不可靠的；不安的

例 あなたが一緒に行ってくれると、とても頼もしいです。

有你願意陪我一起去，我覺得非常放心。

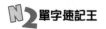

1172 □
たば
【束】

名 把，綑，束（把扁平或細長物綑綁成一單位）
衍 はなたば【花束】花束

例 そうめんを２束茹でれば、お腹いっぱい食べられる。

只要下２把麵線，就可以吃得飽。

1173 □
たび
【度】

名 次，回；每次

例 この度はご迷惑をおかけしてしまい、誠に申し訳ございません。

這次給各位增添困擾，實在是非常抱歉。

例 卒業アルバムを見る度に、学生時代の様々な思い出に浸り込む。

每次看畢業紀念冊，都會沉浸在學生時代的許多回憶當中。

1174 □
たび
【旅】

名 旅行，旅遊 → 常考單字

例 見知らぬ地に行って新しい発見をするのが旅の魅力である。

前往未知的地方然後發現新的事物，這就是旅遊的魅力。

1175 □
たびたび
【度々】

副・名 屢次；常常
類 しばしば 屢次，再三；經常

例 当地は川の氾濫などにより、たびたび水害に見舞われた。

當地因為河川氾濫等緣故，經常發生水災。

> **出題重點**
>
> ▶**詞意辨析　しばしば VS たびたび**
>
> 「しばしば」跟「たびたび」一樣，都是表示「經常」、「多次」的意思，
> 但「しばしば」是書面語的用法，而「たびたび」則是較為口語的用法。

1176 □
ダブる

自1 重複；雙重；留級

例 取引先へのメールをダブって送ってしまいました。

寄給客戶的郵件不小心重複發了兩封。

1177
□ だます
【騙す】

他Ⅰ 哄騙，欺騙
類 さぎ【詐欺】詐欺，詐騙

例 お年寄りを騙すなんて卑劣ですね。

竟然欺騙老年人，真是卑鄙。

1178
□ たまたま
【偶々】

副 偶然，碰巧

→ 常考單字

例 私はたまたまその場にいただけです。

我只是碰巧在場而已。

1179
□ たまらない
【堪らない】

連語 無法忍受，受不了；好極了；～得不得了

例 揚げたてのポテトフライのサクサクした食感がたまらない。

剛炸好的薯條的酥脆口感實在是太好吃了。

例 アメリカにいる彼女に会いたくてたまらない。

我非常想跟在美國的女朋友見面。

┌─ 出題重點 ─────────────────────────────

▶文法　～てたまらない　非常～、～得不得了

前接表示心情或感覺的詞語，表示產生了某種情感或身體感覺而無法抑制。類似的用法還有「～てしょうがない」、「～てしかたがない」、「～てならない」等等。

└──────────────────────────────────────

1180
□ たまる
【溜まる】

自Ⅰ 累積；積存

→ N3 單字

例 週末になると洗濯物が山ほどたまっている。

一到週末要洗的衣物就會堆積如山。

1181
□ だまる
【黙る】

自Ⅰ 沉默，不說話

→ N3 單字

例 何も分からなければ、黙っておいたほうがいいと思う。

如果你什麼都不懂，我覺得最好是先閉嘴。

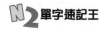

1182
□ **ダム**
【dam】

名 水庫，水壩

例 ダムの建設で自然環境が破壊されかねない。

因為建水庫的關係，自然環境很可能會被破壞。

出題重點

▶文法辨析　Ｖ－ます＋かねない VS Ｖ－ます＋かねる

「かねない」表示很可能會導致不良的結果，這是一種擔心害怕會產生不良影響的說法；而「かねる」則是表示該動作的實現是很困難的，在服務業中經常使用這種說法來表示婉拒的意思。

例 当社は一切の責任を負いかねますので、どうぞご了承ください。

本公司無法負擔任何責任，敬請諒解。

1183
□ **ためいき**
【溜息】

名 嘆氣，嘆息　　　　　　　　　　→ 常考單字

例 「旅行に行きたいよね」と太郎はため息まじりに言った。

太郎夾雜著嘆氣說：「我好想去旅行喔！」

吸吐氣

| ためいき 溜息 嘆氣 | しんこきゅう 深呼吸 深呼吸 | あくび 欠伸 打哈欠 | くしゃみ 打噴嚏 |

1184
□ **ためし**
【試し】

名 試，嘗試

例 サイズが合うかどうか試しに履いてみてください。

請試著穿穿看尺寸合不合適。

1185
☐
ためす
【試す】

他I 試，嘗試；測試 → 常考單字
類 こころみる【試みる】嘗試，試圖

例 これは自分の実力を試す絶好のチャンスだ。

這是測試自己實力的絕佳機會。

1186
☐
ためらう
【躊躇う】

自他I 猶豫不決
類 ちゅうちょする【躊躇する】猶豫，躊躇

例 彼は少しもためらわずに後ろを向いて、そのまま去って行った。

他二話不說就轉身向後，然後就這樣揚長而去。

1187
☐
たもつ
【保つ】

他I 保持，維持 → 常考單字

例 安全運転というのは、ただ気をつけて運転すればいいというものではない。常に一定の車間距離を保つことも大切である。　所謂的安全駕駛，

並不是只要小心駕駛就好。隨時保持一定的車間距離也是很重要的。

┌─ 出題重點 ─────────

▶文法　というのは　所謂

經常會跟「（という）ことだ」、「ものだ」、「という意味だ」等詞語

一起使用，表示做出說明、解釋或下定義。書面語會使用「とは」來表現。

1188
☐
たより
【便り】

名 音訊，消息
衍 おんしんふつう【音信不通】毫無音信

例 花ちゃんが結婚して間もなく離婚したことは風の便りに聞いた。

小花結婚後不久就離婚的事我已經有所耳聞了。

┌─ 出題重點 ─────────

▶慣用　風の便り　風聞

表示不知從何處傳來的消息，經常以「風の便りに聞く」的形式表示「風

聞」、「耳聞」的意思。

1189
□
たよる
【頼る】

自I 依靠，仰賴；借助關係　　　　　→ 常考單字

例 人に頼ってばかりいないで、自分で 考 えてみたらどうですか。

你不要老是靠別人，應該要自己想想看。

1190
□
〜だらけ

接尾 滿是，全是

例 海水浴 場 はゴミだらけでとても 汚 かった。

海水浴場全都是垃圾非常髒亂。

┌─ 出題重點 ─┐

▶文法　Nだらけ　充滿〜

接尾語「だらけ」是貶義的用法，表示「整個滿滿的都是」或「沾滿」的
意思，多用於令人厭惡的負面事項上。常見的用法有「血だらけ」（全身
是血）、「ほこりだらけ」（滿是灰塵）、「ゴミだらけ」（整個都是垃圾）、
「間違いだらけ」（錯誤百出）等等。

1191
□
だらしない

い形 散漫的；不檢點的；邋遢的；窩囊的
類 みっともない 丟人現眼的

例 山田さんはベロベロに酔っ払って、だらしなく道端に寝転んでいた。

山田先生醉得不省人事，然後很邋遢地睡倒在路邊。

1192
□
〜たらず
【〜足らず】

接尾 不夠，不到

例 会議に 出 席した人は 10 人足らずでした。

出席會議的不到 10 人。

1193
□
たりょう
【多量】

名 大量

例 レモンは多量のビタミンCを含んでいる。

檸檬含有大量的維他命 C。

1194
☐ <u>タレント</u>
【talent】

名 藝人，演藝人員 → 常考單字

例 彼女はタレントのみならず、絵本作家としても活動している。

她不只是藝人，還以繪本作家的身分從事各項活動。

┌─ 出題重點 ─────────────────────────
│
│ ▶文法　のみならず　不只～
│
│ 是「だけでなく」的書面語表現，經常以「Aのみならず、Bも～」的形
│ 式表示「不只是A，B也～」。
│
└──────────────────────────────────

1195
☐ たんい
【単位】

名 單位；學分

例 この図表は人口を千人単位で示している。

這張圖表的人口標示是以千人為單位。

例 必修科目の単位が足りなくて、卒業できなかった。

我因為必修科目的學分不足，所以沒能夠畢業。

1196
☐ <u>だんかい</u>
【段階】

名 階段，步驟；等級 → 常考單字

例 鉄道の地下化はまだ計画の段階に止まっている。

鐵路地下化還停留在計畫的階段。

1197
☐ <u>たんき</u>
【短期】

名 短期
反 ちょうき【長期】長期

例 私は高校時代に交換留学生として日本に短期滞在したことがあります。　　我高中時代曾經以交換留學生的身分在日本短期停留過。

┌─ 出題重點 ─────────────────────────
│
│ ▶文法　Nとして　做為、身為／以～的立場
│ 表示以某種立場、身分、資格、名義來進行動作的意思。
│
└──────────────────────────────────

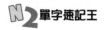

1198
☐
たんじゅん (な)
【単純 (な)】

な形 單純
反 ふくざつ (な)【複雑 (な)】複雑

例 これは君が 考 えるような単 純 な問題じゃない。

這不是你想像的那麼單純的問題。

1199
☐
たんしょ
【短所】

名 短處，缺點
反 ちょうしょ【長所】長處，優點

例 全員の意見を尊 重 しようとするあまり、判断に時間がかかってしまう
のが 私 の短所です。　由於我太想要尊重每一個人的意見，所以在判斷上
會花掉很多時間，這就是我的缺點。

┌─ 出題重點 ─┐

▶文法　〜あまり　太過於

前項接續表示感情或狀態的詞語，表示因前項的極端程度，而造成了後項
的不良結果。

1200
☐
だんすい
【断水】

名・自Ⅲ 停水
衍 ていでん【停電】停電

例 大きな地震が起きると、水道が断水するおそれがあります。

如果發生大地震，恐怕自來水會停水。

1201
☐
たんすう
【単数】

名 單數；一個
反 ふくすう【複数】複數；許多個

例 ヨーロッパの言語には単数、複数の区別がある。

歐洲的語言當中有單數複數的區別。

1202
☐
だんち
【団地】

名 住宅區；工業區

例 日本では高度成 長 期にあちらこちらに団地が作られた。

日本在高度成長期間四處建造了住宅區。

1203
□
だんてい
【断定】
名・他Ⅲ 斷定

例 証拠がないかぎり、容疑者を犯人と断定することはできない。

只要沒有證據，就不能斷定嫌犯是兇手。

1204
□
たんなる
【単なる】
連體 僅僅是，不過是 → 常考單字

例 これは君の単なる勘違いじゃないの？

這應該單純只是你會錯意吧？

1205
□
たんに
【単に】
副 只不過是，僅僅是 → 常考單字

例 あなたは単に強がりを言っているにすぎない。

你這只不過是嘴巴逞強而已。

┌─ 出題重點 ─
│
│ ▶文法　～にすぎない　不過是～
│
│ 表示程度不高，不過如此的意思，有強調其「並不重要」或「沒什麼了不
│ 起」的語氣。「にすぎない」也可以跟「ただ」、「単に」等副詞一起使用，
│ 形成「只不過是～而已」的語意。
│
│ 例 彼はただ他の人を真似したにすぎない。　他只不過是模仿別人而已。
└─

1206
□
たんにん
【担任】
名・他Ⅲ 班級導師；擔任（導師職務）
類 うけもつ【受け持つ】擔任；接受（任務）

例 学校の担任と連絡を取り、事情を話しました。

我跟學校導師取得聯絡，然後說明了事情的經過。

▶ち／チ

1207
□
🔊
32
ちい
【地位】
名 地位；級別
類 みぶん【身分】身分，社會地位

例 男女雇用機会均等法が制定されたからといって、女性の社会的地位が
改善されたとは言えない。

並不是說制定了男女雇用機會均等法，女性的社會地位就改善了。

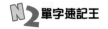

出題重點

▶文法　〜からといって／からって　並不是說〜就一定〜

後項必須使用否定形，表示「並非前項成立，後項就會跟著成立」，也就
是說「即使前項成立，後項也未必跟著成立」。「からといって」的口語
縮略形會變成「からって」。

例 お金があるからって、何でもやっていいというわけではない。

　　並不是說只要有錢就做什麼事都可以。

1208
☐ ちいき
【地域】

名 地區，區域　　　　　　　　　　　　→ 常考單字

例 地域の安全を守るために警察官になろうと思っています。

　　為了維護地區的安全，我想要成為警察。

1209
☐ ちえ
【知恵】

名 智慧

例 人は年をとるにつれて、経験や知恵を身につける。

　　人隨著年紀增長，將會逐步學到經驗及智慧。

出題重點

▶文法　〜につれて／〜にしたがって　隨著〜

兩者都可表示「比例變化」，也就是「隨著前項變化，後項也跟著變化」
的意思。此外，「にしたがって」本來的意思是「遵從」、「遵照」，「に
つれて」沒有這樣的用法。

例 台風が近づくにしたがって、風がだんだん強くなってきた。

　　隨著颱風的接近，風勢就逐漸地變強了。

1210
☐ ちかう
【誓う】

他I 發誓；宣誓

例 彼は禁酒を誓ったが、結局 三日坊主だった。

　　他發誓說要戒酒，但結果還是沒有堅持下去。

出題重點

▶慣用　三日坊主　三分鐘熱度

「坊主」是和尚的意思，「三日坊主」是說古時候出家當和尚要接受非常嚴格的修行訓練，因此有人當了三天和尚就立刻還俗了。後來「三日坊主」就被用來形容做事沒有恆心毅力，三分鐘熱度。

1211
□ ちかごろ
【近頃】

名・副 近來，最近
類 このごろ【この頃】最近，這一陣子

例 近頃、がんで亡くなった有名人のニュースをよくテレビで見る。

最近在電視上經常看見因癌症去世的名人消息。

1212
□ ちかぢか
【近々】

副 不久，過幾天

例 店内改装につき、近々臨時休業いたします。

由於店內改裝，本店近期將會臨時停業。

出題重點

▶文法　Nにつき　原因理由

「につき」表示「原因理由」，是語氣鄭重的書面語，常用於通知、告示及書信文當中，中文可翻譯為「由於」。

1213
□ ちかづく
【近付く】

自I 靠近，接近　　　　　　　　　→ 常考單字
反 とおざかる【遠ざかる】遠離，遠去

例 年末が近づくとともに、寒さも一段と厳しくなってきました。

隨著年底的接近，寒冷的氣候也變得更加嚴峻了。

出題重點

▶文法　〜とともに　隨著〜／跟〜一起／與此同時〜

跟「につれて」、「にしたがって」一樣可表示「比例變化」，也就是「隨著前項變化，後項也跟著變化」的意思。除此之外，「とともに」還有隨著前項「一起進行動作」以及「同時產生動作」的意思，這兩個用法是「につれて」跟「にしたがって」所沒有的。

例 妻とともに（＝と一緒に）友人の結婚式に出席した。

我跟妻子一起出席了朋友的結婚典禮。

例 雨が降り出すとともに（＝と同時に）、雷が鳴り出した。

在下起雨的同時，也開始打雷了。

1214
☐ **ちかみち**
【近道】

名・自Ⅲ（走）近路，捷徑 → N3 單字
反 とおまわり【遠回り】繞遠路，繞道

例 自己投資は成功への一番の近道です。

投資自我是通往成功最好的捷徑。

1215
☐ **ちかよる**
【近寄る】

自Ⅰ 靠近，挨近

例 子供に池に近寄らないように注意したが、なかなか話を聞いてくれなかった。

我有告誡孩子不要靠近池塘，但不管怎麼說他就是不肯聽我的話。

出題重點

▶詞意辨析　近寄る VS 近付く

兩者都有「靠近」的意思，但相對於「近寄る」只能表示人或動物主動去靠近某處，「近付く（ちかづく）」除了可以形容人與動物的接近某處，還可以形容其他事物、狀態、聲音、時間、距離等等的接近、臨近。

（〇）春が近づいてきた。／（✕）春が近寄ってきた。　春天逐漸接近了。

1216
☐ **ちからづよい**
【力強い】

い形 強而有力的；覺得放心 → 常考單字

例 私はその力強い励ましに勇気をもらいました。

我在那強而有力的激勵當中獲得了勇氣。

1217
☐ **ちぎる**
【千切る】

他Ⅰ 撕碎；摘下

例 食パンをちぎってジャムをつけて食べるのが好きです。

我喜歡把吐司撕成小片然後沾果醬吃。

1218 ☐
ちじ
【知事】

名 知事；縣市長

例 田中氏は3回の落選を経て、とうとう県知事に当選した。

田中氏經過3次的落選，終於當選了縣知事。

1219 ☐
ちじん
【知人】

名 認識的人；相識

類 しりあい【知り合い】認識的人

例 妻と私はお見合い結婚で、結婚する前は共通の知人がいなかった。

妻子與我是相親結婚，因此在結婚前彼此並沒有共同認識的人。

1220 ☐
ちたい
【地帯】

名 地帶，地區

類 ゾーン【zone】地帶，區域

例 この種のトカゲはアフリカの砂漠地帯から南アメリカの熱帯雨林まで幅広く分布している。

這種蜥蜴從非洲的沙漠地帶到南美洲的熱帶雨林都有廣泛分布。

1221 ☐
ちぢむ
【縮む】

自I 縮小；起皺   → 常考單字

例 新しく買ったジーンズを洗濯したら、縮んでしまった。

我把新買的牛仔褲洗了之後，沒想到就縮水了。

1222 ☐
ちぢめる
【縮める】

他II 縮短，縮小   → N3 單字

例 ネコの話題で盛り上がり、彼女との距離を縮めることができた。

因為貓的話題談得起興，因而縮短了我跟她的距離。

1223 ☐
ちぢれる
【縮れる】

自II 捲曲；起皺褶

例 鼻筋が通った、髪の縮れた人が犯人のようです。

兇手的樣貌好像是鼻子高挺，然後有捲髮。

1224 ☐
ちてん
【地点】

名 地點

例 人工衛星の正確な落下地点を予測することは難しいです。

要預測人造衛星的準確墜落地點是很困難的。

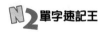

1225
☐
ちのう
【知能】

名 智力，腦力
衍 ちのうしすう【知能指数】IQ，智商

例 知能の発達は、親の育て方や生後の環境変化によって大きく違ってきます。　智力的發展會因為父母的教養方式以及後天的環境變化，而呈現出很大的差異。

1226
☐
ちへいせん
【地平線】

名 地平線

例 そこには地平線まで続く野原が一面に広がっている。
那裡整面都是延伸到地平線的廣闊原野。

1227
☐
ちゃくちゃく
【着々】

副 穩當地，穩健地

例 お祭りの準備が着々と進められている。
祭典的準備正逐步順利地進行當中。

1228
☐
ちゃくりく
【着陸】

名・自Ⅲ （飛機）降落，著陸
反 りりく【離陸】（飛機）起飛，升空

例 当機はまもなく着陸いたします。シートベルトをしっかりとお締めください。　本機即將降落。請各位繫好安全帶。

1229
☐
ちゃんと

副・自Ⅲ 規規矩矩；正當地；整齊地；確實地
類 きちんと 規矩地；一絲不苟地；確實地

例 おもちゃは遊んだあと、ちゃんとしまってね。
玩具玩了之後，要確實地收好喔。
例 近所で人に会ったら、ちゃんと挨拶しなさいよ。
在家附近遇到人的時候，要規規矩矩地打招呼喔。

1230
☐
ちゅうかん
【中間】

名 中間

例 今日は雨と曇りの中間ぐらいの微妙な天気です。
今天的天氣很微妙，是介於雨天跟陰天中間的感覺。

出題重點

▶詞意辨析　ぐらい／くらい VS ほど

兩者都表示程度，「ほど」表示的是高程度，而「ぐらい／くらい」則是高程度跟低程度都可表示。表示低程度時只能用「ぐらい／くらい」，而不能用「ほど」。

例 彼ほど（＝ぐらい）努力する人はいない。　沒有比他還努力的人了。

例 電話ぐらいしてくださいよ。　你最起碼給我打個電話嘛。

1231
□
ちゅうけい
【中継】

名・他Ⅲ 轉播；中繼

例 紅白歌合戦の抽選に当たらなかったので、テレビ中継で見るしかなかった。　因為沒抽中紅白歌唱大賽的票，所以我只能看電視轉播。

1232
□
ちゅうしょう
【抽象】

名・他Ⅲ 抽象

反 ぐたい【具体】具體

例 あの人の話はいつも抽象的でよく分からない。

那個人說的話總是很抽象，很難讓人聽得懂。

1233
□
ちゅうだん
【中断】

名・自他Ⅲ 中斷

例 保護者の同意が得られず、さらなる治療を中断せざるを得なかった。

由於無法獲得家長同意，因此不得不中斷更進一步的治療。

1234
□
ちょうか
【超過】

名・自Ⅲ 超過

例 この車は制限速度を超過すると、ビープ音で知らせてくれます。

這輛車只要一超過速限，就會以電子嗶嗶聲告訴我們。

1235
□
ちょうき
【長期】

名 長期

反 たんき【短期】短期

例 このプロジェクトは短期的な利益の追求ではなく、長期にわたる生産性向上を目指しています。

這個計畫並非要追求短期利益，而是以長期提高生產量能為目標。

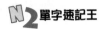

1236
ちょうこく
【彫刻】

名・他Ⅲ 雕刻　　　　　　　　　　　　→ 常考單字

例 佐藤先生は彫刻のほかに油絵も描いています。

佐藤老師除了雕刻之外，也有在畫油畫。

美術

ちょうこく 彫刻 雕刻	とうげい 陶芸 陶藝	かいが 絵画 繪畫	さつえい 撮影 攝影

1237
ちょうしょ
【長所】

名 長處，優點　　　　　　　　　　　→ 常考單字
反 たんしょ【短所】短處，缺點

例 この球場は天候に左右されずに試合を開催できるという長所がある。

這個球場的優點是可不受天候影響來舉辦比賽。

1238
ちょうせい
【調整】

名・他Ⅲ 調整；調節：協調　　　　　　→ 常考單字

例 航空会社はフライトの出発日時によって航空券の価格を調整します。　航空公司會根據班機出發的日期及時刻，調整機票的價格。

1239
ちょうせつ
【調節】

名・他Ⅲ 調節　　　　　　　　　　　　→ 常考單字
類 コントロール【control】控制；操縱；管控

例 最近のエアコンは室温を自動的に調節してくれる機能があります。

最近的空調都具有自動調節室溫的功能。

1240
ちょうたん
【長短】

名 長短；優缺點
衍 だいしょう【大小】大小

例 入居期間の長短に関わらず、退去時にはクリーニング費用を負担してもらいます。　無論入住期間的長短，在退房時都要請您負擔清潔費用。

1241
☐
ちょうてん
【頂点】

名 頂點；巔峰；極點
類 ちょうじょう【頂上】山頂；頂點，高峰

例 建設業者への不満が頂点に達し、住民たちは抗議活動に乗り出した。　居民們對建築業者的不滿達到極點，於是開始了抗議活動。

1242
☐
ちょうみりょう
【調味料】

名 調味料；佐料　　　　　　　　　→ N3 單字

例 この料理は調味料をあまり使っていないわりに、いい味が出ている。料理人の腕がよく分かる。　這道料理雖然沒有使用太多的調味料，但味道卻很好，由此可知料理師傅的功力。

1243
☐
ちょくご
【直後】

名 ～之後隨即

例 爆発は電車が駅を出た直後に起こった。

爆炸是在電車駛離車站後隨即發生的。

1244
☐
ちょくせん
【直線】

名 直線
衍 きょくせん【曲線】曲線

例 ここから新宿まで直線距離で約1キロである。

從這裡到新宿直線距離大約是1公里。

1245
☐
ちょくぜん
【直前】

名 快要～的時候

例 大事な試験の直前なのに、友達に遊びに来られて困っている。

明明是重要考試的前夕，朋友卻來找我玩讓我很困擾。

1246
☐
ちょくつう
【直通】

名・自Ⅲ 直達，直通　　　　　　　→ 常考單字
衍 ちょくつうでんわ【直通電話】直通電話

例 会場までは直通バスをご利用ください。

前往會場請利用直達巴士。

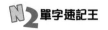

1247
☐
ちょしゃ
【著者】

名 作者，著述者
類 さくしゃ【作者】作者

例 黒柳徹子は有名な司会者であるとともに、『窓ぎわのトットちゃん』
の著者としてもよく知られている。　黑柳徹子是一位有名的主持人，同
時也以《窗邊的小荳荳》的作者而廣為人知。

1248
☐
ちょぞう
【貯蔵】

名・他Ⅲ 儲藏，儲存

例 教会は非常時に備えて、普段から食糧を貯蔵している。

教會為了不時之需，平常就有在儲存糧食。

1249
☐
ちょっとした

連體 稍微有點，些許的；還不錯的　→ 常考單字

例 ちょっとした用事があって、帰国することになりました。

因為突然有要事，所以決定回國了。

1250
☐
ちらかす
【散らかす】

他Ⅰ 弄得亂七八糟，使凌亂
反 かたづける【片付ける】整理，收拾乾淨

例 部屋が片付いたかと思ったら、またすぐ散らかされてしまった。

我才剛收拾好房間，沒想到一下子又立刻被弄亂了。

> **出題重點**
>
> ▶文法　～（か）と思ったら／～（か）と思うと　才～立刻就～
>
> 兩者皆是「表示前項動作才剛剛結束，緊接著就出現後項的動作」的意思。
> 後項通常是令人意外、驚訝的動作。

1251
☐
ちらかる
【散らかる】

自Ⅰ 東西亂七八糟，凌亂不堪　→ N3 單字
反 かたづく【片付く】整理好；收拾得很乾淨

例 物がごちゃごちゃと散らかっていると、部屋が狭く見える。

東西放得亂七八糟，房間看起來就會很狹小。

1252
☐ **チラシ** | 图 廣告傳單，單頁印刷品

例 私たちは駅の周辺でチラシを配布していました。

我們在車站周邊發放了宣傳單。

1253
☐ **ちらっと** | 副 一閃，一晃；一瞥

例 彼女は壁に掛けてある時計をちらっと見た。

她眼睛瞄了一下掛在牆壁上的鐘。

1254
☐ **ちる**
【散る】 | 自Ⅰ 凋謝；散落；消散；分散 → N3 單字

例 一般的に言えば、桜の木は花が散ってから葉っぱが出るものです。

一般而言，櫻花樹是花朵凋謝之後葉子才長出來的植物。

▼つ／ツ

1255
☐ 🔊 **つい** | 副 （時間的）短促；（距離的）接近；無意中，不禁

33
例 つい先日まで寒かったのに、ここ数日は春のように暖かい。

明明前幾天還很寒冷，但這幾天就好像春天一樣暖和。

1256
☐ **ついか**
【追加】 | 名・他Ⅲ 追加，添補 → 常考單字
類 ふか【付加】附加；添附

例 インターネットで知らない人からの友達追加は拒否するようにしている。

網路上面有陌生人要加我朋友，我習慣上都是拒絕的。

1257
☐ **ついで**
【序で】 | 图 順便，順帶；方便

例 ついでがあれば、ぜひお立ち寄りください。

如果您有到附近，請務必順道來訪。

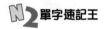

1258
☐ ついに
【遂に・終に】

副（最後）終於

例 大学時代からの夢がついに実現した。

從大學時代開始就懷抱的夢想，終於實現了。

┌─ 出題重點 ─┐

▶搶分關鍵　ついに／とうとう　表示「終於」的類義語

兩者都表示經過一個漫長的歷程後，動作終於實現，或是終究沒有實現。

「ついに」有期望終於實現，或是擔心、不安最終成為事實的語氣，用法較為正式；而「とうとう」強調的則是最後導致的結果，或自然變化而形成的局面。

1259
☐ つうか
【通貨】

名 通貨，法定貨幣

例 スイスフランは世界で最も安定した通貨として高い人気を誇る。

瑞士法郎是全世界最穩定的貨幣，深受各國人士喜愛。

1260
☐ つうこう
【通行】

名・自Ⅲ 通行，通用　　　　　　　→ 常考單字
衍 いっぽうつうこう【一方通行】單行道

例 この先、車は通行禁止となっています。

這條路的前方是禁止車輛通行的。

1261
☐ つうじょう
【通常】

名・副 通常，平常

例 当店は年末年始も通常どおり営業いたします。

本店年尾年初都照常營業。

1262
☐ つうじる
【通じる】

自Ⅱ 相通；直通；共通；精通；透過；整個（期間）

例 台湾なら、大きなホテルでは日本語が通じると思います。

如果是臺灣，我想大型飯店應該是通日文的。

例 停電のため、電話が通じない状況となっています。

由於停電的關係，現在電話是不通的狀況。

出題重點

▶文法　Ｎを通じて／Ｎを通して　整個期間／透過～

「を通じて」跟「を通して」都可表示「整個時期」都保持某個動作或狀態，以及「透過」某個手段或媒介去進行動作。「を通じて」比起「を通して」感覺較為正式而嚴肅，而使用「を通して」時有積極從事的含意，因此常用於意志性的動作。

例 こちらは１年を通じて（＝を通して）暖かい。

　　這裡一整年都很溫暖。

例 私は料理を通じて（＝を通して）、いろいろな人に出会った。

　　我透過料理遇見了許多人。

1263

□ **つうしん**
【通信】

名・自Ⅲ 通訊，通信

例 電波は通信をはじめ、さまざまな分野に利用されている。

　　電波被使用於通訊等各種領域當中。

1264

□ **つうち**
【通知】

名・他Ⅲ 通知

例 結果が分かり次第、すぐに通知いたします。

　　知道結果之後，我們會立即通知您。

1265

□ **つうちょう**
【通帳】

名 存摺；帳簿

例 キャッシュカードがあれば、通帳がなくてもＡＴＭで貯金を下ろせます。　　只要有提款卡，就算沒有存摺也可以在 ATM 提款。

提款

通帳
存摺

印鑑
印章

キャッシュカード
提款卡

ＡＴＭ
自動提款機

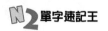

1266
つうよう
【通用】

名・自Ⅲ 通用，通行；有效

例 英語は世界 中 のどこでも通用する言語だ。

英語是全世界任何地方都通用的語言。

例 そんなこと言ったって、若い人には通用しないよ。

就算你那樣說，對年輕人還是不管用的啦。

出題重點

▶文法　Ｖ－た＋って　即使、就算

「Ｖ－たって」是「Ｖ－ても」的口語形態，表示即使前項成立，後項也不會有所變化。

▶文法　助詞的省略

助詞在輕鬆的口語當中，經常會在不影響意思的情況下被省略。像是上文例句中的「そんなこと言った」就省略了助詞「を」，但如果是寫文章就不可省略「を」，必須寫成「そんなことを言った」才行。

1267
つうろ
【通路】

名 通路，通道

→ N3 單字

例 台風で倒れた木が通路を塞いでいる。

被颱風吹倒的樹堵住了通道。

1268
つかまえる
【捕まえる】

他Ⅱ 逮捕，捕捉

例 子供のころ、よくこの池のほとりでトンボを捕まえたものだ。

我小時候經常在這池畔邊捕捉蜻蜓呢。

出題重點

▶文法　Ｖ－た＋ものだ　感懷的心情

表示對從前常做的行為動作，以一種回想的方式表示感懷的心情。中文可以用「想一想，我以前還經常～呢」來表示。

1269 □
つかまる
【捕まる・掴まる】

自I 被逮捕，被捕捉；抓住，扶住

例 無免許運転をした少年がスピード違反で捕まった。

無照駕駛的少年因超速行駛被逮捕了。

例 エスカレーターにお乗りの際は、手すりにしっかりお掴まりください。

搭乘電扶梯時，請您緊握扶手。

1270 □
つかむ
【掴む】

他I 緊抓；抓住（想得到的事物）；抓到（要點、要訣）

例 一度チャンスを掴んだら、簡単に手放してはいけない。

一旦抓到機會，不可輕易放手。

1271 □
つきあい
【付き合い】

名 交往，來往　　　　　→ N3 單字

例 田中君とは大学時代からの付き合いだ。

我跟田中從大學時代開始就一直有來往。

1272 □
つきあう
【付き合う】

自I 交往，來往；陪同，作陪　　　→ 常考單字
類 こうさい【交際】交際；往來

例 予定がなければ、買い物に付き合ってくれない？

你如果沒事，可以陪我去買東西嗎？

1273 □
つきあたり
【突き当たり】

名 碰撞；（路的）盡頭　　　　　→ N3 單字

例 お手洗いは廊下の突き当たりにあります。

洗手間在走廊的盡頭。

1274 □
つきあたる
【突き当たる】

自I 碰撞；走到盡頭（無法再前行）

例 この道をまっすぐ行くと、海に突き当たる。

這條路往前直走到底就是海。

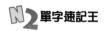

1275
☐ つぎつぎ
【次々】

副 接連不斷地，一個接著一個
類 つぎからつぎに【次から次に】接連不斷地

例 家族全員が次々と風邪を引いた。

我們全家人都接連地感冒了。

1276
☐ つきひ
【月日】

名 時光，歲月
類 さいげつ【歲月】歲月

例 月日が経つのは早いものだとつくづく感じます。

我深切感覺到歲月的消逝真的很快。

┌─ 出題重點 ─

▶文法　～ものだ　感嘆

「ものだ」接續在動詞、い形容詞及な形容詞之後，可表示「感慨」、「概嘆」等心情。在輕鬆的口語當中，「ものだ」會變音成「もんだ」。

例 ずいぶん遠くに来たもんだね。　我們已經來到這麼遠的地方啦。

└─────────

1277
☐ つく
【付く】

自I 附著，沾上；附帶；增添；跟隨

例 醬油をこぼしたから、ワンピースにシミが付いちゃった。

因為我弄倒醬油，所以連身裙上沾到了汙漬。

1278
☐ つく
【就く】

自I 就；從事；踏上

例 大学で学んだことを活かせる仕事に就きたいです。

我希望從事可以活用在大學所學的工作。

1279
☐ つく
【突く】

他I 戳；扎；刺；頂；撞

例 1人の老人が杖を突いて、よろよろと歩いてきた。

有1個老人拄著拐杖，步履蹣跚地走了過來。

1280
つぐ
【次ぐ】

|自I| 次於；緊接著，繼～之後

例 インドは中国に次いで、世界で二番目に人口が多い国である。

印度僅次於中國，在全世界是人口第二多的國家。

例 日本は大きな地震に次いで、台風や洪水などの災害に見舞われました。

日本在大地震之後，緊接著遭受到了颱風及洪水等災害的侵襲。

1281
つくす
【尽くす】

|他I| 竭盡（所能），用盡（全力）；盡力

例 これからは地域医療のために全力を尽くそうと思います。

今後我們會為了發展地區醫療而竭盡所能。

1282
つくづく

|副| 深切地，深刻地；聚精會神地；深思熟慮地
|類| しみじみ 深切地；感慨地；仔細地

例 彼女は写真を手に取って、つくづくと眺めていた。

她把照片拿在手上聚精會神地觀看著。

例 今は仕事で英語を使うことがあるので、学生時代にもっと英語の勉強をしておけばよかったとつくづく思う。　因為現在工作上會用到英語，所以我深切地覺得如果學生時代能多學一點英語就好了。

1283
つたわる
【伝わる】

|自I| 傳達到；傳播；傳導；沿著　　→ N3 單字

例 ジャスミンの淡い香りが風に乗って伝わってきた。

茉莉花的淡淡花香從風中傳了過來。

例 気持ちを込めて説明すれば、きっとその熱意が相手に伝わると思います。　只要用心說明，我想對方一定會感受到我們的熱忱的。

1284
つっこむ
【突っ込む】

|自他I| 衝入，闖入；深入；插入；鑽進；深入追求

例 アクセルとブレーキの踏み間違いで、車がコンビニに突っ込む事故が多発している。

最近經常發生因為踩錯離合器與剎車，而使得車子撞進便利商店的車禍。

例 この点はもっと突っ込んで考えるべきだ。

這一點應該要再深入地加以思考。

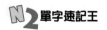

1285
つつみ
【包み】

名 包裝物；包裹，包袱
衍 ふろしき【風呂敷】包巾（可當包袱使用）

例 彼女は紙包みを小脇に抱えながら、小走りで駅のほうへ向かった。

她一面將紙包袋夾在腋下，一面快步朝著車站方向而去。

1286
つとまる
【務まる】

自Ⅰ 能夠擔任，勝任

例 日本語ができるからといって、通訳が務まるとは限らない。

並不是說只要會日文，就一定能勝任口譯的工作。

1287
つとめる
【務める】

他Ⅱ 擔任，擔當

例 私は友人の結婚式で司会を務めたことがある。

我曾經在朋友的結婚典禮上當過司儀。

1288
つとめる
【勤める】

自Ⅱ 工作，上班
→ N3 單字

例 姉は出版社に勤めている。

我姊姊在出版社上班。

1289
つとめる
【努める】

自Ⅱ 努力，致力；服侍
類 どりょく【努力】努力，致力

例 お客様にご満足いただけるよう、従業員一同サービスの向上に努めております。

為了能讓顧客滿意，我們全體從業人員都致力於服務品質的提升。

1290
つな
【綱】

名 粗繩，纜繩；仰賴，依靠
類 ロープ【rope】繩索，纜繩

例 港には10隻ほどの漁船が綱で繋がれている。

港口中大約有10艘漁船被繩索拴著。

繩子

つな 綱	なわ 縄	ひも 紐	いと 糸
粗繩	繩子	細繩	線

1291 つながり
□ 【繋がり】

名 聯繫，連接；關聯；血緣關係
類 かんけい【関係】關係，關聯

例 この2つの事件にはなんらかの繋がりがあるらしい。

這兩個事件當中，似乎有著某種關聯。

1292 つながる
□ 【繋がる】

自I 拴住，被繫在～；相連；接通；有關聯

例 必ずしもすべての店舗で Wi-Fi が繋がるわけではないため、注意が必要です。 並非所有的店面都能連上無線網路，所以要特別注意。

出題重點

▶文法 ～わけではない 並非～

「わけではない」是「部分否定」的用法，表示「並非所有情況都是如此」，經常會跟「必ずしも」、「いつも」、「全く」、「からといって」等用語一起使用。另外，「わけではない」也可以用於做出澄清或解釋，表示「事情不是你想的那樣」。

1293 つなげる
□ 【繋げる】

他II 連接，連結；接上

例 2本のひもを繋げて長くする。

把2條細繩綁在一起使它變長。

1294 つねに
□ 【常に】

副 經常，恆常；平常都是　　→ 常考單字
類 たえず【絶えず】不斷地；連續地；經常地

例 2人の意見が常に一致しているとは限らない。

兩個人的意見未必會經常一致。

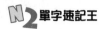

出題重點

▶詞意辨析　常に VS いつも

「常に」是「いつも」的書面語，日常會話經常使用的是「いつも」，而正式的文章則可選擇使用「常に」。

1295

☐

🔊

34

つばさ
【翼】

名 翅膀，羽翼

類 はね【羽・羽根】翅膀，羽毛

例 木に止まっている鳥が翼を広げて空へ飛び立とうとしている。

停在樹上的鳥正張開翅膀準備向天空飛去。

1296

☐

つぶ
【粒】

名・接尾 ～粒；顆粒，圓粒

例 今年は例年になく大きな粒のぶどうが収穫できた。

今年收成的葡萄是往年都沒有的大顆粒葡萄。

例 1粒の汗が額から流れ落ちた。　1顆汗珠從額頭流下。

1297

☐

つぶす
【潰す】

他I 弄碎，搗碎；弄壞；擊潰；使（公司）倒閉；打發（時間）

例 茹でたジャガイモを潰して、チーズをのせて焼きます。

把燙熟的馬鈴薯搗碎，然後加上起司焗烤。

1298

☐

つぶれる
【潰れる】

自II 被壓壞，變形；（公司）倒閉；磨損；錯過（機會）

例 家に帰って見たら、パックの中の卵の大半が潰れていた。

回到家裡一看，盒子裡的雞蛋大部分都壓破了。

例 赤字が長く続いているので、会社が潰れるのではないかと心配でなりません。　因為長期虧損的關係，我很擔心公司是不是會倒閉。

1299

☐

つまずく
【躓く】

自I 被絆倒；受挫

例 歩きながら考え事をしていたから、うっかりして石につまずいて転んでしまった。　我因為邊走邊想事情，所以不小心絆到石頭跌倒了。

例 この計画は実験の段階で既につまずいていた。

這個計畫在實驗的階段就受挫了。

1300 つまる
【詰まる】

自I 擠滿，塞滿；堵塞；困窘

例 この肉まんは餡がぎっしり詰まっていて、格別においしい。

這個肉包塞滿了內餡，吃起來特別好吃。

例 風邪で鼻が詰まっている。　因為感冒的關係鼻塞。

1301 つみ (な)
【罪 (な)】

名・な形 罪行；過失；罪孽深重，冷酷無情

類 はんざい【犯罪】犯罪

例 許しがたい罪を犯した人は一生良心に苛まれる。

犯下難以饒恕的罪行的人，一輩子都會受到良心譴責。

例 彼女を泣かせるなんて、罪なやつだな。

竟然把女朋友給惹哭了，真是個造孽的傢伙。

1302 つめる
【詰める】

自他II 裝進；塞入；緊挨；填堵；值勤；待命

例 今日スーパーで時間限定のジャガイモ詰め放題がある。

今天在超市有限時的馬鈴薯任意裝到滿。

例 もう少し右に詰めてもらえますか。

可以請你（們）再往右邊靠緊一點嗎？

1303 つもり

名 打算，意圖；自認為；就當做是

例 虎を描いたつもりだけど、なんだか猫に見えちゃうね。

我以為我畫的是老虎，但看起來好像是貓喔。

例 ご馳走を食べたつもりで貯金しよう。

就當做是吃了大餐把錢存起來吧。

1304 つや
【艶】

名 光澤；光亮，光潤

類 こうたく【光沢】光澤；光亮

例 ピアノの塗装面を磨いてつやを出す。

把鋼琴的漆面擦亮，使它發出光澤。

275

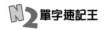

1305 ☐
つよき（な）
【強気（な）】

名・な形 強勢，強硬；（市場交易行情）看漲
反 よわき（な）【弱気（な）】膽怯；（行情）疲軟

例 大統領は国境に壁を作ることについて、強気な態度を取っている。

總統對於在邊境築牆一事，採取了強硬的態度。

1306 ☐
つよみ
【強み】

名 強度；強項，優點
反 よわみ【弱み】弱項，弱點

→ 常考單字

例 誰とでも仲良く付き合えるのが彼女の強みだ。

跟誰都可以和睦相處是她的優點。

1307 ☐
つりあう
【釣り合う】

自I 均衡，平衡；勻稱；相配

例 この仕事は労力と報酬が釣り合わない。

這個工作所付出的勞力與其報酬是不成比例的。

1308 ☐
つるす
【吊るす】

他I 吊，掛

例 リュックサックに小さなぬいぐるみを吊るすのは可愛い。

在背包上吊個小布偶很可愛。

▶て／テ

1309 ☐
🔊
35
であい
【出会い】

名 相遇，相逢

例 田中先生との出会いがなければ、今の私はなかったと思います。

如果沒有遇到田中老師，我想不會有現在的我。

1310 ☐
ていあん
【提案】

名・他III 建議，提案；提出方案

例 私は会議で解決策を提案したが、否決された。

我在會議中提出了解決對策的方案，但是被否決了。

1311
☐ ていいん
【定員】

名 規定的人數，編制員額

例 申込者が定員に満たない場合、日本語教室は開講されません。

如果報名人數不足定額，那麼日文課就不開班。

1312
☐ ていか
【定価】

名 定價 → 常考單字

例 すべての商品は定価の２割引きで販売しております。

所有的商品都是以定價的８折出售。

1313
☐ ていか
【低下】

名・自Ⅲ （數量）降低；（品質、能力）低落
反 じょうしょう【上昇】上昇，升高

例 この図表を見れば、我が国の小学生の学力が低下しつつあることが分かる。　看這張圖表，我們就能夠了解我國的小學生學習能力正不斷地在下降當中。

┌─ 出題重點 ─────────────────────────
│
│ ▶文法　Ｖ－ます＋つつある　正不斷地在～當中
│ 表示動作正朝著某個方向不斷地在進展或變化當中。基本上與「Ｖ－てい
│ る」同義，但要注意的是，瞬間的動詞「Ｖ－ている」是動作完成後所保
│ 持的狀態。
│ 例 焚き火は消えつつある。　柴火正在逐漸熄滅當中。
│ 例 焚き火は消えている。　柴火已經熄滅了。
│
└────────────────────────────────

1314
☐ ていきてき（な）
【定期的（な）】

な形 定期的 → 常考單字

例 病気を早期発見する上で、定期的に健康診断を受けることが必要不可欠である。　在早期發現疾病方面，定期接受健康檢查是絕對不可或缺的。

1315
☐ ていきゅうび
【定休日】

名 公休日，定期休息日 → N3 單字

例 街角にあるあのカレー屋さんは月曜日が定休日です。

在街角的那間咖哩專賣店是星期一公休。

277

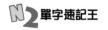

1316 ☐
ていこう
【抵抗】

名・自Ⅲ 抵抗，抗拒

類 はんこう【反抗】反抗，對抗

例 音を出しながら麺をすすることに抵抗を感じる。

我無法接受一邊發出聲音一邊啜麵的行為。

1317 ☐
ていし
【停止】

名・自他Ⅲ 停止，中止

反 さいかい【再開】重新開始

例 車で踏切を通過するときは、一旦停止しなければならない。

開車經過平交道時，必須要暫時停止前進。

1318 ☐
ていしゃ
【停車】

名・自他Ⅲ 停車

→ N3 單字

反 はっしゃ【発車】發車

例 きのう、前の車が急ブレーキをかけて停車したので、私は買ったばかりの車で追突してしまった。 昨天，因為前方車輛突然緊急剎車停了下來，所以我就開著我剛買的車子追撞了上去。

1319 ☐
ていしゅつ
【提出】

名・他Ⅲ 提出，提交

→ 常考單字

衍 しめきり【締め切り】截止，期限

例 レポートは表紙をつけた上で提出してください。

報告請附上封面後再提交。

┌─ 出題重點 ─┐

▶文法 Ｖ－た＋上で 在～之後再～

「上で」接在「Ｖ－た」之後，表示前項動作完成之後再進行後項動作的意思。另外，動作性名詞可以「の」來接續「上で」來表示相同用法。

例 進路はご両親と相談の上で決めてください。

畢業後的方向請跟父母商量後再決定。

1320 ☐
ていせい
【訂正】

名・他Ⅲ （語言文字等的）訂正，更正，修正

例 この文章には誤字が多いから、訂正する必要がある。

這篇文章當中有很多錯字，所以需要訂正。

1321 □
ていでん
【停電】
名・自Ⅲ 停電 → N3 單字
対 だんすい【断水】停水

例 この地域では台風の影響で約600世帯ほど停電しました。

這個區域因為受到颱風影響，大約有600戶停電。

1322 □
ていど
【程度】
名 程度，限度；大約，大概 → 常考單字
類 レベル【level】水準，等級

例 地震が発生したばかりだから、被害の程度はまだはっきりしない。

因為地震才剛發生，所以還不清楚災害的程度。

例 ここからだと駅までは徒歩で10分程度で行ける。

如果從這裡，走路到車站大約10分鐘可到。

1323 □
でいり
【出入り】
名・自Ⅲ 出入，進出；（錢的）收支；（數量的）增減

例 部外者はこのドアからの出入りを禁止されている。

外部的人是禁止從這個門進出的。

1324 □
でいりぐち
【出入り口】
名 出入口

例 出入り口は正門のほかに、台所に通じる勝手口もある。

出入口除了正門之外，還有通往廚房的後門。

1325 □
ていれ
【手入れ】
名・他Ⅲ 整修，維修；搜索，搜查
類 ケア【care】（頭髮肌膚的）保養，維護

例 機械は故障を防ぐため定期的な手入れが必要である。

機器為了要預防故障就必須要定期維修。

1326 □
テーマ
【(徳)Theme】
名 主題，題目 → 常考單字

例 この論文はテーマからして大いに問題がある。

這篇論文從題目開始就大有問題。

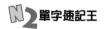
出題重點

▶文法　Ｎからして　從～開始就

表示舉最基本或最普通的事物為例，意思是「單就這個地方來看都這樣了，更不用說其他部分了」，多用於負面評價。

1327
□
てがき
【手書き】
｜名｜手寫，手抄

例 手書きの年賀状は心がこもっていて嬉しいものです。

手寫的賀年卡充滿心意令人欣喜。

1328
□
～てき
【～的】
｜接尾｜帶有～性質的，在～方面的

例 春分の豆まきは日本の伝統的な行事の一つである。

春分撒豆子是日本的一項傳統活動。

出題重點

▶文法　Ｎ的（だ）　～性的、～上的

接尾語「的」主要接在漢語名詞之後，用來表示該名詞的性質、狀態、面相等等。「的だ」屬於「な形容詞」的活用變化，基本形是「的だ」，接續名詞時須變成「的な」，而接動詞時須變成「的に」。

常見的用語：世界的　全球性的／経済的　經濟上的／歴史的　歷史上的／家庭的　家庭性的／積極的　積極的／消極的　消極的

1329
□
てき
【敵】
｜名｜敵人，仇敵；對手
｜反｜みかた【味方】己方陣營，同夥

例 敵に回すより、味方につけたほうが賢明だろう。

與其跟對方為敵，還不如把對方拉攏過來才是明智的做法吧。

1330
□
できあがり
【出来上がり】
｜名｜完成，做好；做出來的結果　　→ N3 單字
｜類｜かんせい【完成】完成

例 スイッチを押せば、あとはおいしいご飯の出来上がりを待つのみです。

按下開關後，接著只要等待美味的白米飯煮好即可。

1331 □
できあがる
【出来上がる】
自Ⅰ 完成，做好 　　　　　　　　→ 常考單字

例 準備は出来上がっているので、いつでも出発できます。

準備已經完成了，所以隨時可以出發。

1332 □
てきかく（な）
【的確（な）】
な形 確切的，準確的，正確的

例 現場の状況に基づいて、的確な判断を下すのがリーダーの務めです。

領導者的職務是要根據現場的狀況，做出準確的判斷。

1333 □
できごと
【出来事】
名 （發生的）事件 　　　　　　　→ 常考單字

例 今や世界中の出来事はインターネットを通じて瞬時に広がる。

如今全世界發生的事都會透過網路瞬間傳播開來。

1334 □
てきど（な）
【適度（な）】
名・な形 適度，程度剛好 　　　　　→ 常考單字
反 かど（な）【過度（な）】過度

例 適度な運動は新陳代謝を促進し、ストレスを解消してくれる働きがある。　適度的運動具有促進新陳代謝、消除壓力的功能。

1335 □
てきとう（な）
【適当（な）】
な形 適當，適合；隨便，馬虎 　　　→ 常考單字
類 てきせつ（な）【適切（な）】適當，妥當

例 彼は新しい事業を任せるのに適当な人材だから、採用しよう。

他是適合掌管新事業的人才，所以就錄用他吧。

例 何も知らないのに、適当なことを言うんじゃない。

你什麼都不知道，就不要隨便亂說。

1336 □
テクニック
【technic】
名 手法，技術，技巧

例 ダイヤモンドの加工は高度なテクニックを要する。

鑽石的加工需要高度的技巧。

1337
□
でこぼこ（な）
【凸凹（な）】

名・自Ⅲ・な形 凹凸不平；（數量的）不平均

例 この砂利道はでこぼこしているから、自転車では通りにくい。

這條砂石路凹凸不平，所以騎自行車很難通過。

1338
□
てじな
【手品】

名 戲法，魔術；騙術

例 彼は手品が得意だが、人前ではめったに披露しない。

他雖然很擅長變魔術，但卻很少在人前展現。

1339
□
てすうりょう
【手数料】

名 手續費，處理費用　　　　　　→ 常考單字

例 ６０歳以上の会員に限り、手数料は免除されます。

只限 60 歲以上的會員，可以免收手續費。

┌─ 出題重點 ─┐

▶文法　N に限り　只限～

特別限定的意思，表示這個部分是受到特殊待遇的。

1340
□
でたらめ（な）
【出鱈目（な）】

名・な形 荒唐；胡說的；胡亂的

例 彼は「でたらめを言うな」と大きな声で怒鳴った。

他大聲斥喝說：「別胡說八道。」

1341
□
てつがく
【哲学】

名 哲學

例 生きるとは何かを考えることは哲学の問題である。

思考何謂生存是屬於哲學的問題。

1342
□
てづくり
【手作り】

名 手工製作；親手做　　　　　　→ 常考單字

例 毎回帰省したとき、母の手作りの料理を食べるのが楽しみだった。

每次我回老家的時候，都會很期待吃媽媽親手做的料理。

1343
□

てつづき
【手続き】

名 手續，程序 → 常考單字

例 当院では受付の手続き抜きでは、入院できないことになっています。

本院的規定是，如果沒有辦理登記手續是不能住院的。

出題重點

▶文法 N 抜きで（は）　（如果）略過～

「抜きで」是表示「在省略某個事項的情況下」的意思，通常是把原本必要的事項省略或跳過以方便行事。

例 会議は挨拶抜きで行われた。　會議在省略致詞的形式下進行了。

▶文法 V／V－ない＋ことになっている　規定、預定

表示決定後的事項成為「習慣」、「規定」或「預定」的意思。

例 午後3時に駅で会うことになっている。

我們預定下午3點在車站見面。

1344
□

てつどう
【鉄道】

名 鐵路，鐵道 → 常考單字

例 この鉄道は乗客数が少ないので、間もなく廃線になる見込みです。

這條鐵路因為乘車人數很少，所以估計不久後就要停止營運了。

軌道運輸

路面電車
路面電車

モノレール
單軌鐵路

ケーブルカー
地面纜車

ロープウェイ
空中纜車

1345
□

てつや
【徹夜】

名・自Ⅲ 通宵熬夜，整晚沒睡 → N3 單字
類 よふかし【夜更かし】熬夜，很晚才睡

例 試験前にだけ徹夜して勉強することを一夜漬けという。

只在考前熬夜念書就叫做臨時抱佛腳。

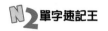

1346 てま
□ 【手間】

名 （花費）工夫，時間與勞力　→ 常考單字
類 くふう【工夫】（花費）心思；想方設法

例 みんなが手伝ってくれたおかげで、パーティーの下準備の手間が省けた。　多虧大家幫忙，餐會的事前準備才能省去了許多功夫。

1347 てまえ
□ 【手前】

名 跟前；（靠近自己的）這邊；體面；本領

例 終点の2つ手前の駅で降りて、出口を出たら中央郵便局です。

在終點前2站下車，然後走出出口就是中央郵局了。

例 いい作品を作りたいと宣言した手前、いまさらやめるわけにはいかない。　既然已經公開宣告要做出好的作品，事到如今是不能退縮的。

出題重點

▶文法　V わけにはいかない　不能〜

表示從一般常識、社會通則或是心理層面來考慮，無論如何都不能那樣做。

1348 でむかえ
□ 【出迎え】

名 迎接
反 みおくり【見送り】送行

例 金曜日の空港は出迎えの人でいっぱいだ。

星期五的機場擠滿了接機的人。

1349 でむかえる
□ 【出迎える】
◁)
36

他Ⅱ 迎接　→ N3 單字
反 みおくる【見送る】送行

例 皆さんに温かく出迎えられて、思わず涙ぐんでしまいました。

受到大家這麼熱烈的歡迎，我不由得紅了眼眶。

1350 てらす
□ 【照らす】

他Ⅰ 照亮，照耀；對照，按照

例 停電したので、携帯のライトで周りを照らした。

因為停電了，所以我用手機的燈光照亮了四周。

例 試験でカンニングした彼は学則に照らして退学処分とされた。

他考試作弊，按照校規被處以了退學處分。

1351 □

てる
【照る】

自I 照耀，照射；晴天

例 夜空を見上げると、月が皓々と照っているのが目に入った。

抬頭仰望夜空，看見月光皎潔地照耀著大地。

例 照っても降っても毎日近くの公園へ散歩に行く。

無論日曬還是雨淋，我每天都會去附近的公園散步。

1352 □

テロ・テロリズム
【terrorism】

名 恐怖攻擊；恐怖主義

衍 テロリスト【terrorist】恐怖分子

例 最近テロ事件が多発しているので、空港のセキュリティー・チェックは普段より厳しくなっている。

最近經常發生恐怖攻擊事件，所以機場的安檢比平常更為嚴格。

1353 □

てんかい
【展開】

名・自他III 展開；散開；（事物的）發展

例 ジャングルで 3 日間にわたって、熾烈なゲリラ戦が展開された。

在叢林中展開了長達 3 天的激烈游擊戰。

例 予想通りの展開の映画だから、あまり面白いとは思わなかった。

電影的情節發展一如預期，所以不覺得有那麼好看。

1354 □

てんきん
【転勤】

名・自III 調動工作地點，調職　　→ 常考單字

衍 たんしんふにん【単身赴任】隻身到外地工作

例 転勤で、ニューヨークで 3 年間生活をせざるを得なくなった。

因為調職的關係，變成不得不 3 年都要在紐約生活。

1355 □

てんけいてき（な）
【典型的（な）】

な形 典型的

反 ひてんけいてき（な）【非典型的（な）】非典型

例 発熱はインフルエンザの典型的な症状の 1 つだ。

發燒是流行性感冒的典型症狀之一。

1356 □

てんこう
【天候】

名 天氣，天候　　→ 常考單字

例 天候が悪くなると、デジタルテレビの電波が届きにくくなる。

如果天氣變得不好，那麼數位電視的電波就會很難接收。

1357 □
てんじかい
【展示会】

名（為推銷商品而舉辦的）展覽會，展示會
類 てんらんかい【展覧会】（工藝等）展覽

例 先週、世界貿易センターで自動車の展示会が行われた。

上星期在世貿中心舉辦了汽車的展覽會。

1358 □
でんせん
【伝染】

名・自Ⅲ 傳染
衍 でんせんびょう【伝染病】傳染病

例 インフルエンザの伝染を防ぐには、ワクチンを接種するに越したことは

ない。　要預防流感的傳染，最好的方法就是接種疫苗。

出題重點

▶文法　〜に越したことはない　沒有比〜更好的了

表示沒有比這樣做更好的方法了，這樣做是最好的。常用於常識上理所當

然的事項。

1359 □
でんちゅう
【電柱】

名 電線桿
類 でんしんばしら【電信柱】電線桿

例 電柱に広告を貼ってはいけないのだが、そんな規定もかまわず貼って
いる人が結構いる。

雖然電線桿上不能貼廣告，但有相當多的人根本不管規定而任意張貼。

1360 □
てんてん（と）
【点々（と）】

名・副 點點；點線；稀稀疏疏；滴落狀

例 雨の日は軒から雫が点々としたたり落ちる。

雨天時水滴會從屋簷上點點滴落。

1361 □
てんてん（と）
【転々（と）】

自Ⅲ・副 輾轉遷移，不停移動貌；滾動

例 父の仕事の関係で、高校まで住所を転々と変えていた。

由於父親工作的關係，我在高中之前一直不斷地遷居。

1362
☐ でんとう
【伝統】

名 傳統

例 春に花見をすることは、日本の古くからの伝統 行 事である。

春天賞櫻花是日本自古以來的傳統活動。

1363
☐ てんねん
【天然】

名 天然，自然

反 じんこう【人工】人工，人造

例 天然のうなぎは養 殖 物より味がいいが、 収 穫 量 が少ないため価格が
高 騰 している。

天然的鰻魚雖然比養殖的味道好，但因為收穫量少所以價格高昂。

1364
☐ でんぱ
【電波】

名 電波

衍 アンテナ【antenna】天線

例 携帯がつながらないのは、きっと電波の届かないところにいるか電源が
入っていないからでしょう。 手機之所以會打不通，一定是因為人在電

波傳不到地方或是電源沒有開的緣故吧。

1365
☐ テンポ
【(義)tempo】

名 （樂曲）速度，節拍

類 そくど【速度】速度

例 行 進 曲 はテンポが速いのが普通である。

進行曲的音樂節拍通常都是快的。

1366
☐ でんりょく
【電力】

名 電力

衍 はつでん【発電】發電

例 与野党が今後の電 力 政策をめぐって激しく論争している。

朝野兩黨針對今後的電力政策正在激烈地論戰當中。

▶と／ト

1367
☐ とういつ
【統一】
🔊
37

名・他Ⅲ 統一

反 ぶんれつ【分裂】分裂

例 スタッフの 考 えや行動が統一を欠くと、イベントに大きな混乱をもたら
す。

如果工作人員的思考與行動欠缺統一，那將會給活動帶來極大的混亂。

1368
☐
どういつ
【同一】

名 同樣，相同；同等
類 どうよう（な）【同樣（な）】同樣，相同

例 昨日駅で見た人とこの指名手配されている人は同一の人物に違いありま
せん。　昨天我在車站看到的人跟這個被通緝的人是同一個人物沒錯。

例 派遣社員は待遇上は正社員と同一に扱うことになる。
派遣員工在待遇上是跟正式員工一樣同等對待的。

1369
☐
どうか

副 請務必；設法；不正常；是否～　　→ N3 單字

例 どうかご協力のほどお願いいたします。　請務必助我們一臂之力。

┌─ 出題重點 ─

▶文法　ごNのほど（を）よろしくお願いします　委婉而尊敬的請求
這是一種在敬語中表示委婉請求的句型。「ほど」後接「お願いします」
時沒有什麼具體的意思，勉強要說可以說是處於某種「狀態」或是有關某
方面的「事情」。而在文法上的功能則是，在人際交往的寒暄語及招呼語
當中，表達一種客氣委婉的語氣。

1370
☐
どうき
【動機】

名 動機　　→ 常考單字

例 家族に副流煙を吸わせたくないというのがタバコをやめた主な動機で
す。　不想讓家人吸二手煙就是我戒菸的主要動機。

1371
☐
どうきょ
【同居】

名・自Ⅲ 同住，住在一起；共存
反 べっきょ【別居】分居

例 結婚しても親と同居している子供が少なくない。
有不少子女結婚後還跟父母一起同住。

1372
☐
とうげ
【峠】

名 （山路）最高處，頂點；高峰鼎盛期
類 ちょうじょう【頂上】山頂；巔峰

例 熱も下がったので、病状は峠を越したでしょう。
燒也已經退了，所以病情應該已經度過危險期了。

1373 とうけい
【統計】
名・他Ⅲ 統計

例 それはただの統計上の数字にすぎない。実情は反映されていない。

那只不過是統計上的數字。實際狀況並未反映出來。

1374 どうさ
【動作】
名 動作

類 うごき【動き】動作；動向；更動；徵兆

例 彼のぎこちない動作を見て、思わず吹き出してしまった。

看到他那笨拙的動作，我不禁忍不住笑了出來。

1375 とうさん
【倒産】
名・自Ⅲ （公司）破產，倒閉

類 はさん【破産】破產

例 経営者が先頭に立って問題を解決しない限り、会社は倒産する恐れがある。　倘若經營者不率先出來解決問題，那公司恐怕將會倒閉。

1376 とうじ
【当時】
名・副 當時，那時　　　　　→ 常考單字

類 そのころ【その頃】當時，那時

例 この写真を見るたびに、商店街が繁盛していた当時の光景を思い出す。　每當我看到這張照片，就會想起當時商店街繁榮的景況。

1377 どうし
【同志】
名 同志，志同道合者

例 われわれの理念に賛同する同志を募って、さらに原発反対運動を推進しようではないか。

就讓我們一起招募贊同我們理念的同志，更進一步地推動反核運動吧。

1378 〜どうし
【同士】
名・接尾 相同類型者；伙伴　　　→ 常考單字

例 クラスメートが兄と恋人同士だなんて知らなかったから、びっくりした。　我都不知道我同學跟我哥是情侶關係，所以嚇了一跳。

1379 どうじ
【同時】
名 同時

例 私たち2人が市役所に着いたのはほとんど同時だった。

我們兩人抵達市公所的時間幾乎是同時。

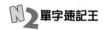

例 家に帰ると同時に、上司から出張してほしいとの電話が来た。

在我回到家的同時，上司打電話來說希望我去出差。

出題重點

▶文法 ～と同時に　在～的同時／兩者皆是

表示「同時發生」，也就是說「在前項動作的同時，也產生了後項動作」。

此外，以「Nである」的形態接續「と同時に」時是表示「兩者皆是」，

也就是「既是前者，也是後者」的意思。

例 彼は有名な作家であると同時に、高山植物を研究する学者でもある。　他是個有名的作家，同時也是研究高山植物的學者。

1380
☐ **とうじつ**
【当日】

名 當天
衍 とうじつけん【当日券】當天賣的現場票券

例 試験の当日、受験票を忘れてきた受験生は何人もいた。

考試當天有好多名考生都忘記帶准考證了。

1381
☐ **とうしょ**
【投書】

名・他Ⅲ 投稿；（書面）投訴

例 道路工事による騒音問題を改善してほしいと何回も市役所に意見を投書したのだが、問題は一向に解決しない。

我向市公所投訴了好幾次，希望他們改善因道路施工而產生的噪音問題，

但這問題一直無法獲得解決。

1382
☐ **とうじょう**
【登場】

名・自Ⅲ （角色人物）出現，出場，登臺
類 しゅつじょう【出場】（選手、表演者）出場

例 この映画の主役は彼女が事故で怪我をしたところに登場する。

這部電影的男主角是在她因車禍而受傷的時候出場的。

出題重點

▶文法辨析　～ところに／～ところへ VS ～ところを

「ところに」跟「ところへ」的用法相同，都是表示動作或變化發生的「場景」，也就是「正當進行前項動作時發生了後項動作」，後項經常會使用「来る」、「起こる」、「現れる」、「遭遇する」等動詞。而「ところを」

雖然也是表示「場面」，但多用於接續「すみません」、「ありがとう」

等寒暄詞語，或是「見られる」、「発見される」、「捕まえられる」、「助

けられる」、「注意される」、「呼び止められる」等動詞被動形。

例 お忙しいところをご出席いただき、誠にありがとうございます。

承蒙您百忙當中撥冗出席，真是非常感謝。

例 犯人は食事が済んで、ラーメン屋から出てきたところを逮捕された。

嫌犯是在剛用完餐從拉麵店出來的時候被逮捕的。

1383
☐

どうせ

圖（多為嘲弄或賭氣的語氣）反正；終究

例 ほっといてくれ。どうせ僕はバカだから。　你別管我。反正我是笨蛋。

例 どうせ謝りに行くのだから、早いに越したことはない。

反正是要去跟人家道歉的，所以當然是越早去越好。

1384
☐

とうなん
【盗難】

名 失竊，被偷

例 せっかくの海外旅行で盗難に遭うとは、不運極まりない。

好不容易到海外旅行卻遭小偷，我真是倒楣透頂了。

1385
☐

とうばん
【当番】

名 值班，值勤

例 汚いね、ここ。今日の掃除当番はだれ？

這裡好髒喔。今天是輪到誰打掃了？

1386
☐

とうひょう
【投票】

名・自Ⅲ 投票

衍 せんきょ【選挙】選舉

例 国民投票の年齢を18歳以上に引き下げる議案が国会に提出され

た。　國會中有議員提案要將國民投票的年齡降低到18歲以上。

1387
☐

とうめい (な)
【透明 (な)】

名・な形 透明；純淨

例 政治の透明性を高めなければ、国民の信頼は得られない。

不提高政治的透明性，是無法獲得國民信任的。

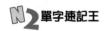

1388
□

とうよう
【東洋】

名（亞洲東部和東南部的總稱）東方，東亞
反 せいよう【西洋】（歐美各國總稱）西方

例 東洋の文化は儒教を抜きにしては語れない。

東亞的文化如果扣除掉儒教是無法探討的。

┌─ 出題重點 ─┐

▶文法　Nを抜きにして　省略掉

「を抜きにして」等於「抜きで」，都是表示「省略掉」、「扣除掉」的
意思，也就是「把原本該有的事物排除在外」的意思。

1389
□

どうよう（な）
【同様（な）】

名・な形 同様，一樣的　　　　　　➔ 常考單字

例 彼女とは幼なじみで、遊びに行くといつも家族同様に扱ってくれる。

我跟她是從小一起長大的，每次去她家玩他們待我都好像是同一家人一
樣。

1390
□

とおり
【通り】

名・接尾 道路；往來；流通；通暢；如同，按照
類 どうろ【道路】道路，馬路

例 車の通りが激しいので、道を渡るときは気を付けてくださいね。

這裡車子來往很多，過馬路的時候要特別小心喔。

1391
□

とおりかかる
【通りかかる】

自I 恰巧路過，正好經過

例 道に迷ったんだけど、通りかかった人が親切に道を教えてくれた。

雖然我迷路了，但剛好經過的人親切地告訴了我路怎麼走。

1392
□

とかい
【都会】

名 都市，城市
反 いなか【田舎】鄉下

例 台湾人にとって東京ほど魅力のある都会はあるまい。

對臺灣人來說，應該沒有比東京更有魅力的都市了。

出題重點

▶文法　Ｖまい　應該不會～吧／絕對不再～

「まい」是較為艱澀的文語用法，主要有「否定推量」及「否定意志」兩種用法。「否定推量」表示「據推測應該不會那樣做」，而「否定意志」則是表示「絕對不會再那樣做了」。另外在接續方面，一類動詞接「まい」時只能接辭書形，如「行くまい」；二類動詞可接辭書形及ます形，如「食べるまい」、「食べまい」；而三類動詞則分別有「こまい」、「くるまい」、「きまい」跟「すまい」、「するまい」、「しまい」的三種形態。一般傳統文法上的說明是使用「こまい」跟「すまい」，但在日常口語上最常用的則是「くるまい」跟「するまい」。此外，偶爾也會出現有「きまい」跟「しまい」的用法。

例 こんな接客態度が悪い店には、もう２度と<u>来るまい</u>。

服務態度這麼差的店，我不會再來第２次了。

1393
☐
とがる
【尖る】

| 自Ⅰ 尖；（聲音）尖銳；（神經）敏感 |

例 その魚は、口がツルのように長く尖っているそうだ。

據說那種魚的嘴巴好像鶴一樣長長尖尖的。

例 仕事に疲れた時は、ちょっとしたことで神経を尖らせてしまう。

工作疲勞的時候，我會為了一點小事就變得神經過敏。

1394
☐
どきどき

| 副・自Ⅲ 心臟快速跳動；忐忑不安，緊張 |

例 私はドキドキしながら、スピーチコンテストの結果発表を待っていた。　我緊張不安地等著演講比賽的結果公布。

1395
☐
とく
【解く】

| 他Ⅰ 解開，鬆開；解除；解題 　　→ N3 單字 |

例 この紐はきつく結ばれていたから、解くのにだいぶ時間が掛かった。

因為這條細繩綁得很緊，所以我花了相當久的時間才解開它。

例 解約とはつまり、契約を<u>解く</u>ということだ。

所謂解約，就是解除契約的意思。

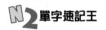

1396 □	**とく** **【溶く】**	他Ⅰ 溶解，化開 類 とかす【溶かす】溶化，溶解

例 小麦粉を水で溶いて、それから葱と塩を入れてください。

　　請把麵粉用水調勻，然後加進蔥跟鹽。

1397 □	**どく** **【退く】**	自Ⅰ 躲開，退讓

例 ちょっとそこをどいてください。

　　請你稍微讓開一下。

1398 □	**とくしゅ（な）** **【特殊（な）】**	な形 特殊，與眾不同　　　→ 常考單字 類 とくべつ（な）【特別（な）】特別

例 このめがねのフレームは、チタンという特殊な材質で作られている。

　　這副眼鏡的鏡框，是用一種叫鈦的特殊材質所做成的。

1399 □	**とくしょく** **【特色】**	名 特色，特點 類 とくちょう【特徴】特徵

例 このビルの特色は耐震性に優れていることです。

　　這棟大樓的特色是有很良好的耐震性。

1400 □	**とくせい** **【特性】**	名 特性，特點　　　　　→ 常考單字 類 とくしつ【特質】特質

例 リニアモーターカーは磁力の特性を活かして開発されたものです。

　　磁浮列車是活用磁力特性所開發出的產品。

1401
☐ **とくてい**
【特定】

名・他Ⅲ 特定；查明，弄清楚 → 常考單字

例 指紋さえ検出できれば、犯人は特定できます。

只要能夠驗出指紋，就能夠鎖定兇手。

1402
☐ **どくとく（な）**
【独特（な）】

名・な形 獨特

例 誰とでもうまく付き合えることが彼の独特な才能といえる。

跟誰都可以處得很好，可說是他的一項獨特才能。

1403
☐ **とけこむ**
【溶け込む】

自Ⅰ 溶解；融入（團體當中），打成一片

例 このスープは香りがいいし、野菜のおいしさもたっぷり溶け込んで

いる。　這道湯不但聞起來很香，而且還充分地溶入了蔬菜的美味。

例 新しい職場に溶け込むには、だいぶ時間がかかった。

在融入新職場方面，我花了相當久的時間。

1404
☐ **どける**
【退ける】

他Ⅱ 挪開，搬開 → N3 單字

例 この机は場所を取るから、ちょっとどけるの手伝って。

這張桌子太占空間了，你幫我把它挪開一下。

1405
☐ **とこのま**
【床の間】

名 （和式房間陳設擺飾處）壁龕，凹間

例 和室の床の間というのは、掛け軸を掛けたり生け花を置いたりする空間

である。　所謂和室的壁龕，就是懸掛字畫掛軸或是擺置插花等等的空間。

1406
☐ **ところが**

接續・接助 然而，可是，不過 → 常考單字

例 彼は絶対に来るといった。ところが、当日姿を現さなかった。

他說他一定會來。可是，當天卻沒有現身。

295

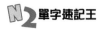

1407
□ ところで

接續・接助 （轉變話題）話說，對了（那個）；即使，就算

例 ところで、この前お願いした件ですが、うまく行きましたか。

對了，我上次拜託你的那件事，進行得順利嗎？

例 今さら後悔したところで、何も始まらないことは分かっている。

我知道事到如今，就算後悔也是無濟於事了。

出題重點

▶文法　Ｖ－た＋ところで、〜ない　就算〜也不會〜

「ところで」當做接續助詞使用時也是「逆接」的用法，意思是說就算做了某個動作，也不會得到令人滿意的結果。

1408
□ ところどころ
【所々】

名・副 到處，隨處，處處　　　　　→ N3 單字

例 ところどころにまだ台風の爪痕が残っている。

到處都還殘留著颱風所造成的災害。

1409
□ とざん
【登山】

名・自Ⅲ 登山，爬山　　　　　　→ 常考單字
類 やまのぼり【山登り】爬山

例 近年エベレストでは遭難事故が相次いでいます。登山に先立って十分な計画を立てるようにしてください。

近年來聖母峰的山難事故相繼發生。請在登山前立定詳細的計畫。

1410
□ としん
【都心】

名 （大都市的）市中心；東京都心

例 ここは都心まで電車で３０分の距離だから、通勤には便利だ。

這裡到市中心搭電車是30分鐘的距離，所以上班通勤很方便。

1411
□ とたん
【途端】

名・副 正當〜的時候，剛一〜的時候

例 二日酔いのせいで、ソファーから立ち上がったとたん、めまいがした。

因為宿醉的關係，害得我從沙發上一站起身來，立刻就感到頭暈。

例 「何かお探しですか」と言われて、「見ているだけ」と言うと、店員は
とたんに顔色を変えた。　店員問我「找些什麼嗎」之後，我才一說「我
只是隨便看看」，店員就立刻變了臉色。

1412
□

とち
【土地】

名 土地；耕地；當地 　　　　　　　　　　→ N3 單字

38

例 彼は都心にあるマンションを売ったお金で土地を買い、田舎に移住し
た。　他用賣掉首都市中心公寓的錢買了土地，然後搬到鄉下去了。

1413
□

とっくに

副 很早以前，老早就

例 A：もう1時だけど、鈴木さんはまだ起きてるんじゃない？

已經1點了，但鈴木先生應該還醒著吧？

B：そんなわけないでしょ！鈴木さんは早寝だから、とっくに寝てるよ。

不可能吧！鈴木先生總是很早睡，所以他早就上床睡覺了啦。

1414
□

どっと

副 （眾人齊出聲）哄然；（突然大量增加）蜂擁

例 舞台で役者が転んだとたん、観客は一斉にどっと笑い出した。

看到舞臺上演員跌倒的瞬間，全場觀眾就開始哄堂大笑。

例 新しく開店したスーパーに買い物客がどっと押し寄せた。

新開幕的超市一下子就擠進了大量的購物人潮。

1415
□

とても～ない

很難～，怎麼也不～

例 どうしてこうなったのか、私にはとても理解できない。

為什麼會變成這樣，我實在是無法理解。

1416
□

とどく
【届く】

自I （物品、郵件）抵達，送到；碰得到；達到

例 先日、日本語能力試験のN2に合格したという証明書が届いた。

前幾天，通過日本語能力測驗N2的證明書寄到了。

例 刃物などは必ず子供の手が届かない場所にしまっておいてください。

刀刃類物品請收好在孩童無法用手摸到的地方。

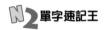

出題重點

▶詞意辨析　届く VS 届ける

兩者為自動詞與他動詞的對立，「届く」是自動詞，表示「會寄到」、「能寄到」的意思，而「届ける」是他動詞，表示人為地去「送達」、「送到」的意思。這裡要特別注意的是，表示「能夠寄到」只能用「届く」而不能用「届ける」，「届ける」只有他動詞的用法。非意志動詞，也就是人為意志無法決定動作的動詞，都沒有能力形的用法。

（○）速達にすれば、早く届きます。／（×）速達にすれば、早く届けます。

　　如果寄快遞，就可以早點寄到。

1417
□
とどける
【届ける】

| 他Ⅱ（將物品、郵件）送達；申報，登記

例　急に雨が降り出したから、姉が傘を届けに来てくれた。

因為突然下起雨來，所以姊姊就替我送傘來了。

1418
□
ととのう
【整う】

| 自Ⅰ 勻稱；整齊；完整，完備　　→ 常考單字
| 反 みだれる【乱れる】混亂，紊亂

例　準備が整い次第、すぐ出発できます。

等準備完成，馬上就可以出發。

例　ドアを開けてみると、顔立ちの整った小さな女の子が立っていた。

打開門一看，結果有個長相清秀的小女孩站在那裡。

1419
□
どなる
【怒鳴る】

| 自Ⅰ 大聲叫喊；大聲斥喝

例　宿題を忘れたぐらいで、そんなに怒鳴らなくてもいいじゃない。

不過就是忘記做作業而已，你不需要那麼大聲責罵嘛。

1420
□
とにかく

| 副 不管怎樣，總之；暫且不提，姑且不論

例　A：今日中に帰国しないといけないのに、空港は大雪で閉鎖中なんだって。どうしよう？　我今天之內非回國不可，但卻聽說機場因為大雪而封閉中。該怎麼辦呢？

B：とにかく落ち着いて、様子を見てみよう。

總之先鎮定下來，看看情況再說吧。

1421
□ **とびこむ**
【飛び込む】　　自I 飛進；跳入；投身；闖進　　→ N3 單字

例 今朝窓を開けると、1匹のトンボが書斎に飛び込んできた。

今天早上我打開窗戶，結果1隻蜻蜓就飛進了書房來。

例 18歳から囲碁の世界に飛び込んで、かれこれ20年になる。

自從我18歲投入圍棋的世界，前前後後大概經過了20年。

1422
□ **とびだす**
【飛び出す】　　自I （突然）跑出；開始飛；突出；出走

例 家出をしていた弟は帰ったかと思ったら、またすぐに家を飛び出した。　離家出走的弟弟才剛一回家，沒想到又立刻衝出了家門。

1423
□ **とびまわる**
【飛び回る】　　自I 四處飛翔；跳來跳去，跑來跑去；到處忙碌奔走

例 最近はファッション雑誌の撮影の仕事で、世界各地を飛び回っています。　最近由於流行雜誌攝影工作的關係，我經常在世界各地飛來飛去。

1424
□ **とぶ**
【飛ぶ・跳ぶ】　　自I 飛，飛行；飛奔；跳躍；斷開；傳開；（順序、號碼）不連接

例 鳥のように空を自由に飛べればなと思って、パラグライダーを始めました。

我好希望能像鳥兒一樣自由地在天空中飛翔，於是就開始了滑翔翼運動。

例 ベッドの上で飛んだり跳ねたりしないでください。

請不要在床上蹦蹦跳跳的。

1425
□ **とまどう**
【戸惑う】　　自I 不知所措，困惑

例 付き合って1週間の彼氏に急にプロポーズされて戸惑ってしまった。

交往1個星期的男友突然跟我求婚，讓我慌張失措。

299

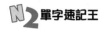

1426
□
とめる
【泊める】

他Ⅱ 留住，留宿；停泊

例 終 電がなくなって帰りようがないため、友達の家に泊めてもらった。

因為錯過最後一班電車沒辦法回家，因此請朋友讓我在他家住了一晚。

例 漁 師は漁船を 港 に泊めて、捕ってきた 魚 を下ろした。

漁夫把漁船停泊在港口，然後卸下了捕來的魚貨。

1427
□
とも
【友】

名 友人，朋友

例 困ったときに助け合える友こそ真の友である。

困難時可以互相幫助的朋友才是真正的朋友。

1428
□
ともかく

副 不管怎樣，總之；先不管，先擺一邊
類 とにかく 不管怎樣，總之

例 結果はどうであれ、ともかく思い切ってやってみることだ。

不管結果如何，總之應該毅然決然地放手去做做看。

例 理由はともかく、先に手を出したのはよくない。

不管理由怎樣，先動手的就不對。

出題重點

▶文法　～はともかく（として）　～姑且不論、先不管～

通常會以「はともかく」、「はともかくとして」的形式出現，表示這部分的話題先不討論、先擺一邊，應該要重視或討論的是後面要提及的事項。

1429
□
ともなう
【伴う】

他Ⅰ 帶領；伴隨；隨著；（同時）發生

例 この地域では夏になると、 雷 を伴う暴風雨がよく発生する。

這個地區一到夏天，就經常會發生帶有雷電的暴風雨。

例 経済の発展にともなって、大気汚染がますます深刻になってきた。

隨著經濟的發展，空氣汙染就變得越來越嚴重。

1430 ☐
ともに
【共に】
副 共同，一起；同時；全都

例 先週の金曜日、弁護士とともに裁判所に出廷しました。

上星期五我跟律師一起到法院出了庭。

1431 ☐
とらえる
【捕らえる・捉える】
他II 捕捉，逮捕；緊緊抓住；掌握　　→ 常考單字

例 このあたりの熊はよく川で魚を捕らえて食べる。

這一帶的熊經常會在河裡捕魚吃。

例 この仕事は状況を正しく捉えて、素早く判断を下す必要がある。

這份工作需要正確掌握狀況，迅速做出判斷。

1432 ☐
トラブル
【trouble】
名 糾紛，麻煩；故障

例 彼は会社経営の失敗で金銭的なトラブルに巻き込まれた。

他因為經營公司失敗而捲入了金錢的糾紛當中。

1433 ☐
とりあげる
【取り上げる】
他II 拿起；提出，舉出；奪過來；沒收；接生

例 彼女は受話器を取り上げたが、何も話さずに黙っていた。

她拿起了話筒，但卻悶不吭聲一句話也沒說。

1434 ☐
とりあつかう
【取り扱う】
他I 操作，使用；處理，辦理；對待

例 割れ物は丁寧に取り扱うように気を付けています。

易碎品我們會注意要特別小心處理。

1435 ☐
とりいれる
【取り入れる】
他II 收進來；收割；引進，採用　　→ 常考單字

例 雨が降り出したら、洗濯物を取り入れてくださいね。

如果下起雨來，請把晾在外面的衣服收進來喔。

例 当社では最新のセキュリティシステムを取り入れております。

本公司採用的是最新的安全防盜系統。

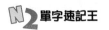

1436
☐ **とりくむ**
　　【取り組む】

自Ⅰ 專心致力，全力對應；扭打　　→ 常考單字

例 当社は日頃より地球環境の保全と改善に全力で取り組んでおります。　本公司從平日起就全力致力於保護及改善地球環境。

1437
☐ **とりけす**
　　【取り消す】

他Ⅰ 取消，廢除，撤銷　　→ N3 單字
衍 うちけす【打ち消す】否定；否認

例 合格を発表したからには、たとえ採点が間違っていても、簡単に取り消すわけにはいかない。

既然已經公布錄取，就算是評分錯誤，也不能輕易就取消。

1438
☐ **とりだす**
　　【取り出す】

他Ⅰ 拿出，取出；選出，挑出　　→ N3 單字
類 ぬきだす【抜き出す】抽出，拔出

例 私はポケットから名刺を取り出して名前を名乗り、挨拶した。

我從口袋掏出名片，報上名字寒暄了一番。

1439
☐ **とりのぞく**
　　【取り除く】

他Ⅰ 去除；拆除；消除，解除　　→ 常考單字

例 トラックの横転で道路に散乱した缶詰を取り除くのに、1時間ほどかかった。

為了清除因卡車翻覆而散落在道路上的罐頭，我們總共花了1個小時左右。

例 医者は治療の過程を詳しく説明し、患者の疑問や不安を取り除いてあげた。　醫生藉由詳細說明治療的過程，消除了病患的疑慮與不安。

1440
☐ **どりょく**
　　【努力】

名・自Ⅲ 努力　　→ 常考單字

例 会社が大きく発展したのも皆さんの日頃の努力のたまものだと思います。　我想公司之所以會發展蓬勃，都是仰賴各位平常的努力所致。

1441
□ トレーニング
【training】

名・自Ⅲ 訓練，練習 → 常考單字

類 くんれん【訓練】訓練

例 田中選手の現在の実力は厳しいトレーニングの積み重ねがあったからだと言えるでしょう。

田中選手現在的實力，可以說是因為嚴格訓練的累積所致吧。

1442
□ とれる
【取れる】

自Ⅱ 脫落，掉落；消除，解除 → N3 單字

例 何年も着古したシャツのボタンが取れた。

穿了好幾年的舊襯衫的鈕扣掉了。

例 温泉に入ったら、すっかり疲れが取れた。

泡了溫泉之後，疲勞完全消除了。

1443
□ どろ
【泥】

名 泥巴

例 子供たちは雨上がりの川辺で遊んで、顔が泥だらけになった。

小孩子們在雨剛停的河邊玩耍，結果臉上都沾滿了泥巴。

1444
□ とんでもない

い形 出乎意料；不合情理；荒唐無稽，不像話；（反駁對方時）哪裡的話，沒那回事

例 いくら捜しても見つからなかったものがとんでもないところにあった。

怎麼找都找不到的東西，竟然在一個意想不到的地方找到了。

例 仕事をサボってパチンコに行ったなんて、とんでもない奴だな。

這傢伙太不像話了，竟然翹班去打小鋼珠。

1445
□ どんより

副・自Ⅲ （天空）陰沉，昏暗；混濁，不明亮

例 空がどんよりしていて、今にも雨が降りそうな模様です。

天色陰沉灰暗，看樣子立刻就要下雨了。

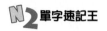

▶な／ナ

1446
□
🔊
39

ないか
【内科】

名 内科
反 げか【外科】外科

例 内科の治療は薬を使って症状を改善することを主としています。

内科的治療主要是以使用藥物改善症狀為主。

1447
□

なお

副・接續 依然，還是要；更加；此外，再加上

例 失敗を恐れてはならない。失敗してもなお頑張り続けることが大事だ。

不可以害怕失敗。重要的是，就算失敗依然要持續努力。

例 本日はご来場いただき、誠にありがとうございました。なお、イベント終了の際は必ずゴミを持ち帰っていただきますよう、よろしくお願いいたします。　今天非常感謝各位的光臨。另外，在活動結束時，麻煩各位一定要將垃圾帶走。

1448
□

なおす
【治す】

他I 治療，醫治
類 ちりょう【治療】治療

例 よく休んで早く風邪を治してくださいね。

請你要好好休息，早一點把感冒治好喔。

1449
□

ながす
【流す】

他I 使～流動，使～流下；沖水；流傳，散布，傳播

例 汗を流したあとのビールは、この上なくおいしいですね。

流汗後所喝的啤酒是最好喝的了。

1450
□

なかなおり
【仲直り】

名・自Ⅲ 和好，言歸於好　　　　→ 常考單字
反 なかたがい【仲違い】失和，感情破裂

例 これまでのことは水に流して仲直りしよう。

讓我們盡棄前嫌，重新和好吧。

1451
□

ながねん
【長年】

名 長年，多年

例 長年の努力がやっと実を結び、本当に嬉しい限りです。

多年的努力終於有了成果，這真是讓人欣喜不已。

出題重點

▶文法　～限りだ　極其～、非常～

「限りだ」接在表示情感的い形容詞、な形容詞或名詞之後，表示該情感「到達極致」。常見的用法有「羨ましい限りだ」（非常羨慕）、「嬉しい限りだ」（非常開心）、「悲しい限りだ」（十分悲傷）、「残念な限りだ」（遺憾之至）、「幸せの限りだ」（非常幸福）等等。

1452
□

なかば
【半ば】

名・副 一半，半數；半途，中途；中間，中央
類 はんすう【半数】半數

例 この会議の出席者は半ば高齢者だった。

這個會議的出席者有一半是高齡人士。

例 授業の半ばで、学生の大半が居眠りをし始めた。

上課上到一半，大部分的學生都開始瞌睡了。

1453
□

ながびく
【長引く】

自I （時間）拖延，延長

例 悪天候が長引き、野菜の値段が高騰している。

惡劣的氣候一直不斷延續，造成蔬菜價格持續高漲。

1454
□

なかま
【仲間】

名 （志同道合的）夥伴，朋友；同類　→ 常考單字
衍 なかまはずれ【仲間外れ】受到排擠

例 仲間同士で喧嘩するのはよしなさいよ。

大家彼此都是夥伴，不要這樣爭吵嘛。

例 ブロッコリーはキャベツの仲間で、ビタミンCが豊富に含まれている。

綠花椰菜屬於高麗菜的同類蔬菜，富含維生素C。

1455
□

なかみ
【中身】

名 內含物品；（事物的）內容
類 ないよう【内容】內容

例 この映画はアクションのシーンが凄かったが、ストーリーに中身がまったくなかった。

這部電影的動作場面雖然很厲害，但是在故事情節方面卻完全沒有內容。

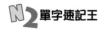

1456 □
ながめ
【眺め】

| 名 眺望；風景，景緻 | → 常考單字 |
| 類 けしき【景色】景色，風景 | |

例 この部屋は海に面しているから、ベランダからの眺めがとてもいい。

這間房間因為面向大海，所以從陽臺望出去的景色非常好。

1457 □
ながめる
【眺める】

| 他Ⅱ 眺望，遠眺；凝望，凝視 | → 常考單字 |
| 類 ちょうぼう【眺望】眺望 | |

例 老人は夕焼けを眺めつつ、若かった日々の思い出に浸っていました。

老人一邊眺望著夕陽，一邊沉浸在年輕歲月的回憶當中。

出題重點

▶文法　Ｖ－ます＋つつ（も）　一邊～一邊～／雖然～但卻～

「つつ」表示「同時進行」，也就是「一邊～一邊～」的意思。另外，「つつ（も）」則是「逆接」的用法，也就是「雖然～但卻～」的意思。逆接用法基本上只用於「と思いつつ（も）」跟「と知りつつ（も）」等表示語言或思想的動詞，而且多用於表達後悔的心情。兩種用法都可以用「ながら（も）」代替，但「つつ（も）」屬於書面語的用法，而「ながら（も）」則是比較口語的用法。

例 お酒を飲んではいけないと知りつつも、友達に勧められて、つい飲んでしまった。

我明明知道不能喝酒，但在朋友勸酒之下，不小心忍不住就喝了。

1458 □
なかよし
【仲良し】

| 名 友好；好朋友 |
| 類 しんゆう【親友】好友，死黨 |

例 彼のことは最初はあまり気に入らなかったが、その後、大の仲良しになった。　剛開始我並不怎麼喜歡他，但之後卻成為了非常要好的朋友。

1459 □
ながれる
【流れる】

| 自Ⅱ 流向，流動；（時光）流逝；播放，傳播；（人的）飄移；（活動）暫停，告吹 |

例 町中を流れる川は鏡のように澄んでいる。

流過市鎮中的河川，好像明鏡一般地清澈。

1460
□ **なぐさめる**
【慰める】

他Ⅱ 安慰，撫慰
衍 いやす【癒す】治癒；療癒

例 私は試験に失敗した友達を「また頑張ればいいから」と慰めてあげました。　我對考試沒考好的朋友，安慰他說：「下次再努力就好了。」

1461
□ **なぐる**
【殴る】

他Ⅰ 毆打，揍人 → N3 單字
衍 ける【蹴る】踢

例 どんな理由があるにしても、人を殴ってはいけない。

不管有什麼樣的理由，都不可以打人。

┌─ 出題重點 ─────────────────────────

▶**文法　～にしても／～にしろ／～にせよ／～にしたって　不管**

「にしても」表示「即使情況是前項那樣，後項也不會有任何改變或一樣會成立」，在使用上經常會用來表示「即使那是事實，但也很難令人理解、允許或同意」。相同的用法還有「にしろ」、「にせよ」跟「にしたって」，「にしたって」是最輕鬆的口語用法，「にせよ」是最文語的用法，而「にしろ」則是介於口語「にしても」跟書面語「にせよ」之間的用法。

└────────────────────────────────────

1462
□ **なさけない**
【情けない】

い形 沒出息，窩囊；令人遺憾，可悲 → 常考單字
衍 みっともない 不像樣，讓人看不下去

例 なかなか決断がつかない自分が情けなくて仕方がない。

我覺得自己老是不能下決斷很沒出息。

1463
□ **なぜならば・なぜなら**

接續 那是因為，原因是
類 なぜかというと 那是因為，原因是

例 私は速やかに新幹線で実家に帰った。なぜなら父が倒れたからだ。

我火速地搭乘新幹線返回了老家。原因是我父親病倒了。

1464
□ **なぞ**
【謎】

名 謎語；暗示；謎團

例 犯人がいかにして刑務所を脱出したかは、今なお謎である。

嫌犯是如何逃出監獄的這一件事，如今仍然是一個謎。

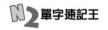

1465
□ なだらか（な）　｜な形｜（坡度）不陡；順利，平穩；流利，順暢

　例　一面の花畑が山の麓に向かって、なだらかに広がっている。

　　　一整片的花田朝著山麓，緩緩地延伸過去。

1466
□ なつかしい　｜い形｜懷念的，想念的，難以忘懷　　→ 常考單字
　　【懐かしい】　｜類｜こいしい【恋しい】眷戀的，愛戀的，思慕的

　例　懐かしいなあ。昔、この教室で日本語を勉強したよな。

　　　好懷念喔。以前，我們曾經在這間教室學過日文呢。

1467
□ なっとく　｜名・自Ⅲ｜（理解並同意接受）令人信服，認同
　　【納得】

　例　こんな乱暴なやり方には、私は納得できない。

　　　這麼粗暴的做法，我無法認同。

1468
□ なでる　｜他Ⅱ｜撫摸；輕撫；摸弄
　　【撫でる】　｜類｜こする【擦る】摩擦；磨蹭；搓揉

　例　おばあさんは孫の頭を撫でて、「お利口さん」と言いました。

　　　老奶奶摸摸孫子的頭，然後說：「好乖。」

1469
□ ななめ（な）　｜名・な形｜傾斜，歪斜
　　【斜め（な）】　｜類｜はす【斜】傾斜，歪斜

　例　あの女優は帽子を斜めにかぶることが好きなようです。

　　　那位女演員似乎很喜歡斜戴帽子。

　例　課長はご機嫌斜めのようだから、あんまりかかわらないほうがいいで
　　　すね。　　課長好像情緒不佳的樣子，所以最好不要去招惹他。

1470
□ なにしろ　｜副｜不管怎樣，總之；畢竟是因為
　　【何しろ】

　例　何しろ近頃は忙しいものだから、とても映画に行く暇はない。

　　　總而言之最近因為很忙，所以很難有時間去看電影。

出題重點

▶詞意辨析　とにかく VS なにしろ

兩者都有「不管怎樣」、「總之」的意思，而且經常可以互換，但「とにかく」用於強調「先把不重要的部分暫時擱置」時，無法替換成「なにしろ」。另外，「なにしろ」經常會跟「から」、「ので」一起使用，用來表示「原因理由」，這種用法也可代換成「とにかく」。

（○）とにかく親と相談してみなさい。　不管怎樣，你先跟父母商量看看。
（×）なにしろ親と相談してみなさい。

▶文法　～ものだから／～もので　因為～所以～

「ものだから」跟「もので」表示「原因理由」，多用於辯解、解釋的場面，含有迫於無奈或是環境使然而「主張其正當性」的語氣。

1471
□

なにぶん
【何分】

名・副 多少，若干；不管怎麼說，畢竟是

例 何分のご協力を賜りますよう、お願い申し上げます。

敬請您多少惠予一些協助。

例 なにぶん不慣れなもので、ご迷惑をおかけすることもあるかと思います。　畢竟因為還不習慣此項工作，所以我想可能會給您增添麻煩。

1472
□

なまいき（な）
【生意気（な）】

名・な形 驕縱，自大，傲慢　　　→ N3 單字

例 事情も分からないくせに、生意気な口を利くな。

根本連實際情況都搞不清楚，就別說大話。

出題重點

▶文法　～くせに／～くせして　明明就～竟然還～

「くせに」跟「くせして」是「逆接」的用法，表示所做所為「與其身分、立場或狀況並不相符」，語氣帶有指責、不快或輕蔑的感覺。

例 何もしていないくせして、まるで自分の手柄のように言うんじゃないよ。　明明什麼事都沒做，別說得好像是自己的功勞一樣。

1473 ☐
なまける
【怠ける】
他Ⅱ 偷懶，怠惰 → N3 單字
類 おこたる【怠る】偷懶，懈怠，輕忽

例 これ以上 勉 強 を怠けていると、ろくな大学には入れないよ。

你要是再這樣偷懶不唸書，那肯定進不了什麼像樣的大學喔。

1474 ☐
なみ
【波】
名 波浪，波濤；高低起伏；浪潮，潮流
衍 ひとなみ【人波】人潮

例 海辺で遊んでいた子供が波にさらわれて、行方不明になった。

在海邊玩耍的小孩被浪捲走，然後行蹤不明。

例 株の投資は景気の波に影 響 されやすい。

投資股票很容易受到景氣波動影響。

1475 ☐
なみき
【並木】
名 整排的植樹，行道樹，路樹
類 がいろじゅ【街路樹】行道樹，街樹

例 大学の正門を入ると、高く聳えるヤシの並木が見える。

從大學的正門進入之後，馬上就可看見整排高聳的椰子路樹。

1476 ☐
なやむ
【悩む】
自Ⅰ 煩惱，苦惱；感到痛苦 → 常考單字

例 母親は毎日子供の弁当を何にするか 頭 を悩ませている。

母親為了每天要為孩子準備什麼便當而苦惱不已。

1477 ☐
ならう
【倣う】
他Ⅰ 模仿，倣效 → 常考單字
類 まねる【真似る】模仿，倣效

例 前例に倣って、今年も海辺でバーベキュー大会をやりましょう。

那我們就倣效前例，今年也在海邊舉辦烤肉大會吧。

1478 ☐
ならす
【鳴らす】
他Ⅰ 使～發出聲響；揚名立萬；數落，指責

例 ご用の方はフロントにあるベルをお鳴らし下さい。

有事洽詢的客人請按櫃臺上的響鈴。

1479
□
なれる
【馴れる】

自II 馴服，親近

例 この公園のリスは人間に馴れているので、近づいても逃げて行かない。

這個公園的松鼠因為很親近人，所以即使靠近過去牠也不會逃走。

1480
□
なわ
【縄】

名 繩子，繩索

例 人質は椅子に縄で縛られていて、身動きができない。

人質被繩子綁在椅子上動彈不得。

1481
□
なんて

副・助 多麼（「なんと」的口語型態）；怎樣；等等（之類）；竟然

例 ああ、なんて素晴らしい景色なんだろう。

啊，多麼美麗壯觀的風景啊。

例 彼が留学に行ったなんて信じられない。

他竟然會去留學，這實在讓人不可置信。

1482
□
なんでも
【何でも】

副 什麼都，任何（事物）；據說是，好像是

例 ここの日本料理は食材が新鮮だから、何でも美味しいです。

這裡的日本料理因為食材新鮮，所以什麼都好吃。

例 彼はなんでも実家のラーメン屋を継ぐために、仕事を辞めたらしいよ。

他據說好像是為了要繼承家裡的拉麵店，所以辭掉了工作。

1483
□
なんとか
【何とか】

副 想辦法，設法；總算是，勉強　　→ 常考單字

例 そこらへんをなんとかお願いできませんでしょうか。

這部分可不可以請您想辦法幫幫忙？

例 命はなんとか助かりましたが、半身不随になるかもしれません。

這條命總算是保下來了，但有可能會半身不遂。

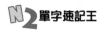

1484
□ なんとなく

副 （不知為何）總覺得；無意中，不自覺地
類 なんだか【何だか】（不知為何）總覺得

例 なんとなく彼はいい人ではないような気がした。

我隱隱地覺得他似乎不是好人。

1485
□ なんとも
【何とも】

副 無關緊要，沒什麼；怎麼也（說不清）；真的
是，實在

例 石につまずいて転んだが、何ともなかった。

雖然絆到石頭跌倒了，但沒什麼大礙。

1486
□ なんらか
【何らか】

名 稍微，有些，一點　　　　　　→ 常考單字

例 なんらかの参考になればと思い、文献資料をつけておきました。

我希望能讓您有點參考，因此附上了文獻資料。

に／ニ

1487
□ ニーズ
【needs】
◁》
40

名 需求，需要，要求　　　　　　→ 常考單字

例 消費者のニーズに応えるために、新製品の研究開発が絶え間なく続

けられている。

為了反映消費者的需求，新產品研發正不斷地在持續當中。

1488
□ にえる
【煮える】

自II （在滾水中）煮熟，煮好；（熱水）燒開；
怒火中燒

例 具がたっぷり入ったカレーがぐつぐつ煮えている。

配料豐富的咖哩咕嘟咕嘟地滾煮著。

1489
□ におう
【匂う・臭う】

自I 散發香味（或臭味）
類 かおる【香る】散發香味

例 台所が臭うので行ってみると、鍋が焦げていた。

廚房有怪味所以去看了一下結果是鍋子燒焦了。

1490
□
にがす
【逃がす】

他I 讓～脫逃；放走；錯過（機會）
反 つかまえる【捕まえる】逮捕，捉住

例 この漁網は成魚だけを捕獲して、稚魚は逃がすように作ってあります。

這個漁網的構造是製作成只捕抓成魚而會放走稚魚。

1491
□
にくい
【憎い】

い形 可恨的，可惡的　　　　→ N3 單字

例 平気で飲酒運転をする人が憎くて仕方がない。

毫不在意地喝酒開車的人實在讓人十分厭惡。

交通違規

飲酒運転
酒駕

信号無視
闖紅燈

スピード違反
超速

駐車違反
違停

1492
□
にくむ
【憎む】

他I 憎恨，厭惡
類 きらう【嫌う】討厭，厭惡；避諱

例 戦場で家族を失った人々を思うと、戦争を憎まずにはいられない。

一想到在戰場上失去家人的人們，我就無法不痛恨戰爭。

1493
□
にくらしい
【憎らしい】

い形 可恨的，令人厭惡的；（反語）令人佩服的

例 そのニヤニヤした顔は叩いてやりたいほど憎らしい。

他那皮笑肉不笑（私下竊笑）的表情令人厭惡到想要一拳揍下去。

1494
□
にこにこ

副・自Ⅲ 笑嘻嘻，笑咪咪，笑容可掬　　→ N3 單字

例 隣の子供は私を見ると、ニコニコして近寄ってきた。

隔壁的小孩一看到我，就笑嘻嘻地靠了過來。

1495
□
にごる
【濁る】

自I 混濁；（聲音）嘶啞；（色彩）不鮮明
反 すむ【澄む】清澈，澄淨

例 大雨が降った後の川は土砂で濁っている。

下完大雨後的河川因為泥沙而顯得混濁不堪。

1496
□
にじ
【虹】

名 彩虹

例 雨上がりの空には美しい七色の虹がかかっている。

雨後的天空掛著一道美麗的七色彩虹。

1497
□
にちじ
【日時】

名 時日，日期和時刻

例 集合の日時と場所は後日改めてお知らせします。

集合的日期時間與地點，日後會再行通知。

1498
□
にっか
【日課】

名 每天必做的事，每天的例行公事

例 川沿いの遊歩道へ犬を散歩に連れていくのが私の日課である。

帶狗到河邊的漫遊步道散步是我每天必做的例行公事。

1499
□
にっこう
【日光】

名 日光，陽光
類 ひざし【日差し】陽光（照射）

例 日傘とは、夏の強い日光を遮るためにさす傘のことです。

所謂陽傘，就是為了遮蔽夏日強烈陽光所撐的傘。

┌─ 出題重點 ─┐

▶**文法　～とは、～ことだ　所謂的～就是～的意思**

「～とは、～ことだ」用於「下定義」、「解說」等場合。「とは」是「というのは」的文語形態，表示「提出事項而加以說明」；而「ことだ」則是「表明指稱的內容」或是「說明意義」的意思，而這部分也經常會以「のことだ」、「ということだ」、「という意味だ」等不同形態出現。

1500 **にっちゅう**
【日中】

名 中日（兩國）；中午；白天，白晝
類 ひるま【昼間】白天，晝間

例 朝晩の温度差が激しく、日中の最高気温は２８度に達する見込みです。 早晚的溫差大，白天的最高溫估計可達到28度。

1501 **にってい**
【日程】

名 日程，行程 → 常考單字
類 スケジュール【schedule】時間表，預定行程

例 今週は日程がぎっしり詰まっているので、これ以上予定を入れるのは無理だ。

這星期的行程已經排得很滿，所以無法再加進其他預定行程了。

1502 **にどと**
【二度と】

副 （後接否定）再，再也

例 あんな態度の悪い店には二度と行くもんか。

態度那麼惡劣的店，我是不可能會再去的了。

1503 **にぶい**
【鈍い】

い形 不銳利；遲鈍；（光線）昏暗；沉悶
反 するどい【鋭い】銳利，尖銳；敏銳，靈敏

例 包丁の切れ味が鈍くなったから、研いだほうがいい。

菜刀不鋒利了，所以最好是磨一下。

例 私は朝は寝起きが悪いので、起きたばかりの時は頭の働きが鈍い。

我早上都爬不起來，所以剛起床的時候頭腦很不靈活。

1504 **にゅうしゃ**
【入社】

名・自Ⅲ 進公司（工作）
反 たいしゃ【退社】辭職；下班

例 この会社に入社して、かれこれ10年になりました。

我進入這家公司，前後算來也將近10年了。

1505 **にゅうじょう**
【入場】

名・自Ⅲ 入場，進場
反 たいじょう【退場】退場，退席，下臺

例 各国の選手たちは旗手のあとに続いて、次々に入場しました。

各國選手們接續在旗手之後，陸陸續續地進入了會場。

1506
☐ にゅうりょく
【入力】

名・他Ⅲ 輸入（機械設備的訊號功率或電腦數據）
反 しゅつりょく【出力】輸出

例 今日中にこのデータを入力し、本社に送らなければならない。

我必須在今天之內將這份數據輸入電腦，然後傳給總公司。

1507
☐ にらむ
【睨む】

他Ⅰ 瞪，盯視；凝視；注目；預估，推算

例 周りを見回すと、1人の男がこちらを睨んでいることに気づいた。

環顧四周後，發現有個男的正盯著這邊看。

1508
☐ にわか（な）

な形 突然，驟然；即刻，馬上
類 いきなり 突然，冷不防地

例 今日はずっと好天だったのに、夕方になるとにわかに雨が降ってきた。

今天一直都是好天氣，但是到了傍晚卻突然下起雨來。

1509
☐ にわかあめ
【俄か雨】

名 驟雨，急雨
類 とおりあめ【通り雨】陣雨，驟雨

例 傘を持たずに出かけたら、にわか雨に遭ってびしょ濡れになってしまっ
た。　我沒帶傘就出門，結果遇到驟雨淋了個落湯雞。

1510
☐ にんげん
【人間】

名 人，人類；人物；人品　　　　　→ 常考單字
類 じんるい【人類】人類

例 私はどんな困難に遭っても挫けない人間になりたい。

我希望可以成為遭遇任何困難都不挫折的人。

例 あの人は人間ができているから、みんなから尊敬されている。

他因為品格高尚，所以得到大家的尊敬。

1511
☐ にんしき
【認識】

名・他Ⅲ （看事物並理解其本質）認知，認識，
　　　　深入理解

例 今回の研修を通じて、環境保護の重要性を改めて認識した。

透過這次的研修，我再次體認到環境保護的重要性。

1512
□

にんしん
【妊娠】

名・自Ⅲ 懷孕
衍 しゅっさん【出産】生產，生孩子

例 <ruby>妊娠<rt>にんしん</rt></ruby>している <ruby>間<rt>あいだ</rt></ruby> はお<ruby>酒<rt>さけ</rt></ruby>を<ruby>控<rt>ひか</rt></ruby>えたほうがいい。

懷孕期間最好少喝酒。

ぬ／ヌ

1513
□
🔊
41

ぬう
【縫う】

他Ⅰ （用針線）縫，縫合；穿過（空隙）

例 <ruby>私<rt>わたし</rt></ruby> は<ruby>酒<rt>さけ</rt></ruby>に<ruby>酔<rt>よ</rt></ruby>って<ruby>電柱<rt>でんちゅう</rt></ruby> にぶつかり、 <ruby>頭<rt>あたま</rt></ruby> を５<ruby>針<rt>ごはり</rt></ruby><ruby>縫<rt>ぬ</rt></ruby>った。

我因為喝醉酒撞到電線桿，頭縫了５針。

例 <ruby>一郎<rt>いちろう</rt></ruby>は<ruby>混<rt>こ</rt></ruby>み<ruby>合<rt>あ</rt></ruby>った<ruby>駅<rt>えき</rt></ruby>のホールを、<ruby>人波<rt>ひとなみ</rt></ruby>を<ruby>縫<rt>ぬ</rt></ruby>うように<ruby>進<rt>すす</rt></ruby>んでいった。

一郎在擁擠的車站大廳之中，穿過了人群向前而去。

1514
□

ぬく
【抜く】

他Ⅰ 拔出，抽出；抽選；放出（空氣或液體）；去除；
省略；趕過；貫穿

例 この<ruby>海辺<rt>うみべ</rt></ruby>には<ruby>雑草<rt>ざっそう</rt></ruby>があまりにも<ruby>多<rt>おお</rt></ruby>いので、いくら<ruby>抜<rt>ぬ</rt></ruby>いても<ruby>抜<rt>ぬ</rt></ruby>ききれな

い。 這海邊因為雜草太多了，所以怎麼拔也拔不完。

例 <ruby>朝食<rt>ちょうしょく</rt></ruby>を<ruby>抜<rt>ぬ</rt></ruby>くと、<ruby>体重<rt>たいじゅう</rt></ruby> が<ruby>増<rt>ふ</rt></ruby>えると<ruby>言<rt>い</rt></ruby>われています。

據說不吃早餐，體重會增加。

1515
□

ぬける
【抜ける】

自Ⅱ 脫落；脫離；漏氣；漏掉；少根筋；穿通
類 とれる【取れる】脫落，掉落；消除

例 この<ruby>本<rt>ほん</rt></ruby>は<ruby>数<rt>すう</rt></ruby>ページ<ruby>抜<rt>ぬ</rt></ruby>けていて、<ruby>全<rt>まった</rt></ruby> く<ruby>読<rt>よ</rt></ruby>めません。

這本書缺了好幾頁，根本完全不能讀。

例 トンネルを<ruby>抜<rt>ぬ</rt></ruby>けると、<ruby>一面<rt>いちめん</rt></ruby>に<ruby>広<rt>ひろ</rt></ruby>がる<ruby>青<rt>あお</rt></ruby>い<ruby>海<rt>うみ</rt></ruby>が<ruby>目<rt>め</rt></ruby>に<ruby>入<rt>はい</rt></ruby>った。

穿過隧道之後，一片廣闊的藍色大海映入了眼簾。

1516
□

ぬの
【布】

名 布，布匹
類 きじ【生地】布料，衣料

例 パッチワークとは、<ruby>小<rt>ちい</rt></ruby>さい<ruby>布<rt>ぬの</rt></ruby>を<ruby>縫<rt>ぬ</rt></ruby>い<ruby>合<rt>あ</rt></ruby>わせて１<ruby>枚<rt>いちまい</rt></ruby>の<ruby>大<rt>おお</rt></ruby>きな<ruby>布<rt>ぬの</rt></ruby>にする<ruby>手芸<rt>しゅげい</rt></ruby>

のことである。 所謂的拼布，是指把碎布拼織成１大塊布的手工藝。

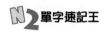

ね／ネ

1517
□
🔊
42
ねがう
【願う】

他I 請求，拜託；期望，希望　　→ 常考單字

例 明日の朝 6 時半にモーニングコールをお願いします。

麻煩請明天早上 6 點半叫我起床。

例 皆様のご無事を願っております。　希望大家都平安無事。

1518
□
ねじ
【螺子】

名 螺絲，螺栓；（鐘錶的）發條

例 この温度計は壁にネジで留められている。

這個溫度計是用螺絲固定在牆上的。

1519
□
ねじる

他I （使勁）扭，擰
類 ひねる【捻る】（用指尖輕輕）扭，擰

例 後ろから声がしたから、体をねじって振り返ると姉だった。

因為後面聽到有聲音，所以轉身回頭一看，原來是我姊姊。

1520
□
ねっする
【熱する】

自他III 加熱；變熱，發熱；熱衷，入迷
類 かねつする【加熱する】加熱

例 フライパンを熱してから油を入れて、チンゲン菜を炒めました。

把平底鍋加熱後倒入油，然後炒了青江菜。

例 彼は熱しやすく冷めやすいから、何を始めても長くは続かない。

他因為凡事都只有三分鐘熱度，所以不管做什麼都不會長久。

1521
□
ねっちゅう
【熱中】

名・自III 熱衷，著迷

例 父は仕事に熱中しすぎて、家庭を全く顧みなかった。

由於父親太熱衷於工作，所以完全沒有時間照顧家庭。

1522
□
ねっちゅうしょう
【熱中症】

名 中暑

例 こまめに水分を補給し、熱中症にならないように気をつけましょう。

我們要不斷地多補充水分，以免中暑。

1523 □
ネットワーク
【network】

名 網路；廣播網；電視網；電腦網路
類 インターネット【internet】網際網路

例 この番組は、全国の３６のラジオ局のネットワークを通じて、放送
いたします。　本節目將透過全國 36 個電臺的廣播網進行播送。

1524 □
ねばりづよい
【粘り強い】

い形 黏性強的；頑強的，有恆心毅力的
類 がまんづよい【我慢強い】忍耐力強，有耐性

例 弁護士が粘り強く交渉してくれた結果、先方はようやく告訴を取り消
してくれた。　在律師幫我不斷強力地交涉之下，對方終於取消了告訴。

1525 □
ねびき
【値引き】

名・自Ⅲ 減價，打折　　　　　　　→ 常考單字
類 ねさげ【値下げ】降價，減價

例 この商品は２割、値引きして販売しております。

這個商品是以 8 折的減價進行販售。

1526 □
ねむり
【眠り】

名 睡眠
類 すいみん【睡眠】睡眠

例 彼女はくたくたに疲れたから、横になるとすぐに深い眠りに落ちた。

她因為累癱了，所以一躺下就立刻陷入熟睡之中。

1527 □
ねらい
【狙い】

名 瞄準；意圖，目的，目標
類 目当て【めあて】目標，企圖，目的

例 この研究会の狙いは世界中の子供たちの福祉の向上を図ることで
す。　這個研究會的目的是要力求提升全世界兒童的福祉。

1528 □
ねらう
【狙う】

他Ⅰ 瞄準；以～為目標；覬覦

例 猫は魚を狙って、レストランのキッチンに忍び込んだ。

貓兒企圖偷吃魚而偷偷地溜進了餐廳的廚房。

例 海外旅行でガイドブックを読みながら歩いていると、スリに狙われる
よ。　在國外旅行一邊讀導覽書一邊行走，可是會被扒手盯上的喔。

1529
□
ねんかん
【年間】

名 一年，全年；年間

例 ここは夏季は高温多湿の気候であり、年間 2000 ミリほどの降水量がある。　　這裡夏季是高溫多濕的氣候，全年大約有 2000 毫米的降雨量。

1530
□
ねんげつ
【年月】

名 年月，歲月，光陰
類 としつき【年月】年月，光陰

例 この商品の研究開発には長い年月を費やした。

這個商品的研發工作耗費了漫長的歲月。

1531
□
ねんしゅう
【年収】

名 一年的收入，年收入

例 年収が多ければ多いほど、その分払う税金も多くなります。

年收入越多，相對要付的稅金也就會變得越多。

税金

| 消費税 | 所得税 | 贈与税 | 相続税 |
| 消費稅 | 所得稅 | 贈與稅 | 遺產稅 |

1532
□
ねんじゅう
【年中】

名・副 一整年，全年，一年到頭
類 しじゅう【始終】自始至終，一直，經常

例 コンビニは 24 時間年中無休で、とても便利です。

便利商店是 24 小時全年無休，所以很方便。

例 彼は年中お金がないと言っている。　　他一年到頭總是說他沒有錢。

1533
□
ねんだい
【年代】

名 年代，時代；同年齡層　　→ 常考單字
類 せだい【世代】世代，同年齡層

例 昭和 40 年代は日本経済の高度成長期であった。

昭和 40 年代是日本經濟的高度成長期。

1534 □ ねんど
【年度】

名 年度

例 このプロジェクトは昨年度から今年度にかけて、全国の中高生を対象に実施されています。

這個計畫是從去年度到今年度，以全國的國高中生為對象實施。

出題重點

▶文法　N1からN2にかけて　從N1到N2

表示時間或距離的「大致範圍」的意思，比起「N1からN2まで」的範圍明確，「N1からN2にかけて」的範圍是不明確的。

例 この電車は新宿から上野まで走っています。

這輛電車從新宿開往上野。（範圍明確）

例 明日関東地方から東北地方にかけて、大雪になる恐れがあります。

明天從關東地區到東北地區恐怕會下大雪。（大致範圍）

▼の／ノ

1535 □ 🔊 43 のうか
【農家】

名 農戶，農家，農民　→ 常考單字
衍 のうぎょう【農業】農業

例 ここは民宿を経営する一方、農家もやっている。

這裡除了經營民宿之外，同時也是務農之家。

出題重點

▶文法　～一方（で）　在～的同時、另一方面～

可表示對比的兩個不同面，也可表示同時具有不同的兩個面向。

例 毎日食事でお酒を飲む人がいる一方で、お酒を全く飲まない人もいる。　有人每天吃飯都要喝酒，另一方面也有人是滴酒不沾。

1536 □ のうさんぶつ
【農産物】

名 農產品　→ 常考單字
反 ちくさんぶつ【畜産物】畜牧產品

例 このスーパーは地元の農産物を中心に販売している。

這間超市是以在地農產品為主要商品進行販售。

出題重點

▶文法　N1 を N2 に～　以 N1 為 N2 ～

「N1 を N2 に」是表示「以 N1 為 N2」的句型，「に」的部分是「にして」的縮略形，也可以用「として」來表示，修飾名詞時會以「とする」或「とした」來表現。N2 的部分常見的名詞有「対象」、「目標」、「目的」、「視野」、「基準」、「きっかけ」、「テーマ」、「題材」等等。

例　大学では科学技術の進歩を目的とする研究が多くなされている。

大學裡有許多以促進科技進步為目的的研究正在進行當中。

1537
☐ のうど
【濃度】

名 濃度

例 高い山は頂上に近づけば近づくほど、酸素の濃度が低くなります。

高山越接近山頂，氧氣的濃度就會變得越低。

1538
☐ のうやく
【農薬】

名 農薬
衡 ひりょう【肥料】肥料

例 ドローンで農薬を撒くことは効率がいい上に、人件費の削減もできる。

以無人機噴灑農藥除了效率高之外，還可縮減人事費用。

1539
☐ のうりつ
【能率】

名 効率，勞動生產率
類 こうりつ【効率】効率

例 従業員が多いわりには、仕事の能率が悪い。

工作人員很多，但工作效率並不好。

1540
☐ のき
【軒】

名 屋簷

例 駅の近くの路地裏に多くの食堂や飲み屋が軒を並べている。

車站附近的小巷子裡有許多食堂跟酒館比鄰而居。

1541
☐ のこらず
【残らず】

副 一個不剩地，完全地
類 すっかり 全都，完全地

例 彼はテーブルに出された料理を残らず食べてしまった。

他把端上桌的料理全部都吃得一乾二淨。

1542 □
のせる
【乗せる・載せる】

他Ⅱ 裝載，載運；擺放；刊登，記載；誘騙

例 新聞に広告を載せるには莫大な費用がかかるそうだ。

在報紙上刊登廣告，聽說要花費鉅額的費用。

1543 □
のぞく
【除く】

他Ⅰ 去除；除外

例 雑草を除く作業は予定通り実施します。

去除雜草的作業按照計畫實施。

例 私を除いて、ここにいる人は全員英語圏の留学経験者です。

除了我之外，這裡的所有人都在英語圏留過學。

1544 □
のぞく
【覗く】

自他Ⅰ （從縫或孔中）窺視，偷瞄；探出身子俯視；
稍微瞧一瞧；露出

例 鍵穴から中を覗くと、部屋に大きなテーブルが置いてあるのが見えた。

從鑰匙孔向內窺視，結果看到房間裡擺著一張大桌子。

例 一瞬雲間から太陽がのぞいたが、またすぐに暗くなって大雨になった。

曾有一瞬間太陽從雲縫間露臉，但又立刻變陰暗，隨後下起大雨來。

1545 □
のぞみ
【望み】

名 願望，期望；希望，期待
類 がんぼう【願望】願望，心願

例 喫茶店を開きたいという本人の望みが叶うといいですね。

真希望他本人想開咖啡廳的願望可以實現。

1546 □
のぞむ
【望む】

他Ⅰ 期望，期待，希求；遠望，眺望 → 常考單字

例 人に多くを望むより、自分で努力したほうがいい。

與其期望別人多幫忙，還不如自己努力。

1547 □
のちほど
【後程】

副 之後，稍後（「あとで」的正式用語）
反 さきほど【先程】剛剛，剛才

例 それでは、後ほどまたお会いしましょう。

那麼，我們稍後再見。

1548
☐ のばす
【伸ばす・延ばす】

他Ⅰ 伸長，拉長；延伸；弄直；擴張，伸張；延後，推遲

例 詰め込み教育では、子供の能力や個性を伸ばせない。

填鴨式教育無法擴展孩子的能力與獨特性。

例 台風の影響を受けて、旅行の出発を2日間延ばした。

受到颱風影響，我將旅行的出發日期延後了2天。

1549
☐ のはら
【野原】

名 原野，野地

例 野原は雪に覆われていて、日光の反射できらきらと輝いている。

原野上覆蓋著白雪，在日光反射下閃閃生輝。

1550
☐ のびる
【伸びる・延びる】

自Ⅱ （時間、距離等）變長，延長；延遲；伸長，展延；（能力等）發展，進步；失去彈性

例 息子はこの1年間でだいぶ背が伸びました。

我兒子在這1年之內身高長高了不少。

1551
☐ のべる
【述べる】

他Ⅱ 陳述，敘述；說明；談論　　→ 常考單字

例 兄は法廷に立って、落ち着いた口調で真実を述べた。

我哥哥站上法庭，以沉著穩定的語氣敘述了真實的情形。

1552
☐ のぼる
【上る・登る・昇る】

自Ⅰ 登上；攀登；高達（某數量）；晉升；上行
反 くだる【下る】下降，下移；下行；下達

例 あの会社は経営不振で、負債は1億円に上りました。

那間公司因為經營不善，負債高達日幣1億圓。

例 夜空を見上げると、月が高く昇っています。

抬頭仰望夜空，月亮正高掛在天空。

1553 □
のる
【乗る・載る】
自I 搭乗，騎乗，登（上）；乘勢；附和；上當；參與；刊登；記載

例 あんまり調子に乗りすぎると、ろくな目に遭わないぞ。

你如果太得意忘形的話，可是會自食惡果的。

例 ブラックリストに載った人は、銀行から融資を受けることはできない。

被登記在黑名單上的人，是無法接受銀行融資的。

1554 □
のろい
な形 緩慢的，遲緩的，遲鈍的
反 すばやい【素早い】敏捷的，迅速的

例 このパソコンはメモリーが足りず、動きが亀のようにのろくなっている。　這臺電腦的記憶體已不足，所以動作就變得像烏龜一樣緩慢。

1555 □
のろのろ
副・自III 慢吞吞，遲緩 → N3 單字

例 渋滞で1時間ものろのろ運転したから、とても疲れた。

因為塞車1個多小時都在緩慢地開車，所以非常疲累。

例 彼は何をしてものろのろしているし、途中でやめてしまうことも多い。

他不管做什麼都是慢吞吞的，而且大多都是半途而廢。

1556 □
のんき (な)
【呑気・暢気 (な)】
名・な形 悠閒無慮；從容不迫；漫不經心
反 せっかち 性急，急躁

例 試験の日がいつかも忘れたなんてずいぶんのんきな奴だな。

連考試是哪一天都忘了，你這傢伙真是日子過得太悠閒了。

例 何のんきなことを言ってるんだ。状況を考えなさい。

你在說什麼一派輕鬆的傻話。考慮清楚現在是什麼狀況。

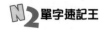

▶は／ハ

1557
□
🔊
44

ば
【場】

图 場所，地方；座位，位子；場合，場面

例 申請書類は、その場で書いて提出してください。

申請文件請當場寫好後繳交。

例 皆様には大変なご協力をいただきましたので、この場を借りて改めてお礼を申し上げます。　因為我得到大家非常多的幫忙，所以我要藉這個機會向大家再次表達謝意。

1558
□

ハード (な)
【hard】

名・な形 硬體；硬的；艱難的；嚴格的
反 ソフト【soft】軟體；軟的，柔軟的

例 連日のハードスケジュールで気の休まる暇がない。

一連好幾天的緊密行程讓人無法放鬆心情。

1559
□

ハイキング
【hiking】

名・自Ⅲ 郊遊　　　　　　　　　　　→ 常考單字
衙 ピクニック【picnic】野餐

例 休日を利用して、どこかへハイキングにでも行ってリラックスしたい。

我想利用假日，到某處去郊遊好好放鬆一下。

1560
□

はいたつ
【配達】

名・他Ⅲ 配送，運送，投遞
類 でまえ【出前】送外賣，外送；到場服務

例 配達日時は指定できません。どうかご了承ください。

發送的日期時間無法指定。敬請見諒。

例 新聞は朝夕2回配達されることになっています。

報紙的習慣做法是早晚有2次的投遞。

1561
□

ばいばい
【売買】

名・他Ⅲ 買賣

例 不動産の売買には多額の税金がかかる。

買賣不動產需要繳納許多稅金。

例 彼は株を売買することによって、億万長者になった。

他靠買賣股票成為了億萬富翁。

1562 はいりょ
【配慮】
名・自他Ⅲ 考慮，顧慮；體諒，關懷 → 常考單字

例 交通機関の利用においては、高齢者や障害者への配慮が求められる。

在交通工具的使用方面，必須考慮高齢者與身障者的需求。

例 当園はご家庭の事情に配慮し、午後7時までお子様をお預かりしています。 本幼稚園考慮到每個家庭狀況不同，因此延長照顧您的小朋友到晚上7點。

1563 はう
【這う】
自Ⅰ 爬；（植物等）攀援

例 先月火事があった時、母は地面を這ってその場を逃げ出した。

上個月發生火災的時候，我母親是在地面用爬的逃出火場。

1564 はえる
【生える】
自Ⅱ 生出，長（毛、牙齒、角等） → N3 單字

例 男性は、小学校高学年から中学の間に、ヒゲが生え始める。

男性是小學高年級到中學左右開始長鬍子。

1565 はか
【墓】
名 墳，墓
類 墓地【ぼち】墓地

例 テレサ・テンの墓の前にたくさんの花束が供えられていた。

當時鄧麗君的墓前供奉著許多的花束。

1566 はがす
【剥がす】
他Ⅰ 撕掉；揭下；剝開
類 むく【剥く】剝，削

例 インクカートリッジは、シールを剥がしてからお使いください。

墨水匣請撕掉標籤貼紙後再使用。

1567 はかせ
【博士】
名 博士；博學之士

例 彼は大変な努力や苦労を重ねた結果、やっと博士号を取得した。

他在經過不斷地努力及辛勞之後，終於取得了博士學位。

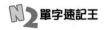
1568 □
ばからしい
【馬鹿らしい】
い形 愚蠢的；無聊的，不值一提的

例 そんな寝言のような 話 は、馬鹿らしくて聞いていられないよ。

他那好像夢話一般的言論，愚蠢得讓人根本聽不下去。

1569 □
はかり
【秤】
名 秤，桿秤，磅秤

例 ケーキを作る時は、 秤 で小麦粉の 量 を量る。

做蛋糕時，我會用磅秤量一下麵粉的量。

1570 □
はきけ
【吐き気】
名 噁心，想吐的感覺　　　　　　　→ 常考單字

例 私 はドリアンのにおいを嗅ぐと、吐き気を 催 す。

我一聞到榴槤的味道，就會感覺想吐。

1571 □
はきはき
副・自Ⅲ 爽朗；有精神；乾淨俐落，清晰明瞭

例 横を通り過ぎていく 少年 たちは元気一杯にはきはきと挨拶をしてくれ

た。　從旁邊經過的少年們，精神飽滿並大聲清楚地跟我們打了招呼。

1572 □
はく
【吐く】
他Ⅰ 吐出；說出；（煙霧等）冒出；招供

例 息を深く吸ったり吐いたりしたら、気持ちが落ち着いてきた。

深深地吸氣吐氣之後，情緒就穩定下來了。

例 墜落したヘリコプターはエンジンから白煙を吐いて、今にも爆発しよう

としている 様子 だった。

失事墜落的直昇機引擎冒著白煙，一副就快要爆炸的樣子。

┌─ 出題重點 ─┐

▶文法　Ｖ－（よ）う＋としている　想要～／即將～、眼看就要～

「Ｖ－（よ）う＋としている」接續意志動詞時，表示動作者的「意欲」及

「努力嘗試」，而如果接續非意志動詞，則是表示動作「即將開始」或「正

要實現」該動作。

例 息子は病気で困っている人を助ける医者になろうとしている。

我兒子想要成為醫生去幫助那些因生病而困擾的人。

例 赤々と燃えるような夕日が西へと沈もうとしている。

好像火紅般燃燒的夕陽，即將西沉而消失不見。

1573
□
ばくだい (な)
【莫大 (な)】

な形 （數量或程度）極大，非常大，巨大
類 ただい【多大】很大，極大

例 彼は父親から莫大な財産を相続したにもかかわらず、３年も経たないうちにギャンブルで全部使い果たした。 雖然他從父親那邊繼承了巨額的

財産，但在３年不到的時間內就因為賭博而全部敗光了。

1574
□
ばくはつ
【爆発】

名・自Ⅲ 爆炸；爆發

例 銃撃戦の後に、大きな爆発音が聞こえた。

在一陣槍戰之後，聽見了很大的爆炸聲響。

例 彼はその話を聞いたとたん、募りに募った怒りが瞬時に爆発した。

他一聽到那句話，積悶已久的怒火登時就爆發出來了。

1575
□
バケツ
【bucket】

名 水桶
→ N3 單字

例 彼女はバケツを持って、川の水を汲みに行ってきた。

她帶著水桶，去裝了溪水回來。

打掃用具

バケツ	モップ	掃除機	箒	塵取り
水桶	拖把	吸塵器	掃帚	畚箕

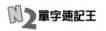

1576
はげます
【励ます】

他I 鼓勵，激勵，打氣

類 げきれい【激励】鼓勵，鼓舞，鞭策

例 あの先生が励ましてくれたからこそ、病魔に立ち向かえたのだ。

正因為有那位醫生鼓勵我，我才能勇敢對抗病魔。

1577
はさまる
【挟まる】

自I 夾（在中間），卡住

例 ドアに手が挟まって、死ぬほど痛かった。

門夾到了手，讓我痛得要死。

1578
はさむ
【挟む】

他I 夾，插入；隔著

例 東アジアでは箸で食べ物を挟んで食べるのが一般的です。

在東亞地區，通常都是用筷子夾取食物來食用。

例 両軍は川を挟んで、激しい銃撃戦を繰り広げている。

兩軍隔著一條河，展開了激烈的槍戰。

1579
はさん
【破産】

名・自III 破産

例 彼は株の投資に失敗し、裁判所に破産を宣告された。

他投資股票失敗，被法院宣告破産。

1580
はじ
【恥】

名 羞恥，恥辱，丟臉

例 私はラーメン屋で日本語を間違えて恥をかいた経験があります。

我有過在拉麵店說錯日文而丟臉的經驗。

1581
はしご
【梯子】

名・自III 梯子

例 弟は梯子を登って、2段ベッドの上に寝た。

弟弟爬上梯子，睡在雙層床的上鋪。

1582 ☐ はじめ 【始め・初め】

名	開始，開頭；起因，起源；最初，起初
反	おわり【終わり】結束，完了，尾聲

例 彼は授業の始めから終わりまでノートを取ることに専念した。

他上課從頭到尾都專心地在記筆記。

例 初めに本日の仕事の内容についてご説明します。

首先我說明一下今天的工作內容。

1583 ☐ はずす 【外す】

他I	取下，摘下；去除；錯過（機會）；避開，離開

例 彼女をこのプロジェクトから外さなければ、トラブルは避けられないだろう。　我想只有請她不要參加這個計畫，才能避免出紕漏吧。

例 すみませんが、佐藤はただ今席を外しております。

不好意思，佐藤現在不在座位上。

1584 ☐ はずれる 【外れる】

自II	脱離，脱落；被剔除，被刪除；不合（道理）；（期待等）落空

例 受話器が外れていたんだ。道理で何回電話しても繋がらないわけだ。

原來是話筒沒掛好。難怪不管我打幾次電話都打不通。

例 大いに期待したばかりに、期待が外れた時の失望は余計に大きかった。

就是因為滿心期待的關係，所以當期待落空時的失望就變得更大。

> 出題重點
>
> ▶文法　道理で～わけだ　難怪～
>
> 表示「恍然大悟」、「疑惑釋然」的意思，也就是知道事情真相後「能夠理解接受」的意思。

1585 ☐ はだ 【肌】

名	肌膚，皮膚；（土地等）表面；氣質；木紋
類	ひふ【皮膚】皮膚

例 赤ちゃんの肌はとても柔らかくて傷つきやすい。

小嬰兒的皮膚非常柔軟，所以容易受傷。

例 外は肌を刺すような寒さだから、外出は控えたほうがいい。

因為外面是刺骨般地寒冷，所以最好不要外出。

1586
パターン
【pattern】

名 模式；型態；圖案，花紋

例 あの人の作文は、いつもワンパターンだからつまらない。

他的作文總是千篇一律，所以很無聊。

1587
はだぎ
【肌着】

名 內衣，貼身襯衣
類 したぎ【下着】內衣褲

例 この肌着は通気性がよくて、とても着心地がいいです。

這件襯衣透氣性很好，穿起來很舒服。

1588
はたして
【果たして】

副 果然，果真；到底，究竟

例 果たしてこの計画は計画したとおりに成功するだろうか。

到底這個計畫能否如原先計畫的那樣成功呢？

1589
はたす
【果たす】

他I 完成，實現；扮演；發揮　　　→ 常考單字

例 私は責務を果たすために、当然のことをしているだけです。

我只是為了善盡我的職責，做出理所當然之事而已。

例 中小企業は台湾経済の発展する上で、大きな役割を果たしたと言える。　中小企業在臺灣經濟的發展上，可說是發揮了很大的功能。

1590
はたらき
【働き】

名 勞動，工作；功勞，功績；作用，功能
類 きのう【機能】機能，功能，作用

例 母は家計のために、働きに出ることにした。

母親為了維持家計，決定要出去工作。

例 朝食は脳の働きをよくすると言います。

據說早餐可提高腦部的活動力。

1591
はち
【鉢】

名 花盆；（深口）菜盤；托鉢　　　→ 常考單字
衍 はちうえ【鉢植え】盆栽，花盆

例 鉢に植えたチューリップが枯れてしまった。

種植在盆栽裡的鬱金香枯掉了。

1592
☐
はつ
【初】

名・接頭 初次，第一次

例 初の海外旅行なので、かなりウキウキしていた。

因為是第一次的外國旅行，所以我顯得相當興高采烈。

例 娘がピアノ演奏の初舞台を踏んだのは去年の 6 月 5 日でした。

我女兒第一次踏上鋼琴演奏的舞臺是去年的 6 月 5 日。

1593
☐
はっき
【発揮】

名・他Ⅲ 發揮　　　　　　　　　　　　　→ 常考單字

例 先生の一言が彼を説得する上で大きな効力を発揮した。

老師說的那句話，在說服他能夠接受的層面上發揮了很大的效果。

1594
☐
バック
【back】

名・自Ⅲ 後面，背部；背景；靠山；後退；（運動）後衛

例 みんなで琵琶湖をバックに写真を撮った。

大家一起以琵琶湖為背景拍了照片。

例 彼女は車をバックさせて車庫に入れるのが得意だ。

她擅長倒車入庫。

1595
☐
はっこう
【発行】

名・他Ⅲ 發行（書刊）；發放（證照）

例 日本では毎週、何十種類もの漫画雑誌が発行されている。

在日本每週有好幾十種的漫畫雜誌發行。

例 パスポートをなくしたから、再発行を申請しなければならない。

因為我弄丟了護照，所以必須申請重新發照。

1596
☐
はっしゃ
【発射】

名・他Ⅲ 發射

例 長年試行錯誤を重ねた結果、ついに長距離ミサイルの発射に成功した。

多年來不斷嘗試錯誤的結果，我們終於在發射長程飛彈上取得了成功。

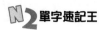

1597
☐ **ばっする**
　【罰する】

他Ⅲ 處罰，懲罰，處分
類 処罰する【しょばつする】處罰，處分

例 法廷で宣誓した上で虚偽の証言をすると、偽証罪で罰せられることがあります。

如果在法庭宣誓後做出虛假的證詞，那麼很有可能會以偽證罪被論處。

┌─ 出題重點 ─────────────────────────

▶搶分關鍵　「する」的被動形

第三類動詞「する」的被動形，通常在文法上被規定為「される」，譬如「予約（よやく）される」、「提供（ていきょう）される」、「発表（はっぴょう）される」等等。然而，如果是一個漢字的「する動詞」時，除了「される」之外，還會出現「せられる」的形態，例如「罰（ばっ）する」跟「発（はっ）する」通常就只會使用「罰せられる」跟「発せられる」的形態，其他如「評（ひょう）する」、「愛（あい）する」就只會有「評される」跟「愛される」的形態，而如果是「課（か）する」就會產生「課される」跟「課せられる」兩種形態都可使用的情況。

└──────────────────────────────

1598
☐ **はっせい**
　【発生】

名・自Ⅲ 發生，產生　　　➜ 常考單字
類 しょうじる【生じる】產生，發生，出現

例 電車が止まるか止まらないかのうちに、爆発が発生した。

電車才一剛停，立刻就發生了爆炸。

┌─ 出題重點 ─────────────────────────

▶文法　Ｖか＋Ｖ－ない＋かのうちに　才剛～就～

表示前後項的動作幾乎同時發生，相當於中文的「才剛～就～」、「正要～的時候，就～」。

└──────────────────────────────

1599
☐ **はっそう**
　【発想】

名 想法；構思，構想　　　➜ 常考單字
類 アイデア【idea】想法，主意，點子

例 卒業式でカラオケ大会をやるとは、なかなか面白い発想だね。

在畢業典禮舉辦卡拉OK大賽，這真是個滿有趣的想法呢。

1600
□
ばったり
副 突然倒下；突然相遇；（事物）突然停止

例 彼は駅前でチラシを配っているとき、熱中症でばったりと倒れた。

他在車站前發傳單的時候，因為中暑而突然倒地不起。

例 電気屋さんで買い物をしていると、英語の先生にばったり会った。

我在電器行買東西的時候，突然遇見了英文老師。

1601
□
はつでん
【発電】
名・自Ⅲ 發電

例 風力発電はコストが高いが、地球環境にやさしい。

風力發電雖然成本很高，但對地球環境很好。

1602
□
🔊
45
はつばい
【発売】
名・他Ⅲ 發售，開賣 → N3 單字

衍 せんでん【宣伝】宣傳

例 新製品が発売されるとともに、大規模な広告キャンペーンも行われる。

在發售新產品的同時，也會舉辦大規模的廣告活動。

1603
□
はと
【鳩】
名 鴿子 → 常考單字

例 公園の鳩は人間を怖がらずに、餌をねだりに寄ってくる。

公園的鴿子並不怕人，會靠近過來討東西吃。

鳥類

はと	すずめ	たか	ふくろう	かもめ
鳩	雀	鷹	ふくろう	かもめ
鴿子	麻雀	老鷹	貓頭鷹	海鷗

1604
□
はなしあう
【話し合う】
自Ⅰ 討論；商議，協商 → N3 單字

類 そうだん【相談】商量，諮商，磋商

例 私たちは話し合って、納得した上で、離婚することにした。

我們經過協議並取得共識之後，決定要離婚。

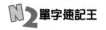

1605 □ はなしかける
【話し掛ける】

自Ⅱ 跟人說話，攀談，搭話 → 常考單字

例 駅前を歩いていると、知らない人に話しかけられて、宗教に勧誘された。　我走在車站前面，走著走著就有不認識的人跑來跟我說話，結果是勸我要信教。

1606 □ はなはだしい
【甚だしい】

い形 （程度非常高）極為，甚是
類 はげしい【激しい】激烈，強烈，猛烈

例 夜中の1時に電話をかけてくるなんて、迷惑も甚だしい。

他竟然在半夜1點鐘打電話來，這未免也太打擾人了。

1607 □ はなむこ
【花婿】

名 新郎

例 まさかあの人が花婿とは考えてもみなかった。

沒想到他竟然是新郎。

┌─ 出題重點 ─┐

▶文法　～とは考えてもみなかった　想都沒想過～

表示「沒想到」、「不可置信」等驚訝、意外的語氣，類似的用法還有「とは考えもしなかった」、「とは思ってもみなかった」、「とは思いもよらなかった」等等。

例 数学の試験で100点を取れるとは思いもよらなかった。

沒想到我竟然可以在數學考試上考100分。

1608 □ はなよめ
【花嫁】

名 新娘

例 父親は娘の花嫁姿を見て、思わず涙ぐんだ。

父親看到女兒的新娘打扮，不禁眼眶含淚。

1609 □ はね
【羽・羽根】

名 羽毛；翅膀；機翼
類 うもう【羽毛】羽毛

例 彼女は羽根飾りの付いた帽子をかぶっている。

她戴著1頂裝飾著羽毛的帽子。

1610 □ **はねる【跳ねる】**

自II 跳躍；（泥水等）飛濺；爆裂；蹦開

類 ジャンプ【jump】跳躍，跳起

例 うさぎがぴょんと草(くさ)むらに跳(は)ねて見(み)えなくなった。

兔子一躍而起，跳到草叢中就看不見了。

例 野菜(やさい)を炒(いた)めているとき、油(あぶら)が手(て)に跳(は)ねて痛(いた)かった。

炒菜的時候，油噴到手上讓我覺得好痛。

1611 □ **はぶく【省く】**

他I 省略，減去，精簡 ➔ 常考單字

類 しょうりゃく【省略】省略，從略

例 細部(さいぶ)の説明(せつめい)を省(はぶ)いて、結論(けつろん)だけを話(はな)します。

我省略細部的說明，只說結論。

1612 □ **はへん【破片】**

名 碎片；破碎的殘骸

類 かけら【欠片】缺片；碎片

例 野球(やきゅう)のボールで割(わ)られた窓(まど)ガラスの破片(はへん)が地面(じめん)に散(ち)らばっている。

被棒球打破的窗戶玻璃碎片，散落在地面上。

1613 □ **はまべ【浜辺】**

名 海邊，湖邊

類 うみべ【海辺】海邊

例 浜辺(はまべ)で昼寝(ひるね)をして、ゆったりとした一時(ひととき)を過(す)ごした。

我在海邊睡午覺，度過了一個輕鬆自在的短暫時光。

1614 □ **はめる【嵌める】**

他II 安上，鑲嵌；戴，套上；使～陷入；欺騙

例 指輪(ゆびわ)を薬指(くすりゆび)にはめているところから見(み)ると、彼(かれ)はもう結婚(けっこん)しているはずだ。 從他無名指上戴著戒指這點來看，他應該是已經結婚了。

出題重點

▶文法　N＋から見て(も)／からみれば／からみると　從N來看

三者皆是從某個角度或立場提出看法、結論或判斷的意思，相當於中文的「從～來看」、「從～來判斷」。

例 調査結果(ちょうさけっか)から見(み)れば、この商品(しょうひん)が若者(わかもの)に人気(にんき)がないことが分(わ)かる。

從調查結果來看，可以知道這個商品不受年輕人歡迎。

1615

□

ばめん
【場面】

名 場面，場景，情景 　　　　　　→ 常考單字

類 シーン【scene】場面，場景

例 私はこういう社交の場面が苦手で、あまりパーティーに参加しないのです。　我因為很不習慣這種社交的場面，所以都不太參加派對。

1616

□

はやおき
【早起き】

名・自Ⅲ 早起 　　　　　　　　　→ 常考單字

反 よふかし【夜更かし】熬夜，很晚才睡

例 兄は毎朝早起きして散歩する習慣があるが、弟はよく朝寝坊してなかなか起きられない。

哥哥每天早上都會早起散步，但弟弟卻經常因為賴床而怎麼也起不來。

1617

□

はやくち
【早口】

名 說話速度快 　　　　　　　　　→ 常考單字

衍 はやくちことば【早口言葉】繞口令

例 電話で数字を早口で言われると、聞き取れないことがあります。

在電話中如果數字講得很快，我有時就會聽不清楚。

1618

□

はらいこむ
【払い込む】

他Ⅰ 繳納，支付

類 にゅうきんする【入金する】入帳；付款

例 電気代として毎月2万円近くをコンビニで払い込んでいる。

我每個月都會在便利商店繳納2萬日圓左右的電費。

1619

□

はらいもどす
【払い戻す】

他Ⅰ 退費，退款；提領（到期存款） 　→ 常考單字

類 へんきんする【返金する】還錢；退錢

例 新幹線が2時間も延着したため、特急料金を払い戻してもらった。

因為新幹線誤點多達2個小時，所以我要求退還了特急費用。

1620

□

バランス
【blance】

名 平衡，均衡 　　　　　　　　　→ N3 單字

類 きんこう【均衡】均衡，平衡，平均

例 健康を保つにはバランスの取れた食事が大切だ。

要保持健康，攝取均衡的飲食是很重要的。

出題重點

▶文法　N／V＋には～　為了～就要～

「には」表示目的，意思相當於「ためには」，後項經常接續「～が必要だ」、「～ほうがいい」、「～が一番だ」、「～なければならない」等表示條件或建議的句型。

例　日本語の会話力を身につけるには、毎日練習しなければならない。

　　想要習得日語的會話能力，就必須要每天練習。

1621
□

はりがね
【針金】

名 鐵絲，銅線，金屬線

例　盆栽は木の枝に針金を巻き付けて、形を作っています。

盆栽是在樹枝上纏繞鐵絲來製作它的造型。

1622
□

はりきる
【張り切る】

自I 拉緊，緊繃；充滿鬥志，精神振奮

類 どりょくする【努力する】努力，奮鬥

例　選手たちはサッカーの全国大会を目指して、張り切って練習している。　選手們以參加足球的全國大賽為目標，鬥志高昂地正在練習。

1623
□

はれる
【腫れる】

自II 腫，腫脹

衍 えんしょう【炎症】發炎

例　誰かに殴られたのか、彼女は目がひどく腫れている。

不曉得是不是被人揍了，她的眼睛腫得很厲害。

1624
□

はんい
【範囲】

名 範圍，界線　　　　　　　→ 常考單字

例　私の知っている範囲では、ドリアンはタイから輸入されるものが多い。　就我所知，榴槤大多是從泰國進口的。

1625
□

はんえい
【反映】

名・自他III 反映；反射　　　→ 常考單字

例　新聞記者は世相を反映した記事を書かなければ、読者を得られない。

新聞記者如果不能寫出反映世局的文章，是無法獲得讀者青睞的。

1626 パンク
【puncture】

名・自Ⅲ （車輛）爆胎；撐破，破裂
例 エンスト（車輛）拋錨

例 高速道路で車がパンクしたため、警察に助けを求めた。

由於我在高速公路上車子爆胎，所以向警察求救。

例 ダイエット中なのに、食べ放題の店で食べ過ぎてお腹がパンクしそうだった。

我明明還在減肥，但卻在吃到飽的店裡吃太多，撐得我肚皮都快破了。

1627 はんけい
【半径】

名 半徑
例 ちょっけい【直径】直徑

例 震源地を中心に半径50キロの地域で大きな被害が発生した。

以震央為中心在半徑50公里的地區當中，發生了很大的災害。

1628 はんこう
【反抗】

名・自Ⅲ 反抗，對抗
類 ていこう【抵抗】抵抗，反抗，抗拒

例 中学のころ、よく担任の先生に反抗したものだった。

中學的時候，我經常反抗我們班的級任導師。

1629 はんざい
【犯罪】

名 犯罪
類 つみ【罪】罪，罪行，罪孽

例 インターネットを使った犯罪は年々増える一方だ。

使用網路的犯罪行為每年都一直不斷地增加。

1630 はんすう
【半数】

名 半數

例 出席議員の半数以上がこの提案に賛成した。

出席議員的半數以上都贊成這個提案。

1631 はんする
【反する】

自Ⅲ 違反，相反
類 いはんする【違反する】違反，違背

例 彼女は大方の予想に反して、ヘアスタイリストになった。

她與大部分人的預測相反，後來成為了1名髮型設計師。

1632
□ **はんせい**
【反省】

名・他Ⅲ 反省　　　　　　　　　　→ 常考單字

衍 しまつしょ【始末書】悔過書

例 謝れば済むというものでもないが、反省する気持ちを表すのは大事だ。

　並不是說只要道歉事情就解決了，但表示出反省態度也是很重要的。

1633
□ **はんだん**
【判断】

名・他Ⅲ 判断

例 この場では判断しかねますので、上司と相談してからお答えします。

　因為我現在無法當場做出判斷，所以我會跟上司商量後再回答您。

1634
□ **バンド**
【band】

名 樂團，樂隊；（皮）帶，腰帶

例 あの時は親に反対されても、諦めずにバンド活動を続けていた。

　當時即使是父母反對我也沒放棄，依然一直持續著樂團的活動。

例 時計のバンドが切れたから、新しいのに買い替えた。

　因為錶帶斷了，所以我重新買了1條新的。

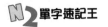

1635
□
はんとう
【半島】

名 半島
類 みさき【岬】海岬，海角

例 伊豆半島の沿岸部にはサイクリングコースが設置されている。

伊豆半島的沿岸部設置有自行車道。

1636
□
はんのう
【反応】

名・自Ⅲ 反應　　　　　　　　　　　→ 常考單字

例 息子はゲームに夢中になっていて、声をかけても全然反応がなかった。

我兒子玩電玩玩得很入迷，開口叫他都完全沒有反應。

1637
□
はんばい
【販売】

名・他Ⅲ 販賣，銷售　　　　　　　　→ 常考單字
反 こうばい【購買】購買

例 我が社は高齢者を対象にした健康食品を販売しております。

我們公司販賣的是以老年人為對象的健康食品。

1638
□
パンフレット
【pamphlet】

名 小冊子　　　　　　　　　　　　→ 常考單字

例 観光パンフレットをご希望の方は下記の電話番号にお問い合わせください。　想索取觀光簡介的人，請打下面的電話詢問。

1639
□
はんめん
【反面】

名・副 反面，相反地，另一方面
類 いっぽう【一方】另一方面，同時

例 インターネットは情報を得るのに便利な反面、それが正しいかどうかの判定が難しいという欠点もある。

網路獲得資訊是很方便，但另一方面也有很難判斷資訊是否正確的缺點。

文化補充

▶文法　～反面　另一方面～

「反面」表示一件事的「一體兩面」，也就是一方面是這樣，但另一方面卻是相反的狀況。「反面」除了可以像接續助詞一般用於句子當中，也可以「その反面」的形式，當做接續詞來使用。

例 工業の発達で人類の生活は便利になった。しかし、その反面、環境汚染という問題ももたらされた。　工業的發展使得人類的生活便利了。但另一方面，同時也帶來了環境汚染的問題。

ひ／ヒ

1640
☐

46

ひ～
【非～】

接頭 非～，不～　　　　　　　　→ 常考單字

例 その 考え方は非現実的だから、やめたほうがいい。

那個想法是不切實際的，所以最好不要那樣做。

例 お葬式に赤いネクタイを締めていくなんて、非常識もいいところだ。

他竟然打著紅色領帶去參加喪禮，實在是太沒有常識了。

出題重點

▶**文法　N もいいところだ　實在是太～**

「N もいいところだ」是一種反語的用法，字面上表示優點、好處，但其實是表示「這種做法或情況實在是太過分了」等等的激憤、憤慨、不滿等情緒。這種用法通常用於批判、指責的語氣上，相當於中文的「莫此為甚」、「實在是太～」、「根本就是～」、「～也要有個限度」等等意思。

1641
☐

～ひ
【～費】

接尾 ～費

例 出張は交通費と宿泊費を含めて、5万円の経費が必要です。

出差包括交通費及住宿費，需要 5 萬日圓的經費。

1642
☐

ひあたり
【日当たり】

名 陽光照射，採光　　　　　　　→ N3 單字
衍 かぜとおし【風通し】通風

例 この部屋は家賃は安いが、日当たりはよくない。

這間房間雖然房租便宜，但採光並不好。

1643
☐

ひがえり
【日帰り】

名・自他Ⅲ 當天來回　　　　　　→ N3 單字
衍 いっぱくふつか【一泊二日】兩天一夜

例 日帰り旅行で、箱根と日光のどちらかに行きたいと思っている。

我想去箱根或日光的其中一處，來一趟當天來回的旅行。

1644
ひかく
【比較】

名・他Ⅲ 比較 → 常考單字

類 くらべる【比べる】比較，相比

例 彼のパン作りの技術は、他の職人と比較にならないほど優れている。

他製作麵包的技術高超，是其他師傅所無法比擬的。

1645
ひかくてき
【比較的】

副 比較 → 常考單字

類 わりあい【割合】（出乎意外地）比較，較為

例 この味付けは台湾北部にしては比較的甘い。

這種調味在臺灣北部來說，相對地比較甜。

1646
ひかげ
【日陰】

名 陰涼處，背蔭處

反 ひなた【日向】陽光照射處，向陽處

例 熱中症になるから、日陰で休んで水分補給をしなさい。

因為會中暑，所以你要在陰涼處休息一下補充水分。

1647
ぴかぴか

副・自Ⅲ 閃閃發光，亮晶晶 → N3 單字

類 きらきら 閃耀，閃爍，耀眼

例 靴は入念に磨かれて、ぴかぴかになっている。

鞋子被擦得很仔細，所以變得亮晶晶的。

1648
ひきうける
【引き受ける】

他Ⅱ 承擔，接受；保證 → 常考單字

例 この仕事の後始末は私が引き受けるから、安心してください。

這份工作的善後處理會由我來承擔，所以請您放心。

1649
ひきかえす
【引き返す】

自Ⅰ 返回原地，折返

例 エンジンに不調があったため、飛行機は出発した空港に引き返した。

因為引擎發生故障，所以飛機就折返回原先起飛的機場。

1650
ひきだす
【引き出す】

他Ⅰ 抽出，取出；導引，誘導；提領（存款）

例 彼は本棚から1冊の本を引き出して読み始めた。

他從書架上抽出 1 本書後就開始閱讀。

例 この小学校では生徒の未知の才能を引き出すことを教育の趣旨としている。　這間小學是以引導出學生的未知才能為教育的宗旨。

1651
☐
ひきとめる
【引き止める】

他Ⅱ 阻止，勸阻；挽留，留住

例 後輩が仕事を辞めようとしたが、なんとか説得して引き止めた。

公司後輩想要辭去工作，我好不容易說服他打消了念頭。

例 帰ろうとする客を引き止めて、夕食を共にした。

我留下想要回去的客人，然後一起共進了晚餐。

1652
☐
ひきょう (な)
【卑怯 (な)】

な形 卑鄙無恥，卑劣
類 ひれつ (な)【卑劣 (な)】卑劣，惡劣，卑鄙

例 何も手伝わなかったくせに、まるで自分がやったかのように言うとは卑怯なやつだ。

明明什麼都沒幫忙，卻說得好像是自己做的一樣，他真是個卑鄙的傢伙。

出題重點

▶文法　〜かのようだ／〜かのように／〜かのような　就好像〜一樣

「〜かのようだ」是一種比喻的強調說法，有時表示「實際上不是那樣，卻表現得好像那樣」。開頭的部分，經常會跟「まるで」、「あたかも」、「さも」等表示「宛若」、「彷彿」、「恰似」之類意思的副詞一起使用。

例 彼はただ静かに座っているだけで、あたかも何も知らないかのようだ。　他只是安靜地坐著，表現得好像什麼都不知道一樣。

1653
☐
ひげき
【悲劇】

名 悲劇
反 きげき【喜劇】喜劇

例 戦争は取り返しのつかない悲劇だ。二度と繰り返してはいけない。

戰爭是無可挽回的悲劇。絕對不可再重蹈覆轍。

電影類型

コメディ映画	アクション映画	ホラー映画	アニメ映画	ＳＦ映画
喜劇片	動作片	恐怖片	動畫片	科幻片

1654
□ **ひざし**
【日差し】

名 日照，陽光
類 にっこう【日光】日光，陽光

例 夏の日差しは紫外線が強いから、日傘を差して防ぎましょう。

夏天的陽光因為紫外線強烈，所以讓我們撐起陽傘來防護吧。

1655
□ **ビジネス**
【business】

名 商務，生意，事業 　　→ 常考單字
衍 とりひき【取引】交易，買賣

例 当社は現地で人材を採用し、海外でのビジネスを拡大する計画です。

本公司計畫要在當地錄用人才，進而擴大在海外的事業。

1656
□ **ひじょうしき (な)**
【非常識 (な)】

名・な形 沒有常識，欠缺常識

例 一部の国会議員の非常識な言動は目に余るものがある。

部分國會議員欠缺常識的言行，實在讓人看不下去。

出題重點

▶文法　〜ものがある　讓人感覺實在是〜

表示說話者的評價與強烈感受，前項經常會接續感情表現的語句。相當於中文的「有其〜的一面」或是「的確是〜」的意思。

1657
□ **ビタミン**
【(德)vitamin】

名 維他命，維生素
衍 ミネラル【mineral】礦物質

例 ビタミンＣが豊富なレモンは風邪予防だけでなく、疲労回復にもいいらしい。

維他命Ｃ豐富的檸檬不只對預防感冒有效，對消除疲勞也很有用。

1658
☐ **ひっかかる**
【引っ掛かる】

| 自Ⅰ | 卡住，勾住；受騙，上當；在意，無法釋懷 |

例 上を見上げると、凧が電線に引っ掛かっているのが見えました。

抬頭往上一看，結果看見風箏勾在電線上。

1659
☐ **ひっかける**
【引っ掛ける】

| 他Ⅱ | 勾到，卡在（上面）；披上；濺，潑；喝酒；欺騙；勾引；趁機，設法與～拉上關係 |

例 上着を肩に引っ掛けて、街をゆっくり歩いている。

將外套披在肩上，漫步在街上。

1660
☐ **ひっきしけん**
【筆記試験】

| 名 | 筆試 |
| 反 | こうじゅつしけん【口述試験】口試 |

例 あの会社に入るには、まず筆記試験に合格してから、2回の面接に通らなければならない。

要進入那家公司，首先要考過筆試，然後再通過2次口試才行。

1661
☐ **ひっくりかえす**
【引っ繰り返す】

| 他Ⅰ | 弄倒，翻過來；推翻 → N3 單字 |
| 類 | くつがえす【覆す】打翻；翻轉；推翻，打倒 |

例 猫がテーブルに飛び上がって、花瓶をひっくり返した。

貓跳上了桌子，打翻了花瓶。

例 ＳＮＳの出現は、情報伝達の常識を引っ繰り返した。

社群網站的出現，打破了資訊傳播的常識。

1662
☐ **ひっくりかえる**
【引っ繰り返る】

| 自Ⅰ | 翻倒；翻過來；（形勢）逆轉 |
| 類 | くつがえる【覆る】翻覆；被推翻，倒臺 |

例 突然の嵐で、ヨットがひっくり返った。

因為突然出現的暴風，帆船整個都翻覆了。

例 8回裏での田中選手のホームランで試合が引っ繰り返った。

8局下半田中選手的全壘打，使得比賽整個形勢逆轉。

1663
☐ **ひづけ**
【日付】

| 名 | （做為文書紀錄的）日期，年月日 |
| 類 | にちじ【日時】日期與時間 |

例 図書館の古い新聞は日付順に置いてあります。

圖書館的舊報紙是按照日期順序排放的。

1664
☐
ひっこむ
【引っ込む】

| 自Ⅰ 退居；退縮；縮進，凹陷 |

例 退職後は生まれ故郷に引っ込んで、老後の生活を送る。

退休後我要回出生的故鄉隱居，過我的養老生活。

例 大丈夫だよ。こんなこぶは二三日もすれば、すぐ引っ込むよ。

沒問題的啦。這樣的腫包只要過個兩三天，就會立刻消腫了。

1665
☐
ひっし (な)
【必死 (な)】

| 名・な形 必死；拼命 |
| 類 けんめい (な)【懸命 (な)】拼命，盡全力 |

例 子供たちは、鬼ごっこで鬼につかまるまいと、必死に逃げ回った。

小孩子們在捉迷藏當中為了不要被鬼抓到，大家都拼命地四處奔逃。

出題重點

▶**文法 Ｖ／Ｖ－ます＋まいと 為了不要～**

「まいと」表示否定的意志及決心，也就是為了不要讓前項動作成立，因此努力地在進行後項動作。這種用法與「（よ）うと」相對，「（よ）うと」表現的是肯定的意志與決心。

例 兄は家計に負担をかけまいと、一生懸命バイトをしている。

哥哥為了不要給家計增添負擔，拼命地在打工。

例 兄は家計を助けようと、一生懸命バイトをしている。

哥哥為了幫忙家計，拼命地在打工。

1666
☐
ひっしゃ
【筆者】

| 名 筆者，書寫者 | → 常考單字 |
| 類 さくしゃ【作者】作者 |

例 筆者は少子化の現象に注目し、その解決策を打ち出そうとしている。

筆者關注少子化現象，並且想要提出解決辦法。

1667
☐
ひつじゅひん
【必需品】

| 名 必需品 |

例 この町では通学につけ、買物につけ、自転車は必需品だ。

在這座城市當中，不管是上學還是買東西，自行車都是必需品。

▶文法　～につけ～につけ　無論是～還是～

以對比的詞語來表示，「不管是～還是～」的意思。

例　嬉しいにつけ、悲しいにつけ、私は毎日欠かさずに日記をつけている。　無論是歡喜還是悲傷，我每天都會不間斷地寫日記。

1668
☐ **ひっそり**

| 自Ⅲ・副 靜悄悄，寂靜；靜靜地，默默地 |
| 類 しんと 靜悄悄，安靜無聲 |

例　この公園は休日になると大勢の人で賑わうが、平日はひっそりしている。　這個公園一到假日就會有很多人很熱鬧，但平日卻是一片寂靜。

1669
☐ **ぴったり**

| 副・自Ⅲ 完全符合，完全一致；緊貼，緊密 |

例　このワンピースはお客様にぴったりですよ。

這件連身裙很適合客人您呢。

例　コンタクトレンズは目にぴったりとくっついて取れない場合がある。

隱形眼鏡有的時候會緊貼在眼睛上而取不下來。

1670
☐ **ひっぱる**
【引っ張る】

| 他Ⅰ （用力）拉扯；強行拉走；拉攏；統率；拉長 |

例　食事の時間になると、神父はロープを引っ張って、鐘を鳴らします。

一到吃飯時間，神父就會拉扯繩子敲響鐘聲。

例　優秀な人材をわが社に引っ張ってこよう。

把優秀的人才拉進我們公司吧。

1671
☐ **ひてい**
【否定】

| 名・他Ⅲ 否定，否認 |
| 反 こうてい【肯定】肯定 |

例　彼の貢献を否定したいわけではないが、わが社に貢献したのは彼一人だけではないと思う。

我並不是想否定他的貢獻，而是我認為對我們公司有貢獻的不只他一人。

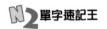
1672
□
ひとくち
【一口】

名 一口；一點；一句（話）；一股，一份

例 これおいしいよ。一口食べてみて。

這很好吃喔，你吃一口看看。

例 一口に音楽といっても、いろいろなジャンルがある。

雖然簡單一句話說是音樂，但音樂也有各種類型。

1673
□
ひとこと
【一言】

名 一句話；短短幾句話

→ 常考單字

例 彼は一言も言わずに、そのまま帰ってしまいました。

他一句話也沒說，就那樣直接回去了。

例 新年会の開会にあたりまして、一言ご挨拶を申し上げます。

在新年會開始的這個時刻，請容我向各位說幾句話。

出題重點

▶文法　V／N＋にあたって／にあたり　值此～之際、在～的時刻

「にあたって」表示在一個特別的時間點上採取一個重要而積極的動作，這是書面語的用法，多用於事前準備、致詞或感謝信等正式的場合，不會用於一般性的日常事務上。「にあたって」更正式的用法是「にあたり」，其他類似的用法還有「に際して」。

例 留学するにあたり、パスポートやビザの準備をしなければならない。　在要去留學的時候，必須準備好護照以及簽證等等文件。

1674
□
ひとごみ
【人込み】

名 （擁擠的）人群，人山人海
類 こんざつ【混雑】擁擠不堪

例 私は混雑した駅の構内で人込みをかき分けて、やっとホームにたどり着いた。

我在擁擠的車站當中推開人群擠身向前，好不容易才終於抵達了月臺。

1675
☐ ひとで
【人手】

名 人手；人力；他人；別人的幫助，幫手
類 はたらきて【働き手】人手；家庭支柱

例 畑の仕事は人手不足で猫の手も借りたいくらいです。

田裡的工作因為人手不足而忙得不得了。

例 先祖伝来の屋敷はいったん人手に渡ったが、再び買い戻すことができた。

祖先流傳下來的房子曾經一度轉手他人，但後來又終於能夠買回來了。

┌─ 出題重點 ─────────────────────────────
│
│ ▶慣用　猫の手も借りたい　忙得不得了
│
│ 「猫の手も借りたい」是一個表示「異常忙碌」的諺語，意思是說忙到連
│ 貓的手都想借來幫忙，由此可知其忙碌的程度是非同小可的。
└────────────────────────────────────

1676
☐ ひととおり
【一通り】

名・副 大致，大略；普通，一般；一套，整個
類 いちおう【一応】大致；姑且；基本上算是

例 その計画書には一通り目を通した。　那份報告書，我大致上看了一遍。
例 希望の大学に合格した時の喜びは一通りではなかった。

當我考上志願中的大學時，那份喜悅真的是非比尋常。

1677
☐ ひとどおり
【人通り】

名・自他Ⅲ 來往行人，人來人往　　→ 常考單字
衍 おおどおり【大通り】大街，大馬路

例 かつて賑やかだった商店街は、人通りが少なく寂しくなっている。

過去曾經很熱鬧的商店街，現在變得來往行人很少感覺很落寞。

1678
☐ ひとまず
【一先ず】

副 暫且，姑且

例 やるべきことはすべてやった。これでひとまず安心だ。

該做的事全都做了。這樣就暫且可以放心了。

1679
☐ ひとみ
【瞳】

名 瞳孔，眼珠子，眼睛
類 どうこう【瞳孔】瞳孔

例 彼女は暗やみで瞳を凝らして、相手の不審な行動をじっと見つめていた。　她在黑暗之中睜大眼睛，一直注視著對方可疑的行動。

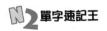

出題重點

▶慣用　瞳を凝らす　凝神注視

「凝らす」有「集中注意力」的意思，因此「瞳を凝らす」跟「目を凝らす」
就是「目不轉睛地注視」的意思，而「息を凝らす」則是表示「屏氣凝神」
的意思。

1680
☐
ひとめ
【一目】

名（看）一眼；一眼望盡
衍 ひとめぼれ【一目惚れ】一見鍾情

例 一目でいいから、アメリカに行ったきりの息子に会いたい。

只要一眼就好，我好想看看我那到美國一去不回的兒子。

例 この丘から町の夜景を一目で見渡せる。

從這個山丘上可以一眼瞭望城市的夜景。

1681
☐
ひとやすみ
【一休み】

名・自他Ⅲ 休息一下，歇一會兒
類 きゅうけい【休憩】短暫休息

例 疲れたので、喫茶店で一休みしてから行こう。

因為累了，所以我們在咖啡廳休息一下再走吧。

1682
☐
ひとりぐらし
【一人暮らし】

名 單身生活，一個人生活　→ 常考單字
反 どうきょ【同居】共同生活，同住

例 日本に来て一人暮らしを始めてから、自炊するようになった。

自從來到日本開始一個人生活之後，我變得會自己煮飯吃了。

1683
☐
ひとりごと
【独り言】

名 自言自語
衍 ねごと【寝言】說夢話

例 彼はいつもぶつぶつと独り言を言う。

他總是嘀嘀咕咕地在自言自語。

1684
☐
ひとりでに

副 自動地，自行；自然而然
類 おのずから【自ずから】自然，自然而然

例 ここに立つとセンサーが働いて、ドアはひとりでに開きます。

只要站在這裡，感應器就會作用，然後門就會自動打開。

1685
ひとりひとり
【一人一人】

47

名・副 每個人，各自；（按順序）一個一個地
類 めいめい【銘々】各自

例 お客様一人ひとりのニーズに応じて、サービスを提供いたします。

我們會根據每位客人的不同需求，來提供我們的服務。

1686
ひなん
【避難】

名・自他Ⅲ 避難，逃難　　　　　　→ 常考單字

例 津波が発生する恐れがありますので、速やかに避難してください。

因為有發生海嘯的危險，所以請盡速避難。

1687
ひにく（な）
【皮肉（な）】

名・な形 挖苦，諷刺；令人啼笑皆非的

例 失敗したのに、よくやったねと皮肉を言われた。

我明明搞砸了，卻有人語帶嘲諷地對我說，你做得真好。

例 皮肉にも家に着いてから、雨がすぐに止んだ。

令人好笑的是當我到家之後，雨馬上就停了。

1688
ひにち
【日にち】

名 日數；時日；日期　　　　　　→ N3 單字
類 ひどり【日取り】日期，日子

例 再入荷の日にちが決まり次第、当店のホームページでお知らせします。

再次進貨的日期一決定，就會在本店的網站首頁通知各位。

1689
ひねる
【捻る】

他Ⅰ （用指尖輕輕）扭，擰；構思；絞盡腦汁
類 ねじる【捩る】（使勁）扭，擰

例 蛇口を捻っても水が出ないから、水道会社に修理を依頼した。

因為扭轉水龍頭也不會出水，所以就請水公司前來修理。

例 あれこれ頭を捻って、やっといい方法を考え出しました。

絞盡腦汁想了很多，終於想出一個好辦法。

1690
ひのいり
【日の入り】

名 日落，日暮
衍 ゆうひ【夕日】夕陽

例 最近、日の入りが早くなったような気がします。

最近，總感覺天黑的時間變早了。

1691
☐ ひので
【日の出】

名 日出
衍 あさひ【朝日】旭日，朝陽

例 昔の人は日の出とともに働きに出かけ、日が沈んだら休むのが常でした。 從前的人習慣都是隨著日出而外出工作，日落之後就回家休息。

1692
☐ ひはん
【批判】

名・他Ⅲ 批評，批判　　　　　　　　　→ 常考單字

例 批判がなければ進歩はないから、人の指摘を真摯に受け止めるべきだ。

如果沒有批判就沒有進步，所以我們應該認真地接受別人的指正。

1693
☐ ひび
【日々】

名 每日，天天　　　　　　　　　　→ 常考單字
衍 ねんねん【年々】年年，每年，逐年

例 夏休みは短期留学に行き、充実した日々を過ごした。

暑假我去了短期留學，度過了充實的每一天。

1694
☐ ひびき
【響き】

名 聲響，聲音；回聲，迴響；震動；影響
類 はんきょう【反響】回聲，回應；反應，反響

例 エキゾチックなオーケストラの響きに淡い哀愁を感じ取った。

我在充滿異國風情的交響樂聲中，感受到了淡淡的哀愁。

1695
☐ ひびく
【響く】

自Ⅰ 響徹；迴響；影響；（名聲）響亮
類 とどろく【轟く】轟隆巨響；名震天下

例 風の音がびゅうびゅうと谷に響いている。

風聲呼呼地響徹整個山谷。

例 彼の名は建築家として世界中に響き渡っている。

他做為一名建築家，名聲響亮於全世界。

1696
☐ ひひょう
【批評】

名・他Ⅲ 批評，評論

例 こんなくだらない作品は批評するに値しない。

這麼無趣的作品不值得批評。

1697
□
びみょう (な)
【微妙 (な)】
｜な形｜ 微妙；難以言喻　→ N3 單字

例 うまく行くかどうかは微妙な状況で、何とも言えません。

是否會成功還處於很微妙的狀況中，所以現在很難說得準。

1698
□
ひやす
【冷やす】
｜他Ｉ｜ 使～冰涼，冰鎮；使～冷靜；使～驚嚇
｜反｜ あたためる【温める】加熱，使～暖和

例 日本の夏はやはり麦茶を冷やして飲むに限る。

日本的夏天，還是把麥茶冰起來喝最好。

例 焦っちゃだめだよ。頭を冷やして冷静に考えろ。

不能焦躁，要靜下心來冷靜思考。

1699
□
ひやひや
｜副・自Ⅲ｜ 發冷；擔心害怕，提心吊膽
｜類｜ はらはら 提心吊膽，膽戰心驚

例 秘密がばれないかと毎日ひやひやしている。

每天都提心吊膽地擔心秘密會不會被揭穿。

1700
□
ひよう
【費用】
｜名｜ 費用，開銷　→ 常考單字
｜類｜ 経費【けいひ】經費

例 食事の費用は各自が負担することになっています。

用餐的費用規定是要各自負擔。

1701
□
びよう
【美容】
｜名｜ 美容
｜衍｜ びよういん【美容院】美容院

例 美容と健康のためには、十分な睡眠が一番です。

為了促進美容與健康，最好的方式就是充分的睡眠。

1702
□
ひょうか
【評価】
｜名・他Ⅲ｜ 評估；估價；評價，評量　→ 常考單字

例 この会社の新しいスマホは消費者から高い評価を受けている。

這家公司的新型智慧型手機，受到消費者高度的評價。

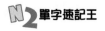

1703 ☐
ひょうげん
【表現】

名・他Ⅲ 表現，表達　　　→ 常考單字
類 あらわす【表す】表現，表示，表達

例 兄と再会した時の感動は、とても言葉では表現できなかった。

我跟哥哥重逢時的感動，實在是難以用言語來形容。

1704 ☐
ひょうしき
【標識】

名 標誌；標記
衍 しんごう【信号】號誌，信號燈

例 この辺の道路標識は分かりにくいので、気をつけないと道が分からなくなる。　這附近的道路標誌很難看懂，所以一不小心就會認不得路。

1705 ☐
ひょうじゅん
【標準】

名 標準，基準；一般水準
類 きじゅん【基準】基準，準則

例 世界の標準から見れば、我が国の環境政策は遅れていると言わざるをえない。　從世界標準來看，我國的環境政策不得不說是十分落後。

1706 ☐
びょうどう (な)
【平等 (な)】

名・な形 平等
反 さべつ【差別】不同對待，歧視

例 出自や地位に関係なく、法の前ではみな平等だ。

跟出身及地位無關，法律之前人人平等。

1707 ☐
ひょうばん
【評判】

名 評論，評價；有名望，有名聲　　　→ 常考單字
反 ふひょう【不評】名聲不佳；不受歡迎

例 駅の周辺では、この店のラーメンが一番美味しいという評判です。

在車站周邊，這家店的拉麵是被評價為最好吃的。

1708 ☐
ひるね
【昼寝】

名・自他Ⅲ 午睡，睡午覺　　　→ N3 單字

例 これだけ夏が暑いと、昼寝をせずにはいられない。

夏天熱到這種程度，自然非得睡午覺不可。

睡眠

昼寝	居眠り	就寝	早寝早起き
午睡	打瞌睡	就寢	早睡早起

1709
□ **ひろう**
【拾う】

他Ⅰ 撿拾；撿到；挑揀；招攬（計程車等）
反 おとす【落とす】使～掉落；弄丟

例 子供の頃はよく落ち葉を拾って、しおりにしたものだ。

小時候我經常撿拾樹葉，做成書籤。

1710
□ **ひろう**
【疲労】

名・自他Ⅲ 疲勞，疲憊
衍 かろう【過労】過勞

例 徹夜で仕事をした後、心身ともに疲労しました。

熬夜工作之後，身心俱疲。

1711
□ **ひろびろ**
【広々】

副・自Ⅲ 廣闊，遼闊

例 広々とした海を眺めると、気持ちが落ち着き、心が癒される。

眺望遼闊的大海，就可心情穩定，撫慰心靈。

1712
□ **ひろめる**
【広める】

他Ⅱ 擴大，使～增長；推廣，使～普及

例 見聞を広めるには、書物を読むより旅に出たほうがいい。

要增廣見聞，與其讀書還不如去旅行。

例 彼は自分の主張を広めるために、全国各地で講演会を開いている。

他為了推廣自己的主張，在全國各地開辦演講會。

1713
□ **ひん**
【品】

名・接尾 品格，品行；物品；一道（菜）
衍 じょうひん（な）【上品（な）】高尚，高雅

例 お酒が入ると大声で騒ぐ。何て品のない人なんだ。

一喝酒就大聲吵鬧。真是個沒品的人。

例 台風に備えて、食料品をいろいろと買い込みました。

為了颱風做準備，我買了很多食品。

1714
☐
びん
【便】

名（交通工具的）班次，航班

例 那覇までのフェリーは、週に3便出ています。

到那霸的客輪，1週有3個航班運行。

1715
☐
ピン
【pin・(葡)pinta】

名 別針；大頭針；髮夾；第一，最好

例 ヘアピンで髪を留めるだけで、いつもと違った髪型になる。

只要用髮夾把頭髮固定住，髮型就會變得跟平常不一樣。

1716
☐
ひんしつ
【品質】

名 品質　　　　　　　　　　　　→ 常考單字

例 このスーパーで売っている品物は値段が安い反面、品質はあまりよくな

い。　這間超市賣的物品價格便宜，但相對地品質卻不太好。

▶ふ／フ

1717
☐
🔊
48
ふ～
【不～】

接頭 不～，～不好　　　　　　　　→ 常考單字
類 無【む】無～

例 不可能を可能にするには、絶えず努力しなければなりません。

要化不可能為可能，必須不斷地努力。

┌─ 出題重點 ─────────────────────┐

▶搶分關鍵　「不」漢語詞彙

做為接頭語，「不」有「ふ」跟「ぶ」兩種發音，簡單歸納如下。

不（ふ）：不経済　不經濟，浪費／不景気　不景氣／不公平　不公平／

不健康　不健康／不合格　不及格

不（ぶ）：不用心　粗心大意，不安全／不細工　難看，醜／不器用　不

靈巧，笨拙／不気味　陰森恐怖

└────────────────────────────┘

1718 □
ファスナー
【fastener】

名 拉鍊

例 友達のズボンのファスナーが開いていたので、小さな声で教えてあげた。　朋友的褲子拉鍊鬆開了，所以我小聲地告訴了他。

1719 □
ふあんてい (な)
【不安定 (な)】

名・な形 不安定，不穩定

反 あんてい【安定】安定，穩定

例 彼は大学を卒業しても定職につかず、不安定な生活を送っている。

他大學畢業後也沒有固定工作，一直過著不安定的生活。

1720 □
ふうけい
【風景】

名 風景，風光，景致；情景，景象　　→ 常考單字

例 眼前に美しい海岸風景が広がっている。

眼前展現的是美麗的海岸風光。

出題重點

▶詞意辨析　景色 VS 風景

兩者都可表示「景觀」、「風景」，但不同的是「景色（けしき）」只能表現自然風景，而「風景（ふうけい）」除了自然風景之外，還可用來表現某個特定的「場面」或「場景」。此外，在表現風景方面，「景色」主要是指令人賞心悅目的自然風景，像是「春の景色」、「山の景色」等等，而「風景」指的是展現於眼前的大範圍的景致風光，像是「田園風景」、「山岳風景」等等。

（○）授業風景を見学する。／（×）授業景色を見学する。

參觀上課情形。

1721 □
ふうせん
【風船】

名 氣球

衍 こま【独楽】陀螺

例 子供が手を放した風船が電線に引っ掛かってしまった。

小孩子放手的氣球勾住在電線上面。

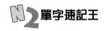

1722 □ ブーム
【boom】

名 風潮，熱潮　　　　　　　　→ 常考單字
類 りゅうこう【流行】流行；時尚

例 ペットブームに乗って子犬を買い、飽きてしまったら捨ててしまう人がいる。　有些人趁著寵物熱潮買了小狗，但厭煩之後就把狗丟棄。

1723 □ ふうん（な）
【不運（な）】

名・形 運氣不好，倒楣
反 こううん（な）【幸運（な）】幸運，好運

例 彼女は才能があるのに、不運に見舞われてバレエダンサーになれなかった。　她明明很有才華，但運氣不好，沒能成為芭蕾舞者。

1724 □ ふえ
【笛】

名 笛子；哨子
衍 くちぶえ【口笛】口哨

例 木村さんは伝統音楽に堪能で、笛も吹けば琴も弾く。
木村先生精通傳統音樂，不但會吹笛子還會彈古琴。

> ┌─ 出題重點 ─┐
>
> ▶文法　N1 も〜ば、N2 も〜　不但 N1 〜而且 N2 〜
> 為事項並列的用法，通常是列出相同性質或是對照性的事物，用以表示不但前項成立，而且後項也成立，相當於中文的「既〜又〜」。在「な形容詞」時會使用「N1 も〜なら、N2 も〜」的形式。
> 例 この会社の製品は値段も手ごろなら、アフターサービスもきちんとしている。　這家公司的產品不但價錢適中，售後服務也很實在。

1725 □ フォーム
【form】

名 形式，樣式；（體育運動的）姿勢

例 岡本選手はコーチにフォームを変えるように言われてから、成績が上がった。　岡本選手被教練指示要改變打擊姿勢後，成績就進步了。

1726 □ ふかい（な）
【不快（な）】

な形 不愉快，不舒服；身體不適
類 ふゆかい（な）【不愉快（な）】不愉快

例 こっちは聞きたくもないのに、一方的に彼氏の悪口を言ってくるのが不快でならない。　我根本就不想聽，但她卻單方面跑來跟我說她男朋友的壞話，真是讓我感覺不愉快。

1727
☐

ふかけつ（な）
【不可欠（な）】

名・な形 不可或缺，不可少的，必需的
類 かかせない【欠かせない】不可缺少的

例 生物が生きていく上で不可欠なものは、空気と日光と水です。

生物在生存上所不可或缺的物質是空氣、陽光跟水。

1728
☐

ふかのう（な）
【不可能（な）】

名・な形 不可能；做不到
反 かのう（な）【可能（な）】可能

例 実現不可能なことは分かりきっているが、どうしても諦めることがで
きない。

雖然我十分清楚這是不可能實現的事，但我就是怎樣都無法放棄。

出題重點

▶文法　V－ます＋切る　完全～、～透徹

「切る」接續在動詞「ます形」之後，除了有表示「動作全部做完」的意
思之外，另外還可表示「動作到達極致」，也就是「非常」、「極其」、「堅
決」等等的意思。常見的形態有「疲れ切る（つかれきる）」（極度疲勞）、
「澄み切る（すみきる）」（十分澄淨）、「分かり切る（わかりきる）」
（瞭然於胸）、「言い切る（いいきる）」（斷言）等等。

1729
☐

ふかまる
【深まる】

自I 加深，變深

例 冬が深まるにつれて、雪かきの仕事も増えてきました。

隨著寒冬加深，剷雪的工作也隨之增加起來。

1730
☐

ふきそく（な）
【不規則（な）】

名・な形 不規則，不規律；凌亂
反 きそくただしい【規則正しい】規律整齊的

例 夜勤で睡眠時間が不規則なせいで、健康に悪影響が出た。

因為上夜班睡眠時間不規律，因此對健康產生了不良影響。

1731
☐

ふきゅう
【普及】

名・自他Ⅲ 普及　　　　　　　→ 常考單字
衍 りゅうつう【流通】流通

例 インターネットの普及により、情報の入手が非常に簡単になった。

由於網路的普及，資訊的取得變得非常容易。

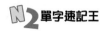

1732
☐
ふきん
【付近】

名 附近，一帶 → N3 單字
類 きんぺん【近辺】周邊，附近

例 工事現場付近の 住民が市役所に騒音に関する苦情を 訴 えた。

工地附近的居民向市公所提出有關噪音的陳情抗議。

1733
☐
ふくすう
【複数】

名 複數，數個 → 常考單字
反 たんすう【単数】單數

例 一神 教 に対して、複数の神を信じる 宗 教 を多神 教 と呼びます。

相對於一神教，我們把相信許多神的宗教叫做多神教。

1734
☐
ふくむ
【含む】

他Ⅰ 含有，包含；含在，含著；理解，記在心裡

例 柑橘類の果物はビタミン C を多く含んでいる。

柑橘類的水果富含維他命 C。

1735
☐
ふくらます
【膨らます】

他Ⅰ 使～膨脹，吹鼓

例 彼女は頬を膨らまして、不満げな 表 情 で相手を見つめている。

她鼓脹著雙頰，以看似不滿的表情注視著對方。

出題重點

▶文法 ～げな／～げに／～げだ 看起來～的樣子

「げだ」是「そうだ」的書面語形式，用來形容人物看起來的樣子、表情或心情。「げな」接續名詞，「げに」接續動詞，常見的形態有「悲しげ」、「寂しげ」、「懐かしげ」、「恥ずかしげ」、「不安げ」、「忙しげ」、「意味ありげ」、「言いたげ」等等。

例 息子が大学 入 学のために 上 京 することになり、母親は寂しげだった。

兒子因為上大學而要前往東京，母親看起來一臉落寞的樣子。

例 友人は当時のことを懐かしげに話していた。

友人很懷念地談著當時的情形。

1736
☐ **ふくらむ**
【膨らむ】

自Ⅰ 膨脹，鼓起；（規模）擴大
反 しぼむ【萎む】枯萎；萎縮

例 桜のつぼみが膨らみかけているので、もうすぐ開花するでしょう。

因為櫻花的花苞已經開始鼓起，所以不久之後應該就會開花了吧。

例 無計画に投資を増やしたせいで、赤字が予想以上に膨らんだ。

因為毫無計畫地增加了投資，導致虧損的數字比預估的還要大。

┌─ 出題重點 ─────────────

▶**文法　Ｖ－ます＋かける　剛開始～、～到一半／就快要～、差一點就～**

當做接尾語接續在動詞「ます形」之後的「かける」主要有兩個意思，一個是表示「動作開始後進行到一半」，另一個則是表示「動作即將實現」。接續一般的持續動詞時通常表示前者，例如「食べかけた」（吃到一半）、「咲きかけている」（開始開花）；而接續瞬間動詞時則表示後者，例如「死にかけた」（差一點死掉）、「転びかけた」（差一點跌倒）。

1737
☐ **ふけいき（な）**
【不景気（な）】

名・な形 不景氣，蕭條
類 ふきょう【不況】不景氣，蕭條

例 不景気とはいうものの、高級なブランド品はよく売れている。

雖然說是不景氣，但是高級的名牌商品還是賣得很好。

┌─ 出題重點 ─────────────

▶**文法　～とはいうものの　雖說～但是～**

「ものの」是表示「雖然～但是～」的接續助詞，相當於「が」、「けれども」等詞，但「ものの」的語體更為正式，一般屬於文章語。而比起「ものの」，「とはいうものの」比較會接續在名詞之後，用來表示雖然承認前項，但後項依然不會有所改變，類似的用法還有「といっても」、「とはいいながら」、「とはいえ」等等。

例 長い間英語を学んでいるものの、アメリカ人と会話できる自信はない。　雖然學了很久的英文，但我沒有自信可以跟美國人對話。

1738
ふけつ（な）
【不潔（な）】

名・な形 不乾淨，髒；不純潔，齷齪
反 せいけつ（な）【清潔（な）】清潔；純潔

例 あの店は料理はおいしいが、店内が不潔だから行く気がしない。

那家店雖然料理好吃，但因為店內不乾淨，所以我不會想去。

1739
ふける
【更ける】

自Ⅱ （夜色或季節）變深，變濃

例 この辺は夜が更けると、人通りが少なくなってくる。

這附近一到深夜，來往的行人就會漸漸變少。

1740
ふごうかく
【不合格】

名 不及格，不合格
類 らくだい【落第】不及格，留級

例 就職活動で何社も面接を受けたが、全部不合格だった。

因為就職活動而面試了好幾家公司，但是全部都沒通過。

1741
ふさい
【夫妻】

名 夫妻，伉儷

例 田中氏夫妻は先週、大使館の晩餐会に出席しました。

田中氏伉儷上週出席了大使館的晚餐會。

出題重點

▶詞意辨析　夫妻 VS 夫婦

兩者都是表示「夫妻」、「夫婦」的詞語，但「夫妻（ふさい）」是正式場合的用語，一般不會出現在日常生活的對話當中。而且，「夫妻（ふさい）」一般只當做接尾語，接在姓氏或稱謂的後面，例如「社長ご夫妻」、「後藤大使夫妻」，當然在比較日常輕鬆的場合，這種接尾語的用法也可使用「夫婦」。然而，如果是要表示「夫婦になる」（結為夫婦）這種說法，則一般只能使用「夫婦」而比較少用「夫妻」。

1742 ☐ ふさがる
【塞がる】

自I 關閉；堵塞；占住，占滿
類 つまる【詰まる】堵塞，塞住；擠滿

例 この先は工事中で道が塞がっていて通れない。

前方因為施工中道路堵塞而無法通行。

例 今日は一日中授業でふさがっているので、アルバイトには行けないよ。 我今天一整天都滿堂，所以沒辦法去打工啦。

1743 ☐ ふさぐ
【塞ぐ】

自他I 悶悶不樂；塞住，堵住；閉上，闔上
類 とじる【閉じる】關閉，關上；終止，結束

例 母が説教を始めると、妹はいつも耳をふさいで聞こうとしない。

母親一開始說教，妹妹總是會摀住耳朵不想聽。

1744 ☐ ふざける

自II 耍寶；開玩笑；胡鬧；愚弄人，戲弄人
類 はしゃぐ 喧鬧，（興高采烈地）嬉鬧

例 ふざけて先生の真似をしていたら、後ろから先生が現れた。

我在那邊耍寶模仿老師，結果老師就從後方現身了。

例 ふざけるな。そんな意味のない仕事、だれがするもんか。

開什麼玩笑！誰要做那種沒有意義的工作啊！

1745 ☐ ぶさた
【無沙汰】

名・自III 久未聯絡，久疏問候，久違

例 ご無沙汰しております。いかがお過ごしでしょうか。

久疏問候，近況如何？

1746 ☐ ぶじ (な)
【無事 (な)】

名・な形 平安，安全；健康，沒毛病
類 あんぜん (な)【安全 (な)】安全，平安

例 難しい手術が無事に終わって何よりです。

這麼困難的手術能夠平安結束，真是太好了。

例 被災地の皆様のご無事を心よりお祈り申し上げます。

衷心希望災區的各位都能平安無事。

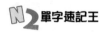

1747
☐
ふじゅう（な）
【不自由（な）】

名・な形・自Ⅲ 受限制；不方便；有障礙
反 じゆう（な）【自由（な）】自由，不受限制

例 裕福な家庭ではないが、小さいころから何不自由なく育ってきました。

雖然家裡不是很有錢，但我從小到大生活上都不曾有過任何的不便。

例 うちは農家をやっているもので、食べ物には不自由しない。

因為我們家務農，所以食物充足不會有困擾。

1748
☐
ふじん
【夫人】

名 夫人
類 おくさま【奥様】 太太，夫人

例 田中夫人は体の不自由な子供のために、コンサートを開きました。

田中夫人為身障的小朋友舉辦了演唱會。

1749
☐
ふじん
【婦人】

名 婦女，女子
反 しんし【紳士】紳士，男子

例 婦人服をお探しなら、3階にございます。

如果您要找女性服飾的話，在3樓。

1750
☐
ふせい（な）
【不正（な）】

名・な形 不正當，違法；舞弊，弊端
衒 ひこう【非行】不正當行為，為非作歹

例 公共事業における入札の不正が相次いで発覚した。

公共工程上的招標弊案連續不斷地被揭發。

1751
☐
ふせぐ
【防ぐ】

他Ⅰ 防禦，防守；防止，預防   → 常考單字
類 ぼうし【防止】防止，防範

例 われわれは巧妙な戦術で敵の攻撃を防いだ。

我們以巧妙的戰術防止了敵人的攻擊。

例 インフルエンザを防ぐには手洗いが効果的だ。

要預防流感，勤洗手是很有效的。

1752
☐
ふそく（な）
【不足（な）】

名・な形・自Ⅲ 不足，不夠；不滿足，不滿意
類 けつぼう【欠乏】缺乏，欠缺

例 現代人は食事のバランスが悪く、カルシウムが不足しがちだ。

現代人飲食不均衡，容易造成鈣質不足。

1753 □
ふぞく
【付属】

名・自Ⅲ 附屬，附設 　　　　　　→ N3 單字書

例 家具を組み立てる前に、付属している部品を確認してください。

在組裝家具前，請先確認一下附帶的零件。

1754 □
ふた
【蓋】

名 蓋子 　　　　　　　　　　　→ N3 單字書
衍 とって【取っ手】把手

例 鍋にふたをして、牛肉が軟らかくなるまで煮込んでください。

請把鍋子蓋上鍋蓋，然後將牛肉燉煮到軟爛為止。

1755 □
ぶたい
【舞台】

名 舞臺；表演，演出

例 初めて舞台に立ったのは 7 歳のころだった。

我初次踏上舞臺是在 7 歲的時候。

1756 □
ふたご
【双子】

名 雙胞胎，孿生子

例 彼らは双子の兄弟だが、興味のあることは全く違っている。

他們雖然是雙胞胎兄弟，但是有興趣的事物卻完全不同。

1757 □
ふたん
【負担】

名・他Ⅲ 負擔，負荷 　　　　　　→ 常考單字

例 治療費の 7 割は、加入している国民健康保険によって負担される。

醫療費的 7 成是由您所加入的國民健康保險來負擔。

例 大学を卒業しても、学生ローンの返済があるので経済的な負担は大きい。　　就算大學畢業，但因為需要還學生貸款，所以經濟負擔很大。

1758 □
ふち
【縁】

名 邊緣，框框
類 はし【端】邊緣，前後端

例 縁なしメガネをかけた犯人は、駅の方向に向かって逃走した。

戴著無框眼鏡的嫌犯，往車站的方向逃走了。

1759
□
ふちょう (な)
【不調 (な)】

名・な形 不順利；狀況不好；（談判等）失利
反 こうちょう (な)【好調 (な)】狀況良好

せんぱつとうしゅ　ふ ちょう　　　し あいかい し そうそう　　よんてん　と
例 先発投手が不調で、試合開始早々に４点も取られてしまった。

先發投手狀況不好，比賽才剛開始就被拿下４分。

くみあいがわ　　かいしゃがわ　　ちん あ　　　　　　　こうしょう　　　　　　　　　　ふ ちょう　お
例 組合側は会社側と賃上げについて交渉したが、不調に終わった。

工會方面跟公司那邊針對加薪進行了談判，但是最後還是以失敗告終。

1760
□
ぶつかる

自I 碰到，撞上；遇到；衝突　　　　→ 常考單字
類 つきあたる【突き当たる】衝撞；碰到

せんしゅ　　　　　　　　　　あたま　てんじょう　　　　　　　　　　　せ　たか
例 バスケット選手はみんな、頭が天井にぶつかるくらい背が高いです。

籃球選手每個身高都高到頭會碰到天花板。

じ かん　　　　　　あさ　つうきん　　　　　　　　　　　　　　　　　すこ　おく　　　しゅっぱつ
例 この時間だと朝の通勤ラッシュにぶつかるから、少し遅れて出発しよ

う。　　如果是這個時間會碰到早上的通勤尖峰，所以我們晚點出發吧。

1761
□
ぶつける

他II 投擲；使～撞上；發洩（情緒）

くるま　でんちゅう
例 車を電柱にぶつけて、ドアがへこんでしまった。

開車撞到電線桿，結果車門凹陷了。
おとな　　しごと　　　　　　　　　　　こども
例 大人は仕事のストレスを子供にぶつけてはいけない。

大人不可以對小孩發洩工作上的緊張壓力。

1762
□
🔊
49
ぶっそう (な)
【物騒 (な)】

な形 騷亂，不安定，危險的

きょうあく　はんざい　ふ　　　　　　ぶっそう　よ　なか
例 凶悪な犯罪が増えて、物騒な世の中になったものだね。

兇惡的犯罪事件不斷增加，這社會變得真是騷亂不安。

1763
□
ぶつぶつ・ぶつぶつ

名・副 疹子；痘子；低聲細語狀；嘮叨；嘟囔

て あし
例 アレルギーになると、手足にはぶつぶつができる。

我一過敏，手腳就會長出疹子。
かれ　じょうし　おこ　　　　　　　　　　　　　　　　　　　　ふへい　い
例 彼は上司に怒られたらしく、さっきからぶつぶつ不平を言っている。

他好像是被上司責罵，從剛剛開始就一直在竊竊私語地發著牢騷。

1764
☐ ふで
【筆】

名 筆，毛筆；字畫，字跡
衍 すみ【墨】墨，墨水

例 夜中に墨をすって、筆で年賀状を書きました。

深夜裡我磨了墨水，用毛筆寫了賀年卡。

1765
☐ ふと

副 不經意地，偶然間；突然 → N3 單字
類 とつぜん【突然】突然，忽然

例 最近、ふと大学時代のことを思い出すことがある。

最近有時會不經意地想起大學時代的事。

1766
☐ ぶひん
【部品】

名 零件，配件
類 パーツ【parts】零件

例 この機械は古すぎて部品がないので、修理のしようがない。

這臺機器太過老舊已經沒有零件，所以想修理也沒辦法修。

汽車零件

ハンドル	ヘッドランプ	ワイパー	バックミラー	タイヤ
方向盤	大燈	雨刷	後照鏡	輪胎

1767
☐ ふぶき
【吹雪】

名 暴風雪
衍 あらし【嵐】狂風，暴風雨

例 吹雪のため、列車が10時間も立ち往生しました。

因為暴風雪的關係，列車長達10小時動彈不得。

1768
☐ ぶぶん
【部分】

名 部分
類 ぜんたい【全体】整體，全部

例 この物語は3つの部分から構成されている。

這個故事是由3個部分所組成的。

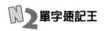

1769
□
ふへい（な）
【不平（な）】

名・な形 忿忿不平，不滿

例 兄は母がいつも弟を可愛がると不平を言っている。

哥哥忿忿不平地說媽媽都只疼愛弟弟。

┌─ 出題重點 ──────────────────────────┐

▶詞意辨析　不平 VS 不滿

兩者都是表示「不滿意」、「無法滿足」的意思，但不同的是「不平」多
數都只表現在言詞上，因此可以說「不平を言う」，卻不能說「不平に思
う」。相對於此，「不滿」可以表現在言詞上，也可以表示態度或內心想法，
因此「不滿を言う」跟「不滿に思う」兩者皆可使用。

（○）この成績を不滿に思う。／（×）この成績を不平に思う。

對這個成績覺得很不滿意。

└────────────────────────────────┘

1770
□
ふぼ
【父母】

名 父母
類 りょうしん【両親】父母親，雙親

例 彼は父母の愛に育まれて、立派な青年に成長した。

他在父母的愛當中受栽培，成長為 1 名風度翩翩的青年。

1771
□
ふやす
【増やす】

他I 增加，增添　　　　　　　　→ 常考單字
反 へらす【減らす】減少，刪減

例 より多く儲けようと、株の投資額を 100 万円増やした。

為了想賺更多錢，我把股票的投資金額再增加了 100 萬日圓。

1772
□
ふゆかい（な）
【不愉快（な）】

名・な形 不愉快，不舒服，不高興
類 ふきげん（な）【不機嫌（な）】不高興

例 あの病院で不愉快な思いをしたから、行きたくない。

我在那家醫院有不愉快的經驗，所以不想去。

1773
□
フライト
【flight】

名 飛行；航班

例 このアプリでフライトの情報をリアルタイムで検索できます。

用這個應用程式可以即時查詢航班資訊。

1774 プライド
【pride】

名 自豪；自尊心，尊嚴
類 ほこり【誇り】榮譽，光榮；驕傲，自豪

例 人のプライドを傷つけるような言い方はするものではない。

你不應該使用這種會傷人自尊的說話方式。

出題重點

▶文法辨析　V ものではない VS V べきではない

「ものではない」與「べきではない」都是站在「規勸」、「告誡」的角度奉勸他人「不應該」這麼做，基本上可以互相替換。但在語氣上，「ものではない」是表示在社會常識與道德上的「不可以」、「不應該」，說教與訓誡的意味比較濃厚。而「べきではない」則是表示在個人責任與義務上的「不可以」、「不應該」，多用於勸說與忠告。

1775 ぶらさがる
【ぶら下がる】

自Ⅰ 懸掛，垂吊，吊掛

例 リュックサックに小さな熊のぬいぐるみがぶら下がっている。

背包上懸掛著 1 個小小的熊布偶。

1776 プラン
【plan】

名 計畫，企劃，方案　　→ 常考單字
類 けいかく【計画】計畫，規劃，設計

例 仕事でネットの利用が増えたので、携帯電話の料金プランを変更した。

因為工作關係使用網路的機會增加，所以我就更換了手機的資費方案。

1777 ふり（な）
【不利（な）】

名・な形 不利
反 ゆうり（な）【有利（な）】有利

例 被告に不利な証言が次から次へと出てきた。

對被告不利的證言不斷地出現。

1778 ～ぶり
【～振り】

接尾 樣子，狀態；時隔～，經過～才；大小，分量

例 先輩の生き生きした仕事ぶりを見て、私ももっと頑張らなきゃと思った。　看到前輩充滿活力的工作情形，我想我也必須更加努力才行。

例 10 年ぶりに帰国し、街並みの変わり様に驚いています。

相隔 10 年才回國，我對於街景變化的樣貌感到十分驚訝。

1779
☐
ふりかえる
【振り返る】

他I 回頭看，轉頭向後看；回顧，回首

例 彼は別れを惜しんで、何度も後ろを振り返って手を振っていた。

他因為不捨得離開，所以好幾次都回過頭來揮著手。

例 学生時代を振り返ってみると、部活に没頭しすぎてあまり勉強しなか

った。　回顧一下學生時代，我太沉迷於社團活動，都沒怎麼好好唸書。

1780
☐
ふりがな
【振り仮名】

名 注音假名
類 ルビ【ruby】注音假名

例 氏名の漢字にカタカナで振り仮名をつけてください。

請在漢字姓名上用片假名標示假名。

1781
☐
ふりむく
【振り向く】

自I 回頭看，轉身；理睬

例 声を掛けられて、振り向くと昔の職場の同僚だった。

有人叫我，我回頭一看，結果看到的是前公司的同事。

例 その人は道を教えてくれるどころか、振り向きもしなかった。

那個人別說有告訴我路怎麼走了，他連正眼都沒瞧我一眼就走掉了。

1782
☐
ふりょうひん
【不良品】

→ 常考單字

名 不良品
類 けっかんひん【欠陥品】瑕疵品

例 当社は不良品が１つも出ないように徹底した品質管理を行っており

ます。　本公司為了不產出任何的不良品，平常都進行徹底的品質管理。

1783
☐
プリント
【print】

名・他III 印刷；印刷品，講義；沖印；印染
類 いんさつ【印刷】印刷

例 学期の終わりに、先生が夏休みの宿題のプリントを配った。

學期末，老師發了暑假作業的本子。

1784

ふる
【振る】

他I 揮動，搖擺；撒，擲；分配；標註

例 犬はこちらに向かって、しっぽを振りながら吠えている。

狗正朝著我這邊，一邊搖尾巴一邊吠叫。

例 卵かけご飯にごまを振って食べるのが好きです。

我喜歡在生蛋拌飯上撒上芝麻來吃。

1785

ふるさと
【故郷・古里】

名 故郷，老家

→ 常考單字

類 こきょう【故郷】故郷

例 私の故郷は地図にさえ載っていない、山の中の小さな村です。

我的故郷是連地圖上都沒有記載的山中小村落。

出題重點

▶文法　～さえ／～さえも／～でさえ　連～、甚至～

「さえ」是「舉出極端例子做為強調」的提示助詞（副助詞），有暗示「連這個部分都是如此，更不要說其他部分了」的語氣。另外，「さえ」經常會跟否定形一起使用，強調形會使用「さえも」，接續主格（動作主體）時會使用「でさえ」。

例 私は彼女の名前さえも知らなかった。　我當時連她的名字都不知道。

例 日本人でさえ詳しくない礼儀作法を、外国人が覚える必要はない。

連日本人都不清楚的禮儀規矩，外國人沒有必要去記。

1786

ふるまう
【振る舞う】

自他I 動作；表現；請客，款待

例 あの2人は人前では仲良く振る舞っているが、実は仲が悪いのだ。

那2個人在人前表現得好像感情很好，但其實相處很不融洽。

例 来客に夕食を振る舞うので、昼過ぎからその準備に取り掛かっている。　因為要請來訪的客人吃晚餐，所以從中午過後就一直忙著張羅。

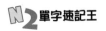

1787
☐ プロ・プロフェッショナル【professional】

名 專業，職業的　　　　　　　　　　→ N3 單字
反 アマチュア【amateur】業餘的

例 私はプロの棋士をめざして頑張りたいと思います。

我想以專業棋士為目標好好努力。

1788
☐ ブローチ【broach】

名・自Ⅲ 胸針，胸花

例 洋子さんは真珠のブローチを胸につけて、パーティーに出席した。

洋子女士把珍珠胸針別在胸前，出席了派對。

1789
☐ プログラム【program】

名・他Ⅲ 節目（表）；預定計畫；（電腦）程式

例 雨天につき、プログラムが一部変更されました。ご了承ください。

由於雨天的緣故，部分節目有所變更，敬請見諒。

例 コンピューターのプログラムを作成することを、プログラミングと言います。　編寫電腦程式的工作叫做程式設計。

1790
☐ プロポーズ【propose】

名・自Ⅲ 求婚
衍 こんやく【婚約】訂婚

例 プロポーズは男性のほうからするのが一般的である。

求婚通常都是由男性這邊來進行的。

1791
☐ ふわふわ（な）・ふわふわ（な）

副・な形 輕飄飄；軟綿綿，蓬鬆酥軟

例 ふわふわと空を漂っている白い雲はマシュマロみたいだ。

輕飄飄地飄在天空中的雲，好像軟糖一樣。

例 焼きたてのパンがふわふわでおいしい。

剛烤好的麵包蓬鬆酥軟很好吃。

出題重點

▶文法　Ｖ－ます＋たて　剛剛～

「たて」做為接尾語接續在動詞「ます形」之後是表示動作「剛剛完成」的意思，多用來強調剛完成的物品非常新鮮或新穎。

1792 □
ぶん
【分】

名 部分；（相當的）分量，數量；（相對應的）程度；情形，狀況

例 入院費の足りない分は、とりあえず私が支払っておきます。

住院費不夠的部分，就暫時先由我來支付。

例 人の分まで食べちゃうなんて、ひどすぎる。

連別人那份都吃掉，實在是太過分了。

1793 □
ふんいき
【雰囲気】

名 氣氛，氛圍 → 常考單字

類 ムード【mood】氣氛，情調；心情，情緒

例 会談は和やかな雰囲気の中で、順調に行われた。

會談在和諧的氣氛當中順利地舉行。

1794 □
ぶんかい
【分解】

名・自他Ⅲ 分解；拆解，拆卸

類 かいたい【解体】拆卸，拆毀；解散，瓦解

例 自動車科では、エンジンを分解して組み立てるのが日課でした。

在汽車科當中，分解引擎再組裝是每天要做的例行公事。

1795 □
ふんすい
【噴水】

名 噴泉，噴水池

例 公園の真ん中にある大きな池の噴水からは１時間ごとに水が出ます。

公園正中央的大水池的噴水設施，每個鐘頭都會噴水１次。

1796 □
ぶんせき
【分析】

名・他Ⅲ 分析，剖析 → 常考單字

衍 こうさつ【考察】仔細調查分析，考究

例 ポータルサイトの利用状況を年齢別に分析しました。

以年齡別對入口網站的使用情形做了分析。

1797 □
ぶんたい
【文体】

名 文體；文筆，文風

類 さくふう【作風】作品的風格，筆調，手法

例 くだけた話し言葉の文体で論文を書いてはいけません。

不可以使用通俗的口語文體來寫論文。

例 夏目漱石の文体に影響を受けた作家はかなり多いという。

據說受到夏目漱石文風影響的作家相當多。

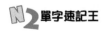

1798 □
ぶんぷ
【分布】

名・自Ⅲ 分布

例 マングローブは熱帯あるいは亜熱帯地域の河口付近に分布している。

紅樹林分布於熱帶或是亞熱帶地區的河口附近。

1799 □
ぶんべつ
【分別】

名・他Ⅲ 區分，分類

例 日本では、ゴミは分別してから捨てるのがルールです。

在日本垃圾規定是要分類好之後再丟的。

1800 □
ぶんみゃく
【文脈】

名 文脈，上下文的連貫性，脈絡；背景
類 コンテキスト【context】文脈

例 文章を書くとき、接続詞に注意して文脈をはっきりさせることが大切です。

寫文章的時候，注意接續詞的使用、讓上下文清楚連貫是很重要的事。

1801 □
ぶんめい
【文明】

名 文明
類 ぶんか【文化】文化

例 文明が進歩するにしたがって、人間の生活環境はますます便利になってきた。　隨著文明的進步發展，人類的生活環境就變得越來越方便。

1802 □
ぶんや
【分野】

名 領域，範圍　　　　→ 常考單字
類 はんい【範囲】範圍，界線

例 認知症研究の分野においては、長谷川先生の右に出るものはいないだろう。　在失智症研究的領域當中，應該沒有人能夠超越長谷川醫師吧。

出題重點

▶文法辨析　Nにおいて VS Nにかけては

「において」表示在某個場所、場面、時間、領域等的範圍之內。「にかけては」則表示在某個領域當中的表現出類拔萃，後項須接續「誰にも負けない」、「自信がある」、「優れている」、「一番だ」等正面評價。

例 現代社会において、高齢者の介護政策は重要な課題となっている。
在現代社會當中，高齡者的照護政策是很重要的課題。

例 日本 料 理の腕前にかけては、誰にも負けないと自負している。

在日本料理的手藝方面，我有自信不輸給任何人。

1803
□
ぶんりょう
【分量】

名 分量，數量，比例
類 すうりょう【数量】數量

例 ご飯を炊くとき、水の分 量 を間違えるとおいしく炊けない。

煮飯的時候，如果弄錯水的分量，就無法煮出好吃的飯。

1804
□
ぶんるい
【分類】

名・他Ⅲ 分類，分門別類

例 この絵本の本棚に並ぶ本は作者ごとに分類されています。

這個繪本書架上排列的書，是按照作者別做分類的。

▼へ／ヘ

1805
□
🔊
50
へい
【塀】

名 圍牆，柵欄
類 かき【垣】圍牆，籬笆，柵欄

例 猫が塀の上であくびをしながら、日向ぼっこをしている。

貓在圍牆上一邊打著哈欠一邊在曬太陽。

1806
□
へいかい
【閉会】

名・自他Ⅲ 會議結束；閉幕
反 かいかい【開会】會議開始；開幕

例 4 年に一度のオリンピックは豪華なパフォーマンスの中に閉会しまし

た。　4 年一度的奧運會在豪華的表演節目當中閉幕了。

1807
□
へいき (な)
【平気 (な)】

名・な形 不在意，不放在心上；若無其事
類 へいぜん【平然】沉著冷靜，泰然自若

例 そんな悪口を言われて、とても平気ではいられなかった。

被人那樣中傷，我實在沒辦法假裝不在意。

例 よくもそんな平気な顔をして、人を騙せるもんだね。

你竟然能那樣一臉若無其事地去騙人。

出題重點

▶文法　よくも～Ｖ／Ｖ－た＋ものだ　竟然～、居然～

「よくも」是表示驚訝、意外、傻眼、憤怒等語氣的副詞，跟表示感嘆的「ものだ」一起使用時，通常是表示不敢置信並且有責備對方的語氣在內。

另外，「ものだ」在輕鬆隨便的口語當中會變音為「もんだ」。

1808 □
へいこう
【平行】

名・自Ⅲ 平行
反 こうさ【交差】交叉

例 私の家に来る道は県道２号線と平行している。

通往我家的道路跟縣道２號線是平行的。

1809 □
へいしゃ
【弊社】

→ 常考單字

名 敝社，敝公司
反 きしゃ【貴社】貴公司

例 弊社はお客様のご意見をもとに、常にサービスの向上に努めております。

敝公司平日皆以客人的寶貴意見為參考，不斷致力於服務品質的提升。

1810 □
へいぼん (な)
【平凡 (な)】

名・な形 平凡
類 ありふれる 常有，常見，不稀奇

例 二人の生活は平凡ではあるが、幸せにあふれている。

兩個人的生活雖然很平凡，但幸福洋溢。

1811 □
へこむ
【凹む】

自Ⅰ 凹陷，凹癟；屈從；垂頭喪氣

例 うっかり落として、缶詰がへこんでしまった。

不小心把罐頭掉在地上，使得罐頭凹陷變形。

例 たった１回の失敗でへこむことはない。

不必為了僅僅１次的失敗就垂頭喪氣。

1812
☐ へだたる
【隔たる】

　自Ⅰ 相隔，距離；有差距，有差別

例 動物園は市内から 100 キロ以上隔たったところにある。

動物園在距離市區 100 公里以上的地方。

例 二人の考え方は天と地ほど隔たっている。

兩人的想法簡直是天壤之別。

1813
☐ へだてる
【隔てる】

　他Ⅱ 隔開，隔著，相隔

例 この公園は小さな川に隔てられて、北と南の２つのエリアに分かれて

いる。　這座公園被小河區隔開來，分為北區跟南區２個區域。

1814
☐ べつじん
【別人】

　名 不同的人，另外一個人
　類 たにん【他人】別人，他人；（無關係）外人

例 彼は酒に酔うと、まるで別人のようになる。

他一喝醉酒，就好像完全變了一個人的樣子。

1815
☐ べつに
【別に】

　副 另外，其他；並不，沒什麼　　→ 常考單字

例 家賃は２万円で、水道、電気、ガスの費用は別に支払う必要があります。

房租是２萬日圓，水電瓦斯費則需要另外支付。

例 都会では車を持たなくても別に不便は感じない。

在都市當中即使沒有汽車，也不會感到有什麼不方便。

1816
☐ べつべつ（な）
【別々（な）】

　名・な形 分開，分別，各自　　→ 常考單字

例 すみません、会計は別々にお願いします。

不好意思，費用麻煩請分開算。

┌─ **出題重點** ─────────────────────

▶**詞意辨析　別々 VS それぞれ**

兩者都可表示「分別」、「各自」的意思，但「別々」強調的是「分開來」、
「分離」、「分解」，而「それぞれ」強調的是「各自的獨立個體」或是「各
自有所差異」、「分別有所不同」。

└────────────────────────────

379

例 一緒に置かないで、別々に（×それぞれに）置いてください。

不要放一起，請分開放。

例 それぞれ（×別々）の持ち物を忘れないこと。

請勿忘了各自的攜帶物品。

1817
□

ベテラン
【veteran】

名 老手，老鳥，資深的人 　　　　　　→ 常考單字
反 しんまい【新米】新人，菜鳥

例 あの人は３０年以上もの経験がある、ベテランのタクシー運転手です。　他是有30年以上經驗的資深計程車司機。

1818
□

ヘリコプター
【helicopter】

名 直升機
衍 ドローン【drone】無人機

例 救助隊員を乗せたヘリコプターが遭難者の救助に向かいました。

搭載著救難隊員的直升機出發去救助遇難者了。

1819
□

べん
【便】

名 方便，便利

例 ここは新宿駅まで徒歩３分だから、交通の便がいい。

這裡到新宿車站只要徒步３分鐘，所以交通十分便利。

1820
□

へんしゅう
【編集】

名・他Ⅲ 編輯
類 へんさん【編纂】編纂；編寫

例 私は日本文化を紹介する雑誌を編集しています。

我的工作是在編輯介紹日本文化的雜誌。

1821
□

へんぴん
【返品】

名・他Ⅲ 退貨 　　　　　　　　　　　→ 常考單字
衍 はらいもどす【払い戻す】退錢，退費

例 購入したレシートをお持ちでない場合の返品はお受け致しかねます。

沒有攜帶購買發票時，本店無法接受商品的退貨。

ほ／ホ

1822
☐
🔊
51
ほうがく
【方角】

名 方向，方位
類 ほうい【方位】方位

例 見知らぬ土地で運転していると、方角が分からなくなることがある。

在陌生的地方開車，有時會變得不清楚方向。

1823
☐
ほうげん
【方言】

名 方言
反 ひょうじゅんご【標準語】標準語

例 テレビで各地の方言を耳にする機会が多くなりました。

在電視上聽到各地方言的機會變多了。

1824
☐
ぼうけん
【冒険】

名・自Ⅲ 冒険
衍 リスク【risk】風險，危險

例 冒険してまで投資を拡大する必要はないと思う。

我認為沒有必要擴大投資到冒險的地步。

┌─ 出題重點 ─┐

▶文法　Ｖ－て＋まで～　到～的地步也要～

表示做出一般不會這樣做的「極端程度」，帶有「做得太過分」或「超過一般常識」的語氣。

1825
☐
ほうこう
【方向】

名 方向；方針　　　　　→ 常考單字
類 むき【向き】方向，朝向；傾向；適合

例 観覧の皆様は矢印の方向に従って、お進みください。

各位參觀的旅客，請按照箭頭的方向前進。

例 融資を提供する方向で検討させていただきます。

請容我們以提供融資的方向進行檢討。

1826
☐
ぼうし
【防止】

名・他Ⅲ 防止，防範
衍 くいとめる【食い止める】阻止，控制住

例 青少年の薬物乱用を防止するには、家庭や地域での教育が不可欠です。　在防止青少年濫用毒品方面，家庭及地方的教育是不可或缺的。

1827 ☐
ほうしん
【方針】

名 方針 → 常考單字
衍 もくてき【もくてき】目的

例 当施設は、高齢者の安全を最優先するという方針で運営しております。

本機構是以高齢者的安全為最優先的方針在進行營運的。

1828 ☐
ほうそう
【包装】

名・他Ⅲ 包装 → 常考單字
類 こんぽう【梱包】打包，捆裝

例 りんごはこの包装紙で1個ずつ包装してください。

蘋果請用這個包裝紙一個一個地進行包裝。

1829 ☐
ほうそく
【法則】

名 法則，規律，定律

例 万有引力の法則はニュートンによって発見された。

萬有引力定律是由牛頓所發現。

1830 ☐
ぼうだい（な）
【膨大（な）】

名・な形・自Ⅲ 龐大，巨大 → 常考單字
類 おびただしい【夥しい】大量，大批，無數

例 政府は交通のインフラ整備に膨大な費用を注ぎ込んだ。

政府在完善交通基礎建設方面，注入了龐大的費用。

1831 ☐
ぼうはん
【防犯】

名 防止犯罪 → 常考單字
衍 ぼうはんブザー【防犯ブザー】蜂鳴器

例 安全面への配慮から、防犯カメラを設置したり警備員を常駐させたり

した。 由於安全面的考量，我們設置了監視器以及派警衛隨時駐守。

1832 ☐
ほうふ（な）
【豊富（な）】

な形 豊富 → 常考單字
反 ひんじゃく（な）【貧弱（な）】貧乏，欠缺

例 彼は舞台経験が豊富なだけに、どんなシーンでも的確な演技ができる。

正因為他舞臺經驗豐富，所以任何場景他都能做出精準的演技。

出題重點

▶文法　～だけに　正因為～、不愧是～

「だけに」是表示原因理由的接續詞，通常有強調「因前項原因，使得後項結果或效果更加突顯」的語意。此外，還有表示「名符其實」、「結果與原因相符合」的讚賞之意。

例 期待していた<u>だけに</u>、合格できなかった時の失望は大きかった。

正因為有所期待，所以無法合格時的失望相對地大。

1833
□ **ほうめん**
【方面】

名 方向；地區；方面；領域
類 ぶんや【分野】領域，範圍

例 九州方面への旅行は便利でお得な切符があるので、バスで行くのがお薦めです。

往九州方面的旅行有便利又划算的車票，所以我推薦坐巴士去。

例 この方面の研究では、日本は世界屈指の成果を上げている。

在這方面的研究，日本取得了世界屈指的結果。

1834
□ **ほうもん**
【訪問】

名・他Ⅲ 訪問，拜訪 → 常考單字
衍 らいにち【来日】訪日，來日本

例 前から大阪の周さんのお宅を1度訪問してみたいと思っていました。

我從以前就一直很想要拜訪1次住在大阪的周先生家。

1835
□ **ほうる**
【放る】

他Ⅰ 投擲，扔；棄之不顧，不加理睬
反 かまう【構う】理睬；在意；干預

例 窓から吸い殻を放るのはやめてください。

請不要從窗戶丟菸蒂下來。

例 このまま放っておくと、病気がひどくなりますよ。

你這樣不管它的話，病情會變得更加嚴重喔。

1836
□ **ほえる**
【吠える】

自Ⅱ （狗）吠，（動物）吼叫；怒吼，咆哮

例 あの家の犬は、知らない人が近づくとすぐ吠える。

那一家的狗，只要陌生人一靠近牠就會吠叫。

1837
□ **ボーナス**
【bonus】

名 獎金，年終獎金
衍 てあて【手当】津貼，補助金

例 ボーナスが支給されたからといって、贅沢はできない。

雖然說已經發了年終獎金，但是也不能奢侈亂花錢。

1838 ☐ ホームページ
【home page】

名 網站首頁
衍 ウェブサイト【website】網站

例 ご希望の方は下記のリンクから弊社ホームページにアクセスしてお申し込みください。　想參加的人請從以下的連結進入到本公司的首頁報名。

1839 ☐ ホール
【hall】

名 大廳；會館；會場
類 こうどう【講堂】禮堂，大廳

例 コンサートホールでオーケストラを聴くのは、私にとってこの上ない喜びです。　在音樂廳聽管弦樂團演奏對我來說是無比愉悅的事。

1840 ☐ ほがらか（な）
【朗らか（な）】

な形 開朗，爽朗
類 ようき【陽気】歡樂；開朗，朝氣蓬勃

例 明るい声で朗らかに話せば、人に好印象を与えられる。

只要用明亮的聲音開朗地說話，就會給人好印象。

1841 ☐ ぼくじょう
【牧場】

名 牧場
衍 のうじょう【農場】農場

例 この牧場には民宿も付属しているので、宿泊もでき、朝、乳搾りの体験ができます。

這家牧場也附有民宿，所以不但可以住宿，早上還可以體驗擠牛奶。

1842 ☐ ぼくちく
【牧畜】

名 畜牧
衍 のうこう【農耕】農耕

例 北海道は牧畜が盛んで、牛乳の生産量は日本一を誇る。

北海道畜牧興盛，牛奶的生產量稱霸全日本。

乳製品

チーズ
起司

ヨーグルト
優酪乳

バター
奶油

クリーム
鮮奶油

1843
☐ ほけん
【保健】

名 保健
衍 きゅうよう【休養】休養，靜養

例 彼女は大学の医学部に入学し、保健を専門に学んだ。

她進入大學的醫學院就讀，學習了保健的專業。

1844
☐ ほこうしゃ
【歩行者】

名 歩行者，行人
類 つうこうにん【通行人】過往行人，路人

例 歩行者天国とは車の通行を禁止し、歩行者が車道を歩けるようにした場所のことだ。

所謂「步行者天國」是指禁止車輛通行，讓行人可在車道行走的區域。

1845
☐ ほこり
【埃】

名 塵埃，灰塵　　　　　　　　　→ N3 單字

例 この埃だらけの部屋は、今はだれも住んでいないような感じです。

這間滿布塵埃的房間，現在感覺是沒有任何人住在裡面的樣子。

1846
☐ ほこり
【誇り】

名 驕傲，自豪；名譽，榮耀
類 めいよ【名誉】名譽，榮譽，光榮

例 私は、刃物を振り回して暴れる犯人を逮捕した警察官の父を誇りに思う。　身為警官的父親逮捕了揮舞刀刃逞兇的嫌犯，我為他感到驕傲。

1847
☐ ぼしゅう
【募集】

名・他Ⅲ 募集，徵人，招募　　　→ 常考單字
反 おうぼ【応募】應徵，報名參加

例 当活動のボランティアは性別や年齢を問わず、やる気のある人を募集しています。

本活動的義工不問性別年齡，招募的是有高度工作意願的人員。

1848
☐ ほしょう
【保証】

名・他Ⅲ 保證，擔保　　　　　　→ 常考單字
衍 ほしょうにん【保証人】保證人

例 ご注文の商品は注文後、２４時間以内にお届けすることを保証いたします。　我們保證您所訂的商品，在訂購後 24 小時之內寄送到府。

1849 □
ほす
【干す】

他Ⅰ 晾曬，曬乾；喝光；被冷落；不給工作
類 かわかす【乾かす】烘乾，烤乾，吹乾，曬乾

例 昨日は天気がよくなかったので、洗濯物を干しても乾かなかった。

昨天因為天氣不好，所以曬的衣服都沒乾。

1850 □
ポスター
【poster】

名 海報
衍 かんばん【看板】看板，招牌

→ N3 單字

例 電柱という電柱に選挙のポスターが貼られています。

所有的電線桿上都貼滿了選舉的海報。

1851 □
ぼち
【墓地】

名 墳地，墓地
類 墓場【はかば】墳場，墓地

例 ふるさとの墓地に自分の骨を埋めてほしいというのが父の願いです。

想將遺骨埋葬在故鄉的墓地當中，是我父親的心願。

1852 □
ほっきょく
【北極】

名 北極
反 なんきょく【南極】南極

例 地球温暖化により、北極の氷は減少しつつあるそうです。

由於全球暖化的關係，據說北極的冰層正不斷地減少當中。

1853 □
ほっそり

副・自Ⅲ 細長，纖細，苗條

例 その母親はほっそりとした腕で子供を2人も抱えていた。

那位母親用細長的手臂抱著2個孩子。

例 あの女優さんの指はしなやかでほっそりしている。

那名女演員的手指柔軟而纖細。

1854 □
ほどく
【解く】

他Ⅰ 解開，拆開
反 むすぶ【結ぶ】繫，綑綁，打結

→ N3 單字

例 この靴のひもは強く結びすぎて解けない。

這雙鞋子的鞋帶綁得太緊解不開。

1855 **ほのお**
☐ 【炎】

名 火焰，火苗，火舌
衍 かさい【火災】火災

例 工場は炎に包まれて、3時間も燃え続けた。

工廠被火焰包圍，足足燒了 3 小時之久。

1856 **ほぼ**
☐ 【粗・略】

副 幾乎接近，大致上 　　　→ 常考單字
類 およそ【凡そ】大約，大概

例 予約はほぼ満席で、座席はわずかしか残っていません。

預約幾乎接近客滿，座位只剩下少數幾席。

1857 **ほほえむ**
☐ 【微笑む】

自Ⅰ 微笑 　　　→ N3 單字

例 彼女はにっこりと微笑んで、ぼくのプロポーズを受け入れてくれた。

她嫣然一笑，接受了我的求婚。

1858 **ボランティア**
☐ 【volunteer】

名 志工，義工
衍 チャリティ【charity】慈善活動

例 鈴木さんは子供たちを支援するボランティア活動に熱心に取り組んでいます。　　鈴木先生很熱心地參加援助兒童的志工活動。

1859 **ほりさげる**
☐ 【掘り下げる】

他Ⅱ 挖掘，往下深掘；深入研究調查

例 掘り下げれば掘り下げるほど、次々と驚く<u>べき</u>事実が出てきた。

越往下挖掘就陸續出現更多驚人的事實。

┌─ 出題重點 ─

▶**文法　V＋べき＋N　可～的～、令人～的～**

「V＋べき＋N」的「べき」是古語推量助動詞「べし」的連體形，用來修飾名詞。在現代語當中，「べき」修飾名詞時，除了表示「應當」、「應該」之外，還有部分慣用的用法是表示「相當程度」的意思，譬如「驚くべき」（令人驚訝的）與「恐るべき」（可怕的）等等。

例 村では恐るべき殺人事件が起こった。

村子裡發生了可怕的殺人事件。

└─────────────────

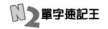

| 1860 ☐ | ほる【掘る】 | 他Ⅰ 挖，挖掘
類 さいくつ【採掘】挖礦，開採 |

例 この山にトンネルを掘るのは相当困難な工事であった。

在這座山挖隧道是相當困難的工程。

| 1861 ☐ | ほる【彫る】 | 他Ⅰ 刻，雕刻
衍 けずる【削る】削，刨；刪除，刪減 |

例 結婚指輪に二人のイニシャルを彫りました。

在結婚戒指上刻上了兩人姓名的縮寫。

| 1862 ☐ | ぼろぼろ（な） | 副・な形 破爛；身心俱疲；（顆粒）連續掉落狀 |

例 そのぼろぼろになった辞書を今でも使っている。

那本變得破破爛爛的辭典，我現在還在使用。

例 残業の連続で身も心もぼろぼろになった。

因為連續加班而身心俱疲。

| 1863 ☐ | ぼん・おぼん【盆・お盆】 | 名 盂蘭盆節，御盆節 |

例 お盆は帰省客で新幹線や高速道路が非常に混雑している。

盂蘭盆節時因為回鄉旅客的關係，新幹線與高速公路都非常擁擠。

| 1864 ☐ | ほんかくてき（な）【本格的（な）】 | な形 （非臨時或隨便）正式的，正宗的，真正的
類 せいしき（な）【正式（な）】正式，正規 |

例 全国カラオケ大会の優勝を契機として、本格的な歌手活動を始めた。

我以獲得全國歌唱大賽冠軍為時機點，開始了正式的歌手活動。

出題重點

▶文法　N＋を契機に／を契機として　以～為時機、利用～的機會

「契機」的用法基本上等於「きっかけ」，是表示重要的「時機」或「轉捩點」的意思，但「契機」是書面語，通常較少用在口語當中。「を契機に」與「を契機として」就是「以某件事情為時機點，開始一項新的行動」的意思。

1865 □ ほんじつ 【本日】

名	今天，今日
衍	さくじつ【昨日】昨天，昨日

→ N3 單字

例 バーゲンセールは、本日の８時をもって終了いたします。

特賣會將於今日８點時結束。

┌─ 出題重點 ─┐

▶文法　Ｎをもって　結束的時間點

「をもって」前接「本日」、「９月１日」、「12 時」、「今回」等表時間的名詞，用來表示事物結束的時間點。這是一種比較生硬的書面語，通常使用在正式的文書或公告當中。

1866 □ ぼんち 【盆地】

名	盆地
衍	きゅうりょう【丘陵】丘陵

例 京都市は山に囲まれた盆地で、夏は風が少なく非常に高温になりやすい。　京都市是被群山環繞的盆地，夏天少風，容易變得非常高溫。

1867 □ ほんの～

連體	一點點的，只不過是少許的
類	わずか (な)【僅か (な)】極少的，僅有一點

→ 常考單字

例 ほんの気持ちですから、どうぞお受け取りください。

這是我的一點小心意，所以請您務必收下。

1868 □ ぼんやり

副・自Ⅲ	模糊不清；發呆狀，恍惚，心不在焉
類	ぼうっと 模糊，朦朧；發呆，出神

例 メガネをかけないと、新聞の字がぼんやりしてはっきり見えない。

如果不戴眼鏡，報紙的字就模模糊糊的看不清楚。

例 ぼんやりと外を眺めていたら、雪がちらちらと降ってきた。

我心不在焉地望著外面，結果就突然有雪花翩翩飄落。

1869 □ ほんらい 【本来】

名・副	原本，原來；本應如此
類	もともと【元々】本來，原本，原先

例 教育とは、本来、学校の成績を上げることだけが目的ではないはずだ。

所謂的教育，原本的目的不該是只有提高學校的成績。

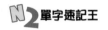

ま／マ

1870
ま
【間】

52

名 間隔，間距；時間，工夫；節拍；房間
類 あいだ【間】之間，期間；中間

例 原稿の締め切りに追われて、休む間もなかった。

因趕稿而忙得沒有時間休息。

1871
マーケット
【market】

名 市場
類 しじょう【市場】市場

例 当社は製品の研究開発を推進し、新しいマーケットの開拓に力を入れています。 本公司致力於推動產品研發，以及開拓新市場。

1872
まあまあ（な）・
まあまあ

な形・副・感嘆 還好，還可以；（緩和他人情緒）
好啦好啦；（女性表示意外驚訝）哎呀，哎呦

例 初めて筑前煮を作りましたが、味はまあまあ行けますね。

我第一次做這道「筑前煮」，但味道還算可以。

例 まあまあそんなに腹を立てなくても。

好了好了，不要那麼生氣嘛。

1873
まいご
【迷子】

名 走失的孩童；迷路
衍 はぐれる【逸れる】走失，走散

→ N3 單字

例 東京に来たばかりの時、よく新宿駅で迷子になっていた。

剛來東京的時候，我經常在新宿車站迷路。

出題重點

▶文法辨析　Ｖ－た＋ばかりだ VS Ｖ－た＋ところだ

兩者都是表示動作剛剛完成的意思，但是「Ｖ－た＋ところだ」是動作就在前一刻剛剛結束的意思，而「Ｖ－た＋ばかりだ」則是時間間隔較久，也許是 1 小時，也許是 1 天、1 個星期、1 個月，只要主觀認定是剛剛開始動作之後沒多久都可以使用。

例 空港に着いたところです。 我剛到機場。（表示就在前一刻剛抵達）
例 日本に来たばかりです。 我剛來日本。（表示剛來日本沒過多久）

1874
☐ まいど
【毎度】

名・副 每次，每回；經常，屢次
類 つど【都度】每次，每當，每逢

例 海水浴に行くと、翌日、肌が赤くなってピリピリするのは毎度のことだ。

每次去海水浴場游泳，隔天皮膚一定會變紅然後刺痛。

例 毎度ありがとうございます。またのご利用をお待ちしております。

謝謝您每次的惠顧。期待您再次光臨。

1875
☐ マイナス
【minus】

名・他Ⅲ 減號，負；陰極；零下；虧損；負面
反 プラス【plus】加號，正；陽極；正面

例 夜中は気温がマイナス10度まで下がります。

夜裡氣溫會降到零下10度。

1876
☐ まいる
【参る】

自Ⅰ （謙讓語）來，去；投降，認輸；受不了，
吃不消

例 間もなく3番線に電車が参ります。危ないですので、白線の内側にお下

がりください。

3號月臺即將有電車進站。因為會有危險，所以請退到白線的內側。

例 参ったな、この渋滞はいつまで続くんだろう。

真是受不了，這塞車到底要塞到什麼時候？

出題重點

▶文法辨析　伺う VS 参る

兩者都是表示「來去」的謙讓語，但如果細分的話「伺う」是謙讓語Ⅰ，

也就是必須要有能表示敬意的對象，而「参る」是謙讓語Ⅱ，又稱為「丁

重語」，這只是對自己的動作表示謙遜而已，因此未必需要有表示敬意的

對象。

（〇）明日は出張で北海道に参ります。

（×）明日は出張で北海道に伺います。

明天因為出差要前往北海道。（這句話因為只是對自己的動作表示謙遜，

而沒有可表示敬意的對象，因此不能使用「伺う」。）

1877
まえがみ
【前髪】

名 前方垂下的頭髮，瀏海　　　→ 常考單字
衍 もみあげ【揉み上げ】鬢角

例 前髪がけっこう伸びているので、切り揃えましょう。

瀏海部分已經長得很長了，所以把它剪整齊吧。

1878
まえむき (な)
【前向き (な)】

名・な形 面向前方；正面積極　　→ 常考單字
反 うしろむき (な)【後ろ向き (な)】背向；消極

例 何事も前向きに考えたほうがいいと思います。

我認為最好凡事都要正面積極地思考。

1879
まかせる
【任せる】

他Ⅱ 委託，交付；任由，任憑　　→ N3 單字
類 ゆだねる【委ねる】委託；獻身，奉獻

例 全力を尽くしますので、ここはどうぞ私にお任せください。

我會竭盡全力，所以這個工作請交給我來辦。

例 やれるだけやった後は、運を天に任せるしかない。

所有能做的都做了之後，就只能看老天安排了。

1880
まく
【幕】

名 布幕，帷幕；（劇）幕；場面，場合

例 会場の周辺には紅白の幕が張り巡らされている。

會場周圍環繞著紅白相間的布簾。

1881
まく
【巻く】

自他Ⅰ 捲，裏，纏繞；栓緊（發條等）；蛇盤成一團；變成漩渦狀

例 首にスカーフを巻くと、体が温かくなって風邪を引きにくいです。

在脖子上圍上圍巾，身體就會變溫暖而不容易感冒。

例 カレンダーは折らないで、くるくると巻いてください。

月曆請不要折，請把它層層地捲起來。

1882
まく
【蒔く】

他Ⅰ 播種；（製作蒔繪）撒上金銀粉

例 花壇に蒔いた朝顔の種が芽を出した。

我在花圃中撒下的牽牛花種子發芽了。

例 両者の間に紛争の種をまいた。　　兩者之間種下了紛爭的導火線。

1883
まける
【負ける】

自他II 輸，挫敗；比不上，遜色；屈服；降價
反 かつ【勝つ】贏，勝利；勝過，超越；克服

例 勝つにせよ、負けるにせよ、悔いのないように精一杯頑張ります。

不管是贏還是輸，我都會不留後悔遺憾地盡最大的努力。

例 いい作品を作りたいという気持ちは誰にも負けないと思う。

我認為我想做出好作品的心情，是不會輸給任何人的。

出題重點

▶文法　V／N＋にせよ、V／N＋にせよ　不管是～還是～

表示不論是前項還是後項，「一律沒有例外、全都適用」的意思，前項與後項通常使用相對或相反的詞語。類似的用法還有口語常用的「～にしても～にしても」與較為書面語的「～にしろ～にしろ」，而「～にせよ～にせよ」是三者當中最為艱澀的書面語用法。

1884
まげる
【曲げる】

他II 弄彎；歪曲竄改（事實等）；改變（信念等），妥協讓步

例 針金ハンガーを曲げて、新聞立てを作りました。

我把鐵線衣架折彎，做了一個報架。

例 兄は生涯信念を曲げることなく、環境運動に身を捧げた。

我哥哥一輩子都獻身於環保運動，從來未曾改變信念。

出題重點

▶文法　V＋ことなく／ことなしに　沒有～而～

「ことなく」與「ことなしに」表示在不做前項動作的狀態下進行後項動作。這是一種艱澀的書面語用法，通常不會使用於日常生活的會話當中。

例 救助隊は昨夜は一睡することもなしに、遭難者の救助活動を続けていた。　搜救隊昨晚徹夜未眠地持續著遇難者的搜救活動。

1885
まごまご

副・自III 不知所措；手忙腳亂；猶豫不決
類 まごつく 驚慌失措，不知如何是好

例 新宿駅で出口が分からずまごまごしてしまった。

在新宿車站因為搞不清楚出口在哪裡而不知所措。

例 まごまごしているうちに、告白のタイミングを逃してしまった。

在一陣猶豫不決當中，我就錯過了告白的時機點。

出題重點

▶**文法 ～うちに　趁著～／在～當中**

「うちに」的用法有二，第一是表示在還沒產生變化前先做動作，也就是趁著某個時間點趕快動作的意思，第二是表示在某個動作或狀態當中，發生了某些變化或是無法預知的事情。

例 若いうちにいろいろと経験したほうがいい。

趁著年輕多經歷一些事會比較好。

例 しばらく会わないうちに、立派な青年になったね。

在許久不見的這段期間內，你成為了一個風度翩翩的青年。

1886
☐ **まさか**

名・副 萬一，一旦；（再怎樣）也不會～吧，不可能會～吧；該不會是，莫非

例 まさかの時に備えて、普段から貯金をしておかなければならない。

為了不時之需做準備，平常就必須要存錢。

例 まさか彼がそんなことをするとは思わなかった。

沒想到他竟然會做出那樣的事。

1887
☐ **まさつ**
【摩擦】

名・自他Ⅲ 摩擦；意見分歧，不合
類 あつれき【軋轢】傾軋，摩擦，衝突

例 タイヤは路面との摩擦により、少しずつ擦り減っていく。

輪胎會因為與路面的摩擦，而漸漸地磨損。

1888
☐ **まさに**
【正に】

副 正是，確實是；正要，即將要；應當，應該
類 たしかに【確かに】的確是，確實是

例 微笑みは世界共通語だと言われていますが、まさにその通りですね。

俗話說微笑是世界共通語言，可真是一點也沒說錯。

例 列車は今まさに発車しようとしている。

列車現在正準備要發車。

1889
☐ まざる
【混ざる】

自Ⅰ 混雜，摻雜，混合

例 女性が大勢いる中、1人だけ男性が混ざっています。

在眾多女性當中，只有 1 位男性摻雜在其中。

1890
☐ まし (な)
【増し (な)】

名・な形 增多，增加；稍微好一點，勝過

例 東京に引っ越してから、家計の支出は2割増しになった。

自從搬到東京之後，家計的支出變得多出 2 成。

例 頑張った結果失敗しても、何もしないよりはましだ。

就算努力過後結果失敗了，那也總比什麼都不做好。

1891
☐ ます
【増す】

自他Ⅰ （數量）增加，增多；（程度）增長，加大

例 データは使われることによって、その価値を増します。

數據資料會因為被使用而增加其價值。

例 日本では、秋になると食欲が増すと言われています。

在日本，據說到了秋天食慾就會增加。

1892
☐ マスコミ
【mass communication】

名 大眾傳播，新聞媒體

類 マスメディア【mass media】大眾傳媒

例 マスコミで報道された情報は、いつも信用できるとは限らない。

在大眾傳播媒體上報導的資訊，未必全皆可信。

1893
☐ まずしい
【貧しい】

い形 貧窮，貧困；貧乏　→ N3 單字

類 びんぼう (な)【貧乏 (な)】貧窮，貧苦

例 彼は貧しい家に生まれたにもかかわらず、優秀な成績で大学に合格した。　他雖然出生於貧窮人家，但卻以優秀的成績考上大學。

1894
☐ ますます
【益々】

副 益發，更加，越來越～　→ 常考單字

類 いっそう【一層】更加，越發

例 12月に入ると、朝夕の冷え込みがますます厳しくなった。

進入 12 月之後，早晚的寒冷氣溫變得越來越劇烈。

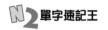

1895
☐ まぜる
【混ぜる】

他Ⅱ 摻雜，混合；攪拌；加進 → N3 單字

例 チャーハンの仕上げに醤油を入れて混ぜると、美味しく出来上がります。　炒飯最後加入醬油拌炒，就可以炒得很好吃。

例 面白そうなゲームですね。私も混ぜてください。

這遊戲看起來還挺有趣的。請讓我也加入。

1896
☐ またぐ
【跨ぐ】

他Ⅰ 跨過，跨越，橫跨

例 本州と九州を跨ぐ橋は関門橋である。

橫跨本州與九州的橋是關門橋。

1897
☐ またたく

自Ⅰ 眨眼；（星光）閃爍
類 まばたく【瞬く】眨眼

例 天気のいい時は、満天に星が瞬く夜空が楽しめる。

天氣好的時候，可以觀賞到滿天星光閃爍的夜空。

1898
☐ まちあいしつ
【待合室】

名 （車站、機場、醫院等的）等候室

例 病院の待合室は順番待ちの患者でごった返している。

醫院的候診室當中擠滿了等待叫號的病患。

各式空間

まちあいしつ
待合室
等候室

せっきゃくしつ
接客室
會客室

きゅうとうしつ
給湯室
茶水間

ひかえしつ
控え室
後臺休息室

1899
□ まちあわせる
【待ち合わせる】

他II 等候見面，碰頭
衍 しゅうごう【集合】集合

例 私は図書館の近くにある喫茶店で彼女と待ち合わせた。

我跟她約在圖書館附近的咖啡廳見面。

1900
□ まちかど
【街角】

名 街角，街口，街頭
類 がいとう【街頭】街頭

例 日本の街角では、随所に自動販売機を見つけることができる。

在日本的街頭，隨處都可發現有自動販賣機。

1901
□ マッサージ
【massage】

名・他III 按摩，推拿

例 マッサージは筋肉の痛みのみならず、ストレスも軽減することができる。

按摩不只可以減輕肌肉痠痛，還可以減輕緊張壓力。

1902
□ まっさき
【真っ先】

名 最先，首先；最前面
類 いのいちばん【いの一番】最先，第一個

例 この騒ぎを聞いて、真っ先に駆けつけてきたのが新聞社の記者だった。

聽到這個騷動，第一個趕過來的是報社的記者。

1903
□ まっすぐ(な)
【真っ直ぐ(な)】

名・な形・副 筆直；直接；正直，不矯作
反 くねくね（道路等）蜿蜒的，彎曲的

例 この道をまっすぐ行って、3番目の信号を左に曲がると、郵便局があ
ります。 這條路往前直走，在第3個紅綠燈處左轉，就會有一間郵局。

例 今日はどこにも寄らずに、まっすぐに家に帰った。

我今天哪裡都沒去，就直接回家了。

1904
□ まったく
【全く】

副・感嘆 完全，全然；完全不；真的是；真是的
類 ぜんぜん【全然】完全，十分；一點也不

例 彼の言うことは全くの嘘だから、決して信じてはいけません。

他說的話完全都是謊話，所以絕對不可相信。

例 この地図は見ても場所が分からなくて、全く役に立たなかった。

這張地圖看了也不知道地方在哪裡，根本一點用處也沒有。

1905
まつる
【祭る・祀る】

他Ⅰ 祭祀；祭奠；供奉（神佛）
衍 まつり【祭り】祭典，廟會

例 天満宮は学問の神様とされる菅原道真を祀る神社である。

天滿宮是供奉被稱為學問之神的菅原道真的神社。

1906
まとめる
【纏める】

他Ⅱ 歸納，彙整；議定；調停；使統一，湊齊

例 彼はいつもノートに授業の要点をまとめている。

他總是會把課程的重點整理歸納在筆記上。

1907
マナー
【manner】

名 禮儀，禮節，禮貌 　　　　　→ 常考單字
類 れいぎ【礼儀】禮儀，禮節，禮貌

例 快適なドライブをするには、交通ルールと運転マナーを守る必要がある。

想要開車開得舒適愉快，就必須要遵守交通規則與行車禮儀。

1908
まなぶ
【学ぶ】

他Ⅲ 學習；習得，掌握 　　　　　→ 常考單字

例 小林さんは日本の大学ではなく、アメリカの大学で学ぶことにした。

小林同學決定不在日本上大學，而要在美國上大學。

1909
まね
【真似】

名・他Ⅲ 模倣，倣效；假裝；動作，舉止

例 彼女の演奏には誰も真似のできない深い表現力がある。

她的演奏當中有任何人都無法模仿的深厚演繹功力。

例 そんなバカな真似をするな。みっともないよ。

別做那種無聊的蠢事。實在太不像話了。

1910
まねく
【招く】

他Ⅰ 招待，邀請；招聘，聘請；招致，引起
類 しょうたいする【招待する】邀請，款待

53

例 先日はパーティーにお招きいただき、ありがとうございました。

謝謝您前幾天邀請我去參加餐會。

例 鈴木先生はコロンビア大学の客員教授に招かれて渡米した。

鈴木老師因受聘為哥倫比亞大學的客座教授而前往美國。

1911
□

まねる
【真似る】

他Ⅱ 模倣，倣效
類 ならう【倣う】仿照，模仿

例 彼は象の鳴き声を真似て、みんなを笑わせた。

他模仿大象的叫聲，使得大家都笑了。

1912
□

まぶしい
【眩しい】

い形 （光亮）耀眼，炫目；光彩奪目
類 きらきら 閃閃發光；光輝燦爛

例 公園で写真を撮りたかったが、太陽が眩しくて目が開けられなかった。

我本來想在公園拍照，但陽光太耀眼使得我的眼睛都睜不開。

例 花子の花嫁姿は眩しいほど美しかった。

花子的新娘裝扮美得令人目眩神迷。

1913
□

まふゆ
【真冬】

名 嚴冬，隆冬
反 まなつ【真夏】盛夏，仲夏

例 立春になっても、まだまだ厳しい真冬の寒さが続きます。

即使到了立春，隆冬的嚴寒還是會一直持續。

1914
□

まもなく
【間も無く】

副 不久，過一會兒　　　　　→ N3 單字
類 ほどなく【程無く】不久，不多時

例 当機は間もなく離陸いたします。今一度、シートベルトをお確かめください。　本機即將起飛。請您再次確認安全帶是否繫妥。

1915
□

まよう
【迷う】

自Ⅰ 迷失（方向）；猶豫不決，困惑；貪戀
類 とまどう【戸惑う】困惑，不知所措

例 道に迷って、かなり遠回りしてようやく目的地に辿り着いた。

迷路之後，繞了好遠的路才終於抵達目的地。

例 さんざん迷った末に、新居を購入することに決めました。

在猶豫困惑了好久之後，才終於決定要購買一棟新房子。

┌─ 出題重點 ─

▶文法辨析　Ｖ－た／Ｎの＋末（に）VS Ｖ－た／Ｎの＋あげく（に）

兩者都是表示在經過一段長時間的努力或困難之後所獲得的結果，但相對於「末（に）」可以用於好的結果或不好的結果，「あげく」就只能用於不好的結果。

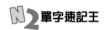

例 幾多の困難を乗り越えた末に（×あげく）、二人は遂に結婚した。

在克服許多困難之後，兩人終於結婚了。

1916
☐ **まる**
【丸】

| 名・接頭・接尾 | 圓圈；句號；整個；（船名）號 |
| 反 | ばつ 叉叉，打叉 |

例 次のうち、正しいものに丸をつけなさい。

請在下列選項中的正確答案上畫圈。

例 この音楽アルバムの制作に丸 3 年を費やした。

這張音樂專輯的製作花費了整整 3 年時間。

1917
☐ **まるで**

| 副 | 宛如，好像；完全，簡直就是 → N3 單字 |
| 類 | あたかも【恰も】宛如，恰似，彷彿 |

例 こんな風にヨーロッパ旅行に来られるなんて、まるで夢のようだ。

像這樣能夠來歐洲旅行，真的好像在夢中一樣。

例 勉強には精を出したが、試験の結果はまるでだめだった。

我很努力地用功讀了書，但是考試的結果卻完全不行。

1918
☐ **まれ（な）**
【稀（な）】

| な形 | 少有，稀少；罕見，珍奇 → 常考單字 |
| 類 | めった（な）【滅多（な）】不多，不常，稀少 |

例 この映画は近年稀に見る傑作なので、とてもお薦めです。

這部電影是近年來少見的傑作，所以我非常推薦。

1919
☐ **まわりみち**
【回り道】

| 名・自Ⅲ | 繞遠路，繞道 |
| 反 | ちかみち【近道】近路，捷徑 |

例 この道路は工事中で通行止めなので、回り道をしなければならない。

這條道路因為施工中而停止通行，所以必須要繞遠路。

1920
☐ **まわる**
【回る】

| 自Ⅰ | 旋轉，轉動；周遊，走遍；繞道；轉到 |
| 類 | めぐる【巡る】循環；環繞；周遊 |

例 時計の長針は1日に 2 4 回回り、短針は2回回る。

鐘錶的長針 1 天轉 24 次，短針轉 2 次。

例 その本は古本屋を回れば、きっと見つかると思う。

那本書只要去逛逛舊書店，我想一定能夠找到。

1921
☐
まんいち
【万一】

名・副 萬一，倘若；意外；不測
類 もしも【若しも】倘若，萬一

例 万一はぐれたら、このインフォメーションカウンターに戻ってください。

萬一我們走散了，請回來這個服務臺。

例 万一に備えて、日ごろから食糧の備蓄をしている。

為了預防萬一，我平日就有在做糧食的儲備。

1922
☐
まんいん
【満員】

名 客滿，額滿，滿載
類 まんせき【満席】座位已滿，客滿

例 観光でしたら、朝方の満員電車は避けたほうがいいですよ。

如果是觀光的話，最好避開早上的客滿電車。

1923
☐
まんぞく(な)
【満足(な)】

名・な形・自Ⅲ 圓滿，完美；滿足，滿意
反 ふまん(な)【不満(な)】不滿，不滿足

例 裕福ではないが、今の生活には満足している。

雖然不是過得很富裕，但是我對現在的生活很滿足。

例 様々な方法で試してみたが、満足な結果は得られなかった。

我用各種方法嘗試過，但都無法得到滿意的結果。

▼み／ミ

1924
☐
🔊
54
み
【身】

名 身體；自己；身分；立場；心思；肉的部分
類 しんたい【身体】身體，軀體

例 裁判沙汰に巻き込まれて、身も心も疲れ果ててしまいました。

被捲入了官司當中，搞得身心俱疲。

1925
☐
み～
【未～】

接頭 未，尚未　　　　　　　→ 常考單字
反 き【既】已，已經

例 未成年者の飲酒は法律で禁止されています。

未成年者的飲酒在法律上是被禁止的。

1926 ☐ **みあげる**
【見上げる】

| 他Ⅱ 仰望，抬頭看；令人欽佩，景仰 |
| 反 みおろす【見下ろす】俯視，往下看 |

例 木の上を見上げると、たくさんの小鳥が枝に止まっていた。

抬頭往樹上看，就看到許多小鳥停在樹枝上。

例 困った人に手を差し伸べるのは、実に見上げた行いだ。

對有困難的人伸出援手，實在是一件令人欽佩的行為。

1927 ☐ **みいだす**
【見出す】

| 他Ⅰ 找出，找到，發現   → 常考單字 |
| 類 みつける【見付ける】找到，發現 |

例 政府は不景気の原因を究明し、問題解決の糸口を見出そうとしている。　政府想要設法弄清楚不景氣的原因，然後找出解決問題的頭緒。

1928 ☐ **みおくる**
【見送る】

| 他Ⅰ 目送，送行，送別；暫時擱置   → N3 單字 |
| 反 でむかえる【出迎える】迎接，出迎 |

例 クルーズ船が港を出ていくのをずっと見送っていた。

我一直目送著郵輪駛離港口。

例 慎重に検討を重ねた結果、今年は音楽会の開催を見送ることになった。

經過多次慎重地檢討之後，今年的音樂會決定要暫時停辦了。

1929 ☐ **みおろす**
【見下ろす】

| 名・他Ⅲ 俯視，往下看   → N3 單字 |
| 衍 みまわす【見回す】環視，舉目四顧 |

例 このホテルから神戸港の夜景が見下ろせる。

從這家旅館可以俯瞰神戶港的夜景。

1930 ☐ **みかけ**
【見掛け】

| 名 外表，外貌 |
| 類 がいけん【外見】外觀，外表 |

例 見掛けで人を判断するものではない。要は中身だ。

不要以貌取人。重要的是內涵。

1931 ☐ **みかた**
【見方】

| 名 看法，見解 |
| 類 かんがえかた【考え方】想法，見解 |

例 見方によっては、そのようにも解釈できる。

根據見解不同，也可以做那樣的解釋。

1932
☐ みかた
【味方】

名・自Ⅲ 我方陣營，友方，伙伴；支持，擁護
反 てき【敵】敵人，敵方

例 政治の世界には、永遠の味方も永遠の敵も存在しない。

在政治的世界當中，沒有永遠的朋友，也沒有永遠的敵人。

例 世論は会社側に不当な扱いを受けた社員たちに味方した。

輿論支持受到公司方面不當對待的職員們。

1933
☐ みじめ (な)
【惨め (な)】

な形 悲慘，悽慘，慘痛
類 ひさん (な)【悲惨 (な)】悲慘，悽慘

例 フラッシュモブでプロポーズをして断られるほど惨めなことはありま

せん。　沒有比在快閃表演當中求婚被拒絕還要悲慘的事了。

1934
☐ みずから
【自ら】

名・副 自己；親自，親身　　→ 常考單字
類 じぶんじしん【自分自身】自己，自己本身

例 自らの未来は、自らの力で切り開かなければならない。

自己的未來必須要靠自己的力量去開拓。

例 彼は家の設計から施工まで何でも自ら手掛けた。

他從房屋的設計到施工，所有的工作都是親自處理。

1935
☐ みだし
【見出し】

名 標題；索引，目錄
類 タイトル【title】標題，題目；頭銜，名號

例 私は忙しくても新聞の見出しをざっと読むのが毎朝の習慣である。

我就算再忙，每天早上的習慣都是要大致瀏覽一下報紙的新聞標題。

例 読みやすいようにノートに見出しをつけた。

為了便於閱讀，在筆記本上附上了索引。

1936
☐ みため
【見た目】

名 看起來的樣子，外觀，外表　　→ 常考單字
類 ぱっとみ【ぱっと見】乍看之下

例 あの警備員は見た目は怖そうだが、根はやさしいのだ。

那個警衛外表看起來很兇的樣子，但其實心地很善良。

1937 みだれる
【乱れる】

|自II| 混亂，散亂；紊亂，錯亂；不平靜，紛亂
|類| こんらん【混乱】混亂；紊亂；紛亂

例 ストライキのため、航空便の発着が乱れています。

由於罷工的關係，班機的起降一團混亂。

1938 みぢか (な)
【身近 (な)】

|な形| 身邊，身旁；親近，切身　　→ 常考單字
|類| てぢか (な)【手近 (な)】手邊，眼前；常見

例 分からない言葉があればすぐ引けるように、いつも辞書を身近に置いて

いる。　為了遇到不懂的單字馬上可以查，我總是把辭典擺在身旁。

例 地球の温暖化は私たちの生活に重大な影響を与える身近な問題であ

る。　地球的暖化是會給我們的生活帶來重大影響的切身問題。

1939 みちじゅん
【道順】

|名| 路線，路程；順序，程序
|類| じゅんろ【順路】（前進或參觀的）路線

例 市役所までの道順を教えていただけませんか。

可以請您告訴我到市公所的路線嗎？

1940 みちる
【満ちる】

|自II| 充滿；（月）圓；（海水）漲潮；期滿
|類| じゅうまん【充満】充滿

例 首相は自信に満ちた口調で、国民に政策への支持を訴えた。

首相用充滿自信的語調，向國民訴求對政策的支持。

1941 みっともない

|い形| 難看，不像樣；不體面，丟人
|衍| だらしない 散漫，吊兒啷噹；邋遢；窩囊

例 いい年をしてそんなことを言うのはみっともない。

一大把年紀還說那樣的話，真是太丟人了。

1942 みつめる
【見詰める】

|他II| 凝視，注視，盯著看　　→ N3 單字
|類| みいる【見入る】注視；看得出神

例 そんなに見つめないでよ、照れるから。

你別那樣一直盯著我看嘛，我會不好意思的。

1943 みとめる 【認める】

□

> 他Ⅱ 發現，察覺；評價，認定；承認，認可
> 類 しょうにん【承認】承認；批准，同意

例 血液検査で異常は認められなかったので、ご安心ください。

血液檢查並未發現有異常，所以請您放心。

例 彼は社長に仕事の能力を認められて、部長に抜擢された。

他的工作能力受到社長的評價，因此被拔擢為部長。

醫院檢查

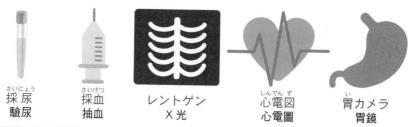

採尿	採血	レントゲン	心電図	胃カメラ
驗尿	抽血	X光	心電圖	胃鏡

1944 みなおす 【見直す】

□

> 他Ⅰ 重看；重新檢討；重新評價；好轉，恢復
> 類 さいけんとう【再検討】再檢討，重新考慮

例 この映画は何回も見直したから、セリフをよく覚えている。

這部電影我重看好多遍了，所以臺詞我記得很清楚。

例 外国企業の投資に関する規制を見直す必要がある。

我們必須重新檢討、評估對有關外商投資所做的限制。

1945 みならう 【見習う】

□

> 他Ⅰ 見習，學習；模仿，以～為榜樣
> 衍 みならい【見習い】見習，見習生

例 先輩たちの仕事を見習って、早く一人前になりたいです。

我想快點學習前輩們的工作，早日獨當一面。

1946 みなれる 【見慣れる】

□

> 他Ⅱ 看熟，看慣　　　　　　　　→ 常考單字
> 衍 ききなれる【聞き慣れる】聽慣，耳熟能詳

例 田舎に住んでいるので、田園風景は見慣れている。

因為我住在鄉下，所以看慣了田園風光。

1947
みにくい
【醜い】

い形 醜的，難看的；醜陋，醜惡

類 ぶさいく【不細工】醜，長得難看；粗製濫造

例 醜いアヒルの子が美しい白鳥になった。

醜小鴨變成了美麗的白天鵝。

例 彼ほど心の醜い人は見たことがありません。

我沒有見過像他這麼內心醜陋的人。

1948
みにつく
【身に付く】

自I 學習到，掌握住

例 悪い習慣が身につくと、なかなか直せない。

一旦學會壞習慣，就很難改正過來。

1949
みにつける【身に付け
る・身に着ける】

他II 習得，學會；穿戴　　　→ 常考單字

類 しゅうとくする【習得する】習得，學會

例 フランスに行って、一流のシェフとして恥ずかしくない能力を身につけようと思っている。

我打算去法國，將不愧於身為一流主廚的能力學到手。

例 彼女はゴージャスなドレスを身につけて、宴会に出席した。

她穿著華麗的洋裝出席了宴會。

1950
みのまわり
【身の回り】

名 身邊衣物，日用品；日常生活；身邊事情

類 しんぺん【身辺】身邊，貼身

例 身の回りを整えて、気持ちを新たにした。

把身邊物品整理乾淨，讓心情變得煥然一新。

例 自分の身の回りのことぐらい、自分でできる。

至少自己的日常生活事物，我自己可以料理。

1951
みぶん
【身分】

名 身分；（社會）地位；境遇，家境

衍 ちい【地位】地位；職位

例 何か身分を証明できるものはお持ちですか。

您有沒有帶著什麼可以證明身分的證件呢？

出題重點

▶文法　お＋Ｖ－ます＋ですか／ご＋漢語Ｎ＋ですか　尊敬語

這是敬語當中「對他人動作表示敬意」的「尊敬語」用法，原本應該使用動詞形的「お＋Ｖ－ます＋になりますか」，但在這種疑問句時經常會使用名詞形用法的「お＋Ｖ－ます＋ですか」。類似用法還有表示「命令請託」的「お＋Ｖ－ます＋ください」，這些縮略形的使用比較簡潔，不會有拖泥帶水的感覺。另外，如果是後接「する」的漢語名詞，則會使用「ご＋漢語Ｎ＋ですか」的形態。

例 午後の会議にはご出席ですか。（＝ご出席になりますか。）

　　下午的會議您會出席嗎？

1952
☐ **みほん**
【見本】

名 樣品，範本；（具代表性的）例子，榜樣
類 サンプル【sample】樣品，樣本；試用品

例 この見本を参考にして、申請書に記入してください。

請參考這個範本填寫申請書。

例 彼は家庭を顧みないダメな父親のいい見本だ。

他就是不顧家庭的糟糕父親的一個很好的範例。

1953
☐ **みまう**
【見舞う】

他Ⅰ 慰問，探望；遭受（災害等）
類 いたわる【労る】體恤，照顧；安慰，慰勞

例 花束を買って、交通事故で入院中の友人を見舞いに行った。

我買了花束，到醫院去探望因車禍住院的朋友。

例 台風に見舞われて、まだあちこちにその爪痕が残っている。

受到颱風的侵襲，目前各地還是留存著災害所造成的傷痕。

1954
☐ **みまわる**
【見回る】

自他Ⅰ 巡視，巡邏
類 じゅんかい【巡回】巡迴；巡視

例 警察官はパトカーで市内を見回っている。

警察開著巡邏車在市內巡邏。

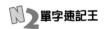

1955 みまん
【未満】

名 未満，不足 → 常考單字
類 いか【以下】以下

例 法律の規定により、20歳未満のご入場はお断りいたします。

根據法律規定，本店拒絕未滿20歲的人士入場。

1956 みやこ
【都】

名 都城，京城；繁華的都市
類 しゅと【首都】首都

例 桓武天皇が都を平安京に移したのは794年である。

桓武天皇將都城遷往平安京是發生在794年。

例 音楽の都ウィーンは、世界的に有名な音楽家を数多く輩出した。

音樂之都維也納，培育了許多世界知名的音樂家。

1957 みりょく
【魅力】

名 魅力，吸引力 → 常考單字
類 チャーミング【charming】有魅力的，迷人

例 この仕事の魅力は世界各国の人と交流できることである。

這份工作的魅力就是可以跟世界各國人士來往交流。

1958 みわたす
【見渡す】

他 I 放眼望去，瞭望，遠望 → 常考單字
類 みはらす【見晴らす】眺望，遠望，遙望

例 会場を見渡しても、彼女の姿は見当たらなかった。

環顧整個會場，我都沒看見她的身影。

1959 みんかん
【民間】

名 民間，世間；私人，私營
反 かんちょう【官庁】政府機關，官廳

例 民間企業は利益を追求することを第一に考えます。

私人企業首先要考量的就是追求利益。

▶む／ム

1960 むいしき（な）
【無意識（な）】

名・な形 無意識，不自覺；失去知覺，不省人事
類 しらずしらず【知らず知らず】不知不覺

55

例 日本人は無意識に助詞を使い分けているので、助詞の使い方を説明できる人は少ない。

因為日本人是不自覺地區分使用助詞，所以很少人能說明助詞的用法。

例 彼が無意識の 状 態になって、すでに 3 日が経過している。

他變成失去意識的狀態，已經過了 3 天。

1961 □

ムード
【mood】

| **名** 心情，氣氛，情調 |
| **類** ふんいき【雰囲気】（場所給人的）氣氛 |

例 このハンバーガーショップにはエキゾチックなムードが 漂 っている。

這家漢堡店散發著異國的情調。

1962 □

むかう
【向かう】

| **自 I** 朝向，面對；朝〜而去；趨向，轉趨 |
| **類** おもむく【赴く】前往，趕赴；趨於 |

例 目 標 に向かって、日々気を緩めずに頑張ってきた。

我們面對著目標，每天都不鬆懈地一直努力到現在。

例 今そちらに向かっているので、もう少し待っていてください。

我現在正在路上，請再稍微等一下。

1963 □

むき
【向き】

| **名・接尾** 方向，方位；趨向，趨勢；適合；人士 |

例 雑草をむしる時、風の向きが変わるとすぐ分かります。

在拔雜草的時候，風向一改變馬上就可以知道。

1964 □

むく
【剥く】

| **他 I** 削，剝；露出（牙齒或眼珠） → N3 單字 |
| **類** はがす【剥がす】剝開，撕掉，揭下 |

例 りんごは皮をむかなくても、そのまま食べることができる。

蘋果不削皮，也可以直接吃。

例 飢えた野犬は牙をむいて、獲物を狙っている。

飢腸轆轆的野狗露出獠牙，緊盯著獵物。

1965 □

むく
【向く】

| **自他 I** 面對，朝向；傾向，趨向；適合 |

例 東 に向いた窓から朝日が差し込んで、とても気持ちがいいです。

朝向東邊的窗戶照進了早晨的陽光，感覺非常舒適。

例 この 食 堂の 料 理は柔らかく作ってあるので、高齢者に向いている。

這家食堂的料理煮得很軟，適合老年人吃。

1966
☐
むくち（な）
【無口（な）】

名・な形 不愛說話，沉默寡言　　　　→ 常考單字
反 おしゃべり【お喋り】多嘴長舌；聊天

例 昔 は無口だった彼だが、今は営業の仕事をしているらしい。

從前沉默寡言的他，聽說現在好像在做業務的工作。

1967
☐
～むけ
【～向け】

接尾 以～為對象，向～　　　　　　→ 常考單字

例 ＮＨＫは外国人向けのチャンネルを設けて、日本の現況を紹介して
います。

ＮＨＫ（日本放送協會）設立了以外國人為對象的頻道，藉以介紹日本現況。

┌─ 出題重點 ─┐

▶**文法辨析　N 向き VS N 向け**

兩者都是「接尾語」的用法，但意義有所不同。「向き」除了可表「方位」、
「方向」之外，還表示動作「適合」的對象，而「向け」則是表示動作、
設計的「對象」或是運送、輸出的「目的地」。

例 この山を登るには経験と技術が要るので、初心者向き（×向け）で
はない。　爬這座山需要經驗跟技術，因此不適合初學爬山的人。

例 この会社の製品は主に東南アジア向けに（×向きに）輸出されてい
る。　這家公司的產品主要是外銷到東南亞。

1968
☐
むける
【向ける】

他Ⅱ 把～朝向；用做；朝著：以～為目標

例 若者は世界に目を向け、いろいろなことにチャレンジするべきです。

年輕人應該把眼光朝向世界，多多向各種事物挑戰。

例 警察は市民に向けて、詐欺電話への注意を呼びかけた。

警察對市民做出呼籲，希望大家要小心詐騙電話。

┌─ 出題重點 ─┐

▶**文法　N ＋に向けて／へ向けて　面對、面向／以～為目標**

「に向けて／へ向けて」除了表示面對的場所、事物、對象之外，還可表
示面對的目標，尤其是表示以某個特定的時期或活動為目標而做出努力或
準備。

例 政府は来年のオリンピックに向けて、着々と準備を進めている。

政府為了舉辦明年的奧運會，正逐步紮實地在準備當中。

1969
☐
むげん (な)
【無限 (な)】

名・な形 無限，無窮無盡
類 かぎりない【限りない】無限，無窮無盡

例 地球の資源は無限にあるわけではないので、大切に利用すべきだ。

地球的資源並非無窮無盡，所以必須要珍惜使用。

1970
☐
むし
【無視】

名・他Ⅲ 不顧，漠視，不理會 → N3 單字
衍 しんごうむし【信号無視】闖紅燈

例 あの会社に投資しないほうがいいと忠告したが、完全に無視された。

我有提出忠告說最好不要投資那家公司，但完全沒被接受。

1971
☐
むじ
【無地】

名 素色，無圖案花紋 → N3 單字
衍 もよう【模様】圖案，花紋

例 この店は無地のシャツを目玉商品にしている。

這家店是以素色襯衫為主打商品。

1972
☐
むしあつい
【蒸し暑い】

い形 悶熱 → N3 單字
衍 しっけ【湿気】濕氣

例 この家は風通しがよくないせいか、いつも蒸し暑く感じられる。

這棟房子不曉得是不是通風不好，無論何時都感覺很悶熱。

1973
☐
むじゅん
【矛盾】

名・自Ⅲ 矛盾
類 くいちがい【食い違い】分歧，出入，不一致

例 言ってることとやってることが矛盾してるじゃん。

你說的跟做的，根本就矛盾嘛。

1974
☐
むしろ
【寧ろ】

副 毋寧，寧可，還不如 → 常考單字
類 かえって【却って】反而，反倒

例 休日は外へ遊びに行くより、むしろ家でのんびりしていたい。

假日與其出外遊玩，我寧可在家裡悠閒度過。

1975
☐ **むすう (な)**
【**無数 (な)**】

名・な形 無數

類 かぞえきれない【数え切れない】數不清

例 才能があるのに不遇のまま一生を終わる例は、歴史上、無数にあります。　擁有才能卻懷才不遇而終其一生的例子，在歷史上不計其數。

1976
☐ **むすぶ**
【**結ぶ**】

他Ⅰ 結，繫；連結，結合；建立，締結；結尾

類 しばる【縛る】綑綁；束縛，拘束

例 靴のひもがほどけてるよ。結んであげようか。

你的鞋帶掉了，我幫你綁一下吧。

例 ２０１６年に青森と函館を結ぶ北海道新幹線が開通しました。

2016年連結青森與函館的北海道新幹線開通了。

1977
☐ **むせきにん (な)**
【**無責任 (な)**】

名・な形 沒有責任；不負責任，沒有責任感

類 いいかげん (な)【好い加減 (な)】隨便

例 彼のことだから、そんな無責任なことを言うのも想像に難くない。

因為他就是那樣的人，所以會說那樣不負責任的話也不難想像。

1978
☐ **むだ (な)**
【**無駄 (な)**】

名・な形 徒勞無功，沒有用；白費，浪費

衍 むだづかい【無駄遣い】浪費，亂花錢

例 だから言ったじゃない。彼女に何を言ったって無駄だって。

我就跟你說了嘛。你跟她說什麼都沒用的啦。

例 ３時間並んでも好きな歌手の前売券が買えず、時間を無駄にしてしまった。

我排了３個小時還是買不到喜歡歌手的預售票，讓我白白浪費時間。

出題重點

▶文法　Ｖ－て／い形－く＋たって

　　　な形／Ｎ＋だって　無論〜也〜、就算〜也〜

「たって（だって）」是逆接用法「ても（でも）」的口語形態，表示即使前項成立，後項結果也依然不變。

例 料理がおいしくなくたって、そんなに怒ることないじゃない。

就算料理不好吃，你也用不著那麼生氣嘛。

例 雨<ruby>雨<rt>あめ</rt></ruby>だってサッカーの練習<ruby>練習<rt>れんしゅう</rt></ruby>はやめないよ。

就算下雨，足球練習也不會中止。

▶文法　～って　就跟你說～／聽說～

「って」是「と」、「という」、「といった」、「といっている」等等的口語縮略形，用在句尾可發下降調與上昇調。發下降調時可表示「規勸」、「責怪」、「不耐煩」等強調的語氣，而發上昇調時則是表示「聽說」、「某人說」的意思。

例 行<ruby>行<rt>い</rt></ruby>くって言<ruby>言<rt>い</rt></ruby>ったら、行<ruby>行<rt>い</rt></ruby>くんだって。

（「って」發下降調）我跟你說會去就是會去嘛。

例 今日<ruby>今日<rt>きょう</rt></ruby>は忙<ruby>忙<rt>いそが</rt></ruby>しいから、またにしてって。

（「って」發上昇調）他說今天很忙，所以改天再說。

1979
□

むりやり
【無理矢理】

副 硬要，強行，強迫　　　→ 常考單字
類 ごういん【強引】強行，強制，蠻幹

例 私<ruby>私<rt>わたし</rt></ruby>は健康食品<ruby>健康食品<rt>けんこうしょくひん</rt></ruby>を買<ruby>買<rt>か</rt></ruby>う気がなかったのに、無理<ruby>無理<rt>むり</rt></ruby>やり買<ruby>買<rt>か</rt></ruby>わされた。

我根本就沒有意願要買健康食品，但卻被硬逼著買了下來。

1980
□

むれ
【群れ】

名 群，群體
類 しゅうだん【集団】集團，集體

例 渡<ruby>渡<rt>わた</rt></ruby>り鳥<ruby>鳥<rt>どり</rt></ruby>が群<ruby>群<rt>む</rt></ruby>れをなして、空<ruby>空<rt>そら</rt></ruby>を飛<ruby>飛<rt>と</rt></ruby>んでいるところを写真<ruby>写真<rt>しゃしん</rt></ruby>に収<ruby>収<rt>おさ</rt></ruby>めようと思<ruby>思<rt>おも</rt></ruby>って、この島<ruby>島<rt>しま</rt></ruby>に来<ruby>来<rt>き</rt></ruby>た。　我是為了要把候鳥成群結隊在天空飛翔的畫面用相機拍起來，所以才來到這個島上的。

▼め／メ

1981
□
56

め
【芽】

名 芽；（比喻將會成長發展的）新生事物
衍 もやし【萌やし】豆芽

例 ジャガイモは長<ruby>長<rt>なが</rt></ruby>く置<ruby>置<rt>お</rt></ruby>いていると、芽<ruby>芽<rt>め</rt></ruby>が出<ruby>出<rt>で</rt></ruby>てきちゃうよ。

馬鈴薯如果放太久，就會長出芽喔。

例 早<ruby>早<rt>はや</rt></ruby>いうちに悪<ruby>悪<rt>あく</rt></ruby>の芽<ruby>芽<rt>め</rt></ruby>を摘<ruby>摘<rt>つ</rt></ruby>んでおかないと、後<ruby>後<rt>あと</rt></ruby>になって大変<ruby>大変<rt>たいへん</rt></ruby>だ。

如果不趁早將惡苗摘除，之後就麻煩了。

1982 めいかく（な）
□ 【明確（な）】

名・な形 明確
反 あいまい（な）【曖昧（な）】含糊，不明確

例 どんな結果が期待できるかは、今はまだ明確に答えられない。

有關可以期待什麼結果這一點，我目前還沒辦法明確回答。

1983 めいさく
□ 【名作】

名 名作
類 けっさく【傑作】傑作

例 黒澤 明の『七人の侍』はまさしく日本を代表する映画の名作である。

黑澤明的《七武士》正是代表日本的電影名作。

1984 めいしょ
□ 【名所】

名 知名景點，名勝
衍 きゅうせき【旧跡】舊址，古蹟

例 桜の名所として知られる上野公園には、世界遺産の国立西洋美術館がある。 作為櫻花知名景點而廣為人知的上野公園內，有世界遺產的國立西洋美術館。

1985 めいじる
□ 【命じる】

他Ⅱ 命令；任命，委任
類 いいつける【言い付ける】吩咐，交代

例 部長は直ちに発注した会社に連絡しろと部下に命じました。

部長命令部下要立即跟下訂單的公司聯絡。

例 田中太郎殿、本日より福岡支社の営業部長を命じる。

田中太郎君，由本日開始任命為福岡分公司的營業部長。

1986 めいしん
□ 【迷信】

名 迷信
衍 しんこう【信仰】信仰

例 日本では、「寝言に返事をしてはいけない」という迷信がある。

在日本，有「不可以回答別人說的夢話」的迷信。

1987 めいじん
□ 【名人】

名 名家，能人，好手
類 つう【通】精通，在行，專家

例 菓子作りの名人が集まって、試食会が行われた。

製作糕點的名家齊聚一堂，舉行了試吃大會。

1988 めいぶつ
□ 【名物】

名 名產；有名的人事物
類 めいさん【名產】名產

例 山口県 下 関市の名物といえば、真っ先にふぐを思い浮かべるだろう。

說起山口縣下關市的名產，應該最先會想起河豚吧。

出題重點

▶文法 ～といえば／というと／といったら 一說到～

三者皆是「話題」的用法，表示一說起前項，就會想到具代表的人事物或
是聯想的事項。而「といったら」接續名詞時，有表示非同小可的驚嘆、
感動、失望等的心情。

例 通勤時間の電車といったら、その混雑は言葉にできないほどひどい
ものだ。

一說起通勤時間的電車，那擁擠真的是言語無法形容的激烈啊。

1989 めいめい
□ 【銘々】

名・副 各人，各自
類 かくじ【各自】各自

例 この問題については、めいめいが意見を述べたうえで 考えよう。

有關這個問題，我們等大家各自陳述意見之後再考慮吧。

1990 めうえ
□ 【目上】

名 上司，長輩 → 常考單字
反 めした【目下】下屬，後輩

例 最近は目上の人に対しても、タメ口をきく若者が多いようだ。

最近似乎有很多年輕人對長輩、上司也是使用親近朋友間的說話方式。

人際關係

上司
上司

部下
下屬

同僚
同事

お客様
客戶

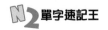

1991
□ メーター
【meter】

名・接尾 儀表，計量器；公尺（同「メートル」）
衍 はかり【秤】秤，天平

例 このメーターは 全 く動かないから、壊れているに違いない。

這個儀表完全都不會動，肯定是壞了。

1992
□ めぐまれる
【恵まれる】

自Ⅱ （很幸運地）被賦予，富於

例 家庭環 境 に恵まれていい大学に入ったのだから、もっと勉 強 に励まな

いとね。

你是因為受惠於家庭環境良好才進入好大學的，因此要更努力用功才行。

出題重點

▶文法　～のだから／～んだから　因為～所以～

這是「狀況說明」以及「加強語氣」的「のだ」，加上「原因理由」的「か
ら」所形成的文法句型，「のだ」的部分在口語時經常會變音為「んだ」。
使用時，前項是表示雙方都有所認知的道理，而後項則通常表示說話者的
判斷、意向或是要求對方動作等等。

例 もう子供じゃないんだから、自分のことは自分でやりなさいよ。

你已經不是小孩子了，自己的事要自己做啦。

1993
□ めぐる
【巡る】

自Ⅰ 循環；環繞；周遊
衍 かこむ【囲む】圍住，圍繞；包圍

例 マスコミでは 消 費税の増税をめぐる議論が白熱している。

新聞媒體上對於消費稅增稅的問題展開了熱烈的議論。

1994
□ めざす
【目指す】

他Ⅰ 以～為目標，朝著～而努力
類 ねらう【狙う】瞄準；以～為目標

例 バーテンダーを目指して、専門学校で勉 強 しながら居酒屋でバイトを

している。

我以調酒師為目標，目前正一邊在專門學校念書，一邊在居酒屋打工。

1995 □
めした
【目下】
名 下屬，晚輩

例 目下だからといって、どのように扱ってもいいというわけではない。

並不是說只要是晚輩、下屬，就怎樣任意對待他都可以。

1996 □
めじるし
【目印】
名 記號，標記；目標，標的物

例 人の傘と間違わないように、マジックペンで目印をつけておこう。

為了不要跟別人的雨傘弄錯，先用油性麥克筆做個記號吧。

1997 □
めだつ
【目立つ】
自I 引人注目，顯眼；顯著 → 常考單字
衡 はで(な)【派手(な)】豔麗，花俏；誇大

例 この服、色が鮮やかだから、ちょっと目立つかな？

這件衣服顏色很鮮豔，會不會有點引人注目啊？

例 息子は予備校に通い始めたものの、成績に目立った変化は見られない。

雖然我兒子開始上補習班了，但成績卻沒有看到明顯的變化。

1998 □
めちゃくちゃ(な)・
めちゃめちゃ(な)
名・な形・副 亂七八糟，雜亂無章；極端，非常
類 でたらめ(な) 荒謬，胡鬧

例 こんなめちゃくちゃな内容では、作文コンテストで入選できるわけがない。 這種亂七八糟的內容，不可能會在作文比賽當中獲選的。

例 あっ、これめちゃめちゃ美味しいじゃん。 喔，這個超級好吃的耶。

1999 □
めっきり
副 變化顯著，明顯
類 いちじるしい【著しい】明顯，顯著

例 近所の山が紅葉し、めっきり秋らしくなってきました。

附近的山都染上紅葉的顏色，變得很有秋天的氣息。

2000 □
メッセージ
【message】
名 訊息，留言；聲明 → N3 單字
類 でんごん【伝言】傳話，留言

例 電話がつながらないなら、彼に一言メッセージを送ってくれないかな？

如果說電話打不通，那你可以幫我傳個簡訊給他嗎？

例 大統領から大会の成功を祈るメッセージが寄せられた。

總統寄來了一封祝福大會成功的賀詞聲明。

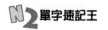

2001
☐ めったに
【滅多に】

副 （後接否定）很少，不常　　→ N3 單字
類 まれにしか【稀にしか】（後接否定）很少

例 地球温暖化のせいか、昔めったに発生しなかった集中豪雨が、今では頻繁に発生する。　不曉得是不是因為全球暖化的關係，從前很少會發生短暫而局部的豪雨，如今卻很頻繁地發生。

出題重點

▶文法　〜せいで／〜せいか／〜せいだ　怪罪、歸咎

表示失敗、錯誤的責任歸屬及原因。「せいで」置於句中，功能類似接續助詞，用以表示前項的原因導致了後項的失敗。「せいか」也是置於句中，這是表示不確定，但它很有可能是造成失敗的原因。而「せいだ」則是置於句尾，以「〜は〜せいだ」的形態表示前項的失敗都是歸咎於後項之故。

例 事故で高速道路が渋滞したせいで、会社に遅れてしまった。

因為車禍高速公路塞車，害得我上班遲到了。

例 ベランダの花が全部枯れてしまったのは、誰も水をやらなかったせいだ。　陽臺的花之所以會全部枯掉，那是因為都沒有人澆水害的。

2002
☐ めでたい
【目出度い】

い形 可喜的，值得慶賀的；順利，幸運

例 一人息子もようやく結婚することになった。これほどめでたいことはない。　我那個獨生子也終於要結婚了。沒有比這件事更值得慶賀的了。

例 念願の国立大学医学部にめでたく合格し、医者になる夢へ向けて第一歩を踏み出した。　我幸運地考上了夢想中的國立大學醫學院，朝著成為醫生的夢想邁出了第一步。

2003
☐ めまい
【眩暈】

名 頭暈，暈眩　　→ N3 單字
衍 ずつう【頭痛】頭痛

例 朝から立っていられないほどの激しいめまいがする。

從早上開始就感到無法站立般的劇烈頭暈。

2004
□

メモ
【memo】

名・他Ⅲ 筆記，記錄；便條，摘要　→ N3 單字
衍 てちょう【手帳】手冊，記事本

例 今から言うことをメモしておいてもらえる？

你可以幫我筆記一下我現在要說的事情嗎？

例 私がきのう書いたメモ用紙、見てない？どこにもないんだよね。

你有看到我昨天寫的便條紙嗎？我到處都找不到。

2005
□

めやす
【目安】

名 大概標準；大致目標
類 きじゅん【基準】基準，準則

例 バスの時刻表はあくまで目安ですので、ご了承ください。

巴士的時刻表僅做參考用，敬請見諒。

2006
□

めん
【面】

名・接尾 臉；面具；方面；表面；（量詞）面
衍 めんする【面する】面向，面對；面臨

例 メッセージを送るよりも、面と向かって話したほうがいいと思うよ。

我覺得與其傳訊息，還不如當面談會比較好喔。

例 あらゆる面から問題を考えたつもりだったが、やはり不備があった。

我以為已從各方面思考過問題，但還是有疏漏之處。

2007
□

めんきょ
【免許】

名 許可，執照　→ N3 單字
衍 しかく【資格】資格，憑證，專業認證

例 運転免許を更新しようと思って、交通センターに来たわけです。

我是因為想要更新駕照，所以才來交通中心的。

出題重點

▶文法　～わけだ　也就是／那是因為／難怪會

「わけだ」的用法多元，置於語尾表示符合邏輯道理的種種語氣。首先，可表示理所當然的結論，中文可翻譯成「那當然」、「也就是（說）」、「換句話說」等等。另外，「わけだ」也可表示說明事情的來龍去脈，也就是表示事情就是這麼一回事，這種用法可翻譯成「那是因為」、「情況就是這樣」等等。再者，「わけだ」還有恍然大悟、表示理解的用法，這種用法中文可用「難怪會」來表示。

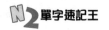

例 3 時間も待たされたんだから、そりゃ誰だって怒るわけだ。

被迫等了 3 小時，那當然無論是誰都會生氣的。

例 そうなんだ。どうりで今朝はあんなに怒ってたわけだ。

原來如此，難怪他今天早上會那麼生氣。

2008
☐ めんぜい
【免税】

名・自他Ⅲ 免税

反 かぜい【課税】課税

例 この店では、外国人はパスポートを見せれば、商品を免税で買うことができる。

在這家店，外國人只要出示護照，就可以免稅的方式購買商品。

例 消費金額が 5000 円以上のお客様に限り、消費税が免税されます。

只限消費金額在 5000 日圓以上的客人，消費稅可以免稅。

2009
☐ めんせき
【面積】

名 面積

衍 たいせき【体積】體積

例 台湾の面積は九州とほぼ同じだと言われているが、的確に言うと、九州よりやや小さいのである。 雖然大家常說臺灣的面積和九州幾乎相同，但準確地說則是臺灣比九州稍微小一點。

2010
☐ めんどうくさい
【面倒臭い】

い形 非常麻煩，極其費事

類 やっかい【厄介】麻煩費事，棘手難解決

例 知らない単語があれば、面倒臭がらずに辞書で調べるべきだ。

如果有不知道的單字，就應該不要怕麻煩，好好地用辭典查一下。

出題重點

▶文法 い形－い／な形＋がる 覺得～／怕～

「がる」是接尾語，接續在「い形容詞」、「な形容詞」以及表示希望的「たい」和「ほしい」等詞幹之後，用來表示從言詞或樣貌所觀察感受到的某人想法、身體感覺或感情等等。例如「行きたがる」、「ほしがる」是表示第三人稱的「想去」、「想要得到」，「残念がる」、「痛がる」是表示某人的「覺得可惜」、「覺得痛」，而「寂しがる」、「寒がる」則是表示某人「害怕寂寞」、「怕冷」的意思。

2011 メンバー
【member】
☐
名 成員，會員　→ N3 單字
衍 なかま【仲間】伙伴，同儕

例 試合のメンバーから外されて、彼女は不満げな表情を浮かべた。

被排除在比賽成員之外，她臉上浮現了感覺不滿的表情。

▶も／モ

2012 もうかる
【儲かる】
☐
🔊
57
自Ⅰ 賺錢；撿到便宜　→ N3 單字
類 とくする【得する】獲利，有賺頭；占便宜

例 この商売が儲かるかどうかは、市場の動き次第で決まる。

這門生意是否會賺錢，是由市場動向如何變化來決定。

2013 もうける
【儲ける】
☐
他Ⅱ 賺錢，得利；生子　→ N3 單字

例 ギャンブルをする人は、金を儲けるどころか貯金まで失うことがある。

賭博的人不要說要賺錢了，甚至還可能賠上存款。

┌─ 出題重點 ─────────────────

▶詞意辨析　儲ける VS 稼ぐ

「儲ける」跟「稼ぐ」都有「賺錢」的意思，但「儲ける」表示的是「獲得金錢上的利益」、「大賺一筆」的意思，而「稼ぐ」則是屬於「透過努力賺取生活所需開銷」的意思。另外，「儲ける」還有「意外獲得好處」以及「生子」的意思，而「稼ぐ」則有「想辦法爭取時間或加分」的意思。
（○）バイトで学費を稼ぐ。／（×）バイトで学費を儲ける。

打工賺取學費。

└────────────────────────

2014 モーター
【motor】
☐
名 發動機，馬達
類 エンジン【engine】引擎，發動機

例 こんな大事な日に限って、モーターは動かないよね。

偏偏就是在這種重要的日子，馬達就不會動了。

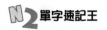

2015
□
もくひょう
【目標】

名 目標；標的　　　　　　　　　　　　→ 常考單字
彷 もくてき【目的】目的

例 自分なりに目標は設定してるんだけど、なかなか達成できないんだよ
ね。　我以自己的方式設定了目標，但是就很難達成啊。

出題重點

▶文法　N＋なりに／なりの　以適合～的方式

「なりに」是表示「相應程度」的意思，也就是說也許程度不高或不優良，
但卻是適合該人物、該情境的做法。

例 大人にとっては取るに足りないことかもしれないが、子供にも子供な
りの悩みがある。

對大人來說也許是微不足道，但小孩子也有屬於小孩子自己的煩惱。

2016
□
もぐる
【潜る】

自I 潛水；鑽進，躲入　　　　　　　　→ 常考單字
類 かくれる【隠れる】躲藏，隱藏

例 カワセミは川に潜り、小さな魚をとって食べた。

翠鳥鑽進河裡，捕到一條小魚吃掉了。

例 犬は何か悪いことでもしたかのように、こそこそと布団の中にもぐった。

狗兒好像做了什麼壞事似地，心虛地悄悄鑽進了棉被當中。

2017
□
もけい
【模型】

名 模型　　　　　　　　　　　　　　　→ 常考單字
彷 プラモデル【plastic model】塑膠模型

例 プラモデルって、プラスチックの部品を組み立てる模型のおもちゃだよ
ね。　塑膠模型就是指，可把塑膠製零件組合起來的模型玩具對吧？

出題重點

▶文法　～って　所謂～、～這種東西（這個人）

「って」除了有「引用」、「傳聞」的用法之外，還有「話題提示」的用法，
用於「進行說明」或「下定義」等場合。口語時經常會使用「って」的說
法，但寫文章時則必須使用「とは」、「ということは」、「というものは」
等等語詞。

例 日本語って（＝という言葉は）助詞が大切ですよね。

日文這種語言，助詞是很重要的。

2018 □ もしかしたら

副 會不會是，說不定，也許
類 ひょっとしたら 搞不好，說不定，也許

例 もしかしたら彼はもう家に帰ってるんじゃない？

我想說不定他都已經回家了呢。

2019 □ もしも

副 倘若，假使，如果（「もし」的強調形）
衍 いったん【一旦】一旦；暫且

例 もしもこんな結果になると知っていたら、そんなことはさせなかった。

我要是早知結果如此，就不會讓他那樣做了。

2020 □ もたれる
【凭れる】

自II 憑靠，倚靠；消化不良，胃積食

例 休日はソファにもたれて、本でも読んでいるのが一番だ。

假日最好就是躺靠在沙發上讀讀書之類的。

例 もちの食べ過ぎで、胃がもたれて気持ちが悪かった。

因為吃太多年糕，所以胃消化不良很難過。

2021 □ もちあげる
【持ち上げる】

他II 用手舉起，抬起；奉承，吹捧

例 食事の時はちゃんと茶碗を持ち上げて食べなきゃね。

吃飯的時候，一定要確實地把碗端起來吃喔。

例 部下に持ち上げられた上司は機嫌がよくなって、叱るべきところを叱らなかった。

被部下奉承的上司心情變得很好，並未對該責備的地方出言斥責。

2022 □ もちいる
【用いる】

他II 使用；採納；錄用 → 常考單字
類 しようする【使用する】使用，利用

例 クレーンなどの重機を用いる上で、最も注意しなければならないのは安全の問題である。

在使用起重機等重機械方面，最需要注意的就是安全問題。

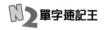

2023
□

もちぬし
【持ち主】

名 所有者，擁有～的人
衍 かいぬし【飼い主】飼主，飼養者

例 持ち主の分からない落とし物を拾った場合は、ひとまず警察に届けるべきです。　撿到不知所有者是誰的遺失物品時，首先應該要交到警察局去。

2024
□

もちもの
【持ち物】

名 攜帶物品，隨身物品；所有物
衍 けいたい【携帯】攜帶；手機

例 入場するのに持ち物の検査があるほど、会場の警備は厳重だ。

會場警備森嚴到入場時還要檢查隨身物品。

例 人の持ち物を勝手に使っちゃだめじゃない。

你不可以這樣隨便使用他人物品啦。

2025
□

もったいない
【勿体無い】

い形 （未加以善用而覺得）可惜；不勝惶恐
類 おしい【惜しい】可惜，惋惜

例 せっかく来たのに、どこも観光せずに帰っちゃうのはもったいない。

好不容易來一趟，卻哪裡都沒觀光就回去，這實在是太可惜了。

例 主役に抜擢してくださるなんて、私にはもったいないお話です。

您說要提拔我做主角，這對我來說實在是不勝惶恐。

2026
□

もっとも
【最も】

副 最　　　　　　　　　　　　　→ 常考單字
衍 トップ【top】最高級；最前頭；第一名

例 最も悔しいのは、なぜ早くこれを知らなかったかということだ。

最令人懊悔的是，為什麼我沒有早一點知道這件事。

2027
□

もっとも (な)
【尤も (な)】

な形・接續 合理，理所當然；話雖如此，不過
類 あたりまえ【当たり前】理所當然

例 3時間も待たせたんだろう？そりゃ彼女が怒るのももっともだ。

你讓她等了3個多鐘頭對吧？那她會生氣也是理所當然的啊。

例 都会では世界中の料理が楽しめるようになった。もっとも、貧しくてろくに食事が取れない人たちもいる。　大城市中如今已可以享用到全世界的料理。不過，還是有許多人因為貧窮而無法像樣地吃頓飯。

2028
□

モデル
【model】

名 （時裝）模特兒；模型；原型；模範，樣式

例 モデルになるには、スタイルのよさのみならず、体力や芸術的センス
も必要だ。

要成為模特兒，不只要身材好，還必須有體力和藝術上的品味。

例 この作品は監督自身をモデルにした実話映画です。

這部作品是以導演本身為故事原型所拍攝的真人實事電影。

2029
□

もと
【本・元・基】

名・接頭 原本；起源，根源；以前；根本，基礎

例 過労がもとで病気になったんだ。もうしばらく残業は控えたほうがい

いよ。　你是因為過勞才生病的。暫時最好不要再加班了。

例 みなさんの意見を基にして、この計画の不備を改善していこうと思いま

す。　我打算以大家的意見為基礎，逐步改善這個計畫的缺失。

2030
□

もどす
【戻す】

他I 恢復，歸還；使～倒退；用水泡軟；嘔吐
慣 はらいもどす【払い戻す】退錢，退費

例 読み終わった本はもとの位置にお戻しください。

閱讀完畢的書本請歸還到原有的位置。

2031
□

もとづく
【基づく】

自I 根據，基於；起因於，由～而來　➔ 常考單字
慣 きそ【基礎】基礎，根基

例 政府は既定の方針に基づいて、インフラの整備を推し進めている。

政府根據既定的方針，不斷推動基礎建設的完備。

例 これは偏見や独断に基づいた決定だ。私としては断じて受け入れられ

ない。　這是由於偏見與獨斷做出的決定。就我而言是斷然不能接受的。

┌─ 出題重點 ─

▶文法　N＋に基づいて／に基づき　依照、根據

表示以某項事物為動作的準則或依據，在較為正式的場合中可使用「に基
づき」。另外還可以「に基づいた」或「に基づく」的形式來修飾名詞。

例 新たに任用された職員は公務員法の規定に基づき、宣誓しなければ

ならない。　新任用的職員基於公務員法的規定，必須進行宣誓。

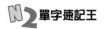

2032
もとめる
【求める】

他Ⅱ 尋求；要求，請求；購買 → 常考單字
類 のぞむ【望む】希望，盼望；要求；眺望

例 私は名声も求めなければ、利益も求めない。

我既不求名，也不求利。

例 これは彼女からの助けを求めるメッセージに違いない。

這肯定是她傳來的求救訊息。

2033
もともと
【元々】

副・名 原本，本來；沒有損失，跟原來沒兩樣
類 そもそも 原先，本來；究竟，到底

例 もともと陸上競技に参加するつもりだったが、怪我で出られなくなった。　我原本打算參加田徑比賽，卻因為受傷無法出賽。

例 駄目でもともとだから、やれるだけやってみたら？

做不到也沒什麼損失，所以你就盡量做做看嘛。

2034
ものおき
【物置】

名 儲藏室，庫房 → N3 單字
衍 そうこ【倉庫】倉庫

例 バーベキュー用品や扇風機など当面使わないものは物置に入れるといい。

烤肉用具以及電風扇等暫時用不到的東西，只要放進儲藏室就好。

2035
ものおと
【物音】

名 聲響，聲音
衍 そうおん【騒音】噪音

例 父は物音がすると、気になって眠れない質だ。

我父親是只要有一點聲響，就會受干擾而睡不著的體質。

2036
ものがたり
【物語】

名 故事；傳說 → N3 單字
衍 ぐうわ【寓話】寓言

例 この物語は男性ではなくて、女性を主人公としている。

這個故事並非以男性為主角，而是以女性為主角。

2037
ものごと
【物事】

名 事物，事情 → 常考單字
衍 じじょう【事情】情形，狀況；原因，事由

例 物事はたいてい思ったほど簡単に解決できるというものではない。

世事大多不是我們想像的那樣可以輕易順利解決。

▶**文法辨析　V＋ものではない VS V＋わけではない**

兩者皆是表示「事實並非如此」的意思，基本上可以互換，只是在語氣上「ものではない」表示的是，從社會常識、世間道理等規矩、規範考慮的話「事實並非如此」，而「わけではない」則只是為了怕別人誤解、誤會，而做出「事實並非如此」的說明解釋。此外，「ものではない」還有表示規勸別人「不應該」、「不可以」這麼做的意思，這種用法不可用「わけではない」代替。

例 人の話の途中に口を挟むものではない（×わけではない）。

　　我們不該在別人話說到一半時插嘴。

2038

☐ **ものすごい**
　　【物凄い】

い形	（程度）非比尋常，十分厲害；可怕，嚇人
類	はなはだしい【甚だしい】非常，甚是，極其

例 京都ほどじゃないけど、東京の夏もものすごく暑いんだよ。

　　雖然比不上京都，但東京的夏天也是十分炎熱的。

2039

☐ **モノレール**
　　【monorail】

名	單軌鐵道，單軌電車
衍	ケーブルカー【cable car】地面纜車

例 このモノレールは去年開通したばかりの新しい路線だ。

　　這條單軌鐵道是去年才剛開通的新路線。

2040

☐ **もみじ**
　　【紅葉】

名	紅葉，楓葉
類	こうよう【紅葉】紅葉

例 日本の秋を代表する風物詩と言えば、紅葉を思い浮かべる。

　　說起代表日本秋天的特色風物，就會想起紅色楓葉。

2041

☐ **もむ**
　　【揉む】

他Ⅰ	按摩，捏揉；推擠；爭論
衍	ひねる【捻る】（用指尖）扭轉，擰捏

例 肩がすごく凝ってるみたいだね。揉んでやろうか。

　　我看你肩膀好像很僵硬的樣子。我幫你按摩一下吧。

例 私は毎朝、2時間ほど満員電車に揉まれて通勤している。

　　每天早上我都要花2個小時左右，擠在客滿的電車當中去上班。

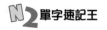

2042
☐ **もよう**
【模様】

名 花紋，圖案；情形；（看起來可能～的）樣子
類 がら【柄】花紋，圖案；體格，個子；人品

例 彼女は水玉模様のワンピースを着て、友達の誕生日パーティーに参加

した。 她穿著圓點圖案的連身裙，去參加了朋友的生日派對。

例 試合の模様はテレビ中継を通して、世界中に放映されている。

比賽情形透過電視轉播，傳送到了全世界。

圖案

水玉模様
圓點圖案

花模様
花紋圖案

縞模様
條紋圖案

チェック模様
格子圖案

唐草模様
藤蔓圖案

2043
☐ **もよおし**
【催し】

名 籌劃，舉辦；（文化娛樂）活動，集會
類 ぎょうじ【行事】（年度）活動，儀式

例 フリーマーケットは町内会の催しで定期的に行われている。

跳蚤市場是由地區自治會籌劃而定期舉辦。

例 こどもの日に、各地の公園は子供向けの催しで賑わっている。

兒童節時，各地的公園都因舉辦以兒童為對象的活動而顯得熱鬧非凡。

2044
☐ **もる**
【盛る】

他I 裝，盛；堆高，堆起
類 つむ【積む】堆積；裝載；積累

例 茶碗に盛った温かいご飯に、生卵と醤油を混ぜて食べるのが好きだ。

我喜歡在碗裡裝上熱騰騰的白飯，然後加上生雞蛋及醬油拌著吃。

例 堤防が崩れたところに土を盛るなどといった応急措置が取られた。

當局採取了在堤防潰決處堆土等等的緊急措施。

2045
もれる
【漏れる】

自II 漏出；透露；洩漏；遺漏；落選

例 なんか変なにおいがするね。ガスかなんか漏れてないかな？

好像有股怪味呢。是不是有瓦斯漏氣還是什麼的？

例 機密情報などが外部に漏れたら、会社に大きな損害を与えることになる。

如果機密情報等等被洩漏到外部，那將會給公司帶來極大的損害。

2046
もんく
【文句】

名 詞句，話語；挑剔，不滿，牢騷
類 くじょう【苦情】抱怨，申訴

例 友人と別れる時には、「また会おうね」という決まり文句がよく使われる。　跟朋友離別時，「一定要再見喔」是常用的固定說法。

例 文句ばっかり言ってないで、少しぐらい手伝ってよ。

你別老是在那邊挑剔抱怨，多少幫點忙嘛。

筆記區

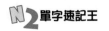
▶や／ヤ

2047
□
🔊
58

やがて

副 不久，即將；大約，將近；終究，總會
類 まもなく【間も無く】即將，就快要

例 家を出た父の後ろ姿は次第に小さくなり、やがて見えなくなってしまった。　離開家門的父親背影逐漸變小，不久之後就變得看不見了。

例 地道に努力すれば、やがて実を結ぶ時が来る。

只要腳踏實地地努力，總會有成功收穫的一天。

2048
□

やかましい
【喧しい】

い形 吵鬧，喧嚷；挑剔；囉嗦；話題喧騰
類 さわがしい【騒がしい】吵鬧；輿論沸騰

例 自習中に生徒たちが騒ぎ始めたので、先生が大声で「やかましい！」と怒鳴った。

自習當中因為學生們開始吵鬧，所以老師就大聲喝斥說：「吵什麼吵！」

例 就寝前には必ず歯を磨けと、幼い時父にやかましく言われていた。

小時候父親都會不厭其煩地跟我說，睡覺前一定要刷牙。

2049
□

やかん
【夜間】

名 夜間，夜晚
反 にっちゅう【日中】日間，白天

例 日中は仕事があるし、夜間は大学に通っているし、ほとんど休む時間がない。　白天有工作，晚上還要上大學，幾乎都沒有時間休息。

2050
□

やく
【役】

名 職務，工作；角色；功效；頭銜
衍 しゅやく【主役】主角

例 口下手だけど、私にリーダーの役が務まるかな？

我很不會說話耶，我能做好組長的工作嗎？

2051
□

やくしゃ
【役者】

名 演員
類 はいゆう【俳優】演員

例 自分と正反対のキャラクターを演じることができてこそ、真の役者だ。

能夠演出跟自己完全不同個性的人物，才是真正的演員。

2052 やくしょ
【役所】

名 政府機關，（市、區）公所
類 かんちょう【官庁】政府機關，官廳

例 台湾と違って日本の役所では、年度が変わると職員の担当する仕事も変わる。　跟臺灣不同，在日本的政府機關當中，年度一改變職員負責的職務也會跟著改變。

2053 やくす
【訳す】

他I 翻譯，譯成
衍 つうやく【通訳】口譯

例 この詩は文字通りに日本語に訳すことは難しい。

這首詩要照字面翻成日文是很困難的。

2054 やくにん
【役人】

名 官員，公務員

例 この町は人口は減る一方なのに、役人は増え続けている。

這座城市明明人口一直減少，但公務員卻不斷地增加。

2055 やくひん
【薬品】

名 藥品；化學藥劑
衍 きゅうきゅうばこ【救急箱】急救箱，醫藥箱

例 この薬品は日光に当ててはいけないから、いつも日の当たらないところに置くようにしている。　這個藥品因為不能曬到日光，所以我總是盡可能放置於陽光照不到的地方。

2056 やくめ
【役目】

名 任務，職責；功能，作用
衍 じゅうやく【重役】重要職位；董監事

例 私の役目は、社員が安心して働ける職場環境を整えることだ。

我的任務就是要創造出公司職員可以安心工作的職場環境。

2057 やくわり
【役割】

名 角色，功能；任務，職務　　→ 常考單字
衍 たんとう【担当】擔任，負責

例 挨拶は人間関係を維持する上で重要な役割を果たしている。

噓寒問暖在維持人際關係上扮演了一個很重要的角色。

2058 やけど
□ 【火傷】

名・自Ⅲ 燒傷，燙傷；遭殃；吃虧　　→ N3 單字
衍 きず【傷】創傷，傷口

例 湯沸かしポットを使用する際に、熱湯でやけどをしないようにご注意
ください。　使用熱水瓶時，請小心不要被熱水燙傷。

例 やけどしないうちに、この商売から手を引いたほうがいいよ。

趁著還沒吃大虧的時候，最好趕快從這個買賣當中收手。

2059 やっかい (な)
□ 【厄介 (な)】

名・な形 棘手，難處理；照顧，照料
類 めんどう (な)【面倒 (な)】麻煩，棘手；照顧

例 早く手を打てば、こんなに厄介なことにはならなかったのに。

如果早一點處理的話，就不會變成這麼棘手的狀況了。

出題重點

▶文法　Ｖ－ば～た（のに）　如果～就～

表示「與事實相反的假設」，加上「のに」有加強「遺憾」、「後悔」的語氣。

意思是說，如果當初有那樣做就好了，但事實上並沒有那樣做，所以感到
後悔遺憾。

例 早く言ってくれればよかったのに。

你要是早一點跟我說就好了。（事實是並沒有早點跟我說）

2060 やっきょく
□ 【薬局】

名 藥局，藥房
衍 ドラッグストア【drugstore】藥妝店

例 薬局で処方箋の薬をもらう際には、健康保険証を提示する必要があ
る。　到藥局拿處方箋的藥時，必須出示健保卡。

2061 やっつける
□

他Ⅱ （隨便）做完，解決掉；打敗，擊垮
類 やぶる【破る】打敗；突破；打破，弄破

例 相手チームは反則っぽいプレーばかりするので、ずいぶん苦しめられた
が、結局5対1でやっつけた。　敵隊老是做一些類似犯規的動作，害
得我隊陷入苦戰，但最終還是以5比1的成績擊敗了對方。

2062 **やっと**
□

> 副 好不容易，終於；勉勉強強 　　　→ 常考單字
> 類 ようやく【漸く】好不容易，終於

例 土日も休まずに練習を重ねた末、やっと試合に勝てた。

經過星期六日也不休息地不斷練習，最後終於贏了比賽

例 父は家族 4 人でやっと暮らせるだけの収入しか得ていない。

父親賺得的收入只夠我們家裡 4 個人勉強生活。

> ┌ 出題重點 ┐
>
> ▶文法 ～だけの　相當於～的
>
> 表示「相當程度」的意思，通常用來表示與前項動作相稱或相符合的後項
> 事物，後項經常接續「価値（かち）」、「能力（のうりょく）」、「効
> 果（こうか）」、「時間（じかん）」、「もの」、「金（かね）」等名詞。
>
> 例 彼は日本語の勉強を始めたばかりで、まだ日本人と会話できるだけ
> の能力はない。　他才剛學日文，還沒有能力可以跟日本人對話。

2063 **やど**
□ **【宿】**

> 名 住宿處，旅店
> 類 りょかん【旅館】日式旅館

例 宿はあんまり気にしないよ。寝れるだけで十分だから。

我不怎麼在意住宿的地方。只要能睡覺就夠了。

2064 **やとう**
□ **【雇う】**

> 他Ⅰ 雇用，聘僱 　　　→ N3 單字
> 衍 ろうどう【労働】勞動，工作

例 うちの店は猫の手も借りたいほど忙しいが、バイトを雇う余裕などな
い。　我們家的店雖然忙得不可開交，但收支上卻不足以雇用打工人員。

2065 **やぶる**
□ **【破る】**

> 他Ⅰ 撕破，弄破：破壞；擊敗；違反；打破
> 類 さく【裂く】撕開；剖開，劈開；分開

例 いくら腹が立ったからって、手紙を破ることはないじゃない。

就算再怎麼生氣，也不需要把信撕破嘛。

433

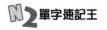

2066
☐

やぶれる
【破れる・敗れる】

| 自Ⅱ （紙或布等）破掉；破裂；滅亡；敗北 |
| 衍 きれる【切れる】斷掉；中斷；（刀鋒）銳利 |

例 彼は靴下が破れていても、全く気にせずに履いている。

他就算襪子破了，也毫不在意地穿著。

例 今度こそあのチームに勝とうと思ったのに、やはり5対4で敗れたよ。

本來想說這次一定要贏過那一隊，沒想到還是以5比4輸掉了。

2067
☐

やむをえない
【止むを得ない】

| 連語 不得已，無可奈何，沒辦法 → 常考單字 |
| 類 しかたがない【仕方が無い】沒辦法，沒有用 |

例 こんな大雨では試合の中止もやむを得ない。

下這麼大的雨，中止比賽也是沒辦法的事。

┌─ 出題重點 ─────────────────────────

▶ **文法　やむを得ず　不得已只好**

「やむを得ず」是「やむを得ない」的副詞形，表示在無可奈何的情況下，
不得已只好採取該動作。

例 事故で入院したので、やむを得ず大学を1か月休んだ。

我因為車禍住院，所以大學的課不得已只好請了1個月假。
└───────────────────────────────

2068
☐

やめる
【辞める】

| 自Ⅱ 辭職；休學 |
| 衍 いんたい【引退】退任，退役 |

例 仕事を辞めても、次にいい仕事が見つかるとは限らないだろう。

就算你辭掉工作，也不見得下一個就能找到好工作吧。

2069
☐

やや

| 副 稍微 |
| 類 いくぶん【幾分】些許，一點 |

例 エコノミークラスにしては、このチケットはやや値段が高い。

以經濟艙來說，這個票價稍微貴了點。

2070
☐

やりがい

| 名 有意義，值得做 |

例 よほどやりがいがなければ、今の仕事はしていないと思う。

我想如果不是相當值得我去做的話，我不會一直做著現在的工作。

2071
☐
やりとり
【遣り取り】

名・他Ⅲ 互贈；交換；（你來我往地）爭論交鋒
衍 こうかん【交換】交換，互換

例 二人は結婚する前、３年間にわたって手紙をやりとりしていた。

兩人在結婚之前，曾經彼此通信長達３年。

例 法廷では弁護士と証人の間で激しいやりとりが交わされた。

法庭上律師與證人之間展開了激烈的言語交鋒。

ゆ／ユ

2072
☐
🔊
59
ゆいいつ
【唯一】

名・副 唯一
→ 常考單字

例 外国語を上達させる唯一の方法は、日々練習を積み重ねることであ

る。 要讓外語進步的唯一方法，就是每日不斷重複地練習。

例 田中先生は私が唯一信頼できるお医者さんです。

田中醫師是我唯一能夠信賴的醫生。

2073
☐
ゆうこう
【友好】

名 友好
衍 ゆうじょう【友情】友情

例 近隣諸国との友好関係を保つとともに、我が国への観光客誘致にも

力を入れなければならない。 我們在與近鄰諸國保持友好關係的同時，

也必須要致力推動吸引觀光客來我國觀光。

2074
☐
ゆうこう（な）
【有効（な）】

名・な形 有効
→ 常考單字
衍 こうりょく【効力】効力

例 時間を有効に使えば、毎日を充実して過ごすことができる。

如果能有效地利用時間，就可每天都過得充實。

例 この切符は学生証を提示した者に限って有効とする。

這張車票只限出示學生證者為有效。

2075
☐
ゆうしゅう（な）
【優秀（な）】

な形 優秀
→ 常考單字
類 すぐれる【優れる】傑出，優秀

例 鈴木選手は優秀なスポーツマンとして、みんなから尊敬されている。

鈴木選手作為一個優秀的運動員，受到了大家的尊敬。

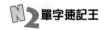

2076
☐ **ゆうしょう**
【優勝】

名・自Ⅲ （獲得）冠軍，第一名　　→ 常考單字
衍 じゅしょう【受賞】獲獎，得獎

例 日々厳しい練習を積み重ねた結果、ついに念願の優勝を果たした。

在每日不斷重複地嚴格訓練之下，最後終於得到了盼望已久的冠軍。

例 このままでは優勝するどころか、試合に出られるかどうかも疑問だ。

再這樣下去不要說獲得冠軍了，連是否能參加比賽我都非常懷疑。

2077
☐ **ゆうだち**
【夕立】

名 （夏日午後）雷陣雨，西北雨
衍 かみなり【雷】雷電

例 傘を持たずに出かけたら、夕立に遭ってびしょ濡れになった。

我沒帶傘就出門，結果遇到雷陣雨淋了個落湯雞。

天氣現象

おおあめ
大雨
大雨

たつまき
竜巻
龍捲風

あらし
嵐
暴風雨

ふぶき
吹雪
暴風雪

2078
☐ **ゆうのう（な）**
【有能（な）】

な形 有才能，能幹
衍 さいのう【才能】才能，才華

例 父はデータ分析を手伝ってくれる有能なアシスタントを欲しがっています。　父親希望有一個能幹的助理可以幫他做數據分析。

2079
☐ **ゆうひ**
【夕日】

名 夕陽　　→ 常考單字
衍 ひのいり【日の入り】日落

例 宿に着いた時は夕日がまさに沈もうとしているところだった。

當我們抵達旅店時，剛好是夕陽正要西沉的時刻。

▶文法　〜ところ　時間、場景

「ところ」是表示動作現在進行到哪個階段的「時間點」，前面可加動詞的「辭書形」、「ている形」、「た形」或「ようとしている形」，來表示動作現在是處於哪個階段。例如，「食べようとしているところ」表示「正準備要吃的時候」，「食べるところ」表示「即將要吃的時候」，「食べているところ」表示「正在吃的時候」，「食べたところ」表示「剛吃完的時候」。

2080
☐

ゆうやけ
【夕焼け】

图 晚霞，夕照

例 なんと美しい夕焼けだろう。これを見たら、写真を撮らずにはいられないよ。

多麼美麗的晚霞啊。看到這個美景，我就忍不住非得拍個照不可。

▶文法　なんと〜だろう　多麼〜啊

「なんと〜だろう」是表示內心非常感動、激動時自我感嘆的語氣，通常用來表示內心的強烈感受。「なんと」在口語時，經常會變成「なんて」的形式，另外也可使用「どんなに」、「どれほど」、「いかに」等副詞，或「いくら」、「何度」、「何人」等疑問詞來表現。而句尾「だろう」的部分，在口語時也經常變成強調形的「んだろう」，此外也可使用「ことだろう」、「ことか」等其他表現形式。

例 なんておいしい魚なんだろう。こんなにおいしい魚は食べたことがない。　真是好吃的魚啊。我從來沒有吃過這麼好吃的魚。

2081
☐

ゆうゆう（と）
【悠々（と）】

副 悠然自得，從容不迫；浩瀚，悠長
衍 おちつく【落ち着く】平穩，沉穩；心平氣和

例 数多くの気球が秋の空を悠々と飛んでいった。

有許多熱氣球悠然地飛過秋季的高空。

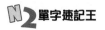

2082 □
ゆうりょう
【有料】

名 收費，須付費
反 むりょう【無料】免費

例 駐車場は有料でも構わないから、最も効率的な行き方を調べてくれない？

停車場要付費也沒關係，你可以幫我查一下最有效率的行車路線嗎？

2083 □
ゆかた
【浴衣】

名 （夏季穿的）單薄和服，浴衣
衍 わふく【和服】和服

例 誰でも浴衣を着ると、洋服を着た時とは違った魅力を醸し出すことができる。

無論是誰只要穿上浴衣，就可以醞釀出一種不同於穿西服時的魅力。

2084 □
ゆきき
【行き来】

名・自Ⅲ 往返，往來；交往
衍 往復【おうふく】往返，來回

例 子供のころ、通学で毎日のように行き来したこの駅も今日で廃駅になった。　小時候因為上學而幾乎每天都會往返的這座車站，也終於在今天廢站不再營運了。

2085 □
ゆくえ
【行方】

名 行蹤，去向
衍 ゆきさき・いきさき【行き先】目的地

例 警察は国際的な捜査協力を通じて、外国へ逃げた犯人の行方を追っている。　警察透過國際性的搜查合作，正在追蹤逃到國外的嫌犯蹤跡。

例 救助隊は行方不明になった遭難者を全力で捜索している。

救難隊正全力地在搜索失蹤的遇難者。

2086 □
ゆげ
【湯気】

名 蒸氣，熱氣
類 すいじょうき【水蒸気】水蒸氣

例 お風呂のお湯から湯気が立っていて、とても暖かそうに見える。

浴缸的洗澡水冒著熱氣，看起來很溫暖的樣子。

2087 □
ゆけつ
【輸血】

名・自他Ⅲ 輸血
衍 けんけつ【献血】捐血

例 木村さんの輸血があってこそ、私の命は助かったのだ。

正因為有木村先生輸血給我，我的性命才得以獲救。

2088
ゆずる
【譲る】

他Ⅰ 讓給，禮讓；出讓，轉讓；讓步；留待
衍 あたえる【与える】給予，提供

例 電車では若者が年寄りに席を譲る光景がよく見られる。

在電車中經常可看到年輕人讓位給老年人的情景。

例 価格では譲れるが、製品の品質の点では譲れない。

價格方面我可以讓步，但在產品品質方面我無法讓步。

2089
ゆそう
【輸送】

名・他Ⅲ 運輸，運送 　　　　　　→ 常考單字
衍 ヘリコプター【helicopter】直升機

例 災害時は救援物資を一刻も早く現地に輸送することが大切だ。

災害發生時最重要的是，要及早將救援物資運送到當地。

2090
ゆたか (な)
【豊か (な)】

な形 豐富；富裕；豐盈 　　　　　　→ N3 單字
衍 ぜいたく (な)【贅沢 (な)】奢侈，奢華

例 旅行は人生を豊かにしてくれるものだから、若いうちにたくさんしたほうがいい。

因為旅行會豐富我們的人生，所以最好趁著年輕時多旅行。

2091
ゆだん
【油断】

名・自Ⅲ 粗心大意，疏忽懈怠
衍 おこたる【怠る】懈怠，怠惰

例 弱いチームだと思って油断していたら、試合に負けてしまった。

以為對方實力弱不需要認真對戰，結果就輸了比賽。

2092
ゆったり (と)

副・自Ⅲ 悠閒舒適；寬鬆舒服
類 のんびり 悠閒自在，無拘無束

例 私にとって、休日はカフェでゆったりと読書の時間を楽しむに越したことはない。

對我來說，假日最好的過法，就是在咖啡廳裡閒適地享受閱讀的時光。

例 病気の時はゆったりした服を着たほうが体が楽です。

生病時最好要穿寬鬆的衣服，身體會比較沒負擔。

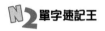

2093 ユニーク (な)
【unique】

な形 獨特的，新穎的　　　　　　　→ N3 單字
衍 こせいてき (な)【個性的 (な)】風格獨特

例 駅の中に図書館を作るなんて、なかなかユニークな考え方じゃないか。

在車站當中建一個圖書館，這真是一個很獨特新穎的想法啊。

2094 ゆるい
【緩い】

い形 鬆弛，寬鬆；徐緩；不陡；不嚴格
反 きつい 緊；嚴厲，嚴苛；累人，費力

例 近頃体重がだいぶ減っているから、ズボンがかなり緩くなったんだ。

最近因為體重減輕了許多，所以褲子就變得十分寬鬆。

例 先週末は川に行って、流れの緩いところでアユ釣りをしていた。

上週末我去了河邊，然後在水流緩慢的地方釣香魚。

2095 ゆるす
【許す】

他I 准許，許可；原諒；免除；委任；輸
類 きょか【許可】許可，批准

例 時間が許す限り、日本語の勉強を続けていきたいです。

只要時間許可，我希望繼續不斷地學習日語。

例 本来ならばご挨拶に伺うべきですが、メールでのご連絡となることをお許しください。

本來我應該親自登門拜訪，請原諒我變成用電子郵件聯絡。

▶よ／ヨ

2096 よ
【夜】

名 夜間，深夜
衍 よなか【夜中】半夜，深夜

60

例 夜も更けてきましたので、そろそろ寝ようと思います。

夜也開始漸漸地深了，所以我準備該睡覺了。

2097 よあけ
【夜明け】

名 黎明，天亮
反 ひぐれ【日暮れ】黄昏，傍晚

例 夜明けとともに起き、一日の活動を始めるという生活が理想的である。

理想的生活方式就是，在天亮的同時起床，然後開始一天的活動。

2098
□ **〜よう**
【〜様】

接尾 様子，模樣；方法，方式

例 手元に辞書も携帯もないので、分からない単語は調べようもない。

因為我手上沒有辭典也沒有手機，所以不知道的單詞根本無從查起。

2099
□ **ようい (な)**
【容易 (な)】

な形 容易，簡單

反 こんなん (な)【困難 (な)】困難，艱辛

例 健康のために毎日運動を続けることは容易なことではないのだ。

為了健康要每天持續運動，並不是一件容易的事。

2100
□ **ようき**
【容器】

名 容器

例 プラスチックの容器はリサイクルして再利用することができる。

塑膠容器可以資源回收後再利用。

容器

ペットボトル	ガラス瓶	水筒	タッパー
寶特瓶	玻璃瓶	水壺	保鮮盒

2101
□ **ようき (な)**
【陽気 (な)】

名・な形 （溫暖的）時節，氣候；開朗，歡樂

類 ほがらか (な)【朗らか (な)】開朗，爽朗

例 今日はいい陽気ですね。どこかへ出掛けませんか。

今天天氣挺暖和的。我們要不要到哪裡去走走啊？

例 石田さんは陽気な人で、私はいつも彼女から元気をもらっています。

石田小姐是個朝氣蓬勃的人，我總是會從她那裡得到精神鼓舞。

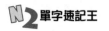

2102 ☐
ようきゅう
【要求】

名・他Ⅲ 要求，需要　　　　　　　　→ 常考單字
類 もとめる【求める】要求，請求

例 春闘とは、労働組合が毎年の春ごろに企業に労働条件の改善を要求する労働運動のことである。　所謂「春鬪」，是指每天春季工會團體向企業要求改善勞工條件的勞工運動。

例 当社は顧客の要求に応じた優れた品質の製品を提供しております。

本公司提供的是應顧客需求所製作出的優質產品。

2103 ☐
ようし
【要旨】

名 要旨，大意，主要內容
類 ようやく【要約】摘要，要點，概要

例 論文を提出するとともに、その要旨をまとめなければならない。

在提交論文的同時，必須要整理出論文的要旨。

2104 ☐
ようじん
【用心】

名・自Ⅲ 小心，注意，提防
類 ちゅうい【注意】小心，注意

例 用心のため、貴重品は銀行の金庫に預けてある。

為了預防萬一，我把貴重物品寄放在銀行的保險箱中。

例 連日高温のため、熱中症にならないようにご用心ください。

由於連日高溫，請小心不要中暑了。

2105 ☐
ようす
【様子】

名 情況；樣子；跡象　　　　　　　　→ 常考單字
類 もよう【模様】情景，樣子

例 この様子だと、彼は今日中に帰ってきそうにないね。

看這情況，他似乎不太可能在今天之內趕回來了。

例 近ごろ彼女の様子がおかしい。何かにつけて泣き出し、涙が止まらなくなる。　最近她的樣子有點奇怪。動不動就哭出來，然後淚流不止。

┌─ 出題重點 ─┐

▶文法　Ｖ－ます＋そうにない／そうもない　看情況不可能～

「そうにない」是樣態助動詞「そうだ」的否定形，前接非意志動詞或可能動詞的「ます形」，表示從事態的發展來判斷，該動作應該是不會實現了，也就是「動作實現可能性低」的意思。「そうもない」是「そうにない」的強調形，在語意上沒有太大區別。

2106
☐
ようするに
【要するに】

副 總而言之，總之

類 つまり 總之，也就是說

例 給料は少ないし、残業も多いし、出張にも行かなければいけない。要するに、この会社の労働条件はかなり悪いということだ。　薪水少，加班又多，而且還必須出差。總而言之，這家公司的勞動條件就是很差。

2107
☐
ようせき
【容積】

名 容量；體積，容積

類 たいせき【体積】體積，容積

例 船の大きさを表す「総トン数」は重量ではなく、容積を表す単位である。　表示船舶大小的「總噸數」並非表示重量，而是表示容積的單位。

2108
☐
ようそ
【要素】

名 要素

衍 せいぶん【成分】成分

例 光、水、そして二酸化炭素が植物の光合成に必要な要素です。

光線、水分以及二氧化碳就是植物行光合作用所需的要素。

2109
☐
ようち (な)
【幼稚 (な)】

名・な形 幼稚，不成熟

類 おさない【幼い】年幼；不成熟

例 失敗したら言い訳をして人のせいにするなんて幼稚としか言えない。

失敗了就找藉口把責任推給別人，這只能說是幼稚。

2110
☐
ようてん
【要点】

名 要點

例 プレゼンテーションは聞き手に分かりやすいように要点をまとめて話すことが大事だ。

簡報重視的是要歸納出要點，以便說明時能讓聽者容易理解。

2111
☐
ようと
【用途】

名 用途，用處

例 新聞紙は荷物の梱包に使われるなど、実に用途が広いです。

報紙可用在打包貨物等等，用途實在很廣泛。

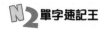

2112
☐
ようぶん
【養分】

名 養分
衍 えいよう【栄養】營養

例 畑で育てる作物は土に含まれる養分だけでは足りないので、肥料を与える必要がある。

在田地裡培育的農作物，光靠含於土中的養分是不夠的，所以必須要施肥。

2113
☐
ようやく
【漸く】

副 漸漸；好不容易，終於 　　　　　　　　　→ 常考單字

例 まだ寒い日が続いていますが、ようやく春になりつつある感じがします。　　雖然寒冷的日子還持續著，但感覺已漸漸有春天的氣息。

例 それから３時間休むことなく歩き続けたら、ようやく山頂に辿り着いた。　　在那之後３小時都沒休息持續地一直走，最後終於抵達了山頂。

2114
☐
ようりょう
【要領】

名 要領，要點；訣竅，竅門
衍 しょり【処理】處理，處置

例 要領を得ない説明を受けたので、何のことかよく分かりませんでした。

因為聽了不得要領的說明，所以搞不清楚到底是怎麼一回事。

例 要領さえ分かれば、この仕事はすぐに慣れます。

只要懂得訣竅，這個工作馬上就會習慣。

2115
☐
よき
【予期】

名・他Ⅲ 預期，預料
衍 いがい【意外】意外

例 実験は予期に反して、大失敗に終わった。

與預期相反，實驗以完全失敗做收。

例 予期せぬことが起こると、パニックになってしまってうまく対応できない。　　一發生不可預期的事，我就會變得十分恐慌而無法妥善應對。

2116
☐
よくばり（な）
【欲張り（な）】

名・な形 貪心，貪婪
衍 けち 吝嗇，小氣

例 彼は欲張りな人だから、寄付などするはずがない。

因為他是個貪心的人，所以根本不可能會捐錢的。

2117
☐ よけい（な）
【余計（な）】

| 副・な形 | 多餘，無用；更加，分外 | → 常考單字 |

類 いっそう【一層】更加，越發

例 私が余計な口出しをしたものだから、取引先の部長を怒らせてしまったんだ。　由於我多插嘴的關係，惹得交易方的部長不高興了。

例 そんなことを言われると、余計心配しちゃうよ。

聽你這樣說，我反而會更擔心啊。

2118
☐ よこす
【寄越す】

他Ⅰ 寄來，送來；派來；（補助動詞）～來

例 息子は留学に行ったきり、連絡をよこしていない。

我兒子去留學之後，就一直都沒傳來消息。

2119
☐ よす
【止す】

他Ⅰ 停止，作罷

類 やめる【止める】停止，中斷

例 近隣住民に迷惑をかけることはよしてほしいものです。

希望你不要給附近鄰居帶來麻煩困擾。

2120
☐ よせる
【寄せる】

自他Ⅱ 使～靠近；聚集；加總；寄予；湧來

衍 ちかづける【近付ける】使～靠近

例 その机をもう少し左へ寄せてもらえますか。

可以請你把那張桌子再往左移一點嗎？

2121
☐ よそ
【余所】

名 別處；外部；別人家；不顧，不管

衍 たにん【他人】別人，外人，毫無關係之人

例 彼は私の顔を見ると、よそを向いて知らんぷりをした。

他一看到我的臉，就立刻將頭轉向別處假裝沒看見。

例 よその家に行ったら、ちゃんと挨拶しなきゃいけないんだよ。

到別人家的時候，一定要好好地跟人家打招呼喔。

2122
☐ よそく
【予測】

| 名・他Ⅲ 預測，預料 | → 常考單字 |

衍 けんとう【見当】猜想，估計

例 このドラマの結末はまったく予測ができませんでした。

這齣連續劇的結局完全無法預料。

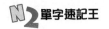

2123 □
よっぱらい
【酔っ払い】

名 酒醉；醉鬼
衍 ふつかよい【二日酔い】宿醉

例 酔っ払い運転のニュースを聞くたびに、怒りを覚えずにはいられない。

每次我看到酒醉開車的新聞，就會無法遏制自己憤怒的情緒。

2124 □
よなか
【夜中】

名 深夜，半夜，午夜 → N3 單字
類 しんや【深夜】深夜

例 この辺りは最近はちょっと物騒なので、夜中に外出することは控えてください。　因為這附近最近有點騷亂不安，所以請盡量不要深夜外出。

2125 □
よのなか
【世の中】

名 人世間，世上，社會 → 常考單字
類 せけん【世間】世上，社會；世人

例 社会に出てはじめて世の中の厳しさを実感しました。

出了社會之後我才實際感受到人世間的嚴酷。

> **出題重點**
>
> ▶文法　V－て＋はじめて　在～之後才
>
> 表示在此動作之前並未有深刻的了解或認知，是經過該動作之後才體認到有這樣的情況存在或得到一個新的體驗，後項經常會接續「分かる」、「知る」、「できる」等動詞。

2126 □
よび
【予備】

名 預備，準備；備用；備品
衍 そなえる【備える】準備；防備；備置，設置

例 台風に備えて、予備の乾電池を買っておきました。

為了預防颱風，我事先買好了備用的電池。

> **防災用具**

携帯ラジオ　攜帶式收音機
乾電池　乾電池
懐中電灯　手電筒
蝋燭　蠟燭
ライター　打火機

2127 ☐
よびかける
【呼び掛ける】

他Ⅱ 招呼，叫喚；呼籲，號召 　　→ N3 單字
衍 もとめる【求める】要求；尋求，追求

例 政府は熱中症対策として、こまめに水分を補給するよう呼び掛けています。　政府呼籲民眾，為了預防中暑要經常多補充水分。

2128 ☐
よびだす
【呼び出す】

他Ⅰ 叫出，叫來；傳喚，傳呼

例 高校の時、田中先生は毎日のように私を職員室に呼び出して説教していた。　高中的時候，田中老師幾乎每天都把我叫到職員室對我說教。

2129 ☐
よふかし
【夜更かし】

名・自Ⅲ 熬夜，很晚才睡
類 てつやする【徹夜する】熬夜，徹夜未眠

例 夜型の人間はよく夜更かしして仕事や勉強をしている。
夜貓型的人經常會熬夜工作或唸書。

2130 ☐
よぶん (な)
【余分 (な)】

名・な形 多餘，剩餘；超額，額外

例 家計が苦しいので、うちには福祉団体に寄付できるような余分なお金はない。　因為家境困苦，所以我們沒有多餘的錢可以捐給社福團體。

例 お客がたくさん来るかもしれないと思って、料理を余分に作っておいた。　因為想說可能會來很多客人，所以就先多煮了一些料理。

出題重點

▶詞意辨析　余分 VS 余計
「余分」跟「余計」都有「多出來」的意思。相對於「余分」只是單純指稱「多餘」或「多做準備」，「余計」則多用來表示「多餘而無用」之意。此外，「余計」還有程度上「更加」、「越發」的用法，「余分」則沒有這樣的用法。

2131 ☐
よゆう
【余裕】

名 （時間、心理上的）寬裕，從容
衍 ゆったり 悠閒舒適；寬鬆舒服

例 発車までまだ４０分ぐらいの余裕があるから、何か朝ごはんを食べよう。　距離發車還有40分鐘左右的寬裕時間，所以我們去吃點早餐吧。

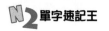

2132
より

> 副 更加，更進一步
> 類 いっそう【一層】更加，越發

例 当店ではより良いサービスの提供を目指して、顧客満足度のアンケートを実施しております。

本店以提供更優質的服務為目的，目前正在實施顧客滿意度的問卷調查。

2133
よりみち
【寄り道】

> 名・自Ⅲ 順道，順便繞道
> 類 まわりみち【回り道】繞道，繞遠路

例 大阪出張のついでに、寄り道して神戸に住む友人の家を訪問した。

趁著到大阪出差，順道去拜訪了住在神戶的朋友家。

2134
よる【因る・由る・依る
・拠る】

> 自Ⅰ 由於；取決於；藉由；基於，根據

例 交通事故によって、高速道路は大渋滞に陥った。

由於車禍的關係，高速公路陷入了嚴重塞車。

例 ピクニックに行けるかどうかは天気によるね。

能不能去野餐就要看天氣了。

2135
よる
【寄る】

> 自Ⅰ 靠近，挨近；聚集；順便去；偏向，靠，倚
> 類 もたれる【凭れる】憑靠，倚靠

例 真ん中に固まらないで、もうちょっと外側に寄ってください。

請不要聚集在正中間，請再往外側靠一靠。

例 時間があったら、うちに寄って行かない？

有空的話，要不要順便到我家去坐坐再走？

▶ら／ラ

2136
らいにち
【来日】

名・自Ⅲ 訪日，來日本　　　　→ 常考單字
衍 とこう【渡航】（搭飛機或船舶）前往外國

61
例 アメリカの歌手がチャリティーコンサートのため、近いうちに来日する予定です。　有位美國歌手為了參加慈善演唱會，預定近期即將訪日。

2137
ライバル
【rival】

名 對手，敵手，競爭對手
衍 パートナー【partner】夥伴，搭檔

例 田中くんは勉強の上でもスポーツの上でも、私の良きライバルだ。

田中同學不論是在課業方面還是在運動方面，都是我的一個好對手。

2138
らくがき
【落書き】

名・自他Ⅲ 塗鴉，亂塗亂畫
衍 ペンキ【(荷)pek】油漆

例 店内の壁には落書きがしてあり、まるで異国の店にいるような雰囲気だった。　店內的牆壁上畫有塗鴉，讓人感覺宛若身處異國的店一樣。

2139
らくてんてき（な）
【楽天的（な）】

な形 樂觀的，樂天知命　　　　→ 常考單字
類 らっかんてき（な）【楽観的（な）】樂觀的

例 つらい目に遭っても、あの人の楽天的な性格は変わらないね。

就算遭遇痛苦的事，他的樂天派性格還是不變。

2140
らん
【欄】

名・接尾 欄，欄位　　　　→ 常考單字
衍 めん【面】版，版面

例 受験番号と氏名は、必ず所定の欄に記入してください。

准考證號碼以及姓名，請務必寫入規定的欄位之中。
例 私の書いた文章が新聞社に採用され、投書欄に掲載された。

我寫的文章被報社錄用，登載在投書欄上。

2141
ランキング
【ranking】

名 排名順序，排行
衍 きろく【記録】紀錄

例 あの選手はついにテニスの世界ランキングのトップ10入りを果たした。

那位選手終於進入了網球世界排名的前十名。

2142
☐
らんぼう（な）
【乱暴（な）】

名・な形・自Ⅲ 粗暴；草率，胡亂；施予暴行
衍 ぼうこう【暴行】暴行，施暴

例 居眠り運転や乱暴な運転をすれば、重大な交通事故を引き起こしかね
ない。　如果打瞌睡或粗暴地危險駕駛，很有可能引起重大交通事故。

例 酔っ払いの男が居酒屋の店員に乱暴を働き、逮捕された。

酒醉的男性對居酒屋的店員施暴，結果被逮捕了。

▶り／リ

2143
☐
🔊
62
リーダー
【leader】

名 領導者，隊長　　　　　　　　→ 常考單字
衍 リーダーシップ【leadership】領導能力

例 リーダーにふさわしい人は木村さん以外には考えられない。

適合擔任領導者的人，除了木村先生以外不做第二人想。

2144
☐
リード
【lead】

名・他Ⅲ 帶領，率領；（運動賽事等）領先
衍 しどう【指導】指導，教導

例 目の見えない人は盲導犬のリードによって、行動範囲が広がる。

視障人士可藉由導盲犬的指引，使其行動範圍擴大。

例 試合は8対5でAチームがリードしている。

比賽是8比5，由A隊領先。

2145
☐
りえき
【利益】

名 利益；盈利，利潤　　　　　　→ 常考單字
衍 そんとく【損得】損益，得失

例 市長は、市民の利益を第一に考えるべきではないでしょうか。

市長應該要以市民的利益為第一優先考慮，難道不是嗎？

例 新製品の売れ行きがよく、株価も上がったので、その会社は莫大な利益
を得た。

由於新產品銷售良好、股價也上漲，因此那家公司獲得了龐大的利潤。

2146
☐
りがい
【利害】

名 利害，利弊，得失

例 社会に出たら、利害関係のない友達を作るのは難しいだろう。

出社會之後，要交到沒有利害關係的朋友應該很難吧。

2147 リスク
【risk】

名 風險，危險
衍 ぼうけん【冒険】冒險

例 投資にリスクは付き物だから、慎重に計画を立てるに越したことはない。　投資一定伴隨著風險，所以最好是要慎重訂定計畫。

2148 リスト
【list】

名 名單，名冊；目錄，一覽表　→ N3 單字
衍 ずひょう【図表】圖表

例 送付先のリストを作成し、招待状を送りましょう。

製作寄送住址的名冊，然後把邀請函寄出去吧。

2149 リストアップ

名・他Ⅲ 列表，製表
衍 いちらんひょう【一覧表】一覽表

例 田中くん、仕入れる必要のある部品、リストアップしてもらえないかな？　田中，需要採購的零件，可以請你製個表嗎？

2150 リストラ
【restructuring】

名・他Ⅲ 企業重組；裁員
衍 さいしゅうしょく【再就職】重新就業

例 彼はリストラされたことをきっかけに、家業のラーメン屋を継ぐことになった。　他把被裁員當做一個時機點，決定繼承家裡的拉麵店。

2151 リズム
【rhythm】

名 節奏　→ 常考單字
衍 ひょうし【拍子】節拍

例 年末年始の慌ただしさで生活のリズムが狂ってしまった。

由於年尾年頭的匆忙度日，生活的節奏整個都亂掉了。

2152 りそう
【理想】

名 理想　→ N3 單字
反 げんじつ【現実】現實

例 誰でも理想と現実の間のギャップに悩む時があります。

不管是誰都會有煩惱於理想與現實之間的差距的時候。

2153 りつ
【率】

名・接尾 比率，～率
類 わりあい【割合】比率；比較

例 社会が豊かになるにしたがって、出生率が低くなってくる。

隨著社會變得富裕，出生率就跟著變低。

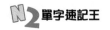

2154 □
～リットル
【(法)litre】

接尾 公升
衍 ようせき【容積】容積

例 私はいつも２リットルのミネラルウォーターを買うことにしている。

我的習慣都是買２公升的礦泉水。

2155 □
りゃくす
【略す】

他Ⅰ 簡略，省略
類 はぶく【省く】省略；節省

例 時間が足りないので、詳しい説明は略し、要点だけを話します。

因為時間不夠，所以我省略詳細的說明，只說重點。

2156 □
りゅういき
【流域】

名 流域
衍 ちいき【地域】地域，地區

例 大きな川の流域は農作物がよく育ち、文明が発達する。

大河流域農作物容易生長，可使文明發達。

2157 □
りょう
【量】

名・接尾 量，數量，重量　　　　→ 常考單字
反 しつ【質】質，品質；資質，天資

例 ダイエットは、食事の量を制限するばかりでなく、運動することも大切だ。　有效的減肥，不是只有限制飲食的量，運動也很重要。

例 発行量が少ないので、2000円札はほとんど見かけない。

因為發行量少，所以幾乎很少看到 2000 日圓的鈔票。

2158 □
りょうかい
【了解】

名・他Ⅲ 了解，理解；諒解，同意　　→ N3 單字
類 しょうち【承知】知道，明白；同意，答應

例 本サービスは、下記の利用規約を了解した上でお申し込みください。

本服務請在同意下列使用規章之後再申請。

例 Ａ：すぐ会社に戻ってください。　請你立刻回公司。
Ｂ：はい、了解しました。　好的，了解。

2159 □
りょうきん
【料金】

名 費用，使用費　　　　　　　→ N3 單字
類 だいきん【代金】費用，貨款

例 毎月の電気料金は銀行口座から引き落とされるようになっているので、支払いを忘れることはありません。　每個月的電費是設定成從銀行戶頭扣繳，所以不會發生忘記繳納的情形。

出題重點

▶**文法　V＋ようになっている　設計成～、設定成～**

表示「變化」的「ようになる」再加上表示「狀態」的「ている」所複合
而成的文法詞，有「功能」、「構造」的意思，也就是表示某個事物或器具，
是製作設定成具有某個功能，或設計成某種構造。

例 自動ドアは、上に設置されたセンサーが感知すると開くようになって
いる。　自動門設計成只要設置於上方的感應器感應到，門就會打開。

2160
□ **りょうじ**
【領事】

图 領事
衍 たいし【大使】大使

例 ビザを申請するなら、札幌のアメリカ領事館に足を運ばなければなら
ない。　如果要申請簽證，就必須要跑一趟在札幌的美國領事館。

2161
□ **りょうしゅう**
【領収】

名・他Ⅲ 收取，收到
衍 りょうしゅうしょ【領収書】收據

例 会費として確かに 5000 円を領収いたしました。
確實收到會費 5000 日圓。

2162
□ **りょうりつ**
【両立】

名・自Ⅲ 並存，兼顧　　　　　→ 常考單字

例 ぼくは勉強と部活を両立させながら、バイトもしなきゃいけないか
ら、大変なんだ。
我要兼顧學業與社團，同時又必須打工，實在很辛苦啊。

2163
□ **リラックス**
【relax】

名・自Ⅲ 放鬆，紓壓　　　　　→ 常考單字
反 きんちょう【緊張】緊張

例 試験前はリラックスするために、音楽を聴いたりジョギングをしたりす
る。　考試前為了放鬆，我會聽聽音樂或是去跑跑步。

2164
□ **りりく**
【離陸】

名・自Ⅲ 起飛
反 ちゃくりく【着陸】降落

例 間もなく離陸しますので、シートベルトをしっかりお締めください。
我們即將起飛，請確實繫好安全帶。

2165
□
りんじ
【臨時】

名 臨時，暫時
反 ていれい【定例】定期，慣例

例 誠に勝手ながら、本日午後から私用のため、臨時休業いたします。

擅做決定實在抱歉，因今日午後有私事需處理，本店會臨時停業。

▶る／ル

2166
□
🔊
63
ルーズ (な)
【loose】

な形 鬆垮；鬆散，散漫
衍 だらしない 邋遢，散漫

例 彼は時間にルーズな人だから、時間どおりに来ることはないだろう。

他是個時間觀念很隨便的人，所以應該不可能會準時來吧。

2167
□
るすばん
【留守番】

名・自Ⅲ 看家，看家的人
衍 とうばん【当番】當班，值勤

例 兄は電話を切った矢先に、「留守番、頼むね」と家を飛び出した。

哥哥掛上電話後，隨即說了一句「拜託你看家喔」，然後就衝出家門。

┌─ 出題重點 ─────────────────────────

▶文法　V－た／V－ようとする／V－ようとした＋矢先に　正當

表示前項與後項的動作幾乎是同時發生的，後項經常會接續意想不到的

事。有時可代換為「とき」，但比「とき」更有緊迫感。

例 家に帰ろうとした矢先に、また電話が鳴った。

正當我準備要回家時，電話又響了。
└──────────────────────────────

▶れ／レ

2168
□
🔊
64
れいぎ
【礼儀】

名 禮貌，禮儀，禮節　　　　→ N3 單字
衍 れいぎただしい【礼儀正しい】彬彬有禮

例 人の名前を聞く前に、まず自分から名前を名乗るのが礼儀というもの

だ。　　在問別人的姓名前，首先應該報上自己的姓名，這才算是禮貌。

2169 □ れいせい (な)
【冷静 (な)】

名・な形 冷静，鎮定

衍 へいき【平気】鎮定，泰然；不以為意

例 彼女の冷静な判断のおかげで、会社は倒産の危機を免れた。

多虧她冷靜的判斷，公司才能躲過倒閉的危機。

2170 □ れいぞう
【冷蔵】

名・他Ⅲ 冷藏

衍 しんせん【新鮮】新鮮

例 魚や肉は買った後にすぐ冷蔵しないと、腐りやすいんです。

魚跟肉在購買後如果不馬上冷藏，是很容易腐壞的。

2171 □ れいてん
【零点】

名 零分，鴨蛋；毫無價值；毫無資格

反 まんてん【満点】滿分；完美無缺

例 彼が数学のテストで0点を取ったなんて信じられない。

實在很難相信他竟然會在數學考試當中獲得零分。

2172 □ れいとう
【冷凍】

名・他Ⅲ 冷凍 → N3 單字

衍 れいとうしょくひん【冷凍食品】冷凍食品

例 冷凍食品はレンジで温めたらすぐ食べられるから便利だ。

冷凍食品只要用微波爐加熱就可食用，很方便。

煮食用具

電子レンジ　炊飯器　フライパン　電気ポット
微波爐　電鍋　平底鍋　電熱水瓶

2173 □ レインコート
【raincoat】

名 雨衣

衍 ながぐつ【長靴】雨鞋；長靴

例 君がレインコートを貸してくれなければ、僕はずぶ濡れになっていただろう。　你要是沒有借雨衣給我，我應該就淋成落湯雞了吧。

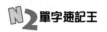

2174
□ レクリエーション
【recreation】

名 （消除工作或唸書疲勞的）消遣，娛樂
類 ごらく【娯楽】娛樂

例 週末にはレクリエーションとして、川辺を散策することにしている。

我會到河邊去散步閒逛，作為週末時的消遣活動。

2175
□ レジャー
【leisure】

名 閒暇；休閒活動
衍 だいしぜん【大自然】大自然

例 休日には子供たちを連れて、山や海へレジャーに出かけることが多い。

休假時大多是帶著孩子們，出外到山上或海邊進行休閒活動。

2176
□ れっとう
【列島】

名 列島
衍 ぐんとう【群島】群島

例 日本列島は主に北海道、本州、四国、九州の4つの大きな島から成っている。

日本列島主要是由北海道、本州、四國、九州這4個大島所組成。

2177
□ レベル
【level】

名 水準，等級
類 すいじゅん【水準】水準　　　→ N3 單字

例 我が国の医療技術はすでに先進国のレベルに達している。

我國的醫療技術已經達到先進國家的水準。

2178
□ れんあい
【恋愛】

名・自Ⅲ 戀愛
衍 ひとめぼれ【一目惚れ】一見鍾情

例 二人は熱烈な恋愛をしたにもかかわらず、ついには結婚しなかった。

他們兩人雖然有談過熱烈的戀愛，但終究沒能結婚。

2179
□ れんが
【煉瓦】

名 磚頭，磚塊
衍 かわら【瓦】瓦

例 目の前に煉瓦造りの家がずらりと軒を並べている。

磚造的房子在眼前櫛比鱗次地排列著。

2180
□ **れんごう**
【連合】

名・自他Ⅲ 聯合，聯盟
類 きょうどう【協同】協力互助，共同合作

例 この研究科は九州地方の4つの大学が連合して運営しています。

這個研究科是九州地區4所大學聯合在一起所營運的。

2181
□ **レンズ**
【(荷)lens】

名 透鏡，鏡片；鏡頭
衍 コンタクトレンズ【contact lens】隱形眼鏡

例 最近視力が落ちてきたので、眼鏡屋でレンズの交換をしてもらった。

最近因為視力變差，所以我請眼鏡行換了鏡片。

2182
□ **れんぞく**
【連続】

名・自他Ⅲ 連續，接續 　　　　　→ 常考單字
衍 ぞくぞく【続々】陸續，連續不斷

例 佐藤くんは3週連続で欠席してるんだけど、誰か何があったか知らないかな？　佐藤已經連續3個星期缺席了，有誰知道他怎麼了嗎？

▶ろ／ロ

2183
□
🔊
65 **ろうそく**
【蝋燭】

名 蠟燭
衍 あかり【明かり】燈火，光亮

例 彼女は誕生日ケーキに立てられたろうそくの火を吹き消し、願い事をした。　她吹熄插在生日蛋糕上的燭火，然後許了願望。

2184
□ **ろうどう**
【労働】

名・自Ⅲ 勞動
衍 さぎょう【作業】工作；操作

例 引っ越しの作業は大変な肉体労働なので、アルバイトの日給は高いです。　搬家工作是重度的體力勞動，所以打工的日薪很高。

2185
□ **ろうどうしゃ**
【労働者】

名 工人，勞工
類 しょくにん【職人】工藝師傅，工匠

例 雇用問題を改善するには、労働者が安心して働ける就業環境の整備が必要です。

要改善雇用問題，就必須完備勞工可以安心工作的就業環境。

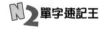

2186
□ ろく（な）
【碌（な）】

な形 （後接否定）像樣的，令人滿意的

例 この1か月間、ろくなものを食べてないから、ちょっと痩せ気味かも。

我這1個月沒吃什麼像樣的東西，所以可能有點消瘦。

2187
□ ロケット
【rocket】

名 火箭

衍 ジェットき【ジェット機】噴射機

例 民間企業の開発によるロケットが、ただ今、打ち上げられようとしています。　由民間企業所開發的火箭，此刻即將要升空。

2188
□ ろんじる・ろんずる
【論じる・論ずる】

他II・他III 論述，議論

類 ぎろんする【議論する】議論；爭論

例 この本は学生の視点を通して、日本の教育制度を論じている。

這本書是透過學生的觀點，來論述日本的教育制度。

例 これは論ずるまでもない明白な事実である。

這是無須議論的明確事實。

2189
□ ろんそう
【論争】

名・自III 爭論，辯論，論戰

衍 はんろん【反論】反駁

例 議会では村の合併問題をめぐって、激しい論争が展開された。

議會當中針對村子的合併問題，展開了激烈的爭論。

2190
□ ろんぶん
【論文】

名 論文

衍 しっぴつ【執筆】執筆，撰稿

例 論文を書くにあたって、最も重要なことは問題意識の形成と明確化です。　在書寫論文之際，最重要的事就是問題意識的形成與明確化。

2191
□ ろんりてき（な）
【論理的（な）】

な形 邏輯上的，合乎邏輯的　　→ 常考單字

反 ひろんりてき（な）【非論理的（な）】不合邏輯

例 この理論は論理的には正しいが、実用化は難しい。

這個理論雖然在邏輯上正確，但要實用化卻很困難。

▶わ／ワ

2192
☐
🔊
66

わ
【輪】

名 圓圈，環，箍；車輪
類 えん【円】圓，圓形；日圓

例 地域 住 民の多くが、公園の空き地で輪になって盆踊りを踊りました。

地區的許多居民，在公園的空地圍成圓圈跳了盆舞。

2193
☐

わが
【我が】

連体 我的，我們的 　　　　　　　→ 常考單字
衍 われわれ【我々】我們

例 このままでは、我が国の科学技 術 における国際 競 争 力 は低下する一
方でしょう。

再這樣下去的話，我國在科技方面的國際競爭力只會不斷地滑落吧。

2194
☐

わかば
【若葉】

名 嫩葉，新葉
衍 しんりょく【新緑】（晚春或初夏樹木）新綠

例 初夏になると、木々は緑 の若葉で覆われ、エネルギーに満ち溢れてい

る。　一到初夏，樹木就被綠色的嫩葉覆蓋，到處都充滿了活力。

2195
☐

わがや
【我が家】

名・自Ⅲ 吾家，我們家
衍 わがしゃ【我が社】我們公司

例 大阪にお越しの際には、ぜひ我が家にもお立ち寄りください。

您有到大阪的時候，請務必來我們家坐一坐。

2196
☐

わかわかしい
【若々しい】

い形 十分年輕，朝氣蓬勃
衍 いきいき【生き生き】活力十足，生動的

例 その白いワンピースを着ると、母はとても若々しく見えた。

穿上了那件白色連身裙後，母親就看起來非常年輕。

2197
☐

わき
【脇】

名 腋下；旁邊；別處

例 彼は黒いカバンを脇に挟んで、仕事の書類に目を通していた。

他當時把黑色的包包夾在腋下，正在看工作的文件資料。

例 電話のわきにメモ 帳 があるから、それを取ってくれないかな？

電話的旁邊有記事本，你可以幫我拿一下嗎？

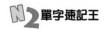
2198 □

わく
【湧く】

自I 湧出，冒出；湧現；產生；大量出現
衍 あらわれる【現れる】出現，現身

例 この町は高地にあり温泉が湧くことから、古くから避暑地として人々に親しまれてきた。　這個小鎮位於高地又有溫泉湧出，因此自古以來就做為避暑勝地而廣為人們所喜愛。

例 富士山の頂上で日の出を見た瞬間、新しい希望が胸に湧いてきた。

在富士山頂看到日出的瞬間，我的內心又湧現了新的希望。

2199 □

ワクチン
【(徳)Vakzin】

名 疫苗
衍 インフルエンザ【influenza】流行性感冒

例 インフルエンザはワクチンを接種することによって、予防することができる。　流行性感冒可藉由疫苗接種來進行預防。

2200 □

わくわく

副・自Ⅲ 興奮期待，欣喜雀躍　　→ 常考單字
類 どきどき 七上八下，忐忑不安，心跳不已

例 いよいよ明日からオリンピックが始まるよ。本当にわくわくするね。

終於從明天開始就要進行奧運賽了。真的是讓人興奮期待呢。

心理狀態

うきうき
滿心歡喜

わくわく
興奮期待

くよくよ
愁眉不展

いらいら
煩悶焦躁

そわそわ
心神不寧

2201 □

わざと

副 故意，有意地　　→ N3 單字
衍 わざわざ 特地，專程

例 彼もわざとやったわけじゃないから、もう許してあげて。

他也不是故意那樣做的，你就原諒他吧。

2202 □

わずか(な)
【僅か(な)】

な形・副 僅僅，些許　　→ 常考單字

例 通学の電車では、学生たちはわずかな時間も惜しんで勉強に励んでいる。　在通學的電車中，學生們珍惜片刻光陰勤奮地讀著書。

例 コンサートの前売券はわずか1時間で全部売り切れました。

演唱會的預售票僅僅1個小時就全部賣光了。

2203
□ わた
【綿】

名 棉，棉花

類 めん【綿】棉；棉線；棉質

例 私は青い空に浮かぶ綿のような白い雲を眺めるのが好きだ。

我喜歡眺望飄浮在藍天中好像棉花一樣的白雲。

2204
□ わだい
【話題】

名 話題

衍 だいざい【題材】題材

例 A：話題は変わるんだけど、最近映画を見た？

我改個話題，你最近有看電影嗎？

B：いやぁ、忙しくて見る時間ないんだよね。

喔，最近忙得都沒時間看呢。

2205
□ わびる
【詫びる】

他Ⅱ 致歉，賠不是

類 しゃざいする【謝罪する】認錯道歉，賠罪

例 皆様に大変ご迷惑をお掛けしたことを、心よりお詫び申し上げます。

本人給各位帶來極大的困擾，在此誠心致歉。

2206
□ わふく
【和服】

名 和服

衍 ゆかた【浴衣】（夏季穿的）單衣和服，浴衣

例 成人の日には、和服を着た若い女性の姿がよく見られる。

成人節時，經常可看見穿著和服的年輕女性的身影。

2207
□ わりあい
【割合】

名・副 比率，比例；比較，較為

衍 パーセント【percent】百分比，百分之～

例 このクラスの男子生徒数の割合は20パーセントです。

這個班級的男學生人數的比例是百分之二十。

例 今日は割合元気だったので、公園に散歩に行ってきた。

我今天感覺身體比較好，所以就去公園散步了。

2208 □ **わりと・わりに**
【割と・割に】

副 （比想像的）還要，格外；但，卻

例 今朝はわりと暖かくて、畑仕事をするにはいい日だった。

今天早上還滿暖和的，是適合下田工作的日子。

例 あまり勉強しなかったわりに、試験の成績はよかった。

我沒什麼唸書，但相對來說考試成績還不錯。

2209 □ **わりびき**
【割引・割引き】

名・他Ⅲ 折扣，打折　　　→ 常考單字

類 ディスカウント【discount】減價，折扣

例 そのセーターは定価の2割引きで買った。

我以定價的8折買到那件毛衣。

2210 □ **わる**
【割る】

他Ⅰ 打破；分配；分裂；推開；除以；低於

類 やぶる【破る】弄破，撕破，割破

例 廊下でキャッチボールをしていて、教室のガラス窓を割っちゃった。

我們在走廊上玩投接球，結果把教室的玻璃窗給打破了。

例 全国を300の小選挙区に割って、それぞれの選挙区から1人の議員を選出しよう。　我們就決定把全國分為300個小選舉區，然後每個選舉區要各選出1名議員。

2211 □ **わるくち・わるぐち**
【悪口】

名 壞話，罵人

衍 ひはん【批判】批評，批判，指責

例 こういうふうに陰で人の悪口を言うのはよくないよ。

像這樣在背地裡說人壞話不太好喔。

2212 □ **われわれ**
【我々】

代 我們

類 われら【我ら】我們，吾等

例 われわれの目標はスマホ市場の30パーセントのシェアを獲得することです。　我們的目標是要得到智慧手機市場的百分之三十的市占率。

國家圖書館出版品預行編目資料

新日檢制霸！N2單字速記王／王秋陽,詹兆雯編著著;眞
仁田 榮治審訂.－－初版一刷.－－臺北市：三民，
2021
　　面；　公分.－－（JLPT滿分進擊）

　ISBN 978-957-14-7040-5　（平裝）
　1. 日語 2. 詞彙 3. 能力測驗

803.189　　　　　　　　　　　　　　109019014

JLPT 滿分進擊

新日檢制霸！N2 單字速記王

編 著 者	王秋陽　詹兆雯
審　　訂	眞仁田 榮治
責任編輯	游郁苹
美術編輯	黃顯喬

發 行 人	劉振強
出 版 者	三民書局股份有限公司
地　　址	臺北市復興北路 386 號 (復北門市)
	臺北市重慶南路一段 61 號 (重南門市)
電　　話	(02)25006600
網　　址	三民網路書店 https://www.sanmin.com.tw

出版日期	初版一刷 2021 年 1 月
書籍編號	S860230
I S B N	978-957-14-7040-5